戲非戲260

長安驚雲

（上）

風吟 作

高寶書版集團

目錄

第一章　血色銀鉤

壹

傍晚淅淅瀝瀝地下了一場春雨，雨停後，空氣中彌漫著桃花的芳香，一切都是那麼靜謐美好。

距離宵禁還有一段時間，長安東市的街上卻連一張活潑的人的臉也看不到，來來回回走過的人竟都只露出半張臉。

天氣明明不算冷，行人卻都恨不得將自己裹得嚴嚴實實的，只除了一個人。

此刻，一個大漢正慢悠悠地穿過街心。

他穿著露肩的青灰長袿子，四十來歲，生著一張長馬臉，確切地說是只有一半的臉，另外一半是白色頭骨，骨頭上一絲肉色也見不到，僅剩的半邊臉上也是傷痕累累，整個人都透著一股陰森怪異感。

他的步子很輕，整個人猶如幽靈般靜靜地飄著。他的右邊胯上繫著一個細竹簍，背上馱著一根魚竿，魚竿上繫著魚線，魚線拴著魚鉤，可魚鉤上既沒有餌料也沒有魚，只有猩紅的液體在不斷地往下滴落，滴落的聲音就像是水落在石板上那樣清脆。

他的眉毛向上挑起，形成一道劍脊。看起來，血滴落的聲音似乎讓他很開心，他腳下的步子輕快了些。片刻，他得意地望了望竹簍，嗓子像是被一根長魚刺卡住了，發出十分尖細的聲音：「六隻了！」

想必那竹簍裡定是藏了六條極好的「魚」。

那深潭似的眼眸變得越發深不見底。他只回身望了一眼，街上稀稀落落的人群似乎陷入了他眼中的深潭。他就那麼悄無聲息地一直往前走，又悄無聲息地消失在人們的視野裡，消失在茫茫的黑夜裡。

與此同時，從不遠處的春明門駛來一輛馬車。

馬蹄踩在青石板的路面上，發出嗒嗒嗒的聲響，在寂靜的街道上，顯得十分清脆。

馬車在瑞福樓門前停了下來，一把摺扇輕輕挑起馬車車廂前的門簾，卻並未全挑開，只露出一條窄窄的縫隙。

「真是怪得很，往常這個時辰街頭巷尾全是人，今日怎這般冷清？」車裡人一邊撩著簾子一邊說。

車夫縱身下馬，四處瞧了瞧，也有幾分起疑：「小郎君，先別管那麼多了，你這一路上舟車勞頓，眼下還是趕緊找個地方休息吧，明早還要去見聖上呢。」

車內人不語，只看著空空的街道出了一會兒神。

須臾，馬車簾子被完全挑開，從裡面走出一個白淨小生。他身著一件雪白的直襟長袍，腰束月白祥雲紋的細腰帶，腰上掛了一只質感極佳的墨玉，頭上別了一根紅木簪子，額前有幾縷髮絲迎風飄飛，顯得頗為輕盈。

他們在瑞福樓門前站定。只見門口掛著兩只八角燈籠，上面用青墨朱砂點了幾個美人兒，此刻兩只燈籠正在風中輕輕搖曳著。許是覺得這景致甚是風雅，二人便踱步進去。

酒樓內稀稀落落地坐著幾個散客，看打扮應該都是些外來的商人。二人進來，他們頭也沒抬，看都沒看二人一眼，只顧著眼前的吃食。

老闆娘此刻正半瞇著眼睛，趴在櫃檯打盹。小生沒說話，只是輕輕咳了兩聲，老闆娘的耳朵靈得很，聽到聲音後，她立刻就醒了。

「兩間上房，再弄些熟食來。」小生將兩錠銀子放到櫃檯上。

老闆娘揉揉眼，臉色卻立刻變得有些發白，像是被嚇掉了魂般，迷糊地問道：「現在是什麼時辰了？」

小生道：「酉時。」

老闆娘驚叫一聲，既不收銀子也不理會小生，竟第一時間跑到門口將店門掩了起來。

「怎麼了？」小生不解。

門掩好，老闆娘這才回來收好銀子，道：「二位客官樓上歇息，隨便住哪間都行，都是上房。」

小生疑惑地打量了一眼店內陳設，疑惑地問：「這麼大的店，竟是沒人住？」

待他走上去一瞧，果真房子都空著，間間是上房。

不多時，老闆娘親自端著酒食上了樓：「酒菜來了，小郎君請慢用。」

小生望了一眼老闆娘，疑惑地問：「我這來了半晌，怎麼都沒見著店裡的夥計[1]？」

老闆娘放下食盤，嘆了一口氣道：「唉，都辭了。」

「辭了？」小生不解。

「是，辭了。」老闆娘無奈地笑笑。

小生問：「沒夥計妳這店裡忙得過來？」

老闆娘苦笑：「小郎君說笑了，我這全店上下總共也沒幾個客人，哪還需要夥計？」

「我怎麼記得妳這店以往的生意挺紅火的？」小生問。

老闆娘嘆了一口氣道：「可不，以前啊，我這店裡頭請四個夥計都還忙不過來呢，哪像如今，一天來的客人我一雙手都數得過來。」

小生問：「這是為何？」

老闆娘苦笑道：「唉，一言難盡哪！」

小生想起東市街上同樣很蕭條，稍加思忖，問道：「可與長安城近日的異樣有關？」

像是被說中了什麼，老闆娘趕忙把屋內的窗子一一合上，又將食指放在嘴邊輕噓了一聲，眼中滿是恐懼地道：「小郎君是外地來的吧？你恐怕不知道，最近長安城裡來了隻怪物，還是一隻專吃人眼睛的怪物！」

「吃人眼睛的怪物？」小生很驚訝。

老闆娘惋惜地道：「可不是，死了兩個人，丟了四隻活珠子呢。」

活珠子自然就是活人的眼睛。

「丟了四隻活珠子……」小生搖頭嘆息，嘀咕道，「長安城竟有這樣的怪物？」老闆娘的話讓他的心裡生出了許多不安來。他思來想去，又問道：「那官府抓到那怪物沒有？」

老闆娘道：「自是沒有。韋青天說還在徹查，只是都好些時日了也沒給個准數，實在讓人心裡頭發慌。唉，這要是沈小娘子在就好了，她辦事素來俐落，定然不會拖這麼久。」

小生眼睛一動，又問：「沈小娘子？」

老闆娘把屋內的東西都收拾妥當，才說：「是啊，只可惜她被聖上派去淮南道查案子去了，此事她怕是管不了了。」

小生唇角微動，問：「這沈小娘子又是何許人也？」

老闆娘笑道：「小郎君平日怕是不愛關心這等閒事吧，竟是連沈小娘子都不知道？這沈娘子啊，可是咱長安城的風雲人物！」

小生輕輕抿了一口酒，眼底含笑道：「說來聽聽？」

老闆娘也不見外了，坐到桌側的條凳上娓娓道來：「她啊，可是咱長安城出了名的才女呢，查案子比那衙門裡的青天大老爺還要厲害！說起來，她啊，還是前大理寺卿沈宗清沈寺丞的女兒，當年沈家可是風光，誰知怎麼就得罪了人，愣是差點被人滅了門，只留下她一個獨苗。當今聖上憐惜她身世淒慘，近幾年便一直將她養在身邊，寵愛得很。這沈小娘子也爭氣，小小年紀就有了她爹當年的風範，辦起案來竟似個男子般定奪果斷，短短幾年破了不少奇案呢。」

小生看著盤中的菜，搖了搖頭，笑出了聲：「我竟不知她如此厲害。」

◆

入夜。桌上的油燈忽明忽暗，窗外的風聲更緊。

老闆娘臨走前將窗戶檢查了一遍，並叮囑小生晚上就待在房裡，哪兒也別去，等過了五更天，月落日出之時那鬼怪便不敢出來作祟了。

小生謝過老闆娘，卻又看著緊閉的窗戶出了神。

第二天清晨，小生簡單收拾後匆忙下樓，車夫已經將馬從後院牽了出來。

老闆娘起得早，看到小生頓時吃了一驚。只見前一日還是小郎君裝扮的人，今日竟穿著一件淡綠色的長裙，風髻露鬢，明眸黠慧，皮膚細潤如溫玉般柔光若膩，分明就是個打扮標緻的美人兒。

老闆娘揉了揉眼睛，看著面前的人，只覺得眼熟，又找不出是哪裡眼熟，疑惑地道：「這……」

小生不去注意老闆娘的眼神，笑道：「還要多謝您昨日的關照，我才沒被那怪物吃了去。」

老闆娘回過神來，不好意思地說：「小郎君……哦，是小娘子，小娘子又說笑了。」

小生清淺一笑，上了馬車，時不時撩開簾子看看外頭。

白日裡的長安城，又是一番別樣精緻的美，東市也恢復了往日的繁華景象，街道兩旁到處可聞商販們的叫賣聲。

老闆娘看著遠去的馬車出了神，來了客人也不記得招呼。少頃，她一跺腳，驚喜地道：「這、這不就是沈小娘子嗎？我說昨日與她提起長安城的怪事，她竟安之若素，一點也不見害怕，原來竟真的是她！」

◆

大明宮。

宣政殿四周古木參天，宮門樓宇鱗次櫛比，殿內雕龍畫鳳，金碧輝煌，也只有長安內的皇城有這樣的氣派。

李忱正翻閱著京兆府尹韋澳遞呈的奏摺，臉色沉鬱，越看越氣，最後終於忍不住將奏摺重重地扔在地上。

左神策都尉王宗實慌忙撿起摺子道：「大家[2]又在想那件案子了？」

李忱豎起劍眉，怒道：「這青天白日的，京中竟有兩個銀櫃被盜了！在朕的眼皮子底下就敢犯案，朕還拿他毫無辦法，你說，這要朕以後有何顏面面對太祖皇帝？」

王宗實寬慰道：「大家千萬息怒，小心傷了龍體。」

李忱又怒又氣：「你說這個韋澳，他平時忤逆朕，朕念他有些才能，便縱著他，不與他計較。可如今，朕把這麼重要的案子交給他，他卻數日給不出個結果，同那些酒囊飯袋有何區別？」

王宗實為李忱斟上一盞茶，思忖一番道：「大家先消消氣，此案確實要複雜些，可這韋府尹不行，不是還有沈娘子為您分憂嗎？」

李忱拿起茶盞，聽到王宗實的話，手上動作一頓，復又將茶盞放回桌上，不悅地道：「哼，她也不叫朕省心。」

王宗實低頭站在一側，試探地問：「大家是在怪沈娘子得罪了鄭國公那邊？」

李忱喝了口茶，瞥他一眼：「你懂什麼？」

王宗實趕忙把頭一低，小心翼翼地道：「賤奴愚鈍，自是不懂大家的心思。」

李忱看他：「這沈丫頭如今還在申州辦案呢，你好好的，提她做什麼？」

王宗實眼珠子一轉，竊喜道：「奴才不敢瞞大家，沈娘子今兒一大早便在大明宮門口候著了，只等大家下了朝好前來拜見。」

李忱正翻看著摺子，聽到此話眉頭一皺：「你怎麼不早說？」

王宗實低頭道：「這是沈娘子吩咐的，說自己是有罪之人，此次前來，一則是想幫大家分憂，再則便是來請罪的。」

李忱把手中的摺子一放，就著王宗實端來的金盆洗了洗手，道：「叫她進來。」

王宗實道了聲「喏」，彎著腰端著盆出去了。

不多時，便見沈玉書身著一抹淡綠走了進來。

玉書剛站定，便行了個大禮：「玉書參見聖上。」

李忱抬頭望了她一眼：「回來了也不跟朕說一聲。」

沈玉書雙手作揖，垂著頭道：「玉書……自知沒臉見聖上。」

李忱神色未變：「妳做錯什麼了？」

沈玉書把頭低得更低：「玉書明知那莊生是鄭國公府上的門客，卻還是不顧情面定了他的罪，得罪了鄭國公，還駁了太后的顏面，讓聖上……」

李忱眉毛一挑：「那妳說說，妳何錯之有？」

沈玉書一頓，小聲地說：「玉書錯在不該讓聖上難做……」

李忱輕笑了一聲，無奈地搖頭：「起來吧。」之後，他又給玉書賜了座，吩咐御膳房的御廚備餐，將御膳挪到宣政殿來，又道，「妳若也學了那些個無用的做派，祖宗的法度豈不是全成了擺設？」

沈玉書被說得羞紅了臉，微微躬身道了個萬福，便坐下了，之後二人再無言語。待御膳上來，三杯酒下肚，李忱這才又說了一句：「這兩月吃了不少苦頭吧？」

沈玉書莞爾道：「這是聖上對玉書的歷練，玉書心中甚是感激。」

李忱笑道：「出去一趟，學了什麼本事不知道，倒是學來了一堆沒用的奉承話。」說著，從八彩琉璃甕中舀了三勺燕窩羹遞給沈玉書，「吃了。」

沈玉書接過碗，認真地說：「玉書自小便在聖上身邊長大，聖上對玉書的好，玉書無須用那虛假的體面話來奉承，玉書是打心底裡感激聖上的。」說罷，舀起燕窩喝了一口，小孩似的笑道，「聖上，還是長安的燕窩好吃。」

李忱寵溺地一笑，道：「在朕身邊，沒必要那麼拘謹，若還想吃什麼，朕讓御膳房的御廚們再多做一些來。」

沈玉書笑著連連點頭，那碗裡的燕窩跟摻了蜜似的，讓她的笑裡都帶著甜。

李忱看著沈玉書，竟一時有些恍惚。不知何時，他養在身邊的這個小丫頭，竟然也出落得如今這般亭亭玉立。他還記得第一次見到玉書時，玉書還尚未及笄，也不若如今高挑，卻憑著一股聰明勁兒就讓他喜愛萬分。

大中元年初，有個波斯使臣來大唐朝賀，酒席間使臣喝得半醉，趁著酒興，突然說自己手裡有一個難題，大唐絕對無人能解開。

李忱問是什麼問題，使臣便讓人拿出一個西瓜，問在場的眾人西瓜裡面的瓜子有多少，前提是不准將西瓜剖開去數，他讓大臣們儘管商量，最後只准說出一個答案來。

如此刁鑽古怪的問題果然沒有一個人回答得出來，恰好那時沈宗清帶著沈玉書一起參加宴會，她見眾人眉頭緊鎖，突然站起來說：「我知道！」

所有人都看著她，使臣也瞪大了眼睛。李忱大喜，問她有什麼辦法。本以為她要細細算上一番，誰知她卻一臉稚氣地說根本不用看，只需用手摸一摸西瓜，西瓜自會告訴她。

眾人大驚，卻見她只伸手摸了摸西瓜。

使臣吃驚道：「小娘子，那妳說說看瓜子有多少顆？」

沈玉書眨眨眼，想都沒想，道：「我早就知道了，瓜子正好有一百五十三顆。」

眾人皆錯愕不已，那西瓜完好無損，難道她有隔板猜物的本事不成？就算能看到，那麼多瓜子少說也得數上一炷香的時間。

使臣笑了，道：「妳這麼肯定？一顆不多、一顆不少？」

「當然。」沈玉書點點頭。李忱於是命人過來切瓜，她卻笑著阻止：「聖上且等等，切瓜之前玉書想和使臣打個賭！」

使臣驚訝道：「賭什麼？」

她笑著說：「我要是輸了，閣下就得當著所有人的面誇讚我大唐比你波斯繁盛；我要是贏了，便當著所有人的面學狗叫，閣下看如何？」

沈宗清聽完，臉上已像被潑了泥彩。

此時，使臣的臉色更難看了，他看著沈玉書微怒道：「妳這賭注有問題。」

沈玉書天真地笑：「哪裡有問題？」

使臣臉色不好地道：「妳這是變著法地侮辱我波斯國，我怎能答應？」

沈玉書眨了眨眼睛道：「回使臣，只要我沒輸，閣下不就不用承認我們大唐比你們波斯厲害了？還能看到我學狗叫，這賭注哪裡有問題了？」

使臣的臉色越來越黑，他卻終究沒再說什麼。

「現在可以切了。」沈玉書無比自信地看著使臣。

使臣想了想，臉上露出尷尬的笑容，卻不得不開口承認道：「聖上，不用猜了，是這個小娘子贏了。」

「閣下認輸了？」沈玉書道。

使臣點點頭，但他的臉色並不好看。

沈玉書道：「我說了，我贏了我就學狗叫。」她果然學著小狗叫了幾聲，又衝著使臣做了幾個鬼臉。她的做法不但不會顯得丟臉，反而還讓人覺得很可愛，在場的眾人誰也沒覺得奇怪。

李忱道：「妳還沒切呢，得數數才知道。」

大臣們面面相覷。沈宗清低聲問道：「妳怎麼就知道瓜子有這麼多顆？」

「阿爺，其實我根本就不知道，不過巧的是他也不知道。」她指指使臣。

李忱得知真相後，驚訝地問道：「妳是瞎猜的？」

「是。一個沒有切開的西瓜，不論是誰都是不可能知道瓜子數目的，出題的人當然也不知道，可是人們總覺得他肯定知道，所以沒有一個人敢說。只要沒人猜出答案，出醜的就是大唐了。」她又道，「於是我就隨意說了個數字，當然，這並不足以讓他退縮，所以我還得找到他的一個弱點。」

李忱笑道：「所以妳就以波斯國的顏面做賭注？」

「是。他是波斯國的使臣，為了保住波斯國的顏面，定然不能讓我輸，而我只要不輸，咱大唐便贏回了顏面！」沈玉書得意地說。

李忱看著這個小女孩兒，甚是喜歡。

那年，小小的沈玉書得了個威風凜凜的封號——天下第一才女，乃皇帝李忱親封。

時至今日，李忱依舊記憶猶新。

當然，沈玉書也確實沒有辜負這天下第一才女的稱號，短短幾年，已經辦了不少奇案。

此去申州，她更是頂著鄭國公和太后的壓力，關押了鄭國公的門客莊生，替甘露之變時被無故牽連的白家翻了案，還查問出了李鄭餘黨的下落，令李忱甚是欣慰。

兩人一直聊到申時，沈玉書幾次想與李忱談起長安最近發生的幾起怪案，可每每開口，都被李忱制止了。李忱只說讓她早些回去休息，明日午時再來宣政殿找他，沈玉書只好聽命告退。

出宣政殿沒走幾步遠，王宗實便喊住了她。玉書回頭，見他的手裡拎著一個鳥籠子。

王宗實是李忱身邊的宦官，早些時候在御膳房供職，因為做得一手好菜，而頗受李忱賞識。就這樣，他平步青雲，頂了御膳房總管的位子，不久又升為左神策都尉，手下握有五千神策軍，在宮中頗有些權勢，朝中大臣都尊稱他一聲王貴人。

「沈娘子且等等。」王宗實道。

沈玉書停下，目光落向他手裡拿著的鳥籠子，有些疑惑地問道：「王貴人，這是？」

王宗實捏著嗓子笑道：「這是聖上前幾日去燕林狩獵時捕到的一隻百靈鳥，聖上念沈娘子此去申州有功，便把這鳥賜給了您，說是您日後破案無聊時還能拿牠解解悶。」

沈玉書微微頷首道：「有勞王貴人了，還請貴人回去代我謝過聖上。」

「好說好說。您如今可是聖上身邊的大紅人，老奴可擔待不起，只望以後沈娘子別忘了老奴的好才是。」他眯著眼睛，扯著細細的公鴨嗓子，把老太監偷奸耍滑的模樣表現得淋漓盡致，「聖上還在殿裡，老奴便先走了。」

「王貴人請便。」沈玉書笑了笑，轉身朝宮門外的方向走去。

◆

酉時，馬車停在了沈府。

門前站著一個身著紫薇袍、腳踩祥雲靴的年輕人。只見他細眉大眼，衣著華貴，僅額頭一顆淡淡的朱砂痣便寫盡了風流。

沈玉書剛下馬車便心下一喜，面上露出真誠的笑容，只因門前站著的那人是一個讓她既討厭又歡喜的人。

見沈玉書從車中下來，那人笑彎了眉眼，徑直踱步過去：「妳可算回來了，我都要在妳這門前立成石人了！」

這人便是京中聞名的國子監祭酒林風眠之子——林之恆，平日裡和沈玉書玩得最好。他舉手投足盡是京城公子哥的瀟灑做派，吃喝嫖賭樣樣精通，還俘獲不少閨中女子的芳心，就連最得當今聖上垂憐的小女兒豐陽公主李環也對他青睞有加。

不過說來也奇怪，他明明是個生在書香世家的大少爺，卻偏偏最不愛念書。若單是這樣也罷了，他還偏生調皮得很，氣走了不知多少個師長。冬天寒冷，他又把那四書五經拿來烤火，直把他那嗜書如命的父親氣得七竅生煙。

原本他父親給他起林之恆這個名字，便是望其能夠「如月之恆，如日之升」，早登金科以光耀門楣。可誰知他偏偏逆著性子，把那書本看成了仇敵，整天就愛鑽研一些稀奇古怪的東西，吃飯、睡覺、上廁所時都抱著本《周易》，可謂愛不釋手。大家遂把他稱作周易，時間一久，竟都忘了他那本名。

周易素來調皮，他父親看不住他，便時常禁他的足，可誰知他又對那地上躺著的屍體來了興趣，吵著鬧著要當那下賤至極的仵作。若不是周易的母親護子心切，林祭酒只怕早與他斷絕了父子關係。

沈玉書望著他，打趣道：「你阿爺今日竟沒罰你禁足？」

「我阿爺愛我如命，怎會捨得罰我？」周易撇嘴，瞧著沈玉書手中的鳥長得靈巧，好奇地問，「妳素不愛這些帶爪子的玩意，怎麼還帶隻鳥回來？」

沈玉書也看看手中的百靈鳥，笑道：「聖上賜的。」又像是想起了什麼趣事，忍不住調笑道，「我去申州這兩月，你是不是又幹了什麼驚天動地的大事？」一邊說著，她一邊領著周易進了門。

周易笑道：「倒真有一樁。我被我阿爺逼了三次婚，最後一個也沒談成，被他追著滿城跑，差點被他給揍死。」

「怎麼？那小娘子嫌你難看？」

周易笑道：「妳什麼眼神，我周易好歹也是玉樹臨風，長安城裡能挑出幾個比我俊的？」

「那是你嫌棄人家長得醜？」

「那倒也不是。」周易拿起手中的摺扇往沈玉書頭上輕輕敲了敲，狡黠地笑道，「妳還不曉得我嗎？我這每日心心念念的只有妳，又怎會容得了別人？」

沈玉書瞪他：「這與我聽到的可不太一樣！我只聽人說你騙她們你在外面養了小娘子，

難不成我還是你那養在外面的小娘子？」

周易傻笑：「是啊。」

沈玉書四下看了一眼，見無人，心下一鬆，又回頭瞪他：「你再這樣不正經，下次我便不理你了。」

過了一會兒，又看著周易，正色道，「此次找我，為了何事？」

周易得意地咳了一聲，故弄玄虛：「案子。」

「你？查案？」沈玉書眉毛一挑，淺笑道，「你又在和你阿爺置氣了？」

周易嘟嘟嘴：「這和他有何關係？再怎麼說我也是京城第一件作！」

「你什麼時候成了京城第一件作？自封的？」沈玉書笑出了聲。

「不許笑！妳去申州這兩月，我可是日日苦心鑽研，技藝大有長進。」周易不滿。

「哦？」

「妳不知道，這兩月我可是破了長安城大大小小數十件案子，連那京兆府尹韋公都得聽我的。」周易擺著一副能把牛皮吹破的滑稽模樣，惹得沈玉書想笑又憋了回去。

「韋公素來明察秋毫，聖上都敬他滿腹才華，他能讓你牽著鼻子走？怕又是看在你阿爺的面子上吧。」沈玉書調笑他，「還有，你說的大案該不會是隔壁王嬸偷了李姑家的雞，張媽家的狗吃了陳家鋪子的肉包子吧？」

沈玉書說到他心裡去了，他聽得喉嚨發乾，咽了口唾沫，笑道：「那又怎麼了？再小的案子也是案子。」

這下輪到沈玉書笑出了聲，直道：「是是是，你說什麼都對。」

貳

兩人進了沈玉書的院子，她先把鳥籠子放在院子的石凳上，隨後同周易一同去了正房看望她娘親羅依鳳，羅依鳳卻不在屋裡。

沈玉書正要離開，恰好看到一個丫鬟從沈家佛堂那邊走來，那個丫鬟她好像從沒見過。丫鬟很機靈，見到玉書便朝她行禮：「小娘子。」

沈玉書一邊打量她，一邊問道：「妳是新來府上的？」

「是，小娘子。我叫碧瑤，前一個月才入的府，那時小娘子還不在京中。」碧瑤不卑不亢地答道。

沈玉書點點頭，問：「妳是服侍我阿娘的？」

「是。」碧瑤點頭。

沈玉書又多瞧了她幾眼，問：「阿娘呢？」

碧瑤低著頭答：「大娘子在佛堂敲木魚。她說今日是齋戒日，不許旁人進去，小娘子也……」

沈玉書稍加思索道：「也好，明兒個我再來看她。阿娘近來可好？」

碧瑤不假思索道：「大娘子很好，就是近來不愛吃東西，人也跟著瘦了。」

沈玉書嘆了一口氣：「不吃東西怎麼成？我瞧著妳心細，往後叫膳堂多給她備些糕點，妳在旁邊提醒著，她總是能多吃一些的。」

碧瑤低頭：「奴婢明白。」

沈玉書笑著從頭上取下根簪子遞給碧瑤，囑咐道：「我看妳是個聰明人，往後便多陪阿娘說說話，若是銀錢不夠，儘管跟我要。」

碧瑤偷偷掂了掂簪子的分量，眼底湧上一抹歡喜，忙答道：「小娘子放心，奴婢一定盡心盡力服侍大娘子。」

沈玉書點點頭道：「妳且下去吧。」

碧瑤退下後，玉書才卸下了包袱似的，微不可察地嘆了一口氣。

周易方才一直在一旁安安靜靜地聽著她與碧瑤的對話，如今看她這般模樣，湊過來擔心地問：「妳母親……還是那樣？」

沈玉書沒答他的話，只是咧了咧嘴，笑得苦澀。

自她父親和兄長去世以後，她母親便心如死灰，無心理家，只一心向佛，身體也每況越下。玉書在外待的時間久，每每回來，都能看到母親頭上的銀絲又多了不少。

母親是對父親和兄長二人被害之事不能釋懷，玉書知道，可聖上最忌諱她碰大理寺的卷宗，她縱有通天的本領，也實在無能為力。

周易知她心裡苦，卻又不知該如何安慰，猶豫了半天，才抬手拍了拍她的肩，擠眉弄眼地調笑道：「我們玉書怕不是被什麼衰神附了體，瞅這副委屈模樣，我看著都直想落淚。」

「一邊去。」沈玉書被他弄得又氣又笑。

周易嬉皮笑臉地道：「別啊，我今兒可是有要事找妳。」

沈玉書拿他無法，道：「什麼事？」

周易神神祕祕地道：「妳回長安的途中可聽說什麼了？」

沈玉書往前走了兩步，不緊不慢地問：「聽說什麼？」

周易快走兩步追上她：「長安最近啊，出現了個專吃人眼睛的怪物！」

沈玉書腳下步子一頓，眉頭一蹙，問周易：「這事連你也知道？」

周易把手中的摺扇「啪」的一下合上，道：「何止是我，長安城的百姓誰不知道？短短幾天時間就連續死了兩個人，沒了四隻眼珠子，妳說這事玄乎不玄乎？」

見周易如此認真，玉書問：「你怎麼看？」

周易想了想，道：「坊間百姓都傳這是個怪物，可我總覺得沒那麼簡單。咱這長安城平平穩穩這麼些年了，偏偏現在就生了怪物？」

沈玉書讚同地點點頭道：「可要是有人作怪，殺人可以理解，挖眼睛又是為何？」

周易搖搖頭道：「我也想不明白，最怪的是，兩個死者還都是在生前被人挖的眼睛，之後才被殺害的。」

「你去驗過屍體？」沈玉書詫異地看著周易。

周易得意地搖了搖扇子道：「當然，我在京兆府的停屍房待了好幾個時辰呢！」

沈玉書笑著看他：「許久不見，你倒似乎真的長進了不少。」

被玉書一誇，周易的耳朵瞬間紅了，他裝作無事地咳了兩聲，道：「時候不早了，我先回去了。明日我帶妳去看看屍體，興許能有別的發現。」

沈玉書看著他神氣的模樣越發想笑，道了聲好，送他出了門。

◆

第二天早晨，微風拂面，春光融融，桃花開得正盛，美不勝收，沈玉書卻沒有心思去欣賞這等好春景。

羅依鳳比沈玉書起得早，此時碧瑤正扶著她逛院子，沈玉書走過去請安。

羅依鳳道：「又去宮裡？」

沈玉書看著羅依鳳，點頭道：「嗯。」

羅依鳳轉眼看向一旁的碧瑤，吩咐道：「妳去膳堂給小娘子端些羹湯來。」

碧瑤應了一聲，卻被沈玉書攔住了。

玉書為難地看著羅依鳳：「眼看聖上快下朝了，我若去晚了，怕是不好，我回來再喝也是一樣的。」

羅依鳳像是沒聽見她的話，吩咐碧瑤去拿湯，又幫她理了理衣服領子：「終究妳也是個小娘子，小娘子還是要養在閨閣裡的，妳這天天進進出出怕是要讓人說閒話了。」

「阿娘，女兒知道妳在擔心什麼，可……可阿爺的事不能就那麼算了，聖上信任我，我……」沈玉書雙手覆上母親的手，寬慰道。

「傻孩子，他哪是信任妳，他分明是在處處提防妳。他讓妳四處為他辦事，卻從不讓妳插手大理寺的案子，妳道是為何？」羅依鳳憐惜地看著玉書，滿眼的心疼。

沈玉書輕輕拍了拍母親的手，又給她理了理身上的薄披肩，才道：「阿娘，我都知道，可我不甘心。」說罷，她重重地呼了口氣，和羅依鳳道別後，轉身出了門。

◆

宣政殿。

李忱坐在香爐前，正看著面前擺著的那幅太宗皇帝的肖像。

他看著看著，臉上突然露出了一絲苦笑。

自從登基以來，他便發了大志，要效仿太宗皇帝，讓泱泱大唐再次傲立在這片土地上。然而目前藩鎮割據，民怨沸騰，周邊各小國早已蠢蠢欲動，大唐內憂外患，暴動頻繁，長安城又時有凶案發生，所有的一切已經讓這個胸懷大志的帝王心力交瘁。

他捧起太宗畫像，緬懷之時，眼角已經微微濕潤。他不知道如何改變大唐頹敗的局面，可又不想放棄自己復興大唐的抱負。

「大家，沈娘子在外求見。」王宗實走進來輕聲道。

李忱擦了擦眼角，將畫像收好，平復了一下心緒才道：「宣。」

沈玉書進來後，王宗實退到了一邊。

玉書看到了李忱眼底的擔憂，卻只欠身行了個禮，並未多言。

李忱細細看了她兩眼，笑道：「昨夜睡得可好？」

沈玉書猶豫再三，道：「回聖上，玉書昨夜睡得並不好。」

李忱擔憂地問：「可是近日舟車勞頓，累了心神？」

沈玉書微微頷首：「想來聖上也聽說了近日長安城裡發生的怪事，玉書自知此事後，便徹夜難眠。」

李忱點頭道：「朕今日便是要同妳說此事。今天下面來報說，昨日城中又發現了一具屍體，經推斷，應是前天夜裡死的。這件事妳可聽說了？」

沈玉書身子一震，驚詫地問：「又死了人？」

李忱嘆了一口氣，道：「已經是第三個人了，再這樣下去，怕只會使得人心惶惶……」

沈玉書掰了掰手指，陷入了沉思。片刻，她下定了決心似的，躬身行了個禮，道：「聖上，玉書以為此事大有蹊蹺，必不會是什麼凶獸所為，反倒更像是有人在蓄意作怪。」

「哦？」李忱挑眉。

沈玉書明眸閃爍：「就一環扣一環的案件來看，這作案之人倒像是蓄謀已久。細細想來，他殺人數目並不算多，反倒是殺人方法惹得坊間百姓人心惶惶，倒顯得像是故意要引起恐慌似的。」

李忱蹙眉思慮許久，才道：「這個說法倒也合理。只是這案子甚是棘手，若是再查不出結果，只怕還得枉死更多百姓。」

沈玉書垂眸，似是有了思慮。片刻，她撫裙跪地一拜，堅定地道：「玉書懇求聖上命玉書追查此案。」

李忱似早料到她會有如此反應，大喜道：「按理說妳剛從申州回來，朕本該准妳多休息幾日才是。可照目前情況來看，這凶手實在倡狂，加上行蹤詭祕，官府多番查探也一直收效甚微。再加上之前幾日的案件已引起了百姓恐慌，若是官府再大張旗鼓地去調查，恐怕會加重百姓的擔憂。若是由妳從旁協助調查，自是再好不過。」

她微微頷首道：「玉書謝過聖上的厚愛，定不負皇恩。」

李忱嘆了一口氣，起身扶她：「快起來，有妳在，朕才心安。」

王宗實站在一旁觀望了許久，眼瞼時而揚起，時而低垂，兩隻鷹眼滴溜溜地飛轉，似是自有一番打算。

沈玉書站起身，扶著李忱坐回龍椅之上，靜靜地想了一會兒，道：「聖上，這個案子之前由誰管？」

「是京兆府尹韋澳。他辦事素來穩妥，有什麼問題妳只管問他去。」

聽到是韋澳，沈玉書放心地點了點頭，道：「玉書明白。只是，玉書還有一事相求。」

李忱抬眼看她：「何事？」

沈玉書微微抬頭，對上李忱的眼神，復又垂下了眼瞼，道：「玉書想懇請聖上准許林之恆同玉書一起辦案。他雖沒什麼經驗，可驗屍的本事還是不錯的，有他在，玉書辦案時也能便宜些。」

「林之恆？」李忱思索了一番，似是想不到此人是誰，「這又是何許人也？朕竟聞所未聞。」

沈玉書臉上一紅：「回聖上，他是國子監祭酒林公之子，同玉書自幼便熟識，性子好，人也最是聰慧。玉書與他很是相投，便替他同聖上求了這個差事，還望聖上不要見怪。」

「這林風眠竟還養出個愛和死人打交道的兒子？」李忱笑了笑，點頭道，「朕准了，妳只管去辦。」

沈玉書笑了，道：「謝聖上。」躬身行禮，之後又道，「若聖上沒有其他吩咐，玉書便先退下了。」

說完她轉身欲走，王宗實卻攔住了她：「沈娘子且慢走，聖上還有事情交代呢。」

她驀地站住，微微側身，餘光處只見一道清麗的身影從她旁邊掠過，清風襲來，滿面清香。她再望時，面前已經站著一位白衣男子了。

男子似沒有看到她一樣，自顧自地躬身給李忱行禮，待他再次抬起頭時，沈玉書才看清了他的模樣。只見他一雙黑色的眸子鑲嵌在冠玉般的臉上，灼灼的黑眸似寶石一般，低眉轉眼間自帶著一種別樣的風流。哪怕腰間別著個煞風景的酒葫蘆，他也好看得不像人間該有的人物，玉書只看了一眼，便暫態亂了心緒。

李忱道：「先前辦案時，妳便不慎受過傷，想來倒是朕之前疏忽了。這次案子不同一般，凶手的手段也殘忍至極，因此，朕便給妳找了個幫手。」

沈玉書回過神來：「他是……」

「他叫秦簡，是朕的貼身護衛，不常示人。難得他練就了一身好武功，有他在妳身邊，朕也放心些。」李忱道。

沈玉書微微一愣，眼中劃過一絲複雜的情緒，轉而又看著李忱笑道：「聖上每天政務繁忙，實在不必如此替玉書煩心，玉書一個人慣了，身邊突然多個人多少會有些不習慣。相比玉書，聖上的安危才是我大唐的根本，想來秦侍衛留在您身邊會更好些。」

李忱深深看了玉書一眼：「朕說把他給妳，便不打算留他在宮中，妳可不許推辭。」

沈玉書無法，只得頷首謝恩：「玉書謝過聖上。」

起身時，沈玉書掃了一眼身旁的秦簡，心下五味雜陳。她心知聖上是為了防她才派這麼個人來時時看著她。想來，她在申州私下約見回鄉探親的大理寺主簿李銘的事也已不是祕密。只是，因這一個人的到來，以後的每一步該怎麼走，她卻有些不知道了，如今的沈玉書已澈底亂了方寸。

李忱滿意地點頭，看著秦簡道：「日後就由你來協助玉書查案，不得怠慢。」

「是。」秦簡微微躬身應答，之後再無話。全程他竟是連一眼都未曾瞧過玉書，眼裡自始至終都是水一般的平靜。

李忱看看玉書，又道：「妳近來不在京中，倒是讓豐陽心中氣悶不已，那丫頭閒極無聊時，總會跑過來怪朕，說讓妳做太多事情，害得妳都沒有時間入宮陪她聊天。恰好太液池旁有個單獨的小院山水苑，環境清幽雅致，朕今日就將那小院賞賜與妳，以後妳可常住宮中。有時間就多陪陪豐陽吧，免得她又過來找朕說理，怪朕不體諒妳。」

沈玉書道：「如此，玉書就多謝聖上體恤。許久不見公主，玉書也甚是想念。」玉書說完，李忱便揮手讓她先行退下。

沈玉書率先朝著殿外走去，秦簡則緊跟其後。

待走出宣政殿，沈玉書邊走邊思忖，許久後，湊到秦簡旁邊，輕聲道：「待出了宮以後，你便不必跟著我了，隨你去哪自在逍遙，你看如何？」

秦簡依然不看她，只跟著她的步子走走停停，口中說道：「聖上讓我時刻跟著妳，我不能不從命。」

沈玉書眼珠子一動，道：「我不與聖上說就是了，你只管玩你的去，豈不美哉？」

秦簡眼睛眨都不眨一下，斬釘截鐵地道：「我只遵皇命。」

「你……」沈玉書被他的話噎得說不出話來，反倒憋了一口火氣在心底。

待出了宮，秦簡還是寸步不離地跟著沈玉書。玉書回身瞪他，他卻依然目視前方，玉書便生了悶氣，腳下步子越發快。可秦簡畢竟是練過功夫的人，玉書就是腿腳再好，也不可能將他甩開。

一氣之下，玉書乾脆徑直上了馬車，叫車夫把車趕得很快。誰知她拉開簾子一看，秦簡竟還緊緊地跟著馬車，氣得她在心裡直罵他是木頭。

◆

光德坊，京兆府衙。

沈玉書問府門前的一名衙差：「韋公呢？」腳下卻和秦簡較著勁。

衙差道：「最近長安城大大小小的案子繁多，韋公正在內堂整理案簿呢。」

人人皆知，京兆府尹韋澳為官清廉正直，體恤百姓，剛正不阿，且不貪戀權勢，平日裡性格豪爽灑脫，和小輩之間常常也能相談甚歡，是個極容易相處的人，坊間百姓都尊呼他一聲「韋青天」。

沈玉書點頭，特意給了秦簡一個眼神，不讓他再跟著。她隨著衙差進入內堂，進去後才發現韋澳右手拿著狼毫細筆，整個人卻伏在了桌子上，儼然已經睡著了。案桌上放著厚厚的藍灰簿子。

衙差打算去叫醒韋澳，被沈玉書制止了：「韋伯伯最近怕是煩心過重，也實在勞累，就讓他好好休息一會兒，咱們去屋子外面等吧。」

此時屋外風風火火閃進來一人，蹦蹦跳跳的，歡呼雀躍著，不是別人，正是周易。

「哎，妳這麼早就來啦？」周易嘴巴咧成了一個大弧，「虧我剛剛還去了沈府找……」

沈玉書轉過身，輕聲「噓」了一下，打斷他後面要說的話，又用指尖指指身後的韋澳，道：「咱們去外邊說事。」

周易望了望，剛住嘴，那邊韋澳卻已被吵嚷聲驚醒了。

韋澳眨了眨眼睛，朦朦朧朧間見門口站著一眾人，抬手用力搓了搓眼瞼，待看清都是誰後，頓時笑盈盈地道：「是玉書啊，什麼時候回來的？」

沈玉書道：「韋伯伯，我前天才回來。」

韋澳滿眼慈愛，道：「妳這個小丫頭，去了一趟申州沒遇著什麼事吧？」

沈玉書開心地道：「好著呢。」

「那就好，昨日便聽宮裡來人說聖上要妳來幫我，我可是樂意呢，就怕累著妳。我現在算是老了，不中用，看個卷宗都能睡著。」韋澳重重地嘆了一口氣，拿起桌子上的一本案簿遞給玉書，「妳先看看。」

沈玉書點頭，謙遜地說：「韋伯伯，玉書只是來和您學本事的，受累的還是您。」說罷，她接過案簿大致掃了一眼，裡面紀錄的正是最近發生在長安城的金銀失竊案。

玉書看得正愁眉不展，餘光卻瞥見秦簡又跟了來，心下不悅，便把那案簿扔給了他，言下之意要他別去聖上耳邊嚼舌根。

「唰」地飛過來一個東西，把秦簡嚇得一愣。他翻了兩頁才看出手中的物件是什麼，不明所以地抬頭看玉書，玉書卻不再理會他。他又翻了幾下手中的簿子，竟不知怎麼扯了扯嘴角，扯出一個極淺的笑。

這一笑，他自己沒覺察出來，倒是把沈玉書給嚇著了。打見到秦簡以來，玉書便沒在他臉上看到過別的表情，如今見他笑，竟覺得比見了詐屍還要嚇人。

玉書這一個回頭，倒是讓周易注意到了她旁邊的秦簡。周易上上下下地將秦簡好好地打量了一番，才問道：「這位背著破銅爛鐵的仁兄是哪位啊？」

秦簡似乎並不喜歡周易如此形容他的心頭好，皺著眉頭道：「這是上好的精鋼劍。」

周易雲淡風輕地「哦」了一聲，心想管你什麼精鋼劍、銀鋼劍的，反正我又不認識，在我眼裡可不就和一堆破銅爛鐵差不多嗎？抵不住心下的好奇，他拿扇子戳了戳沈玉書，問道：「他誰啊？妳帶他來做什麼？」

沈玉書看了眼一旁站得筆直的秦簡，無奈地道：「他叫秦簡，是武藝高強的大內侍衛，聖上賜我的。」

周易回頭又打量了秦簡兩眼，咂巴了兩下嘴皮子：「聖上不賜妳金銀珠寶，也不賜妳田地鋪子，賜人做什麼？難不成要把妳許給他？」

沈玉書瞪他：「胡說什麼！聖上是怕我有危險，要他保護我。」

周易又從頭到腳地細細看了看秦簡，許久才收回目光，把沈玉書往旁邊一拉，小聲道：「往後，妳可得防著他。」

沈玉書見慣了周易嬉皮笑臉的模樣，如今見他這般認真，便打趣道：「京城第一件作何出此言啊？」

周易拿扇子輕輕敲了下沈玉書的腦袋，低聲道：「傻啊妳，聖上好好地賞妳個大活人，不用想都知道，這是在防著妳。」

沈玉書收了笑，正色道：「我知道。」

周易也笑，搖著扇子大搖大擺地朝秦簡走去，扯著嗓子道：「我是林之恆，又名周易，你可以叫我周易。我是咱這京城聞名的第一件作，也是京城美男榜的第一名。」

秦簡垂眸輕輕點了下頭，當是對他的回應，之後再無話。

周易討了個好大的沒趣，心下不滿，朝著秦簡撇了撇嘴。

韋澳見幾人閒談甚歡，笑著打趣：「這林祭酒真是養了個寶貝兒子。」說罷，又嘆了一口氣，言歸正傳，「想來，你們一定知道了，前天夜裡城裡又死了一個人，昨天接到報案之後，我們就將人抬了回來，現在屍體還擺在後堂，絲毫未動，若無旁的事，我便帶你們去看看。」

「煩請韋伯伯帶路了。」玉書頷首。

三人隨著韋澳去了東邊的屋子。屋子是衙門裡用來臨時停放屍體的地方，裡面黑漆漆的，只燃了一盞蠟油燈。

進去前，周易瞟了一眼秦簡，秦簡似沒注意到他的眼神，徑直往前走。周易一挑眉，拿扇子往秦簡身前一橫，道：「此等機密之地你便無須進去了吧？」

秦簡眼睫一垂，直直地看著周易道：「聖上要我時刻護著沈娘子。」

「有我在，何須你？」周易不悅。

秦簡眼底劃過一絲淺笑，拿劍的右手猛地一抬起，把周易手中的扇子震出老遠。他不顧氣急敗壞的周易，徑直進了停屍房，周易氣得把扇子踢得更遠，也跟著進去。

屍體停放在木質的長條案板上，雖用草席包著，但還是能聞到一股淡淡的腐味。草席打開時，眾人看到那人的臉上血糊糊的，鼻梁旁多了兩個黑洞，眼珠子已經被人挖掉了。

周易仔細地查驗了一番，發現死者除了兩隻眼睛不見了，其他的地方都完好無缺。死者渾身的肌肉緊繃，面貌已不太好辨認。

半刻鐘後，周易蹙了蹙眉道：「死者應是死於前夜亥時到子時之間。和之前發現的幾具屍體相同，作案手法也類似，應該是同一個人所為。死者身上沒有多餘的傷口，但他的臉上和衣服上都有很多細小的血跡，應該是血液噴濺所致，所以他也是在活著的時候被人挖掉了眼珠子。」

沈玉書覺得有些匪夷所思，也湊過去細細看了一下屍體，卻半天看不出端倪。正愁眉不展，死者袖口上的一抹粉色突然引起了她的注意。她定睛細看，發現那上面的竟是一朵繡工講究的桃花。

玉書眉頭一皺，思量了片刻，側頭問周易：「這衣服的料子可是太湖絲品？」

「是啊，上好的太湖料子。」周易不假思索地答。

沈玉書依然蹙著眉頭嘀咕：「看來是個有錢人……」思來想去，又問，「可這麼好的料子，他為何要在上面畫蛇添足地繡一朵桃花？既損了料子，也顯得衣服頗為俗氣了。」

「桃花？」周易詫異，細細一查看屍體的衣物，果真看到袖口繡著一朵很是俗氣的桃花。他激動得猛地起身道：「這、這不是萬有福的衣服嗎？」

沈玉書目光一轉，道：「你是說，他是大通櫃坊[3]的老闆萬有福？」

周易欣喜：「正是。」

沈玉書又低頭聞了聞屍體的衣服，道：「我在他身上確實聞到了金銀銅錢的味道，可又如何確定這人便是萬有福？」

「前些時日，我陪張侍郎家的二郎去大通櫃坊取銀錢，正好見到了萬有福，我清楚地記得，他的袖口就繡著一朵這樣的桃花。」周易又道。

沈玉書若有所思地點點頭：「這麼說，倒真有可能是他。」又抬頭看向一旁的韋澳，

「韋伯伯，這人的身分可確定了？真的是萬有福嗎？」

韋澳看著沈玉書回道：「屍體是在一個小巷裡發現的，雖然至今還沒人來認領，但我猜應該就是他。」

沈玉書又多看了兩眼面前的屍體，復又看向韋澳：「除他以外，現場可還有別人的屍體或者丟了什麼東西？」

「除了死者外，在現場並沒有發現其他人。哦，倒是這幾個櫃坊的金庫都被盜了。」韋澳搖頭道，「我總覺得凶手是有計劃地在作案。前幾日我也曾派衙差連夜埋伏在大通櫃坊和聚德櫃坊周圍，本想守株待兔，可誰知凶手狡猾得很，不知何時竟已潛入了大通櫃坊內。後來只聽見一聲慘叫，衙差蜂擁而入，可除了在地上看到血跡之外，並沒有發現萬有福的屍體，不過櫃坊裡的金銀卻在頃刻間消失無蹤。」

「可看到過凶手的模樣？」沈玉書急著問。

韋澳一邊嘆著氣一邊搖頭：「連影子都未來得及看到。」

沈玉書倏地皺眉，道了句「壞了」，惹得其餘幾人紛紛看向她。

沈玉書起身，嘆了一口氣：「運來櫃坊的金必喜死了，順天櫃坊的錢鎮多死了，而如今大通櫃坊的萬有福也死了，那麼下一個……」

「婁千山。」一直在一旁乾站著的秦簡突然接話，惹得玉書不禁又看了他一眼。只是這停屍房裡實在太黑，以至於玉書草草一眼只瞥見了秦簡的一身白衣，並未看清他的臉。儘管如此，這也讓她生了幾分不自在，她只道了句「是」。

「按前幾起案子的案發時間來算，凶手都是隔一天行一次凶，萬有福是前夜死的，那麼……」沈玉書邊踱步邊說，突然，神色肅然地看著周易，「我們得立刻去聚德櫃坊一趟。」

參

今夜，註定又將是一個不眠夜。

位於安邑坊的聚德櫃坊似乎很熱鬧，燈火通明，快至午夜時，周圍才漸漸安靜下來。

熱鬧和寂靜有時候本來就是一瞬間的事情，但有的寂靜卻能讓人膽戰心驚，比如死亡前的寂靜。

聚德櫃坊的正門前不知為何竟豎起一面高大的銅皮木鼓，不多時便有一個黑影從坊內躥出。那黑影拿起木槌，重重地砸向鼓面，聲音很大、很清晰，沒人知道他為什麼要在深更半夜擊鼓。只是這聲音實在敲得人心裡發慌，怪物沒抓著，倒讓每個人心裡都悄悄爬出了一隻怪獸。

霧氣濛濛，月光透過氤氳煙雲。

「現在已經快到午夜了？」沈玉書問。

周易抬頭看看四周，道：「是。不久前聽到了梆子聲，不多不少，整整十一下。」

沈玉書面色凝重道：「奇怪，今天那怪物怎麼突然不準時了？難道他要殺的下一個人不是婁千山？」

「不會的。」秦簡影子一般貼牆站著，冷不防來了一句，又把玉書和周易嚇得不輕。銅皮鼓敲了一百下之後停下了，周圍又恢復了寂靜。

沈玉書心下感到不妙，吩咐衙差仍舊據守在原地，密切注意四方響動。之後，她又叫周易帶幾個衙差去其他櫃坊看看，叫秦簡去街上看看能不能發現什麼線索。

周易爽快地答應了，領著衙差快速地走了。倒是秦簡，十分不願意，依然雕塑一樣地靠著牆道：「聖上讓我跟著妳，可不是讓我替妳查案子的。」

「你既跟了我，便得聽我的。」沈玉書眼睛盯著聚德坊的方向，嘴上回著秦簡。

秦簡眼睛直直地看著前方：「妳若遇到危險怎麼辦？」

「哪來的危險？」沈玉書笑。

「妳現在就很危險。」秦簡答。

沈玉書一時被噎住，半晌才道：「我讓你去你就去，不許跟來。」說罷，她獨自往聚德坊的方向走，秦簡無奈，只得去街頭巡看。

那個小廝正要將鼓槌收起來放在旁邊的架子上，看到有人來，忙道：「幾位請留步，夜已深了，聚德坊也已打烊，若是存取銀錢，須等到明日才行。」

見玉書等人沒反應，他又道：「幾位大概還不知道，長安城現在鬼氣森森，尤其是到了午夜前後，就有一個吃人眼睛的怪物四處遊蕩。還專吃有錢人的眼睛，這不，長安城四大銀櫃坊的老闆已經死去了三人，現在只剩我們這聚德坊安然無恙。為了諸位的安危著想，諸位還是莫要在此逗留，誰知道那怪物會不會晃蕩到這裡時又突然想改改口味了？」

沈玉書搖搖頭道：「這位小哥說笑了，我不是來存取銀錢的，而是來捉怪物的。」

小廝不想與她費口舌，道：「小娘子別說笑了，快回去吧，那怪物凶殘得很，妳可捉不了的。」

「不試試怎麼知道？興許我就有那神通呢？」沈玉書笑道。

「敢問小娘子是？」小廝知勸不動她，便問。

沈玉書笑：「我姓沈。」

小廝一驚，面色忽地變得不太好。一瞬之後，他才愧疚地道：「原來是沈小娘子，是小人有眼不識泰山。」

「不知小哥怎麼稱呼？」沈玉書問。

小廝不看她的眼睛，略低著頭道：「小人姓賈，單名一個許字，是聚德坊新雇的長工。」

沈玉書將賈許細細打量了一番，他看起來才三十歲左右的年紀，唇紅齒白，皮膚黝黑卻透著柔光般的細膩，像是貼了面泥似的，細膩得頗不真實。他舉手投足間像是見慣了世面的，頗有幾分油腔滑調的意味。

沈玉書探究地看著他：「你平時在聚德坊都做什麼活？」

賈許被玉書看得略顯出幾分不自在：「我本在聚德坊內做收納，順便謄錄帳本，忙的時候也會頂些雜活。」

「你倒是個勤快人。」她笑了笑，又道，「這一晚，你可見到過那怪物？」

「我等了一整晚也未曾見到，想來許是被我嚇跑了。」賈許笑答。

沈玉書狀似不經意地掃了一眼他包著白布條的右手，朝他笑道：「那你可是厲害，竟連怪物都鎮得住。」

賈許指了指眼前的大鼓，道：「沈娘子看看這面鼓，這可是我們掌櫃的找了得道高僧開過光的。法音無邊，鼓被我這麼一敲，怪物哪裡還敢來？」

沈玉書好奇地問道：「你們掌櫃的還懂這個？」

賈許一本正經，連眼睛都不眨一下：「是。我們掌櫃的說了，這是他專程從法幢寺[4]裡請來的太平鼓，什麼怪物都鎮得住。」

「看來這個法子還挺奏效。」沈玉書東一榔頭，西一棒槌，又問，「那你們掌櫃的呢？這鼓是他請的，怎麼不由他來敲？」

「掌櫃的正在房內核對帳目，已經吩咐過不許任何人打擾。」賈許答。

沈玉書點頭，朝櫃坊裡看去。裡面安靜得不太尋常，屋子裡透出些微的亮光，這詭異的安靜惹得她心裡越發不平靜。

有陣冷風吹來，沈玉書掖了掖身上的薄裳，問賈許：「我可否進去看看？」

「沈娘子，這樣不好吧，畢竟我們櫃坊裡藏的都是錢財，不好讓旁人進去。我看夜也深了，小娘子還是請回吧。」賈許道。

沈玉書踮起腳尖望了望，見櫃坊內昏黃的燈火跳動著，西邊房內仍燃著燭火，薄薄的窗花上映著一個黑色的影子，想必屋裡的就是婁千山。她停了一會兒，那賈許驀地轉了一下眼珠，大有要趕她走的意思。

沈玉書不好私自闖進去，只好轉身離去，在剛剛的小巷裡等著。

沒過一會兒，櫃坊內突然傳來一聲驚呼，沈玉書還沒走遠，一瞟，見賈許正慌忙地從裡面往外狂奔，還邊跑邊號，發出殺豬般的慘叫。

他手舞足蹈，瘋了一般，開口喊道：「死了，死掉了！大掌櫃的死掉了！」

沈玉書難以掩飾地輕「啊」了一聲，心想怎麼會這麼快又毫無徵兆地死了人？按照凶手的作案習慣，他應該會在午夜前後潛入聚德坊，時間雖然對得上，可除了賈許，她根本沒有看到任何人進入聚德坊，埋伏在四周的衙差也沒有發現異常。

另外從前面幾起案子來看，凶手作案時，定會取下被害人的眼珠子，這已經不是什麼新鮮事了，可是方才聚德坊內一直很安靜，誰也未聽到有什麼響動聲傳來。

沈玉書的臉上沒有任何表情的變化，她只是定定地看著賈許，道：「現在我可以進去看看了嗎？」

賈許渾身抖如篩子，顫顫地道：「沈娘子隨意吧。」

聚德坊後面有一間大院子，四周都是翠綠的香樟樹，院中彌漫著清香。

婁千山的房間裡亮著燈，門已被賈許打開了，沈玉書等人進去時，映入眼簾的是一根木頭，準確來說是一根用木頭雕刻的人。

木頭人不僅神形兼備，還會動，鼻子眼睛和真人無異，身上還披著婁千山的衣服，遠遠望去幾乎和真的婁千山一模一樣，實在讓人難以分辨真假。

沈玉書摸了摸木頭的材質，又湊過去聞了聞，斷定是榆木料子。透過榆木的年輪，她判定這個木頭人是用一棵十年以上的老樹雕刻而成的；榆木通體潮濕，說明是新砍伐的。她知道，長安城附近只有邵家村的王屋山上盛產榆木。

將這麼粗重的大樹從山上砍伐下來，再運到山下，最後又雕刻成精美的人像，首先說明此人的力量頗大，應該是個三十歲左右的青壯年男子，其次這個人還應該擅長雕刻技藝。

另一邊，周易帶了十幾個衙差去了順天、大通、運來。三大櫃坊雖然依次分散在崇賢坊、豐樂坊和永樂坊，但彼此之間相距不遠。自從這幾家櫃坊出事後，官府為了阻止百姓鬧事，便提前張貼了封條。

周易仔細查看了三處櫃坊的金庫，均發現周圍有散落的腳印，但已經模糊不清。腳印邊緣有一些枯黃的草渣，他撿起來用手撚了撚，又湊近鼻子聞了聞，下一秒則眉頭緊皺。

他將發現的物證悉數用綢緞包好，並做了詳細的紀錄，做得倒也像模像樣。

「林小郎君，你快過來瞧瞧，這是什麼？」聲音是從運來櫃坊的院子裡傳來的。

周易聞聲走過去，順著衙差所指的方向看去，發現地上有一枚很奇怪的東西。

◆

夜色正濃，長安城早已宵禁，大大小小的街道上不見半個人影，萬籟俱寂。此時此刻，秦簡正提著他的愛劍，慢悠悠地走過街心。

他走走停停，時不時地朝周邊的鋪子裡望去，耳朵也機警地豎了起來。

空氣中彌漫著淡淡的腥味，秦簡嗅了嗅，一路走下去，發現腥味越發濃郁。他低頭去看地上，發現血跡竟筆直地連成一條細線。

沿著滴落的血跡繼續往前走，他最後停在了位於平康坊的黑柳巷子。

黑柳巷子裡陰風陣陣，秦簡慢慢蹲下身子。透過月光，他看到地上赫然有一攤血跡，血跡已經風乾。巷子旁是堵矮牆，牆上拖著一條斷斷續續的淡薄紅線，想必牆上之前也掛了什麼帶血的東西，那攤血跡正是血沫子往下掉落所致。

黑柳巷子的前面不遠處就是長安城著名的妓院春花家[5]。秦簡的目光頓了頓，他想也沒想就朝那邊奔了過去。

春花家裡現在依舊很熱鬧，秦簡剛邁進門，就有幾個打扮妖豔的風塵女子笑吟吟地圍了上來：「這位郎君，二樓請吧。」

秦簡心頭不快。他皺了皺眉，拿劍擋開那個女人朝他伸過來的手，開門見山地道：「妳們最近有沒有遇見什麼奇怪的人？」

「郎君若今夜留下，奴家便細細說與你聽。」那女人水蛇似的纏上秦簡，調笑道。

「我是來辦正事的。」秦簡往旁邊一閃，躲開了女子的糾纏。

「奇怪的人多了去了，我看郎君你就是一個。」女子臉色一變，道，「哪有男人來春花家卻只是傻站著，東問西問的，卻連念頭也不敢動？」

這些風塵女子個個能說會道，話中更是綿裡藏針。秦簡本就不喜歡這種地方，更是討厭被她們的汙言穢語糾纏著，於是只得掏出十兩銀錠放在桌上，又重複了一遍剛才的話。

這時，一個喚作荷兒的綠衣女子搶先拿走了桌上的銀子，衝著秦簡拋了個媚眼道：「郎君，我知道。怪人嘛，想來只有一個。」

荷兒的雙眼裡冒著鬼森森的光，她看著秦簡道：「前天夜裡，有個穿著破布漁網裳、頭戴蓑帽的男子來了春花家。那男人長得極醜，只是出手闊綽，而且那方面的需求又極度旺盛，一晚上招架了好幾個姊妹也未見罷手。」她說完又掩嘴嬌笑了幾聲。

「說來聽聽。」

秦簡默了默，道：「妳……伺候過他？」

荷兒十分得意道：「那是自然。管他是誰，只要付了銀錢，便都是爺。」

身後的幾個伶妓皆掩飾不住地笑了起來。另一個和荷兒差不多年紀叫作燈兒的女子更是笑得亂顫：「看這位郎君倒也算細嫩，生得更是標緻，卻要來打聽這等事，莫非是要編出幾本羞人的簿子？」

秦簡無心理會這些閒言碎語，又摸出五兩銀子來：「那男子生得什麼形貌？進來只是為了做那事？」

這回是燈兒搶了先，抓起銀子收回包裡，道：「他呀，五大三粗的，空有一身蠻力，要說長得啥樣，說出來能嚇死個人。除了做那事，他還喝了不少的酒呢。」

秦簡目不轉睛地望著燈兒有些錯愕的眼神。

荷兒接著道：「那人只有一半臉，還有一半已變作了白森森的骨頭。我們雖說在旁邊伺候著，心裡可是怕得緊呢。」

秦簡垂眸思索了一番，又問：「然後呢？」

燈兒幽幽地道：「他瘋瘋癲癲的，進來就一直笑，像是辦成了一件什麼大事。」

燈兒語罷，秦簡便急急地問她：「妳的房間在哪？」

燈兒一喜，拉著他便要往樓上去，卻被荷兒給攔住了去路。

荷兒撒嬌似的蹭上秦簡：「燈兒沒什麼經驗，郎君今夜不如留在我房裡？」

「妳們誤會我了。」秦簡一把甩開荷兒，「我只是想知道他昨夜在哪間房裡休息。」

「瞧你那火急火燎的樣兒，怕是也忍不住了吧？」荷兒掩面憋笑，「在春香廳，我這就帶你去。郎君今晚乾脆就別走了，讓我們幾個姊妹好好伺候你。」

秦簡皺眉，不與她們再說什麼，只跟著她們到了春香廳。

春香廳窗明几淨，花香撲鼻，任是哪個男人進來了，都不免會心存悸動。秦簡卻恍若未見，一派雲淡風輕，只是在屋子裡四處走動起來，又時不時地蹲在地上查看。

荷兒的做派老成一些，她輕輕掩上了房門，才衝著秦簡道：「郎君想要怎麼玩？」

「妳們都出去！」秦簡眉頭緊蹙，冷聲道。

荷兒急了，楚楚可憐地道：「郎君竟真的捨得將我等轟出去？」

秦簡並未理會她，依然埋頭在房裡搜尋著。

燈兒雖然看起來年齡小了點，倒是更加聰慧些，湊到秦簡身邊，試探地道：「郎君這是在找什麼呢？這屋子裡莫不是有什麼寶貝？」

秦簡被她們吵得眉頭一直不曾舒展，最後實在嫌她們煩，便扔給她們一錠銀子叫她們都出去。

◆

聚德坊裡，婁千山的屍體就躺在屋子西北方向的博古架旁。博古架已然傾倒，重重地壓在他的身上。

沈玉書喚來幾個衙差將博古架移開。待架子被移開後，眾人見到地上的婁千山渾身血汙，兩隻眼睛已被人剜了去。這樣血腥的場面玉書已不是第一次見，可再次看到，她的心裡還是難免會生出幾分驚駭。

屋子外面起了風，吹得火苗忽高忽低，映在她臉上的光也忽明忽暗。

沈玉書緊了緊身上的衣服，蹲下身子硬著頭皮去查看屍體，卻見屋外傳來一陣熙熙攘攘的吵鬧聲，回頭望去，原來是秦簡和周易趕回來了。

「怎樣，你們有沒有什麼發現？」沈玉書問。

周易搶先開口，故弄玄虛地道：「妳猜我在失竊的櫃坊內找到了什麼？」

「找到了什麼？」玉書問。

「我找到了三枚磨得光滑銳利的魚鉤子。」周易說罷，瞄了瞄旁邊的秦簡，嘲諷道，「不像某人，淨繞著長安的街道翻跟斗了！」

秦簡不為所動，不緊不慢地從懷裡的布包中摸出一樣東西來，居然也是一枚魚鉤子。

「你也找到了魚鉤？可這魚鉤到底有何用處？」沈玉書不解地問。

周易捏著下巴想了想，道：「想來和近來的幾起案子有密切的關聯。」

「我在春花家問了兩個伶妓，一個叫燈兒，一個叫荷兒，據她們透露，案發當晚有個很奇怪的人去了春花家，我問她們那人的形貌衣著，從她們的口訴來看，我突然想起一個人。」秦簡突然開口。

沈玉書詫異地看了一眼秦簡，突然覺得此刻的他，與半個多時辰前和她拌嘴的那個人似乎有些不同。片刻，她把目光移向桌子上亮晃晃的魚鉤子，「你說的可是三年前喜歡用魚鉤鉤人眼睛的骨面人？」

「不錯。荷兒說那人的臉上有一半是骨頭，穿著打扮和骨面人也幾乎一樣。隨後我還在春香廳找到了這個魚鉤，想來，這便是骨面人的作案工具。」

周易被搶了話心有不悅，瞪著秦簡道：「這麼明顯的事，用你說嗎？」

沈玉書看著較真的兩人，嘴角和眉毛都不自覺地揚了揚：「看來，事情有眉目了。」說罷，她不經意地掃了一眼秦簡，他還是一副事事皆與他無關的模樣。

受到了秦簡的冷落，周易「哼」了一聲，獻寶似的拿出自己在櫃坊內收集的草渣，道：「骨面人喜歡穿戴蓑帽和草鞋，這些在案發現場發現的碎草渣就是最好的佐證。」

沈玉書點頭，稍加思索，又困惑不解地道：「可這骨面人不是在三年前就已被抓捕歸案了嗎？還被處以了極刑，怎麼還可能出來興風作浪？」

周易也不解地連連搖頭。秦簡在一旁把玩著他的劍，似是壓根沒聽玉書他們的對話，這會兒卻突然開口道：「事情沒那麼簡單。」

一句話，讓沈玉書又陷入了沉思，可她的心裡已有了自己的盤算。

其一，凶手的作案手法和三年前的殺人狂魔骨面人如此相似，要麼是骨面人沒有死，潛伏多年後繼續作案；要麼就是有人在故意模仿骨面人，以達到掩人耳目的目的。

其二，凶手作案後帶著血淋淋的眼睛路過黑柳巷子，沿途留下了血跡，卻沒有想到將血跡清除乾淨，說明兩個問題：要麼凶手當時走得實在匆忙，忽略了血跡或沒有時間清理；要麼就是他故意為之。

其三，凶手最後又去了春花家買醉，而且找了多個伶妓，說明他極有可能沒有家室，平日裡獨來獨往慣了，性格上多少有些孤僻。那麼這件事也在一定程度上說明，凶手並不是沒有時間清理血跡。

想到這裡，沈玉書向賈許討來了紙筆，寫道：

凶手：壯年男性，三十歲左右。

身分：雕刻師傅、骨面人，暫無法確定。

可疑地點：邵家村。

不知從什麼時候起，沈玉書就有了謄錄的習慣，每次都能從這些零碎的筆記中找到破案的關鍵。

收了筆，沈玉書又指指屋子裡的木頭人和眼前的屍體道：「我這裡也有發現。」

周易走到屍體旁看了看，半盞茶的工夫便看出了問題所在：「玉書，這婁千山的屍體竟然已經開始出現屍僵，我猜他應該是在近三個時辰內死的。」忽然，似是又看到了什麼，驚喜地道，「玉書妳看，他的嘴裡居然也藏著一枚魚鉤子。」

「我看見了。」沈玉書正研究著自己剛寫的線索，只微微抬頭，道，「也就是說，他不是剛死的？」

「可以這麼說。」周易點頭，眼底寫滿了自信。

聽周易一說，沈玉書皺起了眉：「可從我發現屍體到現在，前後不過半個時辰而已。難道凶手在我來之前便已將婁千山殺害了，他給自己預留了近兩個半時辰的作案時間？」

一直不作聲的秦簡，突然道：「這就對了。」

沈玉書疑惑地回頭看秦簡，不解他話中的意思。

「凶手提前殺死婁千山後，又故意在屋內安放一個木頭人，木頭人和婁千山的身高相仿，外面的人便不會產生懷疑。確保作案地點周遭安全後，凶手又將屍體隱藏在博古架後，才帶著金銀不翼而飛。」

沈玉書想了想，又望向還未回過神的賈許：「聚德坊的金庫在什麼位置？」

賈許哆哆嗦嗦地指了指身後道：「往博古架右邊走三十步就是了。」

眾人走近一看，金庫的門竟是開的，裡面除了倒落的貨架和砸爛的木箱子外，再看不到其他的東西。

聚德坊也被盜了。

沈玉書一愣，許久才回過神來，問賈許：「你平時在聚德坊做收納，應該知道這裡大概能容多少金銀吧？」

賈許豎起指頭道：「差不多有兩萬兩。」

「兩萬兩？」周易驚了一驚，道，「也就是說四大銀櫃坊的金銀加起來有近八萬兩，這麼多的金銀即便是得手了，短時間內怎麼可能運得出去？」

沈玉書琢磨了一下，還未開口，倒是被秦簡搶了先：「也不是不可能。」

沈玉書點點頭，來不及驚訝秦簡這次怎麼如此多話，說道：「若是四大櫃坊周邊藏有一個可以通達金庫的暗道，那麼轉移金銀便不是難事。」

魂不守舍的賈許愣了幾愣，稍微穩定了情緒後才道：「我在聚德坊也當值不少日子了，從未聽說有什麼暗道，你們會不會猜錯了？」

沈玉書深深地看了一眼賈許，沒有回答他的問題。

金庫裡很是乾燥，平日也幾乎見不到光，可奇怪的是，西邊光潔的牆壁上偏偏長出一株青翠欲滴的嫩草來。秦簡走過去一瞧，皺了皺眉，用劍一挑，只聽一聲巨響，那堵牆壁竟徐徐打開了。

賈許撓著頭，支支吾吾地道：「嘿，真是見了活鬼了。」

牆壁後面黑壓壓的一片，下面果然是個暗道。有風從裡面往外吹出，沈玉書便猜到前面必定會有出口。

「我先下去。」沈玉書理了理衣服，作勢要下去，卻被秦簡攔在了身後。

她不解地抬頭看向秦簡，卻被秦簡一雙好看的黑眸亂了心神。

她忙收回目光，不自在地道：「你做什麼？」

「聖上叫我護妳。」秦簡看了一眼玉書，眼睛又瞥向了別處。

沈玉書一愣，強道：「我若不下，這案子怎麼查？」

「我先下去，妳拽著我的袖子，若有危險，妳便可先走，我能替妳擋一會兒。」秦簡說罷，便把袖子往玉書手裡一塞，便轉身往下走。

沈玉書還沒答應，左手就被冷不防地塞進一隻袖子，柔軟的衣料讓她的手不由得發燙，可她卻下意識地攥緊了袖子，她不知道她的臉此刻已泛起一片紅雲。

「下個案子，你不許再跟著我。」

「嗯。」

黑暗裡傳來兩人的聲音，一樣的輕柔，一樣的小心翼翼。

周易在後頭傻傻地望了半天：「喂，等等我啊，我怕黑！」說罷，他也跟了過去。

賈許則被沈玉書吩咐去了京兆府，將案情及時上報給韋澳。

◆

暗道裡漆黑潮濕，四周還有未乾透的泥坯和深淺不一的鏟痕，顯然這條暗道開挖的時間並不算太長。

秦簡拿著火摺子小心翼翼地往前走，三人都不敢發出太大的聲音。火摺子的光亮很弱，秦簡每走到一處都要細細查看。忽然，他停下了步子，看著前方出了神。沈玉書和周易順著他看的方向看去，只見前方地上有兩條陷在泥坑裡的印痕和七零八落的腳印。

秦簡俯身簡單量了量印痕的深度道：「深度約有三寸，寬嘛，大概有二寸。」

沈玉書的目光定了定，她道：「你們覺得這是什麼東西留下來的？」

周易在腦子裡細細過濾了一遍，道：「我想應該是馬車。你們看，這兩條印痕之間的距離和馬車的左右差不多寬，剛剛老秦也量過了，印痕的寬度在二寸左右，馬車的車輪寬正好夠得上。」

秦簡皺眉，似是對周易給他起的這個外號不甚滿意。

「說的對，在長安城，按照最大規格的馬車來計，一次也只能乘坐五、六個成人，一個成人重就算一石吧，六個人也不過才六石而已，如果是這樣的馬車走在路上，絕不會留下這麼深的印痕。這說明了什麼？」沈玉書隨口又拋出一個問題。

周易明眸一動，接道：「說明這馬車裡面的根本就不是人，細細一想，或許就是聚德坊失竊的金銀。」

沈玉書點了點頭道：「極有可能。兇手提前挖鑿了暗道，暗道裡又安放多輛馬車，金庫的銀子得手後，便裝在馬車中從暗道內撤離。也難怪兇手每次作案都來無影去無蹤的。」

「嗯。」秦簡應聲，繼續往前走。

走了幾十步遠，沈玉書突然停下來，「噓」了一聲，道：「等等，你們有沒有聽到什麼聲音？」

周易屏氣凝神，豎起耳朵聽了一陣子：「沒有啊。有聲音嗎？」

沈玉書的聽覺和嗅覺向來敏銳異常，此刻她確信自己絕沒有聽錯。她拉了周易，示意他往暗道牆壁上靠，一旁的秦簡也跟著湊過去聽，確實有聲音透過厚牆傳到了他們的耳朵裡。

「怎樣，聽到了吧？」

周易「嗯」了一聲，不解：「這是搖骰子的聲音？」

「我猜是。」沈玉書點頭。

周易想了想，道：「也就是說，隔壁可能還有另一番天地？」

沈玉書想了很久，才道：「沒錯。可是什麼地方會有這麼大的骰子聲？」

秦簡的嘴角淡淡一撇，他道：「賭坊。」

「沒錯，長安城大大小小的賭坊加起來不下百處，這麼多賭坊中距離聚德坊最近的便是雲樂谷賭坊，可即便如此，兩者相距也有一、二里路，我們便生了順風耳，也斷聽不到那邊的骰子聲。除非，我們所在的這條暗道正通往雲樂谷。」周易的眼睛裡光華璀璨，他驚訝地道，「難道這批金銀都被偷偷運到了雲樂谷裡？」

這個發現讓他們更加篤定失竊的黃金仍然還在長安城內，或許正如周易所說，雲樂谷是一個很有嫌疑的地方。

沈玉書提議道：「咱們乾脆趁熱打鐵，盡快從暗道中走出去，說不定馬上就會柳暗花明了呢。」

幾人稍一合計，覺得有理，便繼續往下走。剛走了沒幾十步遠，秦簡手裡的火摺子就快要燒完了，周易忙從袖子裡拿出新的更換。怎知風聲乍起，秦簡正用手去護新的火摺子，以避免其被風吹滅，可他的動作還是慢了些，火苗在跳動了兩下之後，終究還是熄滅了。

秦簡皺眉輕嘆：「滅了。」

這下輪到周易難受了，他扯著嗓子怨秦簡：「我說你好歹也是一品帶刀護衛，怎麼連個火摺子也護不住？我怕黑啊！這沒火可怎麼走？」

沈玉書無奈地搖搖頭，望著前方飄來星星點點的亮光，提醒道：「前面有光的。」可是隨即，沈玉書便臉色驟變，因為她聞到了一股煙火的味道。

「不好，快走！那是火光。」秦簡反應迅速，回身擁著沈玉書和周易往回走。

「看來是凶手發現了我們，想把我們燒死在暗道裡。」沈玉書邊跌跌撞撞地往回走，邊嘴裡念叨著。

果然，暗道裡的煙霧越來越濃，三人都忍不住劇烈地咳嗽起來。

周易急得直跳腳，一拍腦門道：「唉，早知道出門就該看皇曆了。這下怎麼辦啊，咱們幾個不會真就撂在這裡吧？」說著，他眼睛裡的熾熱瞬間黯淡了下去，可憐巴巴地道，「唉，我的翠兒、采兒、香兒……這下我可能真就見不到妳們了。」

沈玉書咳了一聲，道：「周易，你小心我告訴你阿爺。」

周易一臉哭腔道：「妳告訴便告訴吧，死到臨頭我總得感慨下的。」

秦簡許是被周易吵得煩了，道：「你們先在這裡等著，我回去看看，但願還有回頭路。」

半盞茶後，秦簡跌跌撞撞地回來了，氣喘吁吁地道：「暗道的門被人堵死了。」

沈玉書一拍腦袋，驚呼：「是賈許！」

秦簡點頭：「嗯，現在我們只能從火堆裡衝出去了。」

周易想都不敢想，道：「你瘋了，火這麼大怎麼衝？」

「反正都是死，你怕什麼？」秦簡瞥他一眼，冷靜地道，「沒時間了，都聽我的。你們看，這暗道兩邊的牆壁上都結了很多的水珠子，我們把外衣脫下來貼在牆壁上，等衣服吸飽了水後披在身上，再扯下一塊布掩住口鼻，然後我再用輕功帶你們出去。」

周易不信任地問：「你行嗎？」

秦簡不理他，自顧自地脫下外衣，把外衣往牆壁上蹭。周易只好也學著他的樣子做，嘴上卻還是不饒人：「那要是前頭也給堵死了怎麼辦？」

沈玉書拿他無法，道：「不會的，凶手想要燒死我們，必定會留一個出口，好讓空氣進來，只有這樣，火才不會滅。」

肆

待三人都準備得差不多時，秦簡看向沈玉書，道：「我先帶妳出去。」

沈玉書一愣，道：「那周易怎麼辦？」

「我一堂堂兒郎怕什麼？妳快出去吧，一會兒我就去找妳。」周易齜牙朝她笑了笑，又看向秦簡道，「趁現在火勢不大，你們快走，不然一會兒就麻煩了。」

秦簡看了周易一眼：「我很快就回來。」隨後他一把攬起沈玉書的細腰，「嗖」的一下飛出去。這是秦簡最引以為傲的輕功──拈花彈，整個江湖中能做到如此出色的也不多。

眼看著沈玉書和秦簡走遠了，周易突然大喊：「出去要是實在進不來就不要進來了，記得逢年過節給我燒點雞翅膀就行！還有記得告訴我阿爺，我不是要忤逆他，而是真的不愛讀書……」

由於隔得太遠了，沈玉書並未聽清周易到底說了些什麼，只是心裡莫名感傷。直到秦簡再次說話，說話聲才把她的思緒拉回來。

他說：「靠著我的肩膀！」

玉書聽得真切。滾燙的風裡，這句話就像是迎面吹過來的一許涼意，讓沈玉書紛亂的心莫名地安靜了下來。

她的額頭慢慢地靠在秦簡的肩膀上，秦簡另一隻空出來的手順勢將她向懷裡一貼，她整個人就伏在了秦簡的懷裡。

煙火中，沈玉書除了聽到秦簡怦怦的心跳聲，還聞到了一股清雅的香味。

她再睜開眼時，已到了洞外。

「沒事了，安全了。」

秦簡渾厚的聲音穿過她的耳畔，她猛然一驚，鬆開了雙臂：「哦……你快去救周易吧。」

秦簡「嗯」了一聲，腳尖一踝，隻身飛進了火窟，沈玉書擔心地道：「要小心。」

風與火的呼嘯聲中，傳來秦簡的一聲「嗯」。

月光灑在冷冷的街道上，火舌像是攀援在黑夜裡妖媚的光。

沈玉書忐忑不安地踱著步，已顧不得不遠處便是他們費盡心思要找的雲樂谷賭坊，心思全隨著那一團火留在洞內的兩人身上。

◆

約莫一盞茶的工夫，秦簡帶著周易從暗道裡飛躍出來。

周易踉蹌幾下，一屁股蹲坐在地上：「小爺我總算是還活著，活著真好。」又認真地看向秦簡，感激地道，「謝謝！」

秦簡輕輕點了下頭，抬手擰了擰身上的濕衣服，環顧四周，像在找什麼。

周易這次可算沒怪他對自己的無視，自言自語：「你若不是聖上派來的，我定把你當我兄弟。」

秦簡像沒聽到他的話，還在四下打量，突然回頭問周易：「玉書呢？」

周易抹了抹臉上的黑灰，也狐疑地看了看周遭，大驚失色地道：「她不是和你約好了在哪裡見面的嗎？」

秦簡眉頭緊鎖，頓時急了，嘀咕：「完了。」

「我問你話呢！你讓她去哪等咱們？」周易道。

秦簡緊張地握著腰間的劍，急著道：「玉書定是被擄走了！」

周易一愣，半天才反應過來：「你說什麼？」

秦簡一時沉默了，不知方向地來回走。突然聽到腳下發出一聲清脆的喀嚓聲，他低頭去看，竟是踩到了一枚白色的玉錦珠花。

心下生出了打算，他抬頭和周易說：「你先回京兆府調些衙差來，我去找玉書。」

「你又不知道她在哪，你怎麼找？」周易也急了。

秦簡悶聲道：「我自有打算。」說罷，他似踏著風般飄走，三兩下便消失在了黑夜裡，只留下一陣清風。

周易抹了抹臉，也不敢再耽擱下去，急匆匆地往京兆府方向奔去。

月亮隱沒進了雲層，天色變得越發陰暗起來。

秦簡再次來到了聚德坊。聚德坊裡靜悄悄的，無人回應。

他顧不上許多，一腳踹上門板，這一腳的力道屬實不小，竟將厚重的大門踹得粉碎。他飛奔進去，婁千山的屍體已被收殮回京兆府了，金庫的門關得緊緊的。他四處找尋，發現聚德坊裡那個叫賈許的收納早已不在。

「果真是他？」秦簡心頭犯堵，臉上寫著不快。

不久後，周易便帶著京兆府尹韋澳及一眾衙差趕了過來。

「我就猜到你一定又回到了這裡。」周易看著秦簡的眼睛，乾巴巴地道，「賈許呢？」

「不見了。」

短短三個字，卻好似晴天霹靂一般。

周易一下子急起來，望著身後的韋澳道：「韋公，聚德坊發生命案後，可有一個叫賈許的去京兆府錄口供？」

韋澳想了想，道：「賈許？沒有。」

周易拍了拍腦門，嘆了一口氣道：「壞了！」

秦簡的臉上也是烏雲密布，他沉默許久，又突然看了周易一眼：「我知道一個地方，你在這裡看著，有消息我回來告訴你。」

◆

秦簡一路上心事重重，倘若沈玉書真的出了什麼事，於聖上，他便不好交代了。他馬不停蹄地趕到尚書省，詳細查看了民簿紀錄，卻並未找到賈許。他又想到賈許在聚德坊時一直做出納，自然要接觸到很多客商。聚德坊是四大銀櫃坊的龍頭老大，平日裡的貨供和人流量也是最多的，長安城半數以上的百姓和商賈都會來這地方存取銀錢，所以長安商會中定然有聚德坊出納的貨據。

長安商會是個龐大的組織，喚作藍煙社，所有正當交易都有比較詳細的紀錄，為的就是防止有人暗地裡做黑市買賣。

秦簡趕到藍煙社的時候，藍煙社的大門還沒有開，但秦簡等不了，只好上去叩了幾下。不多時，便聽得「吱呀」一聲，大門打開了，從裡頭走出一個中年男人。他胖頭胖腦的，臉色略顯蠟黃，眼圈黑乎乎的像是塗了黑灰，似是一夜沒睡好。這人叫吳旺，大伙兒都認識，正是長安商會的會長。

他重重地打了個哈欠，左右看看，問道：「誰啊？」

秦簡微微致意，道：「吳會長打擾了，秦某想問你一件事，順便再打聽個人。」

「還沒到時辰呢。」他慵懶地打了個哈欠，轉身又要關門。

「此事十萬火急，你現在必須告訴我。」秦簡懶得多說，掠過吳旺，如離弦的箭一般衝進了藍煙社。

「嘿，你這個人真是的！」吳旺揉揉眼皮，睡意全無了，「年紀輕輕的，怎麼如此毛毛躁躁的？連句好話也不會說。」

藍煙社裡有十幾個格架，上面擺滿了各商坊交易的簿子，全都厚厚一疊，秦簡進去之後便四處翻看起來。

吳旺也走進來，瞪著一雙燈籠眼道：「哎呀呀，你膽子還真不小，沒有聖上的授意，這些商簿可是不能亂翻的，聖上知道了那是要治罪的！」

他正要上去制止，秦簡忽地從腰間摸出一只金色的牌子，順手扔給吳旺。

吳旺眼睛向下一瞟，語氣瞬間鬆了大半，笑呵呵地道：「原來是一品帶刀侍衛，既然是皇權特許，那……你就看吧。」

吳旺的眼神飄忽不定，他嘴上說著可以，心裡大抵又有些不太服氣。只因這商會雖是皇帝設下的，卻是個一年到頭也摸不到油水的清水衙門，他這會長就更是個閒差了。吳旺把那金色的牌子還給秦簡，眼睛裡多多少少有些怨恨，想是平日裡也沒少受氣。

「秦侍衛，你要找什麼不妨知會一聲，也省得這樣沒頭沒腦地亂找。」他一邊賠笑，一邊又要極力克制自己不安分的表情。

秦簡道：「我要聚德坊的商簿，你過來指指。」

吳旺幽聲道：「嘿，聚德坊出了金銀失竊案，商簿早就挪地方了，你往左邊看，那個陳舊的貨架上就是了。你快些看，等一會兒天亮就都要送到京兆府，給韋青天過目了。」

秦簡又道：「那運來、順天、大通這三家商簿可也在這裡？」

「都在都在！」吳旺的語氣裡有些不太耐煩，道，「簿子上都有名列，不用我多說，想看什麼秦侍衛一看便知了。」

秦簡將幾家櫃坊的簿子單獨拎出來，放在一起細細比對，結果發現了一個讓他覺得很奇怪的地方。秦簡用餘光瞄了一眼吳旺，道：「這簿子為何有些地方缺了頁？」

吳旺也翻了翻，疑惑道：「不對啊，這些個舊簿子我昨天才收拾的，我還特意細看了好幾遍，都是完好的，怎麼會突然缺頁呢？」

秦簡皺眉，把四大櫃坊的簿子翻了個遍，發現不僅有缺頁，缺頁部分的存取紀錄竟然還分散在不同的月份，比如運來櫃坊缺的是八月份的紀錄，大通櫃坊缺的是九月份的紀錄，順天櫃坊缺的是十月份的紀錄，而聚德櫃坊卻單單只有七月份以前和十一月份的紀錄，中間的八、九、十月，三個月的紀錄均已不見。

他一時間想不明白，好好的簿子為什麼要撕掉？難道上面藏著什麼不可告人的祕密嗎？

吳旺的臉色也變得鐵青，這簿子都是經他掌管的，現在無端缺了頁，上面要是追究起來，他可不好推脫，只好看著秦簡道：「秦侍衛，你都看見了，這可和我沒半點關係啊，到時上頭要是問罪，你可得替我擔待擔待啊。」

「既是你失職，怎又讓我擔待？」秦簡語氣冰冷。

吳旺一時無措，奉承道：「只要秦侍衛肯幫我，你想知道什麼，我都如實告訴你。」

秦簡眨了眨眼睛，算是應允了：「昨日這裡可有來人？」

吳旺雙手抵著發脹的腦門，道：「昨個兒這裡一天都冷冷清清的，數來數去也就來了個茶奉。」

秦簡眉頭一皺，給他個眼神，示意他繼續。

吳旺支支吾吾地道：「是雲樂谷賭坊的茶奉，翻著一對吊梢眼，挺著大肚子，我們喊慣了，都叫他魚肚兒。」

秦簡暗暗琢磨了一會兒，道：「雲樂谷的茶奉怎麼會來找你的？那裡可是賭坊啊。」

吳旺的眼睛偏向一側，目光躲躲閃閃：「前幾天我和幾個朋友喝了點花酒，趁著酒興，就說去雲樂谷賭幾把，結果輸了些銀子，我又沒帶多少錢，當晚便將一塊墨玉抵押在那裡，並告訴他們說過兩天派人拿墨玉來商會換銀子。」

「那個魚肚兒來了多久？有沒有進屋？」

「沒有。」他想了想，覺得有些地方又有蹊蹺，「好像不對，他來的時候雖然在外頭站著，可他把墨玉交給我的時候，我讓他別走，等我進屋裡取來銀子給他，也不知道中途他有沒有……」

秦簡眼睛一亮，道：「那我再問你件事，除了聚德坊的收納賈許外，其他幾家櫃坊的收納你可記得名姓？」

吳旺定了定，道：「秦侍衛，這根本不用去記，這簿子上白紙黑字，不都寫得清清楚楚了嗎？」

秦簡意識到自己確實有些心急了，平復了心緒，又重新將簿子翻開找到殘存頁碼，這才知道，運來、順天、大通三家櫃坊的收納分別喚作王明、何東、孫嘉。

◆

天空終於露出了魚肚白，遠山青黛，霞蔚雲蒸，在三百下晨鼓聲落之後，長安東西兩市的人群越發擁堵起來。

秦簡沿街挨個去問，從百姓口中得知，王明和何東都是益陽人士，兩人出了名的膽小，在櫃坊出事後就離開了長安城，也沒說要去哪裡，只說找個地方安穩過日子。秦簡一時沒有辦法，這天下之大，叫他何處找尋？

好在大通櫃坊的孫嘉是個土生土長的長安人，打聽起來倒不算費事。孫嘉住在西市附近的懷遠坊，以前除了在大通櫃坊做收納外，自己手下還有點祖業，是專門做酒水營生的，場面雖不大，生意卻還算紅火。大通櫃坊關閉後，他也只好回去繼承家業了。

秦簡得知這個重要消息後哪肯放過，大氣也沒來得及喘上一口，便馬不停蹄地趕去懷遠坊。小酒館雖然很難尋，卻難不倒他，只因為他喜歡喝酒，更是酒中的行家裡手，只要他的鼻子微微動一動，無論多深的酒巷子都能被他找到。

『孫家酒坊？想必就是這裡了！』他望著面前迎風招展的酒旗令，心中暗暗篤定。

酒坊外有個花鬍子老人正在給客人裝酒，秦簡上去作了一揖，道：「老丈，孫嘉可在這酒坊裡？」

老人似有點耳背，加上屋外吵嚷，並沒有聽清秦簡的話，抬頭望了望秦簡道：「客官要什麼酒？」

「不要酒，我找孫嘉，在屋裡嗎？」

秦簡將聲音提高了好幾度，老人這才聽清。老人放下酒銚子，看著秦簡道：「你找嘉兒？」

秦簡點頭。

「你是嘉兒什麼人？」

秦簡撒謊：「朋友。」

老人道：「哦，嘉兒還在屋裡酣睡呢，你隨我進來吧。」

秦簡已猜出，眼前這個老人大概就是孫嘉的爺爺，他便隨老人進了酒坊後面的院子。孫嘉的屋子離得不遠，秦簡過去的時候，發現屋子的門是虛掩著的，老人打開屋子，發現孫嘉並不在裡頭。

「嗯？這臭小子什麼時候起來了？」老人嘟嘟囔囔，「許是又到西市閒逛去了，真是造孽啊！」

秦簡道：「怎麼，沒見著人嗎？」

老人道：「我也不知道了，這臭小子每次做什麼從不告訴我，我在他眼裡就是個快要死的糟老頭。」

看得出來，祖孫關係並不太好。

難道又是竹籃打水一場空？秦簡嘆了一口氣，突然想笑，但又實在笑不出來。他打算等一會兒，沒准孫嘉真是出去蹓躂了，說不定下一刻就會回來。

無聊之時秦簡便在院子裡蹓躂起來，老人家真以為他是孫嘉的朋友，也沒有阻攔。誰知秦簡剛在院子裡蹓躂了幾步，忽然聽到對面七、八十步開外傳來陣陣呼喊：「來人哪，大郎出事啦！」

秦簡心裡呼了一聲「不好」，拔劍衝過去。老人聽到呼喊，心裡咯噔一聲，他不知發生了什麼，只聽到一陣嘈雜的聲響，當下也沒來得及細想，便顫巍巍地跟了過去。

百步之外，是一間四方的酒窖子，是孫家酒坊平時堆放糧草和釀酒的基地。數十個高大的黑陶酒缸子整整齊齊地堆放在窖子裡，有幾個光著黝黑膀子的後生正圍在其中一個酒缸邊，神色慌張地看著什麼。

見到老人過來，他們嘴上喊了一聲「老太爺」，便大叫起來道：「不得了了，您快過來看看，大郎他……」

老人腳下一滑，打了個踉蹌飛撲過去，雙眼往酒缸裡望去，下一刻便渾身一抽，徑直往後仰倒了下去。

秦簡手疾眼快，一把托住老太爺，見他臉色煞白，已當場昏了過去，趕緊掐了掐他的人中，他這才慢慢舒緩過來。

到底怎麼回事？秦簡的腦子裡也是一團亂麻，心裡更是煩亂如絞。直到他往酒缸裡瞟了幾眼後，才大驚失色道：「這是孫嘉？」

「沒錯，是大郎！」那幾個後生說，過了好久才問，「你是誰？」

秦簡亮明瞭自己帶刀護衛的身分，那幾個人才道：「原來是官爺，您快看看吧，我家大郎怎麼會、會沉到自家的酒缸裡？」

秦簡萬萬沒想到，他正要找孫嘉問話，孫嘉卻突然死在自己家中，這簡直比故事還要一波三折。他深深嘆了一口氣，只覺得長安城這件「金銀失竊案」的背後黑手來頭的確不小，兇手比他想像的要聰明得多。

「你們先把孫嘉放下來吧。」他吩咐道。

幾個後生應了聲「是」，費了好大的力氣才將孫嘉從酒缸裡拖拽出來。

「這樣，你去京兆府幫我傳個話，讓一個叫林之恆的來這裡一趟，就說我在這裡等他。快些去，早點回來。」他看了看天色，估摸著周易和昨晚搜尋的衙差這會兒應該已在京兆府了，才吩咐其中一人去找。

◆

一刻鐘後，周易領著幾個衙差走了進來。

「有玉書的下落了？」周易急匆匆地衝進來，沒發現秦簡的臉色僵硬難看，迎面就是這一句。但當他看到秦簡此刻的眼神似有些沮喪後，也大抵知道結果了。

「唉，我那邊也沒消息。」周易嘆氣。

秦簡沒說話，沉默了許久後才把自己的發現和周易說了一通，周易的目光慢慢移向地上的屍體。

「你說他是大通櫃坊的收納？」周易道。

「是，我發現他和這件案子有些關聯，過來找他問話的時候，發現他已經死在了酒缸裡。」秦簡又道，「你來看看他是怎麼死的，死於什麼時辰？」

周易做了詳細的屍檢後，道：「他死了至少有四個時辰了，也就是夜裡的丑時附近。」

「丑時？」秦簡在心裡思索了片刻，駭然道，「竟如此巧合。我們從暗道逃出來，發現玉書失蹤，也差不多是這個時辰吧？」

「想來差不多。」周易接著道，「而且孫嘉並不是死於酒缸裡的，而是先被人殺死，然後才被丟進去的。」

「怎麼說？」

「你來看看，酒缸裡的酒水是淡淡的紅色，說明孫嘉的身上必然有傷口，這並不難看出來。」他撩開孫嘉的衣領子，「另外嘛，你再看這邊，他的右側頸邊靠近氣管旁有幾道又細又短的傷口。頸部的血管眾多、繁雜，刺中任何一根，都有可能會造成致命的傷害。這道傷口隱藏得極深，因為泡在酒裡的緣故，部分傷口已經吻合在一起，創緣模糊，發白難辨，若看得不細便會遺漏。另外活人若是被強行拋在水裡，必然會出現嗆咳，那麼鼻腔、喉嚨，甚至肺內均會吸入水分，可孫嘉的卻恰恰是乾的。」

秦簡很認真地在聽，聽完道：「那會不會是自殺？」

「不可能。」周易當場就駁回了秦簡的猜測，又指著孫嘉的屍體道，「他不可能是自尋短見的。你們再看，這酒缸的口子只有二尺左右，而孫嘉身體的胸廓和髖部的部位大概有三尺，試問他自己怎麼可能跳得進去？」

雇工們聽完皆詫異不已：「那大郎是怎麼跑到酒缸裡的？」

「很簡單，是被凶手殺死後強塞進去的。」周易說著，將孫嘉的上衣和下擺剝離出來，眾人一望都是說不上來的吃驚。

「看見了吧，孫嘉的胸廓是明顯塌陷的，髖部也發生了變形。」他用一把銀色剖刀劃開幾層軟皮，直到看到白色骨頭，才道，「他的胸肋骨以及臀腰都有不同程度的骨折，凶手不僅有一身蠻力，而且十分狠毒。」

秦簡聽周易這麼一說，心裡大概有了底。他雖不習慣周易自吹自擂的模樣，但也不能否認，周易在驗屍這一塊的確有著非常深厚的功夫。

秦簡：「玉書信你是有道理的。」

周易突然眉頭一挑，不可思議地看著秦簡，道：「你和她很熟嗎？這麼快就玉書、玉書地叫了？」

秦簡啞然，眼底閃過一絲無措：「你聽錯了。」

周易嗤笑一聲，又道：「這孫嘉想必是知道了什麼祕密，所以才慘遭毒手的。可他一個小小的收納能知道些什麼？」

秦簡也疑惑不解，並未回他。那邊周易又有了新的發現，原來，他在整理屍體衣冠的時候，在孫嘉的左手中發現了一張字條。好在孫嘉握得緊，字條上的字才沒有被酒水浸化。周易將字條攤開道：「老秦，你看，這好像是大通櫃坊出納的單據，上面有『大通櫃坊』四個字的版頭。」

「拿過來我看看。」秦簡接過一看，頓時驚道，「我見過這樣的字。」

「什麼？你見過？是誰的？」周易三連問。

「就是聚德櫃坊的那個收納賈許。」

「你怎麼知道的？」

「我在藍煙社看過四家櫃坊的商簿紀錄，不巧的是，每家櫃坊的簿子都被人撕去了數頁。四家收納的字跡我都看過，我確定這是賈許的字。」秦簡很肯定他沒有看錯。

「等等，我有些混亂。你說賈許是聚德櫃坊的收納，可大通櫃坊的商簿上怎麼會留有他的字跡？」

秦簡又看了那張字條，頓時啞然，片刻又欣然道：「我明白為什麼有人要殺孫嘉了！」

「為什麼？」周易疑惑地望著他。

「你留意一下這上面的日期。」

周易橫豎掃了兩眼，嚷嚷：「九月初八，九月……初……八，嘶，這有什麼奇怪的？」

「這就對了，你且聽我說完。」秦簡眼裡突然泛起一道亮光，「據我查實，運來櫃坊的商簿上缺的是八月份的紀錄，大通櫃坊缺的是九月份的紀錄，順天櫃坊缺的是十月份的紀錄，聚德櫃坊缺的是八月到十月這三個月的紀錄，現在大通櫃坊九月份的殘簿上卻留有賈許的字，這說明了什麼呢？」

「等等，有些亂，先讓我理順。」他掰著指頭，停頓了許久，突然眼前一亮，道，「你的意思是賈許曾經也做過大通櫃坊的收納？」

「不僅僅是大通櫃坊，依我看，賈許應該在四家櫃坊都做過收納，只不過做的時間不長，八月份在運來，九月份在大通，十月份在順天，十一月份至今才在聚德，所以為了隱藏這個祕密，有人必須要毀掉賈許的筆跡。」

周易道：「為什麼偏偏要毀掉賈許的筆跡，難道他在四家櫃坊做了什麼見不得光的事情？」

秦簡想了想，道：「你難道不覺得奇怪嗎？為什麼賈許要去四家不同銀櫃坊做收納，又為什麼偏偏只做一個月的時間？」

周易被秦簡這麼一點撥，立馬明白了：「看來他混跡在櫃坊內，伺機找到金庫的位置，然後通知同夥開挖暗道，祕密轉移金銀於地下。」

秦簡點頭。眼下他們只要找到賈許，或許就能順藤摸瓜，抓到真正的幕後主使，失竊的金銀也能被找回來了。

可賈許人呢？他在哪？沒人知道。

伍

法幢寺，長安城南郊較為有名的一處廟宇，終年香火鼎盛不絕，其方丈慧遠大師更是德高望重，深受民眾愛戴。

法幢寺規模不小，從外面向裡面看，前面是主殿，是平日裡供香客瞻仰的地方，往後是放生池、鐘樓、鼓樓和紫竹林，然後便是新建的千佛殿。千佛殿後的主院有兩進，一個是大雄寶殿的院子，再往後則是九層的藏經塔；主院東西兩側各有一個跨院，西側是僧人的生活住處，東側則是禪房和一個菜園，菜園旁單獨辟了一間小屋，是個藥堂。

此時，正有兩個中年和尚在大步走著，一個瘦高，法名靜安，一個矮胖，法名靜雲。兩人頭也不抬，氣喘吁吁地往寺廟裡走去。他們肩上各自擔了兩桶水，想是用來做齋飯的。

二人彼此之間也沒有多少言語，將水擔抬進去的時候，見慧遠方丈正從大雄寶殿裡走出來，他的手裡還端著一個木碗。

「靜安、靜雲，快些隨為師去藥堂。」慧遠一邊走著，一邊招呼他們把水桶放在原地。

靜安道：「師父要去藥堂，莫非……」

「沒錯，前兩日救回來的那個小娘子昏迷後又醒了，看來是在慢慢恢復。」他指了指藥碗，「再喝些藥湯，應該很快就能下地走路了。」

靜安和靜雲二人應了一聲，隨慧遠往藥堂的方向走去。

法幢寺的藥堂平日裡除了滿足寺廟僧眾所需外，偶爾也會救治一些外來人。因為在法幢寺附近，常會出現上山的百姓和香客意外受傷的情況，僧眾發現後便會及時將他們送到藥堂醫治和療養，長安城的百姓對此事都是知道的。

藥堂的主廳內擺放著密密麻麻的藥櫃子，布置和普通的病坊差不多。東西兩側各有幾間收拾齊整的屋子，是用來臨時治療傷患的地方。

慧遠徑直往東邊走去，那間屋子的門是打開的，靜安和靜雲也跟了進去。

屋裡的床上躺著一個人，竟然就是失蹤的沈玉書。她早已醒了，卻渾身僵麻，根本使不上任何力氣，只有兩隻眼睛尚可活動。

沈玉書聞到了濃烈的藥味，半邊腦袋像是針紮一樣的刺痛。

這是什麼地方？病坊？自己怎麼會在這裡的？她腦中突然一片空白，只記得那天晚上從聚德坊的地下暗道裡出來後，被一雙有力的大手從後面摀住了嘴巴，剛要呼喊，眼前卻突然一黑，整個人便倒了下去，後面發生了什麼，便不知道了。秦簡和周易有沒有從那場大火裡逃出來，長安城的金銀失竊案現在進展如何了，她一無所知。

沈玉書茫然無措地看著房頂，意念紛紛。她努力掙扎著要起來，卻不小心碰倒了床頭的茶盞。只聞「啪嗒」一聲，茶盞滾落在了一雙青布鞋旁。她抬頭一看，見三個僧人正站在自己面前。

慧遠見狀忙道：「小娘子切不可亂動，待老衲給娘子切切脈。」

沈玉書看了幾眼，道：「是慧遠大師？這、這裡是法幢寺？」

慧遠先是一愣，隨後才道：「怎麼，小娘子認得老衲？」

沈玉書道：「當然認識了，慧遠大師在長安城可是個大名人呢，我和阿娘還來這裡理過佛事。」

慧遠淡淡一笑，道：「善哉善哉，看來是命定的緣分。」說罷，他替沈玉書切了脈，又讓靜安去膳堂端來熬煮好的米粥放在一旁先涼著，才道，「沈娘子已無性命之憂，再養幾日便可下地走路了。」

「還要幾日？」沈玉書急切地道，「慧遠大師，你可否告訴我，我為何會出現在法幢寺裡？」

慧遠道：「哦，是這樣的，幾天前長安城北的松柏居士約老衲下山話禪坐悟，我們二人一見如故，相談甚歡，老衲更是直到深夜才折返回來，不料途中卻見到一個黑衣人背了個小娘子。因為當時天色太黑，無法看清情況，只道是那採花賊作惡，於是老衲上前搭救。那人許是見事蹟敗露，放下娘子後便沒再糾纏，遁逃而去。待老衲上前查看時，娘子已然昏迷，正是中了軟筋散的毒。」

沈玉書聽後，臉色泛白：「看來我是死裡逃生了，多謝大師救命之恩。」

慧遠合掌道了一聲「阿彌陀佛」，道：「出家人慈悲為懷，分內之事，無須掛懷。」

沈玉書道：「慧遠大師，只不過我還有要案在身，恐怕待不了多久，怕是要提前回去。」

她剛說完這番話，便見慧遠的眼皮驟然向下一垂，右手快速地撚動佛珠，臉上也有些擔憂之色。

「怎麼了，大師？有什麼不妥嗎？」沈玉書問道。

慧遠道：「是這樣的，沈娘子現在還未痊癒，這會兒回去怕是不妥。還是在寺中靜養幾日，到時再讓靜安、靜雲送妳回去為好，不然老衲實在不放心。」

沈玉書心中著急，道：「我明白大師的苦心，只是我一個女兒身，在寺廟中走動多有不便，還是下山靜養得好，這樣也不會給師父們添麻煩了。」

慧遠沉默了一會兒，道：「只是沈娘子如此下山去，免不了又要找上其他的郎中瞧病，恐怕到時候會撞了藥性，落下暗疾就不好了。」

沈玉書的目光瞟向旁邊的靜雲和靜安，看到他們眼睛亂斜，又很快恢復如常，似乎在暗暗交流著些什麼，個中貓膩[6]可見一斑。

慧遠道：「再過幾日，聖上就要來法幢寺禮佛，以祈求天下太平。到時寺裡會在新建的千佛殿內舉辦『千佛會』，沈娘子也正好恢復，何不稍留幾日也好觀摩？」

「倒也不是不可以，只是這件案子牽連甚廣，實在不能再延誤下去了。」她眼睛滴溜溜地轉了幾轉，想出一個折中的法子來，「慧遠大師，我有個不情之請，實在不行，你多給我幾服藥，回頭我讓府上的丫鬟按照你的要求熬煮了，我按時服用，應該很快就能解了毒去。山下我也有事要處理，實在不想再勞煩大師了。」

「也罷。」慧遠想了想，臉色似有幾分沉鬱，眼神幽幽地瞟向身後的靜雲道，「你去藥櫃裡取上幾服草藥給沈娘子包好。」

沈玉書盯著慧遠看了一會兒，道：「如此便麻煩大師了！」心下卻咯噔一下，她從未說起自己是誰，這慧遠師父竟已經知道她的名姓了？

慧遠只是笑笑，並未再多說什麼。

◆

服下一劑湯藥，又喝了碗涼透的米粥，沈玉書終於有了些力氣，手腳也開始慢慢恢復知覺，她靜靜地回憶起那天晚上發生的怪事。

關於暗道裡突然燒起來的大火，她首先懷疑是賈許所為。如果將前後發生的事情連在一起的話，也不難得出結論，似乎當天晚上將她迷暈的人正是他。

賈許是看著他們走下暗道的，的確可以將金庫的門封鎖，然後踩著時間點偷偷潛伏在暗道出口，作案的時間、地點都可以對上，唯一不清楚的是作案動機，除非他就是金銀失竊案的主謀或者幫凶。若真是這樣，那麼在聚德坊的時候，賈許說的那些話多半是摻假的了。

可細細一想，又有諸多破綻擺在眼前。她還隱約記得，那天捣住她嘴巴的那雙手寬厚緊實，而且掌根處有硬硬的老繭，當時硌在她臉上的痛感她最清楚不過，那絕對是一雙超過四十歲年紀才有的手掌。可單看賈許，才三十歲上下，年紀對不上，另外賈許個子瘦小，手掌本就不大，這樣一想，前後的推論似乎又自相矛盾了。

到底真相是什麼，她一時也沒有答案。

◆

玉書回到家中後，秦簡和周易很快便趕到沈府看她。看到她安然無恙，兩人總算是長吁了一口氣，放下心來。

這幾日可把他們兩個熬苦了，整日擔驚受怕的，就怕沈玉書萬一有個什麼閃失。羅依鳳這些時日都在佛堂抄經，不知道沈玉書出了事，玉書便也不打算告訴她。沈玉書吩咐了丫鬟不要和大娘子碎嘴後，才把自己怎麼被襲擊，又怎麼被慧遠大師救起的事情詳細地對秦簡和周易二人說了一遍。

「妳果真被人偷襲了？」周易既驚又怕。

沈玉書悠然一笑，道：「看不出來，你倒是蠻在意我的。」

周易挺著鼻子，鼻孔朝天道：「這妳都看不出來？白瞎我對妳那麼好了。我周易向來是義薄雲天、肝膽相照，為朋友更是兩肋插刀、丹誠相許、同舟共濟……妳看看，這幾天我眼睛都熬紅了。」他把自己肚子裡的那一丁點墨水一股腦兒全倒了出來。

「既然這麼能說會道，那不如我同你阿爺說說，讓你重回國子監讀書？」沈玉書打趣他。

周易被噎住，不說話了，轉身走去膳堂給玉書端小食了。

他一出去，玉書便看向站在一旁沉默的秦簡，不知是不是她的眼睛壞了，她竟似乎在他的眼睛裡看到了紅紅的血絲和擔憂。

他的臉上看似波瀾不驚，心中卻又好像波濤洶湧，這會他抬頭看了眼沈玉書，之後又不自在地轉過頭去：「妳……沒事就好。」

「你放心，聖上怪罪下來，我必不會讓你受責罰。再怎麼說，你也救了我一命。」沈玉書朝他笑笑，當是寬慰。

秦簡似是沒想到她會這麼說，一時啞然：「我、我不是……」

「我知你是奉命行事。」沈玉書又笑，看他一副不知所措的樣子，道，「我今天就放你一日假，聖上也沒說你得時刻跟著我不是？」

「我……」秦簡支支吾吾半天，也沒說出個所以然，只是心頭像是爬了上千隻螞蟻，癢得人難受。

「你且去吧。」沈玉書又道。

「我就在這。」秦簡也道。

「你在密道裡答應我了，案子查完便不再跟著我。」沈玉書直愣愣地看他。

秦簡突然轉頭，也直愣愣地看著沈玉書，道：「我不記得了。」

沈玉書啞然：「你……」

周易進來，發現屋內二人兩眼乾瞪著，彼此不言語，只覺得不對勁，道：「你們這是做什麼？」

兩人還是不說話。

沉默了許久，還是周易先開的口：「咱們還是來討論下案子吧。」

沈玉書拉回自己的思緒，道：「好。」

周易從桌上拿出一張紙來：「喏，這幾天的發現我們都寫在上面了，妳看看吧。」

「這是個好習慣。」沈玉書看了幾眼，臉上暗雲浮動，驚道，「怎麼，又死人了？」

見秦簡沒有要說話的意思，周易道：「沒錯，大通櫃坊的收納孫嘉被人殘害，並被丟進了自家的酒缸裡。本來老秦想找他問話的，卻不料遲了一步！」

沈玉書目光微沉，道：「有沒有發現嫌疑人？」

「我都仔細勘查過了，凶手在現場留下的物證很少，只知道他是被人先殺死後再拋進酒缸裡的。不過，也並不是一無所獲，至少我在孫嘉的手裡發現了一張殘缺的字條，就是這個。」周易說著將褶皺的字條打開給沈玉書過目。

秦簡乾咳了一聲，把自己在藍煙社發現那商簿裡的祕密和她說了。

「這個發現很重要。」她眨了眨眼睛，道，「現在雖然斷了孫嘉這條線索，但我們仍然還有四條線索可用：一條是春花家的伶妓燈兒和荷兒，一條是消失的神祕人賈許，另一條是邵家村的木雕師傅，最後一條是秦簡發現的雲樂谷茶奉魚肚兒。」

秦簡從腰間拿起酒壺，仰頭喝了口酒後，點了點頭。

「燈兒、荷兒以及魚肚兒尚在長安城中，他們倒還好辦，明天先以京兆府的名義召他們過來詳細問問口供，也好摸摸他們的底細。至於消失的賈許以及邵家村的木雕師傅倒要多費些心神。」她想了想，道，「這樣吧，問口供的事情就交給我。秦簡你去邵家村跑一趟，主要排查一下三十歲左右的中年男性，而且是擅長雕刻那種的。周易你就帶幾個衙差和捕頭去各處城門口巡視，密切留意來往的人，看能不能找到關於賈許的蛛絲馬跡，還有，如果遇到可疑的車馬記得仔細查驗後才可放行。」

周易拍了拍胸脯道：「行，這個就包在我身上了。」

秦簡嘴角揚起一抹笑，輕輕道了一句「記得吃藥」，轉身消失在了屋裡。

◆

沈玉書前一晚臨睡前喝了慧遠大師的草藥，第二天早上醒來果然神清氣爽，體力已完全恢復，想必身上的毒解了十之七八了。

她匆匆吃了幾口便飯就趕到了京兆府，一進門便見韋澳眉頭緊鎖，背著手在公堂內走來走去，顯得頗為憂慮。

「韋伯伯！」沈玉書脆生生地喊了句。

韋澳乍地一驚，猛然回過神，驀地眼神一抖，道：「玉書！妳可算是安然無恙回來了，前幾日聽說妳失蹤了，我這心就一直揪著，加上最近案子繁多，公務纏身，我整夜失眠，還以為……妳快過來讓我好好看看。」

沈玉書心頭一暖，道：「韋伯伯，沒事了，讓您擔心了。」

韋澳欣喜之餘，臉色突然一變，道：「妳沒事就好，快跟韋伯伯說說，到底是誰敢欺負妳，我派人把他抓回來，定嚴懲不貸。」

沈玉書甜笑道：「行凶的人應該和長安城金銀失竊案有很大聯繫，不過他沒有得手，我被慧遠大師救了，只是中了微毒，服了幾劑湯藥已恢復得差不多了。」

「真是該死！」韋澳有些氣憤，轉而又很是欣慰，「不過好在吉人自有天相，多虧妳母親誠心敬佛，看來是老天爺顯靈了，特意派了一尊活菩薩搭救妳來了。」

沈玉書道：「也許真是呢。」

不多時，便有個衙差領著春花家的伶妓燈兒和荷兒過來了。

「韋府尹、沈娘子，人我給帶過來了。」

燈兒和荷兒不知為何會被叫來這裡，但知道進公堂大抵不會有什麼好事，兩人鼠目相對，私底下早就合計好了應對的話。

沈玉書瞟了一眼衙差身後：「哎？雲樂谷的茶奉魚肚兒呢？不是讓你一併叫來的嗎？」

衙差悶了一會兒，才道：「沈娘子有所不知，我去了雲樂谷，可魚肚兒根本就不在那裡。雲樂谷的確有個茶奉，卻喚作鈴鐺兒。據鈴鐺兒說，魚肚兒在那兒只幹了半個月就離開了，也不知道去了哪裡。」

「走了？」沈玉書心裡狐疑，轉身抄起案桌上的紙筆，寫下「魚肚兒」三個字，才看著愣神的衙差道，「哦，這裡沒事了，你先下去吧。」

公堂下的燈兒眼神亂瞟，猜出了七七八八，搶先開口道：「官爺，我們姊妹是犯了什麼事？」

「沒事，妳們別緊張，只是找妳們過來問問情況。」沈玉書走到她們身旁，道，「六天前的晚上，有個穿著蓑衣的男人去春花家找過妳們？」

燈兒目光閃爍不定，語氣裡透著質問：「是有這事，不過人家肯花銀子，我們姊妹倆就得伺候啊，難道官家還不讓人賺錢活命了嗎？」

「那倒不是。」

有了燈兒打前陣，荷兒的膽子也大了起來，她問道：「那沈娘子的意思是？」

「妳們都知道最近長安城發生了一起駭人聽聞的金銀失竊案吧？」沈玉書也不再拐彎抹角了，直截了當挑明瞭用意，「我們懷疑那人和這件案子有關，所以我勸妳們還是據實交代，否則……」

「否則」後面的話被沈玉書隱去了。燈兒和荷兒都是明白人，自然知道後邊半句話的意思，驚愕道：「我們只是伺候，並沒有做什麼出格的事情，而且我們春花家只認銀子，至於來人的身分卻不會細細盤問，我們怎麼會知道那人竟是嫌犯呢？」她們的話一出，著實把自己撇得一乾二淨。

「不用這麼急著推脫。」沈玉書笑了笑，「我問妳們，他是幾時來春花家的，又是幾時離去的？」

荷兒想了想，道：「約莫凌晨時分來的，在春花家留了夜，第二日卯時離去的。」

沈玉書在紙上一一記下，又道：「他出手很闊綽？」

燈兒的眼神有些不對，她刻意低了頭，道：「男人嘛，做了那事後，總有幾個出手大方的。」

「他給妳們的銀子在哪裡？」沈玉書加重了口氣。

燈兒對荷兒打了個眼色，道：「銀子自然……讓我們收著了。我們不偷不搶的，莫非這銀子也要讓官府繳了去？」

「妳們誤會了，我不是那個意思。」沈玉書轉了轉筆，略挑了挑眉道，「我是問，他給妳們的銀子就沒有什麼特別的地方嗎？」

「特、特別？」燈兒驀然愣了神，吞吞吐吐地道，「銀子便是銀子，哪裡還有什麼特別的？不知道沈娘子究竟要的什麼花腔，我們姊妹實在聽不懂話裡的意思。」

沈玉書長嘆了一聲，道：「既然沒什麼特別的地方，那總可以讓我看兩眼吧？」

這時，燈兒和荷兒眨眼的速度突然加快了，那意思明擺著就是該怎麼糊弄就怎麼糊弄。

燈兒雖然看起來沒有荷兒年長，但平日裡是最機靈的，今日所說的每句話中都透著深深的防備。她看著沈玉書道：「真是不巧了，那銀子被我們姊妹倆拿去置辦胭脂水粉了，妳也曉得，女人總得打扮得光鮮靚麗些，天香居做的胭脂水粉又極貴重，一來二去的，我們現在手頭裡也沒有多餘的銀子了。」

說完，燈兒咳了幾聲，又跺了兩下腳，荷兒也應道：「燈兒妹妹說的是。」

「這樣啊，那行，我這就讓幾個衙差去天香居核實一下，既然那銀子入了天香居帳上，總不會太難查。」沈玉書看著她們，也狀似無意地咳了兩聲，道，「若是真事便也罷了，若是妳們說了謊，那就是刻意隱瞞官府，前後一坐實，問起罪來嘛，可就……」

她「可就」後面又隱了去，燈兒和荷兒的臉色卻赫然變得慘白。

說完沈玉書就要招呼衙差，那燈兒卻突然鬆了口：「嘿，瞧我們這記性，我們說好明天才去的，那銀子此刻還在春花家裡呢，對吧，荷兒阿姊？」她朝荷兒擠了擠眼。

「是了、是了，我們都給忘了。」荷兒趕忙應道。

「真在春花家？」

「在！」

「那我們可以看看了？」

「可以。」

「早這樣說不就好了嗎？」沈玉書笑道。

燈兒這種心眼兒多的老油子最難對付，不過沈玉書善攻心計，知道只要戳到對方的弱點，就必然會讓她卸下面具。

沈玉書和韋澳一行去了春花家。燈兒和荷兒很識相地將暗藏的銀子拿了出來，打開一看，眾人都愣住了，那銀子果真不一般，底座上清清楚楚地寫著「聚德」兩個字。

「沒錯了，這正是聚德坊失竊的銀子。」沈玉書看著蔫不唧兒的燈兒和荷兒道，「看來妳們也不敢亂花這銀子。」

燈兒在鐵證面前終於交代了實情，道：「那人給我們銀子的時候，我還不知道聚德坊已失竊，所以也沒有起疑心，直到第二天早上聽到消息，一看才知道這銀子原來是贓物，又怕報官了會引來殺身之禍，便偷偷將這銀子藏了起來，心想等過個十年八年的，這事興許就被大家淡忘了呢，那時再把銀子拿出來，還不是一樣能用？」

「那這銀子我們就暫且扣下了，待案子破了再如數奉還。」

荷兒心有不甘地道：「沈娘子……這……」

沈玉書一挑眉：「怎麼？不願意？」

「願意、願意……」荷兒被玉書看得心下發毛，連連答應。

◆

沈玉書等人離開春花家時已是晌午。

雲樂谷賭坊人滿為患，無論是富家公子哥還是平頭百姓，在這裡似乎都能找到一片屬於自己的天堂。

茶奉鈴鐺兒忙得不亦樂乎，大汗淋漓地穿梭在密集的人群裡。前些日子有魚肚兒幫襯，倒沒那麼忙，現在他一個人要分成兩個人來使，感覺自己快要忙瘋了。

總算是將桌上的茶又添了一遍，他也有了時間去歇歇腳。沈玉書和韋澳帶著幾個衙差走進來時，他才剛躺在櫃檯後的躺椅上，一邊用扇子搧風，一邊悠然自得地閉眼打盹。

那些賭徒見府尹來了，皆驚慌失措地將面前的銀子收好，裝出一副老實巴交[7]的樣子。

雲樂谷的老闆田螺子笑盈盈地小跑過來，露出一嘴板正的金牙：「什麼風把韋府尹給吹來了，快坐快坐。」

韋澳極為反感地道：「別拍馬屁了，我是為公務來的，沒時間聽你廢話。」

田螺子道：「府尹，我這賭坊可一直都是守了規矩的，清清白白，府尹儘管來查。」

沈玉書看了眼田螺子道：「知道你奉公守法，我和韋府尹不是為這事來的，只是想向你詢問一個人。」

「誰？沈娘子妳只管問。」田螺子一如既往地客套。

「魚肚兒半個月前可在你這裡做茶奉？」

田螺子道：「沒錯，只不過幾天前他說有事就走了。」

「他這人平時有沒有什麼奇怪的舉動？」

田螺子想了想，道：「他只是雲樂谷請來的臨時工，我也不太熟悉，妳可以問問鈴鐺兒，他應該知道。」

說完，他用腳踢了踢櫃檯後的鈴鐺兒，鈴鐺兒忙坐直了身子道：「掌櫃的，怎麼了？」

「快起來，官爺問你話呢。」他尖酸刻薄地看著鈴鐺兒，轉眼又笑嘻嘻地看著沈玉書，當真是勢利極了。

沈玉書看了眼田螺子，道：「我問我的，你忙你的。」

田螺子點頭哈腰，明白了沈玉書的意思，自覺地閃到後屋去了。

鈴鐺兒見到官差，先是一驚，心裡像十五個吊桶打水似的七上八下，正要站起來，韋澳道：「行了行了，看你累的，你就坐著說吧。」

鈴鐺兒感激道：「謝韋府尹，不知府尹要問什麼？」

「問你的搭檔魚肚兒。他是個什麼樣的人，你總該清楚吧？」

鈴鐺兒默了默，道：「他呀，是個十足的悶驢子，半天也放不出個屁來，整日板著臉，看起來還挺神祕，一副別人欠了他許多銀子的樣子。」

沈玉書也問：「那你知不知道他為什麼要離去？」

鈴鐺兒道：「他說他有要緊事要做，具體做什麼他也沒透露。」

「要緊的事？」沈玉書遲疑了一會兒，又道，「你最近在雲樂谷做活，有沒有聽到什麼奇怪的響動，或者看到什麼奇怪的人從這附近經過？」

鈴鐺兒撫著下巴，想了半天，才道：「倒是有一次，好像是在半夜裡吧，具體也記不清是什麼時辰了，我起來撒尿，突然聽到車輪碾過地面的聲音。於是我偷偷去看，果真看到有十七、八輛銀灰色的馬車趁著迷霧從雲樂谷前面經過，大半夜的我還以為見了鬼呢。」

「你接著往下說，那些馬車往哪裡走了？」

鈴鐺兒疲憊地打了個哈欠，道：「我看了一會兒，那馬車跑到木尚坊就消失不見了。」

「木尚坊？」

鈴鐺兒道：「就是離雲樂谷不遠的雕刻工坊，據說還是聖上親自審批修建的呢。」

「這我當然知道，只不過大半夜的，十七、八輛馬車去木尚坊做什麼？」

「許是運送從哪裡偷運來的木料吧。」鈴鐺兒想了想，道，「沈小娘子，這都是我胡亂猜的，不能坐實，還望小娘子別走漏了風聲。」

他的話才出口，沈玉書和韋澳已走出了雲樂谷的大門。

木尚坊雖建在坊間，卻歸屬朝廷管制，工匠師傅也是經過層層篩選的，坊中平時主要雕刻一些小物件供王爺公主把玩，朝廷也會分派官員入住。

沈玉書和韋澳趕到木尚坊時，見大門外站了一排千牛衛，還停著一輛金黃色的龍輦，龍輦前面由六匹駿馬拉著，車身鑲嵌著金銀玉器、寶石珍珠，雕刻著龍鳳圖案，盡顯皇家的尊貴、豪華、氣派。

她輕「咦」了一聲，眼睛往裡面望去。她看到四座工坊圍成一個「回」字，中間的空場上擺放了大量的木頭和部分雕刻成品，有鏤雕、根雕、浮雕、圓雕，應有盡有。西北角有一條寬闊的青石馬槽，後面是個馬廄，馬廄裡養了十七、八匹黑色馬匹，旁邊則停放了二十多輛銀灰色的馬車。她轉念一想，這不正是鈴鐺兒那晚見到的馬車嗎？

看到這裡，沈玉書匆匆向千牛衛出示了御賜金牌，千牛衛查驗無誤後才讓兩人進去。此時，李忱正在北邊那間工坊裡，不知在和木尚坊的掌固談論著什麼。聽到腳步聲，李忱回頭望去，看見玉書二人徑直朝自己的方向走過來。

對於二人的突然造訪，李忱的臉上也是掛滿疑問。而此時，沈玉書和韋澳已上前朝他拜了幾拜。

「免了免了。」李忱柔聲道，「你們來這裡作甚？」

「回聖上，我們來此處查案。」她望著李忱溫潤的臉龐道，「倒是沒想到會在這裡遇到聖上。」

李忱的眼裡露出淡淡的光華，他道：「明天法幢寺就要舉辦千佛會了。數月前法幢寺的方丈慧遠大師曾找過朕，說是要造一批佛像和木魚，無奈法幢寺僧眾持金錢戒，日子過得緊巴，便過來求朕施捨，說是能造福萬民的好事，又說一般人的手藝尚淺，問朕能不能讓木尚坊的師傅去做。朕念他一片誠懇，便允諾在千佛會那天捐出一千木魚、十尊佛像，供百姓瞻仰。這不，明日便是千佛會了，朕特來看看工期進展如何。」

「慧遠大師真是這麼說的？」沈玉書暗暗嘀咕了一陣子，道，「我能看看木魚和佛像嗎？」

木尙坊的掌固道：「可以，木魚和佛像都擺在東邊那間工坊裡。」

眾人隨他去看。木魚都擺放在貨箱中，李忱吩咐掌固打開幾只箱子，沈玉書隨意挑了幾只木魚查看，並沒有發現有什麼異常的地方。她又去看身後矗立的十尊佛像，雕刻得維妙維肖，法相莊嚴。

「佛像和木魚都已完工了嗎？」她問。

「基本都完工了。這只是其中一小部分，還有一部分在做塗蠟的工序，最遲今天晚上就能全部完成，明天應該能按時交付法幢寺了。」

沈玉書「嗯」了一聲，又指了指身後的空場，道：「這些馬車是用來裝運木料的嗎？」

掌固道：「沒錯，工坊需要的木料多，所以需要的馬車數量自然也不會少。」

沈玉書蹲下來看了看馬車的輪軸，嘴角微微向下一咧，隨後才向著李忱深深作了一揖，沒再多問什麼。和李忱告辭後，沈玉書轉身和韋澳離去了。

暮色降臨，霞光萬丈，長安城籠罩在一片祥和之中。

◆

京兆府。

「玉書，木尙坊好像沒有什麼名堂，掌固說的話似乎也沒有漏洞可鑽，倒是咱們，會不會鑽了凶手的套子？」韋澳自顧自地搖了搖頭，又點了點頭，愁緒不減。

「現在還言之過早。」沈玉書抬頭看看天邊的火紅色，心中似也有一團火在燃燒著。

過了半個時辰，京兆府外熙熙攘攘，一陣急促的腳步聲踏亂了沈玉書的思緒。她凝神一看，原來是周易回來了。

他氣喘吁吁，額上滿是汗珠，呼哧呼哧地道：「玉、玉書，找、找到賈許了！」

「你找到賈許了？他在哪？」沈玉書的眸子裡光華閃過，「人你帶回來了沒有？」

「沒、沒有。」周易喝了一大杯茶，總算是緩過勁來了，「帶不回來了，他死了。」

「死了？」沈玉書驀地一驚，眼裡的光華瞬間又消失了，道，「在哪發現的？」

「長安城外十里坡。」

這個消息宛如晴天霹靂一般。沈玉書原本在賈許的身上押了很大的寶，甚至曾覺得只要找到賈許，這案子就會有很大的突破，可現在最重要的一條線索也被切斷了。

沈玉書：「凶手狡猾得很，總是在我們看到希望的時候又將我們帶入絕境。你們有沒有發現，我們似乎總是圍著他轉圈圈？」

「我也有這種感覺。」周易道，「凶手故意留下看似和案子有關的線索，可當我們投入精力去勘查後，卻發現這些線索並不能將凶手揪出來。」

「管不了那麼多了，你還是帶我們去看看賈許的屍體吧。對了，你回來的時候有沒有派衙差駐守？」沈玉書面色肅然地問道。

「放心吧，保護現場這點常識我還是知道的，我讓隨行的衙差待在原地待命，不會出事的。」周易寬慰她。

可即使這樣，沈玉書懸著的心也始終放不下。

◆

十里坡。

一棵高大的柿子樹旁，四、五個衙差拿著殺威棒在左右巡視，而那樹上懸吊著一具屍體。

屍體在風中擺來擺去，正是消失許久的賈許。

看到沈玉書和韋澳等人過來，衙差主動讓開一條路。

「他怎麼就被吊死了？」韋澳抬頭看了看，道，「玉書，妳看他是不是想不開，所以自殺了？」

沈玉書似乎沒有聽到，輕輕點了點頭。此刻，她的目光正聚向賈許腳下那一堆凌亂的石塊。她將石塊放在一起，又用手量了賈許腳面到石堆的距離，想了一會兒，忽然笑起來。

「怎麼了？」周易問。

「幕後凶手終於露出了些馬腳。」沈玉書目光灼灼地看向周易。

周易抬頭又低頭，琢磨了好一陣子，道：「我還是沒懂。」

「我們又被凶手給騙了。」沈玉書指了指石塊，道，「周易，你站到石塊上去，再看看脖子能不能搆得著樹上的掛繩。」

周易果真站上去，發現賈許「上吊」的繩子距離他的脖子還有遠遠一大截距離。

「現在看出來了？你的個子比賈許還要高出半個頭來，連你站上去都搆不上那絞繩，賈許又如何能搆得著？」沈玉書信誓旦旦地說。

周易驚道：「原來他不是上吊死的，是被人用繩子勒住，然後借助外力掛上去的。難道這又是偽造的現場？」

「沒錯，和殺死孫嘉的手段如出一轍，換湯不換藥。」

賈許的屍體被放下來，周易將屍體從頭到腳仔細檢查了一遍：「他的嘴唇、印堂發黑，是中了暗毒所致。另外他的臉上有清晰的捣痕，可以推測他臨死之前被人從背後偷襲了，就和妳那晚中毒的方式一模一樣。」

「凶手明擺著不想讓我們找到賈許，所以才狠下毒手的。」沈玉書嘆了一口氣，道，「再找找看，興許還能發現凶手留下的罪證！」

現場的眾人自覺地分成了五組，來了個地毯式搜索。

三盞茶的工夫後，周易突然喊道：「你們都過來，這邊有血跡。」

血跡是在一堆枯草上發現的，周易撿了根細木棍撥了撥，竟從枯草裡撥出一塊石頭來，石頭上也有著斑斑點點的血跡。

幾人又在屍體旁的空地上找尋，同樣發現了一些細小的血痕，周易在賈許的右手上也發現了淡淡的血點。

「奇怪，賈許的身上並沒有看到傷口，這血是從哪裡來的？」韋澳一時間沒想明白。

「這血跡應該是凶手留下來的。」沈玉書前前後後想了一遍，「事情也許是這樣的：凶手從背後捣住了賈許，賈許掙扎時從地上撿起了一塊石頭，然後朝身後砸去，並砸中了行凶者，這就是他的手上沒有傷口卻有鮮血的原因。可以想像，行凶者將賈許殺死後，便將帶血的石塊踢入草叢，所以地上會有帶血的滾痕，雜草堆裡也會出現斑駁的血跡。另外，凶手既然能揪住賈許並能將他殺死，說明凶手的個子比賈許要高，也要更加壯實，按照賈許的身高和臂長推算，石頭應該砸在凶手的額頭附近。」

「有道理。」

周易將查驗的結果記在紙上交給韋澳，衙差這才將賈許的屍體搬回了京兆府。

陸

涼風拂過，零落的樹葉飄飄揚揚，似翩翩未定的思緒。

沈玉書站在原地發呆了許久，眼眉低垂，不知道在想些什麼。就在她怔怔出神的時候，不遠處有個墨點正朝她這邊快速移來，待她反應過來，定睛看去時，發現那人竟是從邵家村回來的秦簡。

秦簡步履輕盈，落在沈玉書面前的時候竟沒有發出一點聲音。

「回來啦？」她的臉上強擠出一絲笑。

「嗯。我聽衙差說妳還在十里坡沒回去，就過來找妳了。」他的聲音仍是淡淡的，聽不出是喜還是憂。

周易一拳敲在秦簡的背上，道：「看你這蔫不唧兒的模樣，怕不是去邵家村的路上讓人給揍了？」

秦簡瞟了周易一眼，沒有與他計較。

「怎麼樣，在邵家村有沒有找到三十歲左右的雕刻師傅？」沈玉書急切地問道。

秦簡眉頭鎖著道：「有是有，不過有兩位師傅已經作古，還有一位，腿腳不利索，是個瘸子，怕是作不了案。」

沈玉書不禁嘆了一口氣：「果然，我們又被凶手擺了一道，這又是一條沒用的線索。」

秦簡道：「我聽韋府尹說，就連賈許也死了？」

「沒錯，屍體剛抬回去不久，這裡就是案發現場。」沈玉書挑了挑眉，「現在我們恐怕又回到了原點。」

幾人心力交瘁，越發覺得後勁不足，連晚飯也沒怎麼細吃。

◆

第二天，清晨。

長安城空前熱鬧，法幢寺的千佛會就在今日。

三十輛馬車上載著一千只木魚和十尊佛像浩浩蕩蕩地從木尚坊出發，左右有金吾衛和四百神策軍護送，場面著實壯觀。

李忱為表虔誠之心，並沒有乘坐龍輦，而是先行徒步進入法幢寺。

從長安主城到法幢寺有不短的路程，為了縮短時間，隨從部隊決定走水路，用船舶運送，借助水力可以提前一半時間到達。

馬車最後停靠在永安渠[8]。那裡早就安排好了船隻和幾十個身強力壯的挑夫，輕鬆迅速地就把木魚和佛像轉移到了船上。

沈玉書、秦簡和周易也穿梭在密集的人群裡，想看看是否能找到一些關於案子的線索。果然，確有一件意想不到的事情落入了沈玉書的眼中。事實上在木魚和佛像被人搬上船的那一刻，她就注意到了。

周易看著佛像，道：「聖上就是聖上，這陣仗果然不小，但願大唐真能就此太平！」

沈玉書眉毛一皺，囔囔：「不對、不對。」

周易笑道：「玉書，妳瞎嘀咕什麼呢，什麼不對了？」

「都不對！哪裡都不對。」沈玉書道，「你們仔細看那佛像、木魚還有船隻。」

秦簡定睛看去，道：「是，那船的吃水太深了。」

聽秦簡這麼一說，周易一驚，也抬眼望去：「果然藏有貓膩，那木魚和佛像都是用木頭雕刻的，木魚中間更是鏤空的，不會太重，可那幾艘船看起來卻彷彿快要沉下去了。」

三人眼神聚到一處，心裡都突然冒出一個奇怪又大膽的想法。

「我知道怎麼回事了，但願我們的推斷沒錯。」沈玉書收回目光，道，「走，我們去法幢寺。」

法幢寺寺門大開，裡裡外外早就圍滿了百姓，不到一個時辰，那些木魚和佛像就提前抵達了這裡。

青煙嫋嫋，法音陣陣，僧眾們盤腿坐在千佛殿內，顯得虔誠無比。

「希望佛祖菩薩保佑，能盡快找到失竊的金銀，我在聚德坊存的那些銀子可是我和老伴一輩子的心血啊。」

「就是就是，我還在大通櫃坊存了三百兩銀子呢，現在也不知道還能不能要得回來，希望佛祖菩薩開開眼，幫我們抓到凶手。」

百姓們嘴裡念念有詞，大抵是一些求願的話。

過了一個時辰，寺廟裡才響起了清脆的鐘磬聲，三聲過後，慧遠方丈從千佛殿裡徐徐走了出來。

他先是去接了龍駕，然後才揚聲對底下眾百姓道：「諸位施主，今日千佛會，意在祈求大唐和順、百姓安康，望從此以後四海升平、繁榮昌盛！現在大門已開，佛緣滾滾，諸位可以進來參拜了。」

千佛殿內本是空的，但現在佛像和木魚都已被搬了進去，場面頓時變得恢弘氣派起來。

李忱今天沒有著龍袍玉扣，只穿著一身淡白素雅的長袍，頭上斜插一枚紅木發簪，整個人顯得心神安寧、儒雅深沉。

沈玉書、秦簡和周易也進了千佛殿。李忱正跪在金色蒲團上，靜安和靜雲端來水盆替他淨手，慧遠方丈用竹葉蘸了玉露點在他的額上。

儀式結束後，李忱閉上眼睛，雙掌合十，小聲地念起了佛號。

沈玉書和其他百姓也只得照做——念著枯燥乏味的經文。不知不覺她就打起了哈欠，勉強支撐了一個時辰，才算結束。

接下來又是遊園、解禪、悟道，諸如此類。沈玉書對這些壓根提不起興致，迷迷糊糊地想要打盹，卻又不能攪擾了皇帝的虔誠，只得在一旁看著。可她除了在看佛像和木魚外，還在看另外一個人——慧遠方丈，因為他右邊額角上貼了一塊虎皮膏藥。

「你看見沒有？」沈玉書抬手指著慧遠方丈，又轉頭看向周易問。

周易點頭，一向兩耳不聞窗外事的秦簡也跟著往那邊望了望，像煞有介事地想著什麼。

兩個時辰後，整場儀式才算結束，李忱慢慢起身，看到沈玉書正站在他身後，淡淡一笑道：「玉書啊，今日的佛會可還壯觀？」

「壯觀極了。」沈玉書目光微頓，顯得有些心不在焉。

李忱滿意地點點頭，道：「這才是我大唐該有的氣派。」

「是。」她嘴上說著，眼睛卻誠實地盯著慧遠，看到他正要往千佛殿後面走，忙喊道，「慧遠大師要往哪裡去？」

慧遠仍是笑咪咪的，滿臉慈祥地走過來：「哦，老衲去膳堂給聖上準備齋飯。」

「這樣啊。」沈玉書道，「大師能不能先回答我一個問題？」

「你問。」

「我想問大師，出家人應持哪些戒律？」

李忱望著她，朝她使了使眼色，道：「玉書，休要無禮！妳這算什麼問題？」

周易也笑道：「我還以為妳要問出什麼高深的問題來，妳這問題三歲孩子也會吧，大師怎麼會不知道？唉，有失水準，有失水準啊。」

慧遠沒有拒絕，如實回答了出來：「所謂五戒，是為不殺生、不偷盜、不邪淫、不妄語、不飲酒。」

「那麼，我再問你一個問題，你右側額頭上為什麼要貼一塊膏藥呢？」

李忱推推她，意思是讓她適可而止：「妳又胡鬧了，這山上蛇蟲鼠蟻本就多得很，難免會被叮著，這也沒甚奇怪的。」

慧遠的神情卻突然顯得有些慌亂，之後他又恢復鎮定，道：「沈娘子既然問起，老衲也不便隱瞞，昨個兒夜裡老衲坐完禪便要回去睡覺，怎知天黑，加上有眩暈的毛病，一不小心就撞上了門柱，才有此狀。」

「門柱？哪裡的門柱？」沈玉書一副打破砂鍋問到底的架勢。

「老衲不知道沈小娘子究竟想要問些什麼，妳若是不信，就隨老衲去禪房吧。」

沈玉書點頭，去前趕忙朝秦簡挑了挑眉。秦簡的眼裡很快掠過一絲歡喜，他當即會意，於是一直守在千佛殿，哪也沒去。

慧遠經常打坐的禪房就在藏經樓的左側，是間獨院，繞過千佛殿往後走七、八十步就能看見了。

慧遠指了指：「就是這裡了。」

「這裡？」沈玉書抬頭望去，眼前的門柱上果然似有些許血跡，「慧遠師父，你如果不介意，能不能讓我看看你額頭的傷口？」

慧遠微笑著揭開膏藥，道：「無妨，妳只管來看。」

她只是匆匆掃了幾眼，便看著一旁的周易，道：「你也來看看，驗傷什麼的，你比我在行。」

周易果然去看，看完後，突然搖頭道：「慧遠師父，這、這不太對啊，你說你是無意間磕碰到門柱上的，可我看這門柱光滑無比，即便是撞上去有了傷口，也一定是扁平的，怎麼會撞出這樣奇形怪狀的傷口？說是被人打的倒還有幾分可信。」

慧遠先是沉默了一會兒，接著又低聲道：「小郎君說笑了，老衲廣結善緣，誰會無緣無故打老衲呢？」

「當然是死人了。」沈玉書的語氣突然變得冰冷，她接著道，「慧遠師父敢不敢站到這門柱旁？」

「這有何妨？」慧遠微笑著徑直走過去。

沈玉書上下一比對，心中立馬有了答案，道：「周易，剩下的你來說吧。」

「慧遠師父，你說你撞在門柱上，不假吧？」

「不假，這門柱上面的血跡就是佐證。」

「不是佐證，是偽證，因為你在說謊。」周易的腦海裡突然浮現出死去的賈許影子，想起賈許被吊在樹上的情景，他斷然道，「這種粗陋的手法只做一次便可，卻偏偏要做兩次。」

他走到門柱旁，指著上面的血跡道：「你們過來看，這門柱上留下的血跡比慧遠師父的個子明顯要高出一個拳頭的高度，難道他在撞上門柱之前，還要踮起腳尖不成？」

李忱也順著周易手指的方向瞄去，心裡微微一震，道：「這？」

慧遠突然間沉默了。

「看來，你就是殺死賈許的凶手。不久前我在案發現場找到了一塊帶血的石頭，可賈許是被凶手捣住口鼻中毒而死，身上並沒有明顯的外傷，所以現場的那些血跡只可能是凶手留下的。於是我推斷他在臨死前用石頭砸中了凶手，而按照當時的情況，很可能是凶手的額頭被石頭砸中，所以凶手的額頭上也定會留下傷口。」沈玉書斬釘截鐵地道。

慧遠又將膏藥敷在頭上，道：「這、這恐怕只是巧合吧？」

「巧合？」沈玉書道，「那長安銀櫃坊中失竊的銀子總不會也是巧合吧？」

「這是何意？老衲實在聽不明白。」

「不明白？我們再去千佛殿看過，你定然會明白的。」

慧遠臉上的肌肉抽動幾下，眼神遊移不定，他看起來似乎已有些發虛了，但走起路來倒還算鎮定。

沈玉書帶著眾人返回千佛殿時，秦簡正守在殿內，看到玉書等人過來，便上前迎接。

「怎樣？我去禪房這段時間，這裡的僧眾有沒有對佛像和木魚做手腳？」

「沒有，我一直在這守著，他們倒還算老實。」

「這就好。」

李忱心裡一直疑惑不解。他之前對沈玉書還有些意見，但現在看慧遠方丈的神色似乎有些不太對勁，便想看看這千佛殿裡究竟有什麼名堂。

「玉書，妳來回折騰了這麼久，是為何？」他忍不住發問。

「聖上，法幢寺中或許有您不知道的祕密。」她淡然地拿起一只木魚，只覺得分外沉重，心裡頓時有了底氣，道，「祕密就藏在木魚和佛像裡。」

李忱看了看還是不太明白，沈玉書只好讓秦簡將木魚整個劈開。秦簡揮劍劈向木魚，隨後，安靜的千佛殿內響起東西掉落的啪嗒聲，眾人聞聲看去，從木魚中掉落的銀光閃閃的東西，竟然都是銀子，足足有五錠。

「這……」李忱一驚。

沈玉書撿起其中一枚銀錠，拿在手裡摸了摸，之後遞給仍一臉錯愕的李忱，道：「還請聖上明察，這銀子上的刻字，正是『聚德』二字。」

「聚德坊？」李忱眉毛蹙了蹙，驚訝地道，「這、這是聚德坊失竊的那批銀子？」

「不光是聚德坊，我想其他三家櫃坊的銀子也統統在這裡，畢竟一千只木魚可是能容納不少金銀的！」

秦簡和金吾衛在李忱的指示下，將餘下的木魚悉數砍碎，果然不出沈玉書所料，金吾衛從掉落的銀子裡找到了另外三家櫃坊的銀子。隨後木頭佛像也被劈開，裡面藏著的是滿滿當當的金子。

看到這一幕，不僅百姓，就連李忱也著實驚出了聲，他們無論如何都想不到，失竊的金銀竟會出現在祥和的法幢寺中，這一切實在匪夷所思。

一旁的慧遠，神色雖然看起來還算淡定，但腿腳已開始有些打戰。他不知道該怎麼辦，因為秦簡正死死地盯著他。

「玉書，這究竟是怎麼一回事？」李忱神色肅穆地問道。

「那玉書便來說說這起金銀失竊案的幕後陰謀吧。」沈玉書移開一步，道，「一開始接手這件案子的時候，我們的確走了不少彎路。凶手先是利用傳說的骨面人的身分作案，在凶殺現場留下了作案工具魚鉤子來轉移我們的視線。然後他又巧妙地利用了時間差，讓我們又陷入一個誤區——讓我們誤以為凶手一定會在子夜前後去聚德坊作案，但事實上，他卻將時間提前了兩個半時辰，以至於當晚京兆府的衙差蹲守半夜也沒有抓到行凶的他。」

李忱道：「然後呢？妳繼續說。」

「凶手在殺死妻千山後，刻意在屋子裡留了一個雕刻好的木頭人，因為他算到了我可能會透過這個木頭人所用的材質，聯想到正好盛產榆木的王屋山，繼而想到邵家村的雕刻師傅。因此，他便在木頭人上給我們布下迷陣，目的就是讓我們上當，耽誤我們的時間。好在秦侍衛的查證讓我們發現了那是一條假線索。」

沈玉書的目光掃過在場的眾人，最後又落在慧遠的身上，她接著道：「凶手從聚德坊離開後，提著帶血的眼睛去了黑柳巷子，隨後又去了春花家。他知道沿途會留下血跡，但並沒有將血跡擦除，當然，這是他故意為之。他們的目的顯而易見，讓我們順利找到血跡，並跟去春花家，好藉此來給他爭取更多的時間。而聚德坊下的暗道裡莫名出現的大火才是真正暗毒的一招，凶手竟欲將我們悶死在暗道，如果成功，他的計畫即可按時實施；如果失敗，也能將凶手的身分轉移給聚德坊的出納賈許！」

周易點頭道：「賈許只是幫凶，我們之前已經做出合理的推斷，況且他也被殺了。」

「沒錯，賈許瘦小，手掌也不大，那晚我們從暗道裡逃出來後，我被人偷襲，可偷襲我的人手掌厚實並有多處老繭，所以我推斷出賈許並不是主謀。事後我本以為此人應該是經常做手邊活的，可是，我卻陰錯陽差地被慧遠大師救到了法幢寺……」

沈玉書皺了皺眉頭，似是在回憶，「我問起他為何會救起我時，他說那天晚上他恰巧從松柏居士處話禪回來，路上遇到我被人襲擊，但我被迷暈的那個時辰，長安城內早已宵禁，若沒有公事在身，慧遠大師是無法入城並在城中行走的，所以他在說謊。除此之外，我雖與慧遠大師有過一面之緣，但大師並不記得他曾見過我，而這次我並未與大師提起自己的名姓，可大師竟一早便知道了我是誰，豈不是怪得很？其實那天在法幢寺醒來的時候，慧遠大師給我把脈時，我曾偷偷看過他的手，他手上有很多老繭，是長時間揉撚佛珠形成的。」

沈玉書眼神淡淡地看向慧遠，繼續道：「另外，當我說我有要事在身的時候，慧遠大師卻一再挽留，那時候我就隱隱感到有些奇怪了，我想即便是中了毒要靜養，又何必非要留在法幢寺呢？於是我讓他給我藥方子，說等我回到沈府自有府中下人煎藥，我按時服藥即可，但他支支吾吾了很久才勉強答應讓我回到長安城。很顯然，慧遠大師並不想讓我離開。那麼，他想要制止我離開的目的究竟是什麼呢？現在想想，他大概是想將我軟禁在法幢寺吧。」

「果真有此事？」李忱身子一震，又問，「那他後來為什麼又讓妳回到了長安城？」

沈玉書看向李忱，笑了笑，道：「因為我中毒後其實已在法幢寺待了好幾天，那時木尚坊加急趕製，木魚和佛像已快完工，再往後順延兩日就是千佛會了，於是我回不回去對慧遠來說已沒有什麼太大的影響。」

「那妳是怎麼知道長安城失竊的金銀就藏在木魚和佛像中的？」李忱問。

「聖上，這您就得問慧遠大師了。」沈玉書微微頷首，又談起了在永安渠發現的現象，「人在得意忘形的時候總是會露出馬腳來，就比如在殺死賈許之後，凶手沒有好好處理掉的帶血的石頭。如果不是因為這個破綻，我也不會想到凶手的頭部可能有傷。當然，還有最重要的一點，就是我看到了那些裝載木魚和佛像的船隻，至此我才想通了所有的事情。」

李忱眉頭緊蹙，眼底壓著讓人看不透的思緒。

「早上我在永安渠岸邊觀看，發現船隻吃水的深度遠遠超出平常，那些木魚和佛像本就是木頭造的，且本身都是中空的，並不會很重，那麼能讓船隻下沉那麼多的就只能是其他的東西，而這些東西究竟會被藏在哪裡呢？我轉念一想，只可能藏在鏤空的木魚和佛像中。」

沈玉書嘆了一口氣，「我記得聖上說過，慧遠方丈在數月前就曾找過您，並提起舉辦千佛會的事情，還說要朝廷支持十尊佛像和千只木魚。因為聖上平時好理佛事，所以他知道您一定會答應，於是一個順理成章、蓄謀已久的陰謀便悄然誕生。」

李忱似乎有些明白了，道：「妳是說慧遠大師利用千佛會，將金銀藏在刻好的木魚和佛像中，然後偷偷運出長安城去？」

慧遠默不作聲，頭埋得很低。

「沒錯，只要金銀尚在長安城，便有被發現的可能。他們在盜取金銀時挖了暗道通往金庫，並用馬車偷偷運出，我們起初有些武斷地以為金銀被運到了雲樂谷賭坊，後來從賭坊的茶奉鈴鐺兒口中得知，那不過又是一個假象。凶手用雲樂谷做掩護，實際上卻將馬車趕到了木尚坊。」

「這就是為什麼金銀會出現在木魚和佛像中——木尚坊也參與其中了。」周易在一旁補充道。

「就是這樣。」沈玉書看著慧遠，淡淡地道，「凶手是個善於製造線索的人，這些線索總是讓人虛實難斷。比如春花家、邵家村、雲樂谷和茶奉魚肚兒就是幾條沒有多大作用的線索，卻偏偏又似乎和案件有千絲萬縷的聯繫。而秦侍衛在藍煙社發現的櫃坊商簿、孫嘉，以及消失的賈許就是有用的線索，但當秦侍衛找到知情人孫嘉詢問情況時，卻發現他竟被人殘害於家中；林之恆祕密搜尋嫌疑人賈許時，卻發現賈許被人用繩子吊在樹上斷了氣……凶手刻意將假線索保留，就是為了浪費我們的時間，而將真線索斬斷，則是讓我們無從查起，凶手耍的手段不可謂不高明。」

李忱一手撫額，難以置信地道：「竟然會是這樣，朕實在是想不透。」

沈玉書淺淺一笑，接著道：「凶手利用法幢寺這座千年古剎做掩護，明修棧道、暗度陳倉，怕是誰也不會猜到凶手竟會是一個得道的高僧，就連聖上您也被他給騙了。」

寺中百姓聽後，皆是驚嘆一片。他們怎麼會知道，清淨之地竟會藏汙納垢！方才他們還向佛祖菩薩許願，誰知道「佛祖菩薩」居然正是凶手？細細想來，實在讓人心裡惶恐。

「真相竟是這樣？」李忱目光一轉，看著慧遠，眼裡原本的虔誠和尊敬，此刻都化成了怒火。他也終於明白了剛剛沈玉書為什麼要問慧遠「五戒」這種人人皆知的問題，只因慧遠早已不持五戒了。

「說說吧，你為什麼要盜取四大櫃坊的金銀？這背後有何陰謀？」沈玉書一字一頓，目光如寒冰般看著慧遠。

慧遠咬了咬牙，自始至終未透露一個字。

無奈，李忱只好讓金吾衛和神策軍暫且將慧遠和寺中僧眾收押入大理寺。之後，他又下了道口諭，從宮中抽調三百千牛衛包圍木尚坊，將木尚坊的掌固拿來一併問罪。

經過前後口供的比對，慧遠和掌固不得不俯首認罪。金吾衛還在慧遠的禪房的暗櫃中找到了「骨面人」的假面，鐵證如山，不容他抵賴。

然而，就在朝廷核對被追回的金銀時才發現，被盜走的金銀竟整整少了六成。等大理寺的官員反應過來，準備再次提審慧遠，讓他交代金銀下落以及背後之人時，卻發現慧遠和木尚坊的掌固竟然一夜之間均死在了獄中。

線索全部斷了，朝廷也不得不將此次事件暫時壓下，駭人聽聞的金銀失竊案也終於告一段落。

為了避免引起動盪，朝廷並未將金銀丟失一事昭告百姓，而是悄悄由皇帝下命，從國庫和內廷中取出金銀財寶來填補虧損，然後再按照百姓手裡的存根依次將錢財發放，這才總算讓百姓們安了心。

只是，這背後隱藏的陰謀，卻很難問出來了。

1 夥計：唐朝的店小二被稱為「博士」，為了便於讀者閱讀與理解，文章中均用「夥計」一詞。
2 大家：王宗實在私下裡對唐宣宗李忱（唐憲宗第十三子）的稱呼。
3 櫃坊：唐朝指錢莊，即銀行。
4 法幢寺：唐代樊川八大寺之一。
5 春花家：唐朝時，以老鴇名字後面加上「家」字來命名妓院。
6 貓膩：中國北方方言，指隱瞞的事，有內情。
7 老實巴交：中國北方方言，形容人處事規規矩矩，謹慎膽小的樣子。
8 永安渠：永安渠從城西南入城，自南而北貫穿全城，為唐長安城西部的供水管道。

第二章 棺中毒蟾

壹

上元節。

沒了宵禁，長安城裡難得熱鬧一回，街頭巷尾都是烏泱泱的人群，在滿城火樹銀花的映照下，長安顯得格外繁華奢靡。一路街景看過去，竟會讓人恍惚是否又重回了那個夢一樣的盛唐。

沈玉書擠在人群裡，人群移一步，她便也移一步，眼睛始終直勾勾地看著前方，似乎對路邊新添了什麼燈樣、新開了什麼鋪子一點興趣也提不起。在這樣人擠人的情況下，秦簡跟在她身後，竟沒跟丟。

金銀失竊案結案好些時日了，沈玉書卻一直如此，整日思慮深重，卻從不說緣由。好在秦簡也是個悶葫蘆，他倆便日日大眼瞪小眼。

突然，不知誰不長眼睛地把一串娃娃樣式的糖人兒往沈玉書臉前一湊，嚇得腳下動不了的玉書，脖子往後縮了不少。

秦簡手疾眼快，當即也不顧旁側都是人，抽了劍便要刺過去，嚇得旁邊的人一閃。

「你做什麼？」那糖人兒忽地往回一縮，露出一張精雕細琢般的慌張的臉。

不用猜也知道，如此無聊之人，只有周易。

周易氣急敗壞，大聲嚷嚷道：「小爺好心給妳買糖人兒吃，妳竟然讓他拿劍傷我？」

沈玉書見來人是他，眼睛一彎，道：「你被你阿爺捉去了那麼些天，我當你自此一心向學了，怎會想到是你？」

周易「哼」了一聲，把糖人兒往玉書手裡一塞，喜道：「妳看，像不像妳？」說罷，周易又瞪了秦簡一眼。

秦簡眼睛輕輕瞟了一眼玉書手裡的小糖人兒，目光倏地一柔。接著，他又收回目光，目視前方，那模樣完全當周易的挑釁不存在。

倒是沈玉書，看著手裡筆劃簡易的糖人兒，哭笑不得。

周易一挑眉，不再難為玉書，倒是想起了一樁事，遂問道：「妳不去宮裡和聖上通報一下案子的進展？」

沈玉書果決地道：「不去。」

周易詫異，追問：「為何？」

「我即便不去，消息也自會傳到聖上的耳朵裡。」沈玉書又道，「我若去了，豈不是多此一舉？」

周易點點頭又搖搖頭道：「可是聖上那麼寵妳……」

沈玉書瞪了周易一眼，道：「不許拿我打趣！你又不是不知道咱們當今聖上的脾氣，他素來最恨貪汙之事，如今四大櫃坊的金銀卻只追回小半，還有大半下落不明，我自知沒臉見他，又何苦三番五次地去他耳邊煩他？」

周易把他那摺扇在胸前搖了搖，嘆氣道：「當寵臣真難啊！」

「你！」沈玉書被氣得瞠目結舌，抬手戳了下身後的秦簡道，「替我揍他！」

秦簡一愣，不明所以地看了看沈玉書，又垂下眸，半天不動。許是天太冷，他的耳朵竟緋紅緋紅的。

沈玉書氣鼓鼓的，周易在一旁卻看得樂呵。

待他們走出朱雀大街了，周易才道：「可若不去說，妳這成日愁眉苦臉的，也不是辦法啊。」

沈玉書把嘴角一咧，道：「我哪裡愁眉苦臉了？」臉都笑僵了，才正色道，「那起金銀血案並不簡單，或許後面還會牽動更大的事情，可我……無計可施。」

周易嘆了一口氣，沒有說話。他何嘗不知？他和沈玉書一樣被困在局中，沈玉書無法，他又能有什麼辦法？尤其如今的大唐已是日薄西山，財政已多年入不敷出，而這次的事件，更是令國庫虧空嚴重，大唐……早已經不起這樣的大風大浪了。

他們三人靜靜地繼續在街上走著，眼見永樂街已起了節目，卻誰也沒有要停下的意思。

一直沉默的秦簡猶豫了一會兒，突然張口道：「我帶你們去個地方。」

周易意外地回頭看秦簡，調笑道：「秦兄莫不是發現了比皇宮還要好的地方？」

秦簡沒有表情地看了一眼周易道：「不是。」

「那是什麼寶地？」沈玉書也跟著周易起鬨。

秦簡一愣，看著玉書道：「那裡的酒不錯。」

沈玉書一直知道秦簡木得很，卻沒想到他竟這般木，只好笑道：「也罷、也罷，上次你救了我，我便請你吃最好的酒。」

「那裡的菜……也是不錯的。」秦簡眨巴了下眼睛。

周易被逗樂了，把摺扇一收，在秦簡的肩上拍了兩下：「成，玉書請你吃最好的酒，我便請你吃最好的菜，你看如何？」

秦簡又是一愣，一時難以適應二人突然的熱情：「我……」

不等他說完，周易已經搭著他的肩把他帶出了老遠，笑道：「你個木頭，別我我我了，走吧！」

看著他們打打鬧鬧，沈玉書心頭明朗了不少。

◆

半炷香後，西市盡頭，月如鉤酒樓。

沈玉書等人踱步進了大門。只見酒樓規模並不算大，似是新開的，只有兩層小樓，比起西市的來鳳樓和東市的瑞福樓，實在不怎麼起眼。若是硬要找出一些優點來，便是酒樓內裝潢甚好，屋內陳設竟都是實木雕花、雲紋鑲嵌的，精巧中還透著些小別致。兩邊的樑子上垂掛下三、兩朵荷花，偶有風吹過，便搖搖晃晃，頗有幾分江南秀野的美感。

所以，這間酒樓裡人這麼多，倒也不讓人意外。玉書等人幾乎是被人潮擠進去的，不等夥計前來招呼，他們便先落了座，閒聊著點了兩道小菜，又點了兩瓶美人蕉。

「怎樣？」秦簡問沈玉書。

「嗯？」沈玉書不明所以地看他。

「這裡還不錯吧？」秦簡不自在地問。

「甚好。」沈玉書挑眉，突然，她眉頭一皺，問周易和秦簡道，「你們可聞到什麼味道了？」

秦簡搖頭，周易不明所以，朝四周使勁嗅了嗅：「有啊，菜香、酒香、脂粉香。」

「誰問你這個！」沈玉書瞪他。

周易被瞪得心裡冤得慌，委屈巴巴地道：「酒樓裡除了這些味道，還能有什麼味？難不成還能有那茅房的……」

沈玉書趕忙故意咳了兩聲，才讓周易把接下來的話咽了回去。

沈玉書道：「我聞到了一股藥味。」

秦簡疑惑地看向她，沒說什麼，右手的手指不停地在酒杯上摩挲。

周易又往四處看了看：「沒有吧，妳怕是說差了。」

沈玉書不確定地搖搖頭，看著杯中的清酒，道：「單是喝酒也無趣，倒不如我們來把行酒令？」

玉書剛語畢，周易便摩拳擦掌，喜道：「好好好！我來出題，今日既是上元佳節，那我們便以『燈』字做題，你們看怎樣？」

「寓意倒是不錯。」沈玉書點點頭，低眸思量了片刻，眼帶星光，「燈樹千光照，明月逐人來。」

「花燈夜如晝，年年似今朝。」周易似早有了想法，玉書剛言罷，他便將話接了來。

「深有長進嘛。」沈玉書略為回味了一下周易作的詩，誇讚了一番，復又看向一旁的秦簡。

都知秦簡素來好酒，想來行酒令自然也是拿手得很，所以玉書便也期待了起來。誰知秦簡只是眼巴巴地看著杯中清酒，不喝，也不語，眉眼間竟似有為難之色。

「秦兄莫不是要憋個大招？」周易挑眉道。

秦簡張了張口，道：「我……一個人慣了，沒做過這等熱鬧事……」

沈玉書一愣，半天才明白秦簡話中的意思。秦簡素好獨來獨往，她與周易都知道，他們三人到底才認識不過月餘，玉書又一直對秦簡心有偏見，所以她是無論如何也沒能料到他竟會連朋友都不曾有。一時間，玉書只覺甚是尷尬，滿心覺得自己是提了個讓人下不來臺的惱人問題，倒覺得自己也惱人極了。

這邊一時無話，那邊卻炸開了鍋。這酒樓雖說小，也設有十幾張桌子，可如今卻有一大半的人都圍在了酒樓正中央，把酒樓裡堵得水泄不通，著實怪得很。

沈玉書注意到了那邊的異常，目不轉睛地看了好一會兒，也不顧剛才的尷尬，道：「你們看那邊。」

周易扭頭一看：「這比街上看花燈的人還擠得厲害呢。」

「可這酒樓既沒設花燈，也沒什麼奇景，怎麼突然聚了這麼些人？」沈玉書不解道。

周易又多看了兩眼，調笑道：「許是這家店為了生意請來了什麼漂亮的小娘子？」

「我看你以後還是別跟我去辦案了，就住那魏氏家，摟著你的花兒、蜜兒過一輩子去，都是漂亮的小娘子！」沈玉書瞪他。

「依我看，怕是出事了。」秦簡一語驚人。

「這麼喜慶的日子，能出什麼事？秦兄你又嚇唬人。」周易搖著他的摺扇，一副怕別人看不出他的紈褲做派的樣子。

沈玉書皺了下眉頭，又想了一下，道：「且等等。」

不多時，沈玉書神色一變，回頭問周易，「這次，你可聞到什麼味道？」

周易本以為玉書又在拿他打趣，剛想回一句嘴，卻突然話鋒一轉：「不對，我聞到了，是血腥味，是人血的味道！」

周易話還沒說完，秦簡已經放下了酒杯，緊握著劍鞘，目光警惕。

「我們去看看吧。」沈玉書終於坐不住了，起身往酒樓中央走，不料卻被秦簡攔住了，玉書不解地看著他。

秦簡振振有詞：「聖上要我護妳。」

沈玉書一愣，遂把身子往後一讓，算是讓步了，嘴裡卻不依不饒地道：「我素來敬愛聖上，可並不喜他讓人來看著我。」

秦簡這次倒沒做解釋，隻身往人群處走。

沈玉書撇撇嘴，肩膀被周易鉤上了，周易喜笑顏開，沒心沒肺地道：「我護妳。」

沈玉書皺眉，不想再與周易辯駁。她想往人堆裡擠一擠，卻使了老大勁也無果，只得踮著腳在人群外面使勁往裡看。

秦簡平時木得很，此時卻十分機靈，憑一己之力給沈玉書辟了條路出來。一時間，玉書似得了特別通行證，四圍熙攘擁擠，她卻走得順暢，三、四步便走進了裡頭。乍一眼，她便看到了裡面擺著的一方黑色的漆木棺材。

棺木的後方三步開外還有一個銅爐子，上面的三嘴壺此時已經翻倒在地，壺裡沒有水，地上殘留一片湮濕的印記。旁邊的桌子和矮凳隨意橫擺著，桌角旁邊有一把摔碎的胡琴，靠近銅爐的位置有一扇矮窗，窗花被撕破，散落在地上。

酒樓裡出現這樣的東西，實乃不祥。沈玉書不禁眉頭一蹙，心道：『看來剛剛聞到的血腥味就是從這口棺材裡散出的。』

周易驚得差點掉了下巴，好好的酒樓裡怎麼會出現一口棺材呢？又是誰放在這裡的？這就是給他十個腦袋他也想不出來。

秦簡顯然也注意到了那口棺材，但仍是面無表情的，最多也只是眨兩下眼睛。手中拔出的半寸劍身「噌」的一聲被他收回了鞘中，他整個人也放鬆了不少。既不是什麼歹人毒物，多半還是安全的。

沈玉書又往前走了半尺，往那黑棺材裡一看，不由得一驚。只見打開了一半蓋子的棺材裡，躺著一個鬈髮黑鬍的人，那人身上穿著翠母綠長袍，胸前佩戴著白色的牛骨牌，閉著眼睛，牙齒緊合，一動不動。單看長相，沈玉書便可斷定他不是漢人。

周易伸手上前探了探鼻息，之後側頭看了眼玉書，搖了搖頭，玉書便已懂了他的意思。人多嘴雜，沈玉書也不便多說什麼，只是側頭輕聲道：「這是個波斯人。」

周易點點頭：「妳看他的衣著，是藍絲絨料製成的，怕是個什麼有頭有臉的人物。」

沈玉書點頭，又環顧了下四周，沒再說話。

突然，周易把扇子在手上一拍，像是有了什麼定論，附到沈玉書耳邊小聲道：「這事怕是不簡單。」

沈玉書微瞇了下眼睛，沒有說話。這具來歷不明又荒誕詭譎的外邦人屍體突然出現在這裡，確實不是什麼好兆頭。不只玉書他們，就連圍觀的眾人也是驚嘆不已。

只見一個被喚作張郎的年輕人往棺材前一湊，伸手摸了摸棺中人的鬍子，道：「這外邦人的鬍子和咱們中原人的是有不同！」

「張郎，你可小心些，這人死得不明不白的，當心人家的冤魂回來上了你的身，纏死你。」人群裡一個著錦緞的年輕人打趣道。

被這麼一說，那張郎竟一點也不怕，笑道：「咱們大唐這麼大，他一個蠻人，能認得路？」

眾人心中的恐懼去了些，都跟著哄笑。

倒是秦簡，輕碰了一下沈玉書的肩：「這人死得不正常吧？」

玉書詫異地抬頭看他：「你怎麼知道？」

「我也說不上來，就是覺得這具屍體有些怪。」秦簡思索道。

「不錯，這具屍體太乾淨了，就像是自然死去的一樣。可哪個正常去世的人會被擺在這眾目睽睽之下？這怕又是一樁謀殺案。」周易挑眉，難得地讚同了秦簡的看法。

沈玉書不動聲色道：「你們看他的左手。」說罷，她用長竿挑開屍體身上的衣物，露出了屍體的左手，那手上面殘留著凝結的血。

周易皺眉，驚道：「他的拇指斷了！」

「你最懂這些，看來是了。」沈玉書點頭。

周易握扇子的手一緊，他探頭細細觀察了一下屍體拇指的斷口，只見斷骨已然糊成一團，肉向下耷拉著，呈不規則的鋸齒狀，模樣有些嚇人。

周易反復查看，道：「被刀割斷的可能性不太大，刀傷所致的傷口邊緣往往平整光滑，妳看這個……」

沈玉書認同地點頭。

倒是秦簡，似有疑惑地道：「可這拇指上的傷不至於致死吧？」

沈玉書被問得一愣，驀地笑了：「自然不會。」

秦簡一窘，看著蹲在棺材旁的周易，不再說話。

周易在前方，人群也吵，遂也沒聽到秦簡的問話。看著屍體思考一瞬後，周易正襟道：

「現在有兩種可能：一是死者生前接觸過凶獸，拇指被咬斷了；當然還有一種可能，就是死者的拇指是在生前被一個力氣很大的人給扯斷的。這兩種情況都會導致傷口邊緣參差不齊。」

沈玉書愣了一會兒，道：「我覺得第二種可能性更大些。畢竟人若是見到猛獸，多半會心生恐懼，必不會死得這般安詳。再者，便是野獸全無意識，如何能保證只咬斷一根手指，而其他手指皆完好無損呢？」

周易道：「不錯。」

沈玉書皺了皺眉頭，想了想，道：「是什麼原因會讓歹徒暴怒到折斷死者的拇指呢？直接結果了性命不就好了嗎？」

「飾品、錢財。」秦簡又道。

沈玉書眼睛一亮：「不錯，我想死者生前的拇指上一定戴有極為貴重的東西，諸如戒指或者玉扳指之類的首飾，那人意在奪物，所以才會……」

周易點點頭，笑道：「看來這真的是起謀殺案。」

「等等，你們看那是什麼？」沈玉書突然指向棺中。

在場的眾人聽到沈玉書的話，全都朝著棺內望去，只見棺木中不知何時竟出現了一隻金色的蟾蜍，此刻那金蟾正慢慢地爬上屍體的臉。

沈玉書滿臉吃驚，就算她絞盡腦汁，也絕對想不出這隻蟾蜍是從何而來，牠又意味著什麼，怎麼偏偏就出現在了這具棺木中。

秦簡也是一怔，眉頭一皺，道：「是五毒門的人！」

「五毒門？」沈玉書疑惑道。

秦簡望著沈玉書，堅定地道：「是。」

「何以見得？」沈玉書不解地問。

秦簡不假思索地道：「這金蟾蜍便是他們的聖物，他們素來愛幹這種打家劫舍的無恥勾當。若單是劫財也罷了，可他們偏偏劫完了財便殺人，殺完了人還要假惺惺地送上一口棺材，可謂好人、歹人都讓他們做了。」

沈玉書聽到秦簡的口述，就知道這五毒門定不是什麼正兒八經的門派，但她從來不曾涉足江湖，又哪裡知道這江湖中事？

「五毒門……我好像在傳奇話本上看到過！」周易突然道，後又眉頭一皺，「可這江湖中，竟然真有這樣陰毒的門派？」周易自小就聽聞過一些江湖逸事，此刻聽到秦簡提起五毒門，倒生了幾分興趣。

秦簡點頭道：「他們這個門派，沒什麼根源，但製毒的本事倒是天下一流的。聽說很早的時候，他們是專門做解藥的，後來發現死人的錢遠比活人的錢好賺，做毒藥也比做解藥賺得多，於是便開始做起了這檔子害人的勾當。」

「也就是說……此人多半是被毒死的？」沈玉書驚詫地問。

「這就不得而知了。」秦簡搖搖頭。

看夠了熱鬧，眾人作鳥獸散，原本擠得厲害的酒樓突然變得冷冷清清。怪的是，自始至終竟也不見老闆下來應對。

畢竟是上元佳節，沈玉書等人也不好在此多逗留，於是也隨著眾人一起離開，去朱雀大街看花燈了。

◆

翌日，風平浪靜。

沈玉書本還擔心昨日死的那個外邦人的身分不簡單，但此刻見無事發生，便也把他的死亡當成江湖中的恩怨仇殺了。

晚間，宮裡在麟德殿內辦了一場宴會，宴請了各路王公貴胄，就連前來進貢的各國使臣也包括在內，沈玉書這日也進了宮。她是受豐陽公主李環之邀，公主要她進宮陪著說些女兒間的體己話。

這個豐陽公主，因為是當今聖上孩子中的老么，聖上便時常寵她無度，她在宮中的生活可謂要風得風、要雨得雨。仗著榮寵在身，她的性子便也嬌縱些，嘴上又是個愛得罪人的主兒，因此別的公主皇子不愛和她一起玩，除了沈玉書，她沒幾個知心朋友。

可惜玉書自己每日都忙得暈頭轉向，自是沒時間多陪她玩，搞得李環十分不願意，天天鬧她的父親[9]。

沈玉書這邊匆匆梳洗一番，便往宮裡趕，還未到姚華宮，便看到李環已經錦衣華服地站在太液池旁等她，於是她腳下的步子就邁得又快了些。

「公主萬福，玉書來遲了，還望公主不要怪罪。」沈玉書朝李環福了福身子。

李環趕忙扶玉書起來，嘴上卻不饒人：「妳且在外面瀟灑著，也不想想我在這宮裡都快給悶死了！」

「是玉書的錯，玉書此後也帶公主去瀟灑，可好？」沈玉書笑著看向李環，帶著女兒的嬌嗔，與平日繃著神查案的她有些許不同。

「哼，妳又跟我扯謊。」李環小嘴一噘，帶著玉書往姚華宮走。

沈玉書一笑，道：「這就是妳胡賴了，我陪妳幹過的荒唐事還少？我幾時騙過妳？」

「那妳總也不進宮！」李環嘴上責怪，眼睛卻四處瞅了好一會兒，就連沈玉書都看出了她的心不在焉。

「公主這前前後後是在看什麼？」沈玉書心下已有了答案，嘴上卻還是調笑李環。

李環素來直爽，說話從不愛兜圈子，看著沈玉書道：「妳怎不帶周易一起來？」

沈玉書一愣，突然笑了起來，打趣道：「公主幾時叫我帶他一起了？」

「我沒說，那是因為我顧及顏面，可妳瞭解我呀，我想什麼妳又不是不知，妳……」李環瞪大了眼睛，振振有詞。

「那我下次帶他來，可好？」沈玉書眉眼含笑地看著她。

李環滿意地點點頭，突然像是想到了什麼，再三強調道：「不過，妳可不許說是我要他來的。」

「可是，那孫家二郎怎麼辦？」沈玉書一挑眉，笑著問道。

說起來，這個孫家二郎，也是文人士大夫中的英才，相貌堂堂，才氣斐然，乃尚書左丞孫文仲的次子，年紀輕輕就已在世家公子中嶄露頭角。當今聖上便是看上了他的才貌，想把他招來做女婿。

可誰知沈玉書一提孫家二郎，李環一下子就氣鼓鼓的，皺著眉頭道：「妳且莫要提他，我最不喜這種文人士子的假清高勁兒了！妳看我阿姊，嫁給那新科狀元鄭顥，雖是讓父親滿意了，卻白白誤了她的一生，我可不要步她的後塵。」

「可我聽說這孫二郎是氣質不凡、才華不淺呢！竟是入不得公主的眼？」沈玉書與她開玩笑道。

「就他那一身酸腐氣，妳怎知不是第二個鄭郎？」李環滿臉的傲然。

「孫二郎這般好都入不得公主的眼，那周易怎便入得？」沈玉書笑著問。

「他自是不一樣的，別家男兒都想著讀聖賢書得功名，他卻無心功名，一心只追求自己想要的，這豈是常人所能及的？」李環說起周易，眉眼都彎了。

「好好好，他什麼都好。妳可別再整日把他掛在嘴邊了，我可是會吃醋的。」沈玉書故意調笑。

李環一時羞紅了臉，往前快走了幾步，又突然想起什麼，腳步一頓，轉身看向玉書：「妳可知昨夜長安城裡死了個波斯使臣？」

「波斯使臣？」沈玉書一時沒緩過神，想了一下，突然眉頭一蹙，道，「妳說的莫不是我昨夜在西市看到的那個波斯人？」

李環不曉得沈玉書說的是誰，思索了一下，道：「怕是了。」

「那……可出了什麼事？」沈玉書著急地問道。

「倒也還好。」李環回憶了一下，細細說道，「今晚宴會上，那幾個波斯人剛入席時倒還安安靜靜的，可等人差不多來齊了，他們卻突然開始吵嚷，說是他們的使臣頭子在我們的地界上丟了命，進貢的物件也遭人搶的搶、丟的丟，硬說是我們大唐和他們波斯有過節，有意要為難他們，要和我父親討個說法。」

「然後呢？」沈玉書追問。

「然後我父親便承諾要幫他們查清此案。他們倒會談條件，只給了三天時間，說時間一過，便與那波斯王說我大唐故意殺他們的使臣，有意與他們交惡。」李環說罷，又不甘心地道，「這波斯人真是可惡，竟敢侮辱我天朝上國，想想我都氣不過！」

「那……聖上派了誰去查此案？」沈玉書又問。

「呀！我差點又忘了！」李環一拍手，道，「我本就是想與妳說這個的。這案子關聯太多，父親也為難了許久，不知該派誰去查案，我想妳平日辦案很是穩妥，便隨口向父親舉薦了妳……」

「我、我？」沈玉書難以置信地指著自己的鼻子，看著李環。

「嗯！父親還誇了我呢，說我思慮周全。」李環笑道。

沈玉書哭笑不得道：「我的公主殿下啊，此事關乎大唐的氣運，我若是辦砸了，輕則損了大唐的顏面，重則怕是要引來兵戎之爭啊！憑我這點拿不出手的本事，我、我如何擔待得起啊？」

「我相信妳，不會的。」李環拍了拍她的肩，笑道。

李環一直養在宮中，自是不曉得這戰亂之苦，沈玉書只得自己偷偷嘆氣。可還不等她歇口氣，她就被人叫住了。

「公主、小娘子，且留步！」

沈玉書回頭，見來人正是那左神策都尉王宗實。

「王貴人，何事？」沈玉書問。

「公主萬福。」王宗實朝李環行了個禮，然後遞給沈玉書一張字條，道，「想來事情的來龍去脈公主殿下已與小娘子說過了，老奴便不再囉唆。這是聖上要奴帶給小娘子的話，還望小娘子用心體會聖心。」

沈玉書點點頭道：「還請王貴人代玉書向聖上問安。」

「那奴便退下了。」王宗實微微頷首，行了個禮，緩緩退下。

待澈底看不到王宗實了，沈玉書這才打開字條，只見上面赫然寫著四個字——「敲山震虎」。玉書一愣，似是沒明白聖上的意思，只不動聲色地把字條揣進了袖中，凝目深思起來。

李環見玉書這般模樣，探頭研究了一番她的神情，好奇地問道：「看妳這魂不守舍的樣子，我父親與妳說了什麼？」

「聖上高深莫測，我也不懂。」沈玉書笑笑，沒有就此事再說什麼。

「行吧，妳不願說便不說吧，我帶妳去看我新買的馬兒！」李環沒心沒肺地笑笑，拉起沈玉書的手往前走。

沈玉書嘴上喊她慢些，眼底卻是藏也藏不住的歡喜。

若不是世事所迫，她多想一輩子這樣無憂無愁、無波無瀾，閒來依樹戲秋千，興起繞池看游魚。

貳

第二日，大明宮上的報曉鐘剛響了不足百下，沈玉書便已梳洗齊備，簡單地喝了一碗餺飥[10]，便叫小廝備了馬，準備要出門。

昨夜李忱給她那四個字，叫她思量了一整晚。今日她一起床，便心中惶惶，非得親自去了驛站問過那幾個使臣才能放心些。

天還未透亮，路上行人稀稀疏疏，沈玉書打馬一路飛馳前往驛站，也不擔心驚了行人。

在經過興華坊時，突聞有人叫她，她只覺是自己沒睡好心神恍惚，便未曾停下，直到走出好遠，才覺出叫她的那聲音有些熟悉，便掉轉馬頭往回跑。

「玉書，我叫妳呢！妳怎麼不理我就走了？」

又是一聲清亮的男聲傳來，沈玉書急忙拽住轡繩，四下一環視，在一家胡餅小攤前看到了一青一白兩抹身影，定睛一看，正是周易和秦簡。

沈玉書俐落地下了馬，把馬往路邊杆子上一拴，才道：「這大清早的，你二人怎麼會在這裡？」

周易舉起一個胡餅炫耀地搖了搖，嘴裡東西還未咽下，便含含糊糊地道：「秦兄是揚州人，又一直待在宮裡，我料他沒吃過咱長安的美食，便帶他來吃咱長安最好吃的胡餅。」

瞧著周易的模樣，沈玉書無奈地搖頭，忍不住轉頭看了眼坐在旁邊的秦簡，微微一愣。只見他還是一襲白衣，坐在早餐鋪子自備的簡易條凳上，亦坐姿筆直、目不斜視的，優雅地一口一口地咬著手中的胡餅。瞧著他的神情，玉書竟覺得他似是在吃御賜糕點，不由得，玉書便笑了，看來這市井間的煙火氣也掩不住咱秦侍衛的清冷傲骨。

「妳笑什麼？要不要也跟我們一樣來一碗餺飥再加幾個胡餅？」周易一邊吃得津津有味一邊問她。

「不必了，我還有要事，便先走了。」沈玉書笑道，轉身解開拴馬的韁繩。

玉書剛轉過身，秦簡便微微地側了下頭，朝她的方向看了一眼，不待玉書察覺，又轉過頭繼續細嚼慢嚥手中的餅。

「這坊門剛開沒多久，妳就急急地要策馬去哪？」周易問。

沈玉書拉馬的動作一停，走到他們身旁，低聲道：「前日的事，你們可還記得？」

「記得啊。」周易沒心沒肺地點頭，秦簡轉頭看向玉書。

「出事了。」沈玉書嚴肅道。

片刻的沉默後，秦簡突然拿劍起身去牽馬，周易臉上的笑意也沒有了。

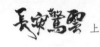

周易道：「莫非……」後半句沒繼續說下去，只快速地把手裡剩的餅往嘴裡一塞，匆匆喝了口湯後，也起身去牽馬，口中含含糊糊地道，「妳等一下，我們跟妳去。」

沈玉書心下一暖，道了一聲「好」後，便上了馬。

太陽露出頭時，有三匹馬齊頭並進地飛馳在長安城的大街上，馬的腳力甚好，馬上人亦是風姿綽約。此等恣肆風姿，竟是羨煞了不少路邊的行人。

◆

到了驛站，沈玉書等人剛下馬，便見豐陽公主李環帶著兩名小廝打馬過來，著實讓玉書一愣。

「公主怎麼到這來了？」沈玉書道。

李環下了馬，把馬兒交給小廝牽著，道：「妳昨個兒還答應得好好的，今兒就忘了？」說罷，她看向玉書旁邊的周易，甜甜一笑。

周易並未看到李環那花兒般的笑顏，只看著她的馬笑出了聲。他是知道豐陽公主愛收藏寶馬的，可當他看到她的馬竟縛著馬尾，頸鬃都給打理成了整齊的三花式樣，活像個梳妝打扮過的女子時，還是忍不住笑了。

周易一笑，李環便以為他是因為見到自己開心，所以心下便更歡喜了，看著玉書等人道：「我今日便跟你們一道查案了！」

「啊？」沈玉書一時沒反應過來。

李環可不管她是何反應，看了眼周易，就大搖大擺地往前走，還不忘喊他們幾人一聲：「走啊！」

「妳真是我的活祖宗！」沈玉書無奈地嘆氣，只好認命，掏出魚符給驛站的小隸看了一眼，請小隸帶路。

小隸只瞄了一眼，再抬眼看看他們這陣仗，便恭敬地帶他們幾人來到幾位波斯使臣的房門前。

沈玉書謝過小隸，抬手敲響了其中一位使臣的房門。片刻，裡面的人嘰哩咕嚕地說了幾句話，玉書沒懂，便又敲了兩下門，倒惹得裡面的人「匡噹」一聲開了門，又嘰哩咕嚕地說了一堆讓眾人聽不懂的話。

「使臣閣下，我是沈玉書，受聖上旨意前來查清前日之事，也好給閣下和貴國一個交代。」沈玉書道。

那個使臣似乎也沒聽懂沈玉書說了些什麼，再次嘰哩咕嚕地說了一大串。

沈玉書等人大眼瞪小眼，李環性子直，道：「你這蠻人，怎麼說鳥語？」

那使臣眉毛一豎，幾步走到旁邊的房間門口，咚咚咚敲開了門，嘰哩咕嚕了一通後，從裡面走出一個同樣金髮黑鬍子、戴著高帽子的波斯人。

「你們是誰？有什麼事嗎？」高帽子波斯人彆扭地說起了中原話。

沈玉書向他作了個長揖，把方才說的話又道了一遍。她話還沒說完，高帽子波斯人卻已經變了臉色，生氣地道：「你們大唐都是壞人！」

波斯人話音剛落，李環便又直言道：「你這蠻人，胡說什麼呢？我們大唐如此昌盛，豈是你這種粗野之人能隨便評價的？」

「妳、妳說什麼？」高帽子波斯人瞬間吹鬍子瞪眼。

李環還欲還口，卻被沈玉書一把拉住。

玉書對李環低聲道：「公主金口玉言的，便別與他們計較了，費口舌。」說罷，轉頭對高帽子，一臉微笑，「使臣閣下，此事還未徹查清楚，你這樣侮辱我大唐，實有不妥。」

「哼！侮辱你們？這次我們來你們大唐，剛到邊境便遭遇了伏擊，三十個人的護衛隊就只剩下了我們幾人。這也就罷了，我們只當是遇到了什麼亡命之徒，想要劫財，所以我們便特意繞過官道祕密行進到了長安，本想著第二日便進宮面見你們的皇帝，誰知，察爾米汗大人竟然死在了你們大唐！難道這不是你們早已算計好的嗎？」高帽子波斯人怒氣填胸道。

沈玉書一驚，神色肅穆地道：「想來我們之間有不少的誤會，不若我們進屋細細商談一下，此等大事讓旁人聽去了也不好。」

「我、我就是要讓你們大唐的臣民們看看，你們自己的國家有多無恥！殺了人還想息事寧人？想都別想！」高帽子波斯人的聲音越來越大，旁邊的幾個波斯人也跟著他嘰哩咕嚕地咒罵著。

沈玉書、秦簡、周易皆是眉頭一皺，李環的脾氣又上來了，她生氣地對使臣說道：「你們這些蠻夷！簡直、簡直豈有此理！」

沈玉書怕她一激動做出什麼過分的事，趕緊拉住她，對波斯使臣道：「閣下，你們領隊的死，我們聖上和我們的臣民都深感痛心，但這實在是有人故意要破壞我們兩國的關係而使出的計謀，切不可中計才好。還望諸位配合我們查清案件，我大唐也好給貴國一個交代！」

沈玉書說罷，高帽子給其他幾個同伴翻譯了一通，那幾人又立刻吵吵嚷嚷起來。玉書雖聽不懂他們在說什麼，卻也知道他們說的話並不好聽，遂將眉毛蹙成了一團。

波斯人見玉書等人都對他們無計可施，便罵得更凶了。他們的態度惹得秦簡心下老大不悅，「噌」的一聲便抽出劍指向他們，嚇得波斯人往後一退。

高帽子口不擇言地道：「你若殺了我們，我們大王定攻破你大唐！讓你們大唐……」

秦簡面上沒什麼表情，握著劍柄的手卻又加了一分力，劍鋒一轉，便帶出一股勁風，把高帽子的頭髮震得一動，嚇得高帽子一下噤了聲。

周易許久未說話，也是憋得慌，把扇子在手上拍得啪啪響，道：「我說老兄，你們的兄弟還屍骨未寒呢，你們倒是罵得開心，難道就不想知道他是怎麼死的？」

幾個波斯人戰戰兢兢地聚到一起商量了一番，似是商量出了什麼良策，不再吵鬧了。

那個高帽子吹了吹鬍子，彆扭地伸出手，做了個「請」的動作。

沈玉書一挑眉，也伸出手，道：「請。」說罷，她便領著眾人進了房。

李環一進到屋子裡，就立馬用手掩住了口鼻，嫌棄地道：「早便聽聞蠻人一身臊，他們莫不是要熏死本公主？」

好在李環說話的聲音並不大，只有玉書幾人聽到了，玉書實在怕她再語出驚人說出什麼讓波斯人生氣的話，便拉過周易道：「節日還沒過，街上還有許多好玩的東西，我今兒就放你個假，你帶公主去城裡玩一玩，讓她玩開心了就好。」

「我？」周易一頭霧水。

沈玉書朝他使了個眼色：「非你莫屬。」

李環耳朵好使得很，玉書把聲音壓得那麼低，她都聽得一清二楚，聽到玉書要讓周易陪她，忙笑嘻嘻地道：「好啊，就讓周易帶我去玩！這查案實在是無趣得很。」

周易一愣，看著玉書道：「我走了，妳這案子怎麼辦？我總不能留妳一個人……」

「我還有秦簡啊。」玉書一笑，打斷了他的話。

周易心有不甘，卻也只得領命帶著李環走了，倒是一旁的秦簡，眉眼微微一動。

打發走了周易和公主，沈玉書終於鬆了口氣，看著波斯使臣，正色道：「閣下，你們頭領的屍體為何會出現在月如鉤酒樓，你們知道嗎？」

高帽子吹了吹鬍子，道：「還不是因為路上遭遇了襲擊，我們大人怕住驛站裡再遭遇什麼不測，便找了個小酒樓想下榻一晚，誰知……哼！」

「那……你們頭領被害時，你們可在現場？」沈玉書問。

高帽子和其他幾個波斯人說了幾句話，之後又痛心地道：「我們本來是在二樓的房間裡吃酒的，後來我們大人看樓下的歌伎胡琴彈得甚好，便下去想與她切磋一番。後來，我們幾個不知怎的就睡過去了，醒來時大人已經遭遇了不測……」

「睡著了？」沈玉書一愣。

「是。我們明明沒有吃多少酒，可不知道怎麼就開始犯睏。」高帽子一臉困惑地道。

「被下藥了。」秦簡的聲音從沈玉書的背後傳來。

沈玉書背脊一僵，看著高帽子繼續問道：「你們吃酒時，可有人進過你們的房間？」

高帽子細細地回想了一下，道：「沒有吧，只有店裡的老闆娘進來送過酒菜，之後再沒人進來。」

沈玉書眸間亮光一閃，回頭與秦簡對視了一眼，算是交流。

「你們還丟了東西？」沈玉書問。

突然，高帽子雙手撫額，情緒激動地道：「那可是我們波斯國的聖物啊！竟然就這麼被我們給弄丟了，這要我回去怎麼和大王交代啊……」

「閣下先別激動，當務之急，還是要先告訴我那件寶物是什麼。請相信我們，我們會盡力幫你們把東西追回來的。」沈玉書道。

「那是我們國王要贈給大唐皇帝的賀禮，名為紫金青銅樹，價值萬金。樹枝是由青銅和紫金合鑄的，樹上雕有百鳥朝鳳，另還鑲嵌有三百顆白珍珠和一千兩金絲，用了十位波斯大匠歷時兩年才打造完成啊。從波斯裝箱起，運送到大唐的時候還好好地在箱中，怎知入了那酒樓，賀禮就丟了……」高帽子說著便泣不成聲，神情中滿是悔恨。

「除了這一件，可還有其他寶物？」沈玉書繼續問。

提到另一件寶物，高帽子更加難過了：「還有一樣便是藍伽大玉扳，那是我們國王帶給大唐的信物，國王要我們將它送與你們的皇帝，欲以這藍伽大玉扳為證，與你們大唐永世修好，誰知……」

沈玉書一頓，悄聲與秦簡道：「你還記得那個死掉的頭領斷掉的拇指嗎？」

「記得。」秦簡點頭。

沈玉書與秦簡又對視了一眼，心下有了盤算，轉頭問高帽子：「藍伽大玉扳可是戴在你們頭領的拇指上？」

高帽子與同伴商議一番，眾人皆是滿臉震驚，高帽子看著沈玉書問：「妳怎麼知道？」

沈玉書沉默片刻，鄭重地道：「看來此事牽連甚廣！」

隨後，沈玉書辭別波斯使臣，與秦簡策馬來到月如鉤酒樓。

路上，秦簡問她，這個案子很難辦嗎？她「嗯」了一聲。

◆

經過前日的事後，月如鉤再不復當初的紅火，雖棺材已被京兆府搬了回去，店裡卻除了夥計和老闆娘外，連個人影都沒有。所以當沈玉書和秦簡踏入酒樓時，老闆娘立刻滿面春風地迎上來：「郎君和小娘子是打尖還是住店？」

沈玉書沒有立刻回她的話，而是細細打量了一番她的穿著打扮。只見她生著一張鵝蛋臉，高鬟細肩，腰細似水蛇，頭髮高高地綰起，只別了一枚紅玉發簪，打扮精幹老成，但年紀卻不顯大，按照周易的標準，這又是一個成熟且很有韻味的美人兒。

片刻，沈玉書才笑道：「不打尖，也不住店，我們是來找老闆娘妳的。」

老闆娘一愣：「找我？我一個孤母，素來無親無故的，不知二位是？」

沈玉書把魚符一亮，道：「坐下談談吧。」

「沒想到竟是官老爺！」老闆娘神色一變，趕忙叫夥計擦拭了桌子板凳，道，「二位官爺先坐，想吃什麼儘管說，我請了！」

秦簡不理會她的笑臉逢迎，身子往旁邊一讓。

「不必了，我是來查案的。」沈玉書道。

老闆娘不禁神色一變：「我們小店剛開業沒幾天，素來守規矩，不知小娘子是指……」

「妳忘了前夜妳店裡死的那個外邦人了？」沈玉書打斷了她的話，坐在了條凳上，順便招呼秦簡也坐下。

老闆娘一下沒了底氣，低聲道：「小娘子儘管問吧。」

「妳叫什麼名字？」沈玉書問。

「我叫石秀蘭。」老闆娘低聲答。

「可有夫家？」沈玉書問。

「原是有一個的，後來遭遇了不測，就沒了。」石秀蘭道。

沈玉書緊緊盯著她道：「妳可知那個外邦人是為何死的？」

「我看到他的棺材時都嚇壞了，怎會知道他是因何而死？」石秀蘭委屈道。

「不知道？」沈玉書嘀咕了一句，突然又抬頭看著石秀蘭，「妳店裡明明有夥計，為何要親自上樓給他們幾人端酒水？石娘子這般好客的嗎？」

「實在是當日店裡客人太多，夥計忙不開，我才……」石秀蘭道。

「是嗎？那為何他們吃過妳送的酒水後，都暈了過去呢？」沈玉書緊緊逼問。

石秀蘭神色一慌：「小娘子，這個我實在不知啊！我這店剛剛開業，生意能否做長久都是問題，我怎會做那等斷送自己財路的事？」

「既怕斷了財路，妳店裡擺著口棺材，妳為何既不報官，也不下來安撫客人的情緒，還任那棺材在店裡任人圍觀？」沈玉書道。

石秀蘭嘆了一口氣，道：「實不相瞞，我其實是苗疆人，我們苗疆有個說法，女子不得見親人以外的棺木，否則祖上會不得安寧的。我當時慌張得很，所以才……」

沈玉書眉頭一蹙，看向一旁的秦簡。

秦簡點了下頭，道：「苗疆是有這個風俗。」

沈玉書點了下頭，盯著石秀蘭的眼睛，似要將她徹底看清，道：「那事發當晚，妳的店裡為何會有藥味？」

「藥味？這……我也不知……」石秀蘭低聲道。

「那妳知不知道那隊外邦人在妳店裡丟了兩樣價值連城的寶物？」沈玉書問。

「這……我真的不知道，當時看他們抬著幾個大箱子進來，我只道他們是外邦的商隊，是來長安採買的，並不知那裡面還有什麼寶物啊！」石秀蘭慌張道。

沈玉書還是看著她的眼睛，半晌才雲淡風輕地道：「不知嗎？那就當妳不知吧。」說罷，沈玉書示意了一下秦簡，轉身往二樓走去。

走到樓梯中間的時候，她又回頭看了眼下面的石秀蘭，邊走邊道：「知情不報、欺瞞朝廷官員是要下大獄的。」

想來是官府提前來要求過了，幾位波斯使臣住過的房間還沒有被收拾過，所以沈玉書一進去，便看見房間的空地上還有碎裂的酒壺和酒水灑落的痕跡，門板更是已經碎成了好幾塊，零散地落在地上。

她和秦簡分頭在屋子裡找尋線索，突然，秦簡道：「她沒說實話。」

「怎麼說？」沈玉書笑問他。

秦簡指了指床底道：「妳看這裡地上，怎麼會有金粉？」

沈玉書手上的動作一頓，走到秦簡身邊蹲下看了看地上散落的金粉，再探頭往窗下一看，地上赫然擺著一個完好的包金黃花梨箱子。

「一般商隊怎麼會拿包金箱子裝貨物，這不是明擺著讓別人來搶自己嗎？」秦簡又道。

「不錯，石秀蘭肯定知道他們身分顯貴，所以才親自上來給他們送酒水。」沈玉書恍然大悟，笑道，「這個女人不簡單啊！」

「所以人是她殺的？」秦簡問。

「還不能這麼說，我們沒有證據，再合理的邏輯也只是猜想。」沈玉書嘆氣，又環視了下這間屋子，「走吧，我們去別的地方看看。」

「這裡……」秦簡一頓。

沈玉書笑了：「她若是有心，必不會讓我們發現什麼有利證據。」

二人出了酒樓，牽著馬穿過兩條曲巷。

秦簡低垂著眼睫，問道：「妳要去尋五毒門？」

「即便我要去尋，你能找到嗎？」沈玉書一愣，笑著打趣他。

「我雖不知他們的藏身之處，但妳若非要找，我一定幫妳找到。」秦簡認真地道。

「那……今後我若犯了聖上的禁忌，你會和聖上說嗎？」沈玉書也突然正經了起來。

秦簡腳步一頓，似是沒想到沈玉書會突然說這個，愣了半晌才道：「妳不會的。」

沈玉書一笑，道：「我知道你會。」隨即，話鋒一轉，「是不是五毒門，僅憑一隻金蟾蜍還不能斷定，但無論凶手是誰，不需要我找，他們也會來找我。」

秦簡疑惑地看著她，深深的黑眸裡泛著亮光。

「他們的目的還沒達到呢！」沈玉書笑了笑，上了馬，秦簡便也上了馬。

他們騎著馬在各個坊間逛來逛去，突然，沈玉書看著秦簡道：「你可否幫我去查一下這個石秀蘭？」

秦簡微微點了下頭，看了眼沈玉書，嘴唇動了動，卻終究沒說什麼。

參

當晚，秦簡便拿著通行證連夜出了城。

沈玉書又去了一趟月如鉤酒樓，之後才回家，陪母親吃了飯後，便在花園裡來回閒逛。

周易來的時候，她正坐在亭子裡看著皇帝給她的字條發愣。周易拿扇子拍了她一下，嚇得她一哆嗦。

周易往凳子上一坐，道：「妳在發什麼呆呢？」

「你不陪公主，來我家做什麼？」沈玉書瞪他。

「合著陪公主還是我的職責了？」周易撇嘴道。

沈玉書沒有回答他的問題，只抬頭看著天上的圓月，心思深重。

周易拿扇子在沈玉書眼前晃了晃：「喂，妳當真不理我啊？我今日去了停屍房，又仔細看了下屍體，妳不想知道我發現了什麼？」

「你竟然帶公主去了停屍房？你、你好大的膽子！」沈玉書一驚，抬手，真想捶死他這個賴子。

周易往亭子角落一躲，嚷嚷道：「喂，人家公主還沒什麼意見呢，妳著急什麼？我在談案子呢，妳能不能認真些？我可是發現了不得了的東西。」

「發現什麼了？」沈玉書眼睛一亮，停下了動作。

「我發現那個波斯使臣的確是被毒死的。」周易道。

沈玉書疑惑地看著周易，以為他還有後話，卻不想他半天也不說下一句。沈玉書忍不住道：「這還用你說？」

「妳別急啊，我還有『但是』呢！」周易故意吊人胃口，眼看著沈玉書都要上來揍他了，才終於說道，「但是，我覺得怪得很，明明他是中劇毒身亡的，可我在用銀針檢驗時發現，他的血竟然是紅色的。」

沈玉書滿臉疑惑道：「難道他沒死？」

按常理而言，人一旦中了毒，毒蔓延全身，血也會被毒浸得烏黑，仵作驗屍時只需用銀針插入血管，便可驗出受害者所中的是什麼毒。中毒身亡之人的血色還能是紅色的，此等怪事沈玉書和周易從未見過。

「不可能，我確定他已經死了，他既沒鼻息，體溫也幾乎散盡了，甚至還出現了屍僵的現象，活人是斷然不會這樣的。」周易搖頭，鄭重其事地說道。

「這便怪了，莫不是下毒之人手段實在高明，我們才檢驗不出？」沈玉書猜測道。

「許是吧。」周易無奈地撇撇嘴。

沈玉書右手撫額，沉重地嘆了一口氣。

見沈玉書這般模樣，周易又湊到沈玉書身旁，道：「我還發現了其他重要的線索，妳想聽嗎？」

「你說啊！」沈玉書又是一激靈。

「我看妳是查案子查得魔怔了。」周易瞥了玉書一眼，一副神祕兮兮的樣子，「妳猜我今兒在街上閒逛的時候，看見什麼了？」

「你個浪蕩子，能看見什麼好玩意？」沈玉書撇撇嘴。

周易一噘嘴，道：「妳不要隨便貶低別人好不好？我告訴妳，等我說完，妳肯定要對我千恩萬謝！」

「那你快說啊。」沈玉書急迫地催他。

周易踱著步，嘴上神祕兮兮地道：「我在唐掌櫃的壽材店裡……」

沈玉書一下子奓了毛：「你！你還帶公主去了壽材店？你是要氣死我是吧？這要是被傳出去……」

「妳等等，聽重點好不好？我話還沒說完呢！我在那家壽材店裡發現了和月如鉤那晚一模一樣的棺材！」周易強調道。

沈玉書愣了一下，滿臉激動道：「真的假的？你沒看錯吧？」

周易把手中的扇子開開合合，炫耀地說：「看沒看錯，我明日和妳再去看看不就知道了？」

「這樣敢情是好。」沈玉書心下歡喜。

「剛剛是誰話還沒聽完就瞎責罵人來著？」周易一臉得意。

「我這不是急壞了，怕出岔子嗎？」沈玉書辯解道。

周易笑著看向玉書道：「那妳打算拿什麼來謝我？」

「都叫你陪公主長安一日遊了，多大的面子啊，這還不叫感謝嗎？」沈玉書俏皮地眨眨眼。

周易眼睛睜得更大了，抱怨道：「這叫哪門子的感謝？妳那豐陽公主那麼任性，直把我當她的小廝使喚了，我這條胳膊到現在都還累得抬不起來呢。」

「你往長遠了想嘛，也許豐陽此後就對你一往情深，非你不嫁了呢。混個駙馬當當也是不錯的不是嗎？」沈玉書逗他。

「我可不敢，讓我娶公主，還不如讓我去讀書呢！如今這公主哪個不是跟閻王似的，說不得，怠慢不得，妳這不是活活把我往火坑裡推嗎？」周易說得頭頭是道，直把玉書給逗笑了。

「哪有那麼可怕？」沈玉書樂不可支。

「就有！」周易據理力爭。

「明明是你瞎扯。」

「我說有就有！」

「好好好，你說什麼就是什麼。」

◆

次日，西市，壽安堂。

沈玉書隨周易進了店裡，一眼便看到了那方黑色的雕花大棺，細細一看，果真和當日在月如鉤見到的棺材一模一樣。

沈玉書心下一喜，走到櫃檯前，指著那方棺材問掌櫃的：「唐掌櫃，那方棺木你們店可曾出售過？」

唐掌櫃被問得一愣，看了看玉書所指的棺木，想了半天才慢條斯理地道：「這……我得想想。」

「那麻煩您快些想，我實在是急著知道。」沈玉書著急道。

唐掌櫃好奇地看了一眼沈玉書：「小娘子莫不是要給家中老人訂棺木，怕與人重樣了？我這裡還可以單獨定做的。」

唐掌櫃剛說完，周易「噗哧」一聲笑了，玩笑道：「掌櫃的，她是想把你們店的棺木都給包下。」

「這……」唐掌櫃一驚。

沈玉書眼睛瞪得溜圓，趕忙解釋：「掌櫃的，他拿我打趣呢，我就只想問問那方棺木有沒有賣給過別人。此事事關重大，還望您細細想一想。」

說罷，沈玉書掏出一貫錢放在了櫃檯上。

唐掌櫃看了一眼，片刻，一拍腦袋，道：「我想到了。」

「您快說！」沈玉書笑道。

「這應該就是前兩天的事，那天，快打烊的時候，進來一個帶著黑色冪籬的男人，他也沒細細挑樣式，就給了我好些錢，叫人把那個棺材抬走了。」唐掌櫃緩緩地道。

「那您有沒有看清他的長相，或者認出他的身分？」沈玉書追問。

「他來得快，去得也快，又包得嚴實，付過錢就走了，所以我沒看清，倒是那兩個抬棺材的我好像認識。」唐掌櫃道。

「那您知道那兩個抬棺材的是誰嗎？」沈玉書眼神一亮，問道。

「就是街對面聚來鮮的夥計，一個叫王五，一個叫賴子。」唐掌櫃回憶道。

沈玉書心下有了盤算，謝過唐掌櫃，便帶著周易去了聚來鮮。

二人去了聚來鮮一打聽，才知那王五和賴子都歇了假，回家去了。玉書嘆氣，只得向別人打聽他們的住處，然後去家裡找他們。

沈玉書和周易剛從聚來鮮出來，便看到一抹白影從他們眼前掠馬而去。玉書愣了一下，下一秒，那道白影竟策馬回來了。

「你們怎在此？」那白影說罷，便下馬往玉書這邊走。

「秦兄？」周易手疾眼快地朝白影打招呼。

沈玉書定睛一看，此人正是出了城打聽事情的秦簡，他一身白衣，已是風塵僕僕，面上也滿是疲憊，眼睛更是紅得嚇人。玉書看後，心裡莫名酸楚。

「你怎麼這麼快就回來了？」沈玉書弱弱地問。

「我怕誤了妳，便快了些。」秦簡語氣平淡地說道。

「那你快回去歇息吧，我和周易先去王家莊看看，回來再與你商量石秀蘭的事。」沈玉書擔心他吃不消，便讓他先回去。

「不必了，我昨夜在一家小客棧裡睡了一個多時辰，不礙事的。」秦簡搖頭道。

沈玉書一時語塞：「那……」

「我同你們一道去。」秦簡言簡意賅。

沈玉書還想勸他回去休息，可不知道這話該怎麼開口說，倒是周易，很熱情地將手搭上秦簡的肩，笑道：「秦兄如此不畏辛勞，玉書該讓聖上給你頒個慰勞制書才是。」

秦簡依舊習慣性地忽略掉周易的聒噪，不理他，也不煩他。

◆

一路上，秦簡向玉書和周易說了下自己查到的關於石秀蘭的消息。

聽罷，沈玉書連連嘆氣，果真如她所料，這個石秀蘭一點也不簡單。

當然，她的真名也不叫石秀蘭，而叫極富異域風情的藍圖婭。她原本是苗疆一個專門製毒的族長的外系門徒，自幼便精通製各種毒，尤擅製情蠱。

如石秀蘭之前所說，她本有一個夫君，是個商賈家的貴公子，風流倜儻，卻日日流連煙花之地。聽當地人說，石秀蘭對她的夫君用情至深，無法忍受他喜歡別的女子，因此便對他的情婦下了那最惡毒的蠱，凡是他喜歡過的女子，最後都不明不白地死於非命了。

她那夫君實在受不了如此惡毒的娘子，就下定決心要休了她。石秀蘭得知此事之後，一氣之下便給他下了情愛蠱，讓他不得不愛自己。誰知，她由於太心急，竟沒把握好用量，導致她的夫君自此昏迷不醒。

兒子被兒媳下毒，差點失去性命，最終落得昏迷在床的下場，這對於任何爺娘來說都是無法接受的，因此他們便日日當著街坊鄰里咒罵兒媳的惡毒。石秀蘭受不得這樣的辱罵，便拿了金銀首飾來了長安，開了這家月如鉤酒樓。

「這故事倒比話本上的還有趣呢！」周易打趣道。

「也就是說，這個石秀蘭也會製毒，那麼她就有可能下藥毒害察爾米汗。」沈玉書分析道。

「可……她與察爾米汗非親非故的，又怎會下此毒手？」周易反問。

沈玉書嘆氣道：「你可能還不知，昨日我問她話時，她好幾次對我說謊，若非心虛，又何必說謊？」

「實乃怪哉！」周易感嘆。

秦簡目視前方，道：「我倒覺得，她來長安，絕不只是想換個地方另謀生路。」

「我也是這麼想，她對她夫君用情至深，怎會這麼快便另謀生路？」沈玉書點頭，只覺細思極恐。

眼前景致已不復長安城的繁華，雙目望去綠水青山，連個人家都很難尋到。

三人又騎馬走了許久，才看到一個小村莊，大抵就是那王家莊了。

尋至王五家，幾人下了馬，走近一看，卻發現房門緊閉著，問過了鄰居才知道，王五兩日前便匆匆回來收拾了行囊，不知去了何方。

沈玉書覺得不對，帶著秦簡和周易去了賴子家，結果竟也是屋舍緊閉，四下尋不到人。

「看來這王五和賴子是跑路了。」沈玉書的心情有些沉重。

一條線索斷了。

「他們不就抬了一下棺材嗎？我們又不會治他們的罪，為何要跑路？」周易不解道。

沈玉書的兩手不自覺地緊緊攥著，她沉默了片刻，道：「這買棺材的人定然不簡單，很有可能給了王五和賴子一筆錢，讓他們做完事便換個地方，好讓我們尋不到人。」

「難道察爾米汗是被他害死的？」周易道。

「有可能。可石秀蘭也脫不了關係，這事，複雜了。」沈玉書手牽著馬的轡繩，半天不動。

秦簡見她手上似乎無力，便拿過她手裡的轡繩，替她牽著。

幾人沉默著走過了幾戶人家，突然，秦簡腳下步子一停，低聲道：「這個人會不會和石秀蘭有關係？」

沈玉書猛地一抬頭，俐落地拉過秦簡手中的馬，慌張地說：「上馬！回城！」

她話音一落，幾人便匆匆上馬，飛馳出了村口。身後揚起大片的灰塵，天色都被染得灰濛濛的。

「是去月如鉤嗎？」周易問。

「嗯。」沈玉書點頭，又揚起重重一鞭。

一路上，沈玉書一直惴惴不安，生怕回去以後，發現石秀蘭出事了，或者另一條線索也斷了。

◆

到了月如鉤酒樓門前時，沈玉書的一身藍衣已經跟過了一層沙似的，秦簡更是狼狽不堪。可實在顧不得太多，沈玉書下了馬，甚至連馬都來不及拴，便快步進了酒樓。

秦簡素來是和沈玉書寸步不離的，見沈玉書疾步進去，便也不管馬，跟著走了進去。周易活像個老媽子，嘴上抱怨不斷，卻還是得拴完玉書的馬再拴秦簡的馬，最後還不能虧待了自己的馬。

周易進去時，沒看見沈玉書和秦簡的身影，問過店裡的夥計才知道，他們已經急急地上了二樓房間找石秀蘭。

無法，周易只得上了樓一間一間地找，走到樓梯拐角最左側時，聽到裡面有人說話。他嘆著氣推門進去，便見沈玉書正襟危坐地在盤問石秀蘭，而秦簡則門神似的拿著劍眼巴巴地盯著石秀蘭，生怕一眨眼石秀蘭就跑了。

聽見開門聲，沈玉書回頭看了一眼，見是周易，便沒理，繼續盤問石秀蘭：「妳明知那幾個波斯人不是外邦商隊，為何要對我撒謊？」

周易樂得清閒，在矮榻上隨意地盤腿一坐，當起了看客。

「我沒撒謊，我是真的不知道他們的身分如此顯貴，若是知道，又怎敢怠慢？」石秀蘭一臉委屈。

「妳既看見了他們搬著金箱子進來，卻告訴我不知道他們身分不一般，唬誰呢，藍圖婭！」沈玉書試探道。

聽到藍圖婭這個名字，石秀蘭面上閃過一絲錯愕，然後是驚慌，但很快，她又一臉平靜地道：「我從未和小娘子說過假話，不知小娘子為何這般針對我？」

「針對妳？可我猜對了妳的名字，不是嗎？」沈玉書笑了，話語間帶著些許嘲諷。

「我不過就是個寡母，又哪裡值得小娘子等人費神去查探？」石秀蘭面帶笑意。

沈玉書搖搖頭，笑道：「查妳可不浪費時間，畢竟妳的經歷遠比我們想像中的要豐富得多啊！」不等石秀蘭再接話，突然收了笑意，嚴肅地道，「察爾米汗是不是妳殺的？」

「官爺明察，我一介婦人，活著尚且不易，怎會做此等喪盡天良之事呢？」石秀蘭一慌，扶著矮桌半起了身，膝上一跪，整個身子匍匐下來給沈玉書行了個大禮。

沈玉書眸子幽深，沉聲道：「可我怎麼得知妳還會製毒？這叫我如何能不懷疑妳？」

「官爺又不是沒見到當日的棺材和屍體旁的金蟾，這分明就是五毒派在從中作梗啊！」石秀蘭似有天大的委屈，兩行淚奪眶而出。

沈玉書突然一笑，道：「單單是一口棺材和一隻金蟾，我怎知不是妳殺人掠財後故意要栽贓給五毒派？」

「冤、冤枉啊！小娘子怎能就這樣輕易地給我扣上這滔天的罪名？我冤枉啊！」石秀蘭泣不成聲地道。

沈玉書嘆了一口氣，回頭看了一眼秦簡，秦簡微微頷首，從懷裡掏出一塊白布，玉書接過往桌子上一擺，石秀蘭的臉色瞬間變了。

桌上之物，正是石秀蘭公婆對她罪狀的控訴書。

「你們……」石秀蘭一激動便要搶過那白布，卻被秦簡搶先拿了去，她撲了個空。

「給自己的夫君下情愛蠱，甚至想要了他的命，說妳犯了殺夫之罪妳可冤？」沈玉書正色道。

「我、我沒有！那情愛蠱不會致死的，待我找到解藥，他便能醒過來了。我沒有殺他！我怎會殺他啊？」石秀蘭激動得雙眼緋紅，活像是入了魔的怪物。

沈玉書眉毛一挑，道：「解藥？妳找誰拿解藥？」

石秀蘭突然不語了，好一會兒，才低聲道：「我、我不能說……我不能說……」

「那還用說嗎？自然是送棺材那人。要我看，他們就是一夥的！」一旁看夠了戲的周易插嘴道。

沈玉書沒有接話，只是笑著問石秀蘭：「我們猜對了嗎？」

石秀蘭突然抬頭，面露青筋地看著沈玉書，心中似有千般苦，卻一句話也說不出。

「險些失手殺害了自己的夫君，妳自己也不好受吧？妳以為我不知道嗎？五毒派製毒厲害，解毒也是世間一流。妳為了救你的夫君，便和人合謀害死波斯使臣，試圖藉此事引起朝堂動盪，再藉機栽贓給五毒派，引他們出山，好求得解藥，換得妳一家團圓，我說的，對嗎？」沈玉書不慌不忙地說著，眼睛一刻也不離石秀蘭。

「妳既然早就知道了，又何必再拿此事來羞辱我……」石秀蘭又哭又笑，臉上是寫不盡的苦澀。待哭累了，她又委屈地道：「可我根本就沒殺那個波斯人，我給他下的根本就不是致死的毒藥，我的目的只是引出五毒派而已，我也不知道他怎就、怎就死了……」

「妳沒說謊？」沈玉書眉頭一皺，看了周易一眼。

「都這個時候了，我還騙妳作甚？」石秀蘭心如死灰地呆坐在坐墊上。

「難道殺人的另有其人？」沈玉書嘀咕道。

「看來是了。」周易嘆氣。

沈玉書無奈，繼續問：「和妳合謀的那人是誰？妳和他談了什麼條件？」

石秀蘭已不再反抗，順從地道：「我不認識他，是他找上我的，他說他有辦法救我的三郎，事成之後還可給我足夠的銀兩讓我們夫婦以後好好過日子，我便答應了他。」

「他讓妳辦的事是什麼？」沈玉書追問。

「他說，上元節前後，會有波斯人來我朝朝貢，他會在路上襲擊他們，逼他們不敢住官驛，然後再施計引他們來我店裡投宿。之後，我再在酒水裡做手腳，將他們迷暈，偷來他們的貢品交給他，剩下的事就都由他來辦。事成之後，他便給我千兩金銀。」石秀蘭有氣無力地說道。

「所以棺材和金蟾都是那人準備的？」沈玉書問。

「是。」

沈玉書疑惑道：「妳既只是想將他們迷暈，又為何獨獨察爾米汗被毒死了？妳給他下的藥不一樣？」

「是。他一直把那玉扳指戴在手上，保險起見，我給他的用量就更大了些，誰知……」石秀蘭道。

沈玉書沉默了，思考了片刻，回身問秦簡和周易：「你們怎麼看？」

「要我看，殺察爾米汗的另有其人。」周易道。

「對。」秦簡讚同了周易的說法。

沈玉書也點點頭，問石秀蘭：「妳可知道找妳的那人長什麼樣，或者他住在哪，平時愛去哪？」

「他一直都戴著面罩，後來找我時也是讓人送信來，我沒看到過他的臉，也不知他的去向。」石秀蘭無力地搖頭。

沈玉書閉上眼睛沉思了好一會兒，才又道：「那紫金青銅樹和藍伽大玉扳妳可曾交給他？」

石秀蘭突然笑了：「我將波斯人迷暈後，去他們房間翻找過，根本什麼都沒有，那個大金箱子裡，都是些破銅爛鐵。」

「什麼！」沈玉書身子往後一退，難以置信地道，「可察爾米汗被扯斷指骨，難道不是你們所為嗎？」

石秀蘭依然搖頭道：「我看到他的屍體時也覺得奇怪，我們從未與他交過手。」

「難道還有人先妳一步對這些寶貝打起了主意？」沈玉書心下一震。她彷彿被雷劈中了一般，腦子裡混沌不堪。一時間，玉書好像明白了李忱賜給她的那四個字——敲山震虎。可遺憾的是，她如今只找到了山，卻沒震著虎。

冷靜了片刻，沈玉書、秦簡和周易出了房間，留石秀蘭一人在裡面發呆。

◆

下了樓，他們找地方坐了下來，周易疑惑地問沈玉書道：「我們不用把石秀蘭押回牢裡嗎？」

沈玉書搖了搖頭，給每個人面前的杯裡倒了茶水。

「妳就不怕她跑了嗎？就像那個賈許。若是那樣，豈不又是大麻煩？」周易不解道。

沈玉書費力地扯了扯嘴角，看著秦簡，笑道：「這就得勞煩我們的秦侍衛，給我們保駕護航了。」

秦簡喝酒的動作一頓，看向玉書道：「妳怎麼辦？」

「我命可沒那麼金貴，不會有事的。」沈玉書笑道。

「那上次怎麼說？」秦簡神色一凜，似有不悅。

沈玉書知他指的是上次自己被綁架的事，無奈地笑道：「你上次還答應我以後不再跟著我了，你做到了嗎？」

「聖上要我……」

「可聖上要我三天內破了案。」

秦簡不說話了，看神情便知他真的生氣了，不管周易與沈玉書如何嬉笑，他的臉都繃得很緊。

沈玉書實在拿他無法，臨走前只好和他解釋道：「我猜那人定還會回來找石秀蘭，所以石秀蘭此時出不得半點差錯，你小心些。之前我們一直被凶手牽著鼻子走，現在時間來不及了，我們不能再任人擺布了。」

秦簡「嗯」了一聲，再無話。

沈玉書抬頭望了望門外的天，今日的天空如同之前的每一日一樣藍，可她的心卻不似往日般平靜。

京城人本就多，人一多嘴便也雜，芝麻大的事情只要幾個時辰，便能傳得整個長安的人都知道了。波斯使臣遇害一事，前日晚上便鬧得沸沸揚揚，再拖下去，凶手都要逃出生天了。

肆

秦簡按照沈玉書的吩咐，在月如鉤酒樓暗中監視和保護石秀蘭，而周易和沈玉書則策馬去了停屍房，想再從屍體上找些線索出來。

路上，周易憂心忡忡地道：「此事不便聲張，那凶手會不會逃得更容易了？」

「不會的，這幾日長安城進出的城門早就加派了巡邏人手，沒有通行證，凶手出不去。只要他還在城中，我們便可來個甕中捉鱉。」

周易點點頭道：「我相信妳。」

沈玉書笑笑，眼神灼灼，似平靜的湖面上散開的一道道水波，清透又靈動：「我相信我們。」

周易笑了笑，又道：「這紫金青銅樹和藍伽大玉扳是波斯國王和大唐永久交好的信物，現在兩樣東西皆消失不見，如果不是為財，目的恐怕就只有一個了，有人想藉此挑起兩國的爭端。」

「是啊，此人真是用心險惡啊！」沈玉書感嘆道。

◆

京兆府，停屍房。

沈玉書和周易舉著昏暗的油燈走到察爾米汗的棺木前，蹲下，細細觀察起來。

由於光線太差，沈玉書有些看不太清楚，只打趣道：「這波斯人果真與我中原人不同，死了這麼久了竟連屍斑都沒有，真是讓人羨慕不已。」

周易一愣，沒明白她的意思，便沒接話茬。突然，周易眉頭一皺，道：「他指骨斷裂的模樣怎麼與之前看到的不一樣？」

「你別是看差了吧？」沈玉書沒當回事。

「不是，妳看！之前看到的斷裂的形狀與這個不一樣，他的血怎麼……他的血也沒澈底凝結！」周易驚呼。

沈玉書被他的話嚇了一跳，只覺毛骨悚然，道：「這怎麼回事？他難道真的沒死？」

周易趕忙摸了摸屍體，又在屍體的鼻子下探了探鼻息，道：「不可能啊，死了啊！」

沈玉書後脊發涼地看著屍體，突然也發出一聲驚呼：「周易……這個人……不是察爾米汗！」

「什麼？」周易難以置信地看了看屍體的面目後整個身子往後一跌，無力地說，「怎、怎麼會？那……察爾米汗呢？」

「看來察爾米汗真的沒死，我們這是被人玩弄了！」

「那……這個人是誰？」周易疑惑。

沈玉書細細瞧了瞧屍體的面目，只覺得眼熟，想了半天，突然一拍腦袋，道：「這是那個嘰哩咕嚕的使臣！就是第一個給我們開門的那個人！」

周易又是一驚，哀嘆道：「又死一個？」

沈玉書眼底的情緒越來越複雜，她突然起身，拉了拉坐在地上的周易道：「我們得去驛站看看，只希望那些使臣不要都遭遇了不測才好。」他們又緊趕慢趕地策馬去了驛站，可到了那裡，卻發現剩餘的三個使臣，一個都找不到了。

沈玉書找來驛站的小隸，問那幾個使臣的去向，誰知小隸卻答不知道，只道他們幾個總愛出門，行蹤不定。沈玉書懸著的一顆心差點沒蹦到嗓子眼裡。

「怎麼辦？」沈玉書無力地問周易。

周易也毫無辦法，思來想去，道：「想來他們初來大唐，也不會日日待在驛站，說不定去哪裡快活了呢。我們去找找，一定能找到的。」

「那要是找不到呢？如果在長安城的地界裡一連死四個使臣，我如何向聖上交代啊？」沈玉書一下慌了神。

「我們先去找找吧。」周易無奈地拍了拍她的肩，率先上了馬，沈玉書雖心中焦急，但也跟著上了馬。

◆

沈玉書和周易在東市和西市之間轉了好幾個來回，都沒能找到人，後來實在無法，便去平康坊找了一圈。平康坊素來是長安城最有名的妓院街，什麼絕色的名妓和胡姬在這裡都能找到。

一看周易便是來慣了這些地方的。進門之後，他不找帶路的小廝，輕車熟路地便找到了最有名的豔紅家的院子，進去和裡面的妓子們打了個招呼後，便有人帶他和沈玉書二人進了裡面的院子。

果然，那三個使臣真的在這。他們身邊簇擁著各色美女，有大唐名妓，也有胡人名姬，他們的兩旁還站著西域來的黑傭在時刻伺候著。三人一邊吃著酒，一邊欣賞著姬子們跳的胡旋舞，看起來心情還不錯。

沈玉書站在他們旁邊時，他們居然都沒有發覺。看這興致，他們要麼還不知道自己的同伴已經死於非命，要麼就是他們明明已經知道，卻依舊開心地歡歌玩樂。只是，無論是哪種假設，這件事情都讓沈玉書頭疼不已。

周易調侃道：「波斯人是不是有個風俗啊？」

沈玉書望著周易道：「什麼風俗？」

周易笑道：「死了人還得聽點小曲兒，玩點女人。瞧把他們給高興的，同伴死了竟還眉飛色舞的，他們平時的關係是有多差？」說著，又瞄向那幾人，「你看看，他們長得也奇怪，一個高得像竹竿，一個矮得像陀螺，一個胖得像冬瓜，還有那個死了的，又瘦得像絲瓜。那天在驛站我居然沒發現，這真是四個怪胎啊！」

沈玉書沒笑，而那幾人終於注意到了他們。

高帽子今天換了一個不算太高的帽子，長得真的像極了一個大冬瓜。他看著沈玉書，好奇地問：「妳怎麼來了？東西找到了？」

沈玉書道：「找到了。」

「冬瓜」又問：「凶手呢？」

「遠在天邊，近在眼前。」沈玉書眼睛眨也不眨一下，說的話連周易都要相信了。

波斯人聽後，先是狐疑了一會兒，然後擺擺手，做了個「退下」的手勢，曲子便戛然而止，身邊的妓子們也紛紛下去了。

「冬瓜」道：「你們真的找到了？帶我們去。」

沈玉書卻道：「現在不行，說好了三天，還沒到時候呢。」

「冬瓜」將沈玉書的話和另外兩個人解釋了一番，三人都皺了皺眉頭，顯然是這句話讓他們丟了興致。

曲罷，酒殘，席亂，人散。

周易猜不透沈玉書在想什麼，只能狐假虎威地跟著她附和。

待幾個波斯使臣回去時，沈玉書和周易一路小心謹慎地跟著他們，眼看著他們穿過三道胡同，竟是去了位於東市附近的另外一間驛館。驛館沒有牌匾，很靜，裡面有馬匹的嘶吼聲傳來。

三個波斯人時不時扭頭往回看，嚇得玉書和周易趕忙躲到水缸後面，擔心被對方發現。

波斯人觀察了半天沒看到什麼異樣，終於放下心，推門而入。

「他們莫不是在做什麼見不得人的勾當吧？」周易小聲道。

沈玉書輕輕搖了搖頭，拽著周易跑到院牆旁，透過門縫偷偷往裡看。裡面是間很小的雜院，停著四輛裝滿鮮草的馬車，每輛馬車上都碼放著乾糧和水罐子，看起來一模一樣。

「看來，我們高估他們了。」沈玉書低聲道。

「怎麼了？」周易問。

「看這架勢，他們怕是想跑路了，剛剛那場歡歌就是臨別的宴席。」沈玉書小聲道。

「這樣啊。」周易點點頭，突然戳了戳玉書的胳膊，道，「可是他們怎麼準備了四輛馬車？難道他們不知道那位老兄已經死了？」

「看來是了。」沈玉書目不轉睛地盯著院裡，趁波斯人進了屋裡時，湊到周易耳邊說道，「你去看看他們的車裡有沒有藏貢品。」

周易點點頭，突然明白了沈玉書謊稱自己已經找到了青銅樹的用意——目的仍是在試探他們。他躡手躡腳地往馬車後面一躲，扒著幾輛車上的草仔細看了看，又悄悄來到窗邊，在窗紙上戳了個小洞，看了看屋裡的情形。

突然，屋內傳來一聲咳嗽聲，嚇得周易腿一軟，他來不及細想，便轉身飛快地奔出了院子。

見周易出來，沈玉書身子往旁邊的曲巷裡一拐，待周易不急喘了，才問：「怎麼樣？有沒有？」

周易嘴巴一咧，笑得開心，道：「好像不是他們。」

沈玉書又探頭往院子裡瞅了瞅：「那他們回去都幹了什麼？」

周易如實道：「睡覺。」

「只是睡覺？」

周易點頭，接著道：「是。他們回到驛館後，喝了幾杯茶水便倒頭睡下了。我戳破了窗紙偷偷看了下，裡面的陳設沒有出格之處，和普通驛館無異，也沒見到裝運貨物的箱子。另外，他們的院子裡拴的那四輛馬車，我也看了好久，並沒有找到贓物，車裡面只是草料、乾糧和幾罐清水。」

沈玉書鬆了口氣，道：「那就好。」

周易疑惑：「可我就搞不明白了，他們為什麼在馬車上準備那麼多糧食和清水？」

「和你一樣，怕死唄。」沈玉書緩緩地道，「他們幾個身為護衛，千里迢迢從波斯趕來護送特使，可如今特使卻無端被害，即便我們幫他們找到了凶手，追回了信物，或許他們也無法免責，回到波斯仍然難逃一死，所以跑路是活下來的唯一辦法。」

周易聽完，猛拍大腿道：「怪不得他們在平康坊那樣快活，還有心思聽曲兒，如今卻又這般鬼鬼祟祟，原來他們是打算大醉一場後便逃跑，既不入宮面聖，也不準備再回波斯。那咱們還找什麼青銅樹？乾脆撂挑子算了。」

「不，要查，這件事情不簡單。」沈玉書搖頭道。

「那幾個波斯人怎麼辦？就眼睜睜地看他們逃走嗎？」

「這個好辦，找幾個人盯著他們就是了。」

◆

天色漸晚，眼看大明宮上的閉市鐘也快響了，沈玉書和周易互相道了別，各自回了家。

沈玉書剛策馬到街頭，便看到家門口立著一道人影，那人身形筆直，面目俊秀非常，顯然是秦簡，她便不由得又抽了兩鞭子馬屁股。

「你怎麼在這？」沈玉書還未下馬，便急著問。

秦簡滿臉愁雲地看著地面道：「石秀蘭找不到了。」說罷，單膝跪地，自責道，「是我對不住妳。」

沈玉書趕忙下了馬，要扶秦簡起來：「你這是要做什麼？找不到便找不到嘛，會有別的辦法的。」

玉書使盡了吃奶的勁，秦簡卻依然一動不動。沈玉書無法，嘆了一口氣道：「你先起來，我們進屋再細說，你一七尺男兒，對我行如此大禮，被人看見了可是不好。」

秦簡這才動搖了，起身朝院子裡走，也不管衣服上沾了多少灰塵。沈玉書被逗得一樂，領著他進了堂屋。

一進屋，秦簡便開了口：「那個人來了，我便去追他，可是我、我沒追上他，回去時，石秀蘭就丟了。」

沈玉書叫婢女倒了杯水給秦簡，安撫道：「我早便想到會是這樣。那個人來歷不簡單，他既一心想撼動我大唐的外交，就一定是很早便做了萬全的打算，我不怪你。」

「是我沒用！」秦簡悶聲道。

「說什麼喪氣話！」沈玉書正色地看著他，道，「先把茶水吃了，此事我們一會兒再談。」

秦簡低下頭，接過婢女遞來的茶水，草草吃了，下定了決心似的，道：「下次我一定不會讓妳失望！」

「還談什麼下次？我大唐以後定會萬事昌順，無災無難，千年不倒！」沈玉書糾正他，末了，又笑著道，「再說，我怎不知你何時讓我失望了？」

秦簡猛地抬頭看向沈玉書，一雙黑眸似被什麼點亮了，竟如那九天之上的星星般明亮。

伍

翌日，沈玉書等人又是早早出了門，卻不知該往何處去，只由著腳下走到哪便是哪。西市的叫賣聲已是此起彼伏，數那些流動的小攤販喊得最凶。

周易素來心寬，一副「事不關己，高高掛起」的姿態，這才沒走多久，就已經吃了三碗米粉、兩籠蒸餅。

幾人走到好再來茶館時，沈玉書聽到有人在喊自己，便朝聲音的方向望過去。

「沈小娘子也來喝茶？」

沈玉書目光斜斜地掃過去，見是一個老婦。她認得那老婦，正是東街糖水鋪子的馮阿婆。

沈玉書朝著老婦走過去，笑著道：「馮阿婆，怎麼就妳一個，妳大孫子呢？」

馮阿婆道：「小孩兒嘴饞，想吃糜子糕，我給了點錢讓他自個兒買去了。」

過了一會兒，果然有個小孩兒拿著用紙包好的糜子糕回來。那個小孩兒叫天兒，沈玉書見過幾次，他很是聰慧，小小年紀就已經可以熟背〈千字文〉了，天天「天地玄黃，宇宙洪荒」的，活像個小書生。

天兒小心翼翼地剝開包著糜子糕的紙，咬了一口，臉上露出兩個酒窩來，盛著蜜似的。突然，他似是才看見沈玉書般，對著她笑著道：「玉書阿姊，我以後也要像妳一樣，成為神探！」

沈玉書上前摸摸他的頭道：「天兒真有志氣。」

天兒突然往玉書跟前一湊，道：「玉書阿姊，我告訴妳個祕密哦，我剛剛去買糜子糕的時候，看到地上有很多的死螞蟻，嚇死人了。」

他說著，好像還很害怕，鑽進了馮阿婆的懷裡，馮阿婆笑道：「傻孩子，死螞蟻有什麼好怕的？」

天兒奶聲奶氣地道：「阿婆不是說過嗎？小螞蟻也是有阿爺和阿娘的，牠們死了，很可憐的。」

眾人都覺得好笑。小孩兒天性善良，說出這些話本不奇怪，可沈玉書卻皺了皺眉頭，道：「天兒，告訴阿姊，你是在哪裡看到的死螞蟻啊？」

天兒沒吱聲，伸出小手指了指茶館對面的鐵石鋪子，那是鐵匠牛二的鋪子。

沈玉書朝鐵石鋪子走過去，奇怪的是鋪子竟還沒有開門。她轉眼一想又不對，這個時辰早就過了開門的時間了，往常牛二叔是很勤快的，天還未亮時，那鋪子裡就已亮堂一片了，今天怎麼有些反常了？

沈玉書心中疑惑，又下意識地朝著天兒所指的青草坪望去，那是鐵石鋪子右邊的一小片花圃。她朝著花圃走近，慢慢俯下身，果然看到地面上有一大團黑點，除了死去的螞蟻，還有不少爬蟲，就連附近的草墊子也變成了青黃色。空地上的草皮有些開裂，似乎是被人撬起過，周邊的土層很新，應該是剛挖過的。

周易雙手交叉在胸前，看著玉書疑惑地問道：「玉書，妳童心未泯啊？這死蟲子有什麼好看的？妳倒不如去問問那個小娃娃他的糜子糕是在哪裡買的，我聞著倒是挺香的。」

沈玉書沒有理會周易，而是找來一根短木棍撥了撥那些蟲子。撥開稀鬆的土層，她聞到一股很刺鼻的味道，除此外，在這股刺鼻的味道中還藏著一絲淡淡的花香味，秦簡和周易都聞到這股奇怪的味道了。

沈玉書用手搧了搧，又低頭嗅了嗅，凝目思考片刻後才道：「這土裡有毒！」

周易「哦」了一聲，道：「這有什麼奇怪的？許是有人故意撒了藥滅蟲而已。」

沈玉書又撥了撥腳邊的枯草，在草葉間竟有幾絲散落的血跡。她心裡隱隱不安，起身走到牛二的鐵石鋪子，敲了兩下門，過了片刻才有人應聲。

門開了，正是牛二。

沈玉書道：「牛二叔，今天怎麼這麼晚還沒開門，不做生意啦？」

牛二一邊打著哈欠，一邊伸了個懶腰，使勁睜了睜眼才看清面前的人是沈玉書，解釋道：「是玉書啊，嘿，昨晚睡得遲了些，怎知早上沒醒過來，到這會兒還頭昏腦漲的呢，要不是妳剛剛叩門，我興許還能再睡兩、三個時辰。妳是要打什麼嗎？我現在就給妳燒火去！」

牛二是個實誠人，從來不會說謊。沈玉書看到他兩隻眼睛被血絲映得通紅，就更確信了，於是道：「二叔，別，我就是好奇你怎麼這會兒了還不開門。」

周易好開玩笑，尤其喜歡衝牛二這種老實人開玩笑，一點不顧街上都是人，口無遮攔地道：「牛二叔，昨晚嬸子沒少磨著你吧？」

牛二知道他是林祭酒家的貴公子，便不與他計較，也笑道：「尋你叔開玩笑，小心你父親又揪著你回去讀書、相娘子去。」

周易那點事全長安城的人都知道。牛二老實歸老實，卻也知道周易的軟肋，故意說出來嚇唬他，周易果然安靜了。

鋪子裡掛著各式菜刀、斧子之類的常用器具，熔鐵的爐子卻是冷的，爐子旁邊有幾塊用過的鐵質毛料，上面長了幾朵紅鏽。

經過這麼一折騰，牛二早已經睡意全無，便問道：「玉書，家裡是要添器具嗎？」

沈玉書沒有應聲。她透過門口，看到鋪子裡頭的牆角邊有把鬆土用的鋤頭，便徑直走了進去，邊走邊說道：「牛二叔，借你的鋤頭用用，馬上就還你。」

也不等牛二回話，便已經拎著鋤頭回到花圃前，將鋤頭丟給周易，道，「挖！」

周易愣了一下，看著她問：「挖什麼？」

「挖土！」她向下指指。

「我好歹也是書香門第出來的，哪會幹這種粗笨的活？況且，秦兄還在這呢，妳怎好意思使喚我？」周易噘嘴抱怨道。

沈玉書拿眼瞪他。秦簡前幾日那般受累，她怎好意思再使喚他？

玉書一個眼神，周易心下便明白了。他無奈地接過鋤頭，轉身前還不忘朝她做個鬼臉，之後才開始刨土。挖著挖著，他的鋤頭好像突然抵住了什麼東西，再無法撼動分毫。他只得將鋤頭拔出來，卻看到鋤頭把子上被什麼東西染得紅彤彤的，仔細聞還有股血腥味。

周易好奇地低頭往下看，恰好看到有鞋尖露在外頭，鞋尖上有幾個紅點，不仔細看根本分不清那上面的紅點究竟是繡上去的紅梅，還是流出來的鮮血。等他反應過來的時候，他已經被嚇得出了一身冷汗，握著鋤頭的手抖了幾抖，鋤頭應聲落地，他忍不住後退了好幾步。

秦簡將周易這一系列動作看在眼中，忍不住輕抿了一下嘴唇，之後走上前看了看被周易挖出來的「東西」，道：「是個人，還是個女人。」

沈玉書早看見了。確切地說在土層挖開之前，她就已經知道了在那片枯草下埋著一個人，而且是他們都見過的人。

周易這會兒也意識到自己剛才的動作有些丟人，忍不住輕咳一聲，以掩飾自己的尷尬：

「那個，我……不是害怕，你們也知道的，我可是京城第一件作，不可能被一具屍體嚇到的。我……就是一時沒反應過來，有點意外……哈、意外……」

沈玉書忍不住回頭看了他一眼，眼中帶著戲謔。

周易被玉書的眼神看得更加不自在，於是乾脆彎腰撿起地上的鋤頭，又走上前去刨土。秦簡嫌周易動作慢，便接過鋤頭繼續挖，待土層全部挖開時，除了沈玉書之外的在場所有人都怔住了。

面前的是一張熟悉的臉，秦簡昨日還因為她而與玉書懺悔自己沒能完成看住她的任務，可如今，她卻死在了這裡。此刻，她的臉白皙如紙，彷彿塗了一層銀霜。

周易有些恍惚道：「石秀蘭怎麼會死在這裡？誰殺了她？」

沈玉書也有些困惑，石秀蘭為那人做事，不管怎樣，那人也不應該就此殺了她滅口。

「剛剛土層上面的螞蟻就是被她身上的龍舌草毒死的。」沈玉書道。

周易看著地上石秀蘭的屍體道：「妳剛剛就是因為聞到了這股味道，才得知下面埋著的是……」

「不錯。」

周易蹲下來仔細查看了屍體，屍體表面並沒有很明顯的傷痕，四肢骨骼也是完好的，但他很快就注意到石秀蘭的後枕部有一大攤血凍子[11]。他從懷裡摸出一副袖套戴上，又輕輕抬起石秀蘭的頭顱，順著血凍子摸索下去。他發現真正致命的傷口是後顱的「人」字形裂縫，那裡有半截碎骨從頭皮下戳出。

「驗看得如何了？」沈玉書急著問。

周易道：「死因是失血過多。」

「是什麼樣的凶器所致？」

周易道：「傷口圓鈍，頭骨碎裂，非刀劍銳器所傷，應該是鐵錘之類的鈍器用力敲打所致，而且一連敲打了好幾次。」又指了指那幾道深淺不一的傷痕，「凶手的力氣應該很大，而且出手迅猛，初步判斷是個男子。」

隨後周易又有了發現。他在石秀蘭脖子的正前方看到紫色手紋，掌根的印記在脖子兩側，指印在前，這說明有人從背後掐住石秀蘭，她脖子上的印記是凶手雙手用力導致的。

沈玉書點點頭。她閉上眼睛，腦中浮現出當時的場景——凶手從背後用手掐住了石秀蘭的脖子，在石秀蘭掙扎時，他便用重物擊打她的後顱骨，導致她因後腦大量出血而亡。

秦簡看著沈玉書，面露擔憂：「石秀蘭一死，那人……」

沈玉書拍了拍他的肩，道：「放寬心，他會來的。他一心想破壞我大唐的外交，便斷然不會輕易讓我查清此案，所以一定會出來阻止的。」

沈玉書說這一番話，本是想寬慰一下秦簡一直緊繃的心，誰知秦簡在聽了之後，眉頭蹙得更緊了。秦簡看著玉書，正色道：「那人身手了得，我拿他尚有些吃力，倘若他再次將我引開……」

秦簡一副鄭重其事的樣子，沈玉書卻不知怎的竟被他逗樂了，笑道：「你說你一個習武的直腸子，怎麼竟愛杞人憂天？我不會有事的。」

秦簡又一次不知道說什麼好了，張了張嘴，又閉上了。

那邊，周易又有了新的發現。

石秀蘭的手自然下垂，五指卻緊緊攥在一起，彷彿生前用了吃奶的力氣。這個姿勢無法不讓沈玉書聯想，她的手裡抓著什麼東西。

據周易判斷，石秀蘭的死亡時間在子時到丑時之間。沈玉書昨晚是戌時離開的豔紅家，那時石秀蘭已經不在秦簡的監控範圍內了，也就是說，石秀蘭於子時左右來到了牛二的鐵石鋪子。

那麼晚了，她來鐵石鋪子幹嘛？那個殺她的人為什麼也會出現在這裡？難道是那個人見石秀蘭漏了口風，所以才下狠手殺人滅口嗎？

沈玉書思來想去，始終也想不明白，只覺得自己像是待宰的羔羊，無計可施。

時間太長，屍體已經發僵，那隻緊握的手很難掰開。周易轉身去包子鋪借來一小碟米醋和兩錢香油，用碎棉絮蘸了些，輕輕擦拭石秀蘭的手。

過了一會兒，僵硬的手竟自己打開了。

手裡掉下一縷毛，是黑灰中透著亮金的捲毛。沈玉書觀察了一下，確信這不是中原人的毛髮，她用手帕小心地將毛髮收好。

很快京兆府的衙差到了現場，沈玉書和他們簡單交代了幾句，便走向牛二的鋪子。

「牛二叔！」沈玉書喊了聲，順手將鋤頭靠在牆角。

牛二看到外面來了十幾個衙差，被嚇得夠嗆。牛二的媳婦從裡面走出來，看到眼前的陣仗，頓時也傻了眼。

「當家的，這是怎麼回事呢？」

「顧大嬸，我能進去說嗎？」沈玉書道。

牛二的婆子姓顧，大夥都喊她顧大嬸，她是個極膽小怕事的人。

顧大嬸道：「玉書啊，妳牛二叔老實本分，他可不會害人啊，妳去和官爺說說，我瞅著害怕。」

「顧大嬸妳別怕，我只是問你們幾個問題，不會為難你們的。」

顧大嬸頭點得像是小雞啄米，進了屋，又是泡茶又是抓果盤的。

牛二似半個魂被勾了去，半天才緩過來，看著玉書道：「玉書，妳問吧。」

沈玉書問道：「牛二叔，昨晚你是幾時睡的？」

牛二想了想道：「大概子時。」

「為何那麼晚才睡？莫不是接了不少的單子？」沈玉書猜測。

牛二看向顧大嬸，顧大嬸原本一直朝著他使眼色，這會兒卻慌得把頭偏向一側，不去看他。牛二只好吞吞吐吐地道：「昨夜喝了些酒，本來亥時便已睡下了。」

「這麼說，你中途起來過？」

「是，被一陣急促的敲門聲吵醒的，大概就是子時。」

子時長安城已經宵禁了，城門也應該已經關閉。半夜三更有人找牛二叔，目的只有一個，要麼是買銅鋁鐵器，要麼就是臨時鑄造某樣東西，事實果然不出沈玉書所料。

牛二道：「那個人敲開門後，讓我連夜給他打一副馬鞍，他自己還帶了料子。我推託說時辰太晚，讓他明天再來，那人什麼也沒說，卻從腰兜裡摸出五根金條來。你牛二叔在這小棚裡窩了三十年，也沒見過出手這麼闊綽的主顧，當即就動了心，但又怕這錢來得不乾淨，一直沒敢接。那人許是覺得我嫌少，又從兜裡摸出兩根，我有些犯暈，正好妳顧嬸也醒了，我倆一合計，光這一單活便能得兩、三百兩銀子，能抵得上我們兩、三年的吃喝了，於是便答應了。馬鞍直到凌晨之後才鑄造完，睡覺時已是後半夜了，這才延誤了今早上工的時辰。」

牛二雖木訥，倒也說得合情合理，時間地點都對上了。

沈玉書又問道：「你可知那人生得什麼模樣？」

牛二道：「那人身形高大，是個壯漢模樣，當時天黑，加上他催得緊，我就光忙著打馬鞍去了，他的臉我愣是沒看清。」

這時顧大嬸補了一句：「我倒是有幾分印象。當時我在爐子旁添火，火光映在他臉上，看他鬍子拉碴的，瞅著不像是本地人，具體也說不上來是哪裡的。」

沈玉書想了想，道：「是不是鬈頭髮、大鬍子，看上去十分凶悍？」

顧大嬸眼睛滴溜溜一轉，道：「對對對，就是那般模樣，生得難看極了，還沒我家牛二俊呢。」

「難道是從停屍房逃出來的察爾米汗？」周易猜測。

沈玉書不確定地搖了搖頭，問牛二：「他拿了馬鞍往哪裡去了？」

牛二道：「我只知道他忙裡忙慌的，似乎有急事要辦，出了鋪子就沒影了。」

沈玉書慢慢地閉上眼睛，腦子裡的亂麻被理出了頭緒。她睜開眼睛，看著牛二問道：「對了，牛二叔，你剛剛說那人自己帶了鐵料過來？」

牛二摸摸頭，略顯神祕地道：「說是鐵料，可我瞅著根本不是鐵料，有大半是金子。那料子奇形怪狀，我當時還在納悶，心想這人可真是有錢，打一副馬鞍居然也要用金子。」

「那料子是不是像棵樹，樹上雕刻著鳥獸？」

牛二驚道：「妳怎麼知道的！」

沈玉書的眉毛頓時擠成「山」字，秦簡也錯愕得說不出話來。

周易道：「踏破鐵鞋無覓處，得來全不費工夫！凶手終於露出馬腳了！」

沈玉書繼續道：「你們睡下後有沒有聽到什麼響動？」

牛二沉默了一會兒，道：「沒有吧……」然後，又「嘶」了一聲，道，「我好像聽到有人『啊』了兩聲，當時以為是妳顧嬸做噩夢了，便沒去管，也不知道是我在夢裡呢，還是真的有聽到聲音。」

沈玉書一時有些回不過神來。她怎麼也想不到，紫金青銅樹居然會被鑄成一副馬鞍，就這樣神不知、鬼不覺地消失了。即便將來她真的把這東西找回來了，那兩國交好的寓意也已經變了。

沈玉書細細回想起來——月如鉤的棺材、神祕的金蟾蜍、石秀蘭的死、深夜到訪的外來客、小小的鐵石鋪子、奇怪的馬鞍……所有事情背後，似乎隱藏著一個很大的陰謀。

可策劃這一切的凶手究竟是誰？

陸

整件案子已經不難推理。昨晚石秀蘭走丟後，要麼是被那個和她合謀的人給害了，要麼就是撞上了那個來打製馬鞍的外來客，外來客一定是怕她看到自己身上的紫金青銅樹，又或者是怕被她知道了什麼不該知道的事，所以才將她殺死。

石秀蘭跟蹤了那個外來客，直到牛二的鐵石鋪子。等到外來客拿著做好的馬鞍出門時，發現有人在跟蹤他，於是便上演了一場埋伏和偷襲的好戲。

當時天太黑，石秀蘭急迫地想拿到青銅樹，所以所有的心思便都在青銅樹上。當一個人聚精會神時卻又最容易分神，因此石秀蘭並沒有注意到外來客的偷襲。外來客本就有意殺人，心裡早已是波瀾不驚，他趁石秀蘭分神時，便從背後掐住她的脖子。關於這一點，石秀蘭脖子上紫色的手印就已經足夠說明。

沈玉書冷冷地道：「看來殺死石秀蘭的凶器就是那副馬鞍！」

可以想到，當時被凶手掐住脖子的石秀蘭定然拚命掙扎，情急之下，凶手便拿出打好的馬鞍，朝石秀蘭的後腦勺重重地敲了下去。

石秀蘭縱然會使毒，可被馬鞍擊了一下，已無力下手。扭打間，她拽下凶手的一縷毛髮，凶手氣急敗壞之下，又拿起馬鞍朝石秀蘭的後腦連番敲去，這才導致她後顱骨碎裂。凶手得手後就近將石秀蘭的屍體掩埋，這就是為何鐵石鋪的花圃裡會出現石秀蘭的屍體。

牛二突然有些悔恨，道：「這人看著老實巴交的，半天也磨不出個屁來，沒想到竟是個殺人兇手，早知道這樣，就算是打死我，我也不給他做活！老天，我這不是助紂為虐嗎？」

沈玉書道：「牛二叔，多虧了你給他做活，不然你和顧大嬸都有危險。」

顧大嬸嘆道：「是這麼個理，好歹算是見了天明，總比兩眼一抹黑強些。」

沈玉書也嘆了一口氣。

三人離開鐵石鋪子時已是日暮。

斜斜的光束灑在西市的街道上，映出一片淡淡的橙紅色。忽然又起了風，吹得熱食鋪子周圍氤出陣陣白色的霧氣。

周易不解地問：「兇手為何要將青銅樹做成馬鞍？這不就相當於把聖旨當廢紙用？」

沈玉書笑道：「長安現在戒備如此森嚴，他若是帶著那樣一件寶物出城，定然是出不去的。不過一副極好的馬鞍，倘若再有一匹絕好的寶馬，好馬配好鞍，這豈不是一件很正常的事情？」

周易又道：「可是即便到了現在，我們仍然不知道兇手是誰。」

沈玉書看著周易道：「至少有那波斯人的份！」

「不出意外，那個波斯人就是察爾米汗吧？」周易想了想，咂了咂嘴，「他這是下了好大一盤棋啊！」

「可不嘛，我們愣是被他耍得繞著長安城轉了整整三天。」沈玉書無奈地道。

「那……會不會那個和石秀蘭勾結的人便是這個察爾米汗？從始至終都是他一個人在下棋？」周易又道。

沈玉書想了想，問一旁的秦簡：「你覺得呢？」

「不可能。」秦簡眨了眨眼，語氣堅定。

「對，不可能。」沈玉書點點頭，又道，「察爾米汗為財設局，那人卻是在用這天下百姓設局，目的不同，道行也不一樣。況且，一個外邦人如何打聽得到石秀蘭？」

「那他們會不會有所勾結？就像石秀蘭和那人一樣。」周易又忍不住問。

沈玉書步子一頓，道：「有可能！」

周易擔心道：「那察爾米汗此刻會不會早已經跑了？」

沈玉書笑道：「一副金色的馬鞍若是飛奔在路上，應該會是一道不錯的風景，好風景總會有很多人願意去欣賞的。」

◆

月色溶溶，風聲正緊，整個長安在燈火的映襯下，恍若一座閃閃發光的銀樓。

沈玉書一行人乘坐馬車，正往金光門趕去。此刻，金光門還開著，淡淡的月光下，沈玉書的皮膚若絲綢般細膩，整張臉在柔光中又添了幾分清寒。

馬車輕輕晃著，她靠在車門旁，聽著滾珠簾子擊打的噹噹聲。秦簡閉著眼，懷裡抱著一把比月光更冷的鋼劍。周易的腦子裡不知道在想些什麼事情，整個人顯得呆呆的。

馬車行了片刻，沈玉書突然「啊」了一聲，周易被沈玉書的這一聲嚇了好大一跳，秦簡的劍也「噌」的一聲被拔出，劍飛鞘落，寒光乍起，但車裡、車外什麼事都沒有發生，只有一隻蒼蠅被斬斷了翅膀，正在車裡打旋。

此時，周易看向沈玉書臉上的表情，就好像是茅坑裡的石頭。

「玉書，妳瞎叫什麼？我還以為妳出什麼事了！」周易搖搖頭，又道，「妳是不是這幾天想多了，害得神志也不清醒了？」

沈玉書突然道：「周易你會憋氣嗎？」

周易被沈玉書問得糊裡糊塗的，道：「當然會啊。」

「那能憋多久？」

周易道：「憋不了多久，妳忘了，小時候有一次我掉河裡，差點被淹死了。」

沈玉書笑了，周易卻沒笑。他不知道沈玉書好端端的為什麼會問這麼奇怪的問題，卻見她又問秦簡：「秦簡，這世上有沒有什麼法子能讓一個活人氣息全無？」

秦簡怔了一下，道：「自然是有。有門功夫叫靜息，是氣功的一種，中原道教裡就有這門功夫，能讓人在短時間內停止呼吸和心跳，看起來就好像死了一樣。」

沈玉書想，自己早該想到的。她斟酌了一下，道：「察爾米汗會不會是藉此方法騙過了我們？」

周易眉毛一挑，道：「看來是了！他就是利用假死來欺騙我們！他先是不慎服了石秀蘭的迷藥，於是乾脆將計就計，趁機假裝死亡，好讓我們以為他真的死了。待毒性過了以後，他已在停屍房裡了，不巧我那天恰好去停屍房驗屍，他便使了靜息法再度騙過我，為的就是找機會帶著贓物消失。」

「不錯。」沈玉書點頭，笑了笑道，「從發現屍體不翼而飛開始，就一直有一個問題縈繞在我的腦中。我從來都不信會有詐屍一說，那麼，一具屍體又怎麼會突然消失了呢？如果是凶手所為，我實在想不通，凶手既已拿到青銅樹為何還要偷走屍體？所以，剛才我便一直在想這件事，現在我可以確定，其實他就是假死，並且製造整起案件的人就是他自己。」

周易心中的疑惑也漸漸明朗，但他仍有一事未明：「可你說，他假死便罷了，為何還要弄斷自己的手指？這未免也太狠了些。」

沈玉書道：「戲只有演得逼真才會有人看，只不過他假戲真做罷了。或許對他而言，紫金青銅樹和藍伽大玉扳比他的一根手指更有價值。」

周易嘆了一口氣，道：「想不到這察爾米汗身為波斯使臣，居然會做這等勾當。」

「他做的勾當，可不止這些。」沈玉書笑道。

「哦？他還做了什麼？」周易不解地問道。

「石秀蘭和另一個波斯使臣可能都是被他殺害的。」秦簡道。

周易難以置信地道：「為何？他殺石秀蘭可以理解，波斯使臣是他的同伴啊，他應該不會殺同伴吧。」

「周易，從他起了貪念開始，他便已經將他的國家和同胞都拋棄了。他殺同伴，只有一個原因，就是他的同伴撞破了他的陰謀，發現了他假死的真相，所以他便殺之而後快，順便還將同伴的屍體放到了停屍房。倘若我們都沒曾好好看過他的臉，便可以把他死去的同伴當成是他，那麼他就是犯了再大的罪也一樣可以逃出生天！」沈玉書將自己的分析跟二人說了一番，之後又道，「而石秀蘭的死，我猜測是她當晚趁秦簡不備逃了出去，卻正好撞見了本應已經死了的察爾米汗，察爾米汗怕她壞了自己的好事，一激動便把她打死了。」

周易把扇子搧得唰唰響，道：「想不到這世間竟有這樣可怕的人。」

「是啊，可怕到可以為了一己私利，背棄自己的國家和生養自己的土地。恐怕他們在來長安的途中所遭遇的劫殺也是他親手策劃的，石秀蘭之前說沒能從箱子裡搜出紫金青銅樹，不過是因為他早就把青銅樹藏起來，藉著同伴對他的信任來了一出偷梁換柱罷了。」

「那他為何不做得乾脆些，卻還要跋山涉水來到大唐境內？」

「你真看不出來這是一場陰謀嗎？」沈玉書語氣淡淡地道，「進入大唐後，他就可以將凶手嫁禍給唐人。如此厚禮在大唐失竊，波斯使臣也在大唐被殺，對波斯國意味著什麼？對聖上又意味著什麼？有時一點火星子便可以燒掉整座房子，這才是他，或者說，是他背後之人的真正陰謀。只要他得逞，誰還會在乎一具屍體？」

「此人實在惡毒，只要抓住他，這場陰謀自然會被粉碎。」

「不錯。」

秦簡問：「長安大大小小的門樓共十幾座，你怎麼知道他從金光門出去了？」

「察爾米汗昨夜鑄完馬鞍已是凌晨時分，城門早已關閉，所以他必然還在城中，而金光門是通往城外最近的路。」

沒過多久，馬車便停在了金光門門口，三人迅速下了馬車。金光門的士兵還在值崗。沈玉書上前問了一人，道：「你們今天執勤時有沒有見到奇怪的人從金光門出去？」士兵道：「每天都有奇怪的人，不知小娘子說的是什麼人？」

「金色的馬鞍，一匹馬，背上馱著個壯漢。」沈玉書道。

士兵長「哦」了一聲，道：「我想起來了，是有這麼個怪人，他騎著快馬出城了。」

沈玉書沒再問其他，而是拿出魚符，命令守城的士兵迅速牽來三匹馬。

她對秦簡和周易道：「我們走！」

三人棄了馬車，改為騎馬，出城去追逃走了的察爾米汗。

半個時辰後，周易道：「往哪邊走？右邊嗎？」

「左邊。」秦簡言簡意賅地回答他。

「為什麼？」周易問。

沈玉書瞪他：「你莫不是成了傻子，他一個波斯國的叛徒，怎會再回波斯？他定然是去了左邊。」

周易笑嘻嘻地揚了幾下鞭子，超過沈玉書和秦簡好幾丈。

又過了大半時辰，沈玉書細細地看了眼出現在面前的一處建築道：「是一家驛站？」

冷風呼呼地吹著，他們下了馬，地上不深不淺的馬蹄印讓沈玉書露出一絲微笑。驛站的小院裡有兩匹馬，只有一匹馬上配有馬鞍，在月光下卻不是金色的。沈玉書回頭找秦簡，可他不知什麼時候已經不見了。

◆

「大玉扳到手了嗎？」驛站的二號房間裡傳來一個陌生的聲音。

秦簡此刻正趴在驛站的屋頂上，透過揭出的瓦縫看向屋內。他看到兩個人，一個鬈髮，正是察爾米汗，還有一個人披著黑斗篷，戴著帽子，看不清面目。

察爾米汗道：「放心吧，已經得手，你可以回去交差了。」

黑斗篷看著察爾米汗的手指，道：「你倒是個可用之材！」

察爾米汗大笑，用蹩腳的中原話道：「一根手指而已，不算什麼！還望閣下能回去替我美言幾句。」

黑斗篷笑了，道：「沒出什麼岔子吧？」

察爾米汗得意地道：「放心吧，此事做得可謂天衣無縫，我想沒人會想到這是一個死人幹的。」

「凡事都有萬一，若是你做事不乾淨，露出什麼馬腳，你該知道是什麼下場！」黑斗篷的聲音冷冷的，帶著不可侵犯的威嚴。

「絕對不會出問題的，我敢保證。」

黑斗篷「哼」了一聲，繼而又道：「你不該殺了石秀蘭！」

「我若不殺她，她定會將我做的事給和盤托出，那我們的計畫就不會如此順利！」察爾米汗不屑地「哼」了一聲。

黑斗篷鄙夷地看了他一眼，道：「你個鄉巴佬！放心吧，我回去會給你請賞的。」

「那便好，辛苦閣下了。」察爾米汗奉承道。

隨後，兩人哈哈大笑起來。

他們又密談了一會兒。就在他們結束密談，準備推門出去時，黑暗處卻突然伸出一把劍。此刻那利劍已橫在了察爾米汗的脖子上。

「別來無恙。」秦簡的聲音冷冽如冰，嚇得察爾米汗一哆嗦。

「閣下真是好手段啊，竟然一個人把一場戲演得這麼生動，我差點就信了呢。」沈玉書走到察爾米汗面前，笑道。

察爾米汗疑惑地問道：「妳是誰？」

「你這麼聰明，卻猜不到我的身分嗎？」沈玉書笑道，「我是大唐的臣民，是希望大唐和波斯兩國百年修好的大唐臣民！不像你，活像一條從髒水裡爬出來的狗。」

察爾米汗一怒，剛想說什麼，卻被秦簡給控制住了。他想向黑斗篷求救，可那個黑斗篷卻早已消失在了眾人眼前。

秦簡也沒想到黑斗篷竟然能在瞬息之間逃出他的視線範圍。他想去追，可又怕察爾米汗也跑了，於是只好眼睜睜地看著那團黑影消失在夜色中。此刻，秦簡的心中可謂藏著滿滿的不甘。

沈玉書看出了他的心思，輕聲道：「不急，我們遲早也會把他繩之以法。」

察爾米汗像是一條剛被撈起來的死魚，斜著眼睛望向沈玉書，道：「妳是沈玉書？哼，我早就聽過妳的名字，只知道妳喜歡抓活人，沒想到妳連死屍也不放過。」

沈玉書冷冷地道：「殺人的死屍當然不能放過。」

秦簡用劍抵著他的喉嚨，道：「剛剛和你一起的黑斗篷是誰？」

察爾米汗沒有回答他，只是一直在笑。

秦簡的臉色更難看了：「你若不說，我現在便殺了你！」

誰知，秦簡的威脅非但沒什麼用處，反倒讓察爾米汗笑得更倡狂了。他全然不顧自己的頸間還放著一把鋒利的劍，笑得極其用力，脖子被劍鋒割出了血也全然不在乎。

秦簡眉頭一皺，把手裡的劍用力按了按，道：「那大玉扳和青銅樹呢？你若趕緊交出來……」

不等秦簡把話說完，察爾米汗便開始破口大罵，除了聽懂「做夢」兩個字外，在場各位再不知他說的是什麼。

「算了，押回去再說。」沈玉書嘆了一口氣。

秦簡點頭，剛要移步，突然神色一變，沈玉書也是一驚。秦簡的黑眸裡有一抹血紅，那是從察爾米汗嘴裡流出的血映出的。

「你們永遠也別想知道大玉扳在哪裡，我波斯國的戰車很快就要來了！你們的皇帝！還有你！還有你！統統得死！」察爾米汗近乎癲狂地指著沈玉書，指著秦簡，指著周易，滿嘴鮮血地咒罵著。待話音一落，他倒在了地上，澈底地死了，成了一具真正的屍體。

沈玉書等人驚魂未定，此事卻已告一段落。

沒人能想到竟會是這樣一個結果。那個黑衣人到底是何來歷，沈玉書至今都一無所知，只是每每想起他，都會忍不住地心生駭意。

雖然藍伽大玉扳沒能被追回，紫金青銅樹也已被毀，但好在真凶察爾米汗已經被找到。那三個波斯使臣還沒跑出多遠，便被一直跟在他們後面的大唐兵士給帶了回來。李忱在得知真相後，便下旨召見了三位波斯使臣，向他們表明了大唐願與波斯永世交好的心願。最後，那三個波斯使臣心滿意足地帶著大唐帝王的旨意以及信物，在數百金吾衛的護送下返回波斯境內。

這件事情雖然看似被圓滿解決，但沈玉書的心中卻一直有個聲音在一遍又一遍地告訴她——大唐將會面臨一場更大的陰謀。

9 父親：唐朝時，皇子、公主在非正式場合稱呼皇帝為「阿爺、哥哥」，正式場合稱呼「父親、大人」，只有在李環撒嬌時才會用阿爺。

10 餺飥：又稱湯餅，麵條隨形而名的古稱之一，類似今日的麵疙瘩或貓耳朵。

11 血凍子：古時仵作的行話，指血液凝固之後所形成的血塊。

第三章　青燈屍鈴

壹

沈府，辰時。

沈玉書把最後一縷髮髻紮好，薄粉敷面，輕點口脂，從一個老舊的木匣子裡拿出一支並不顯眼的花蕾紋白玉簪，端詳許久，竟慌了神。

直到婢女竹月端著早食進來喚了她兩聲，她才回過神來，把簪子往頭上一簪，離了梳妝臺，理了理裙擺，問：「阿娘可起了？」

「起了，大娘子卯時便起了。」竹月把吃食一一擺到矮几上，微微頷首。

「她可吃過飯了？」沈玉書找來件鵝黃色的半臂，遞給竹月，又問。

竹月幫她套上半臂，理了裙裝，道：「吃過了，碧瑤按小娘子說的，特意給大娘子煎了茶，大娘子吃過茶才吃的飯。」

沈玉書笑著點點頭道：「那就好。阿娘可是又去了佛堂？」

竹月垂眼道：「是。」

「好，妳且下去吧。」沈玉書笑了笑，走到矮几旁，坐下簡單地吃了兩口，便起身出了臥房。

穿過兩條廊道便到了佛堂前，沈玉書還沒進門，便聽見裡面咚咚的木魚聲和母親羅依鳳的誦經聲。

她悄聲走進去，找到一鼎帶柄的香爐，用火摺子點了香，在佛像前叩了三叩，復又把香爐置於堂上，閉目禱告良久。

羅依鳳見她進來，愣了一下，道：「今日歇著？」

沈玉書起身，坐到了羅依鳳旁邊，替她把被風吹亂了的經書翻好頁，神情複雜地道：「阿娘，今日女兒去大理寺遞交卷宗。」

羅依鳳手上的動作一滯，嘆了一口氣，道：「去吧。」

沈玉書看著經書中的字文，似是下了天大的決心般，道：「我想去把當年吳湘案的卷宗要來。」

「妳要它做什麼？」羅依鳳眉頭一蹙。

沈玉書的眼睛還是定定地盯著案上的經書，眸中似覆著一層薄霧，沉默了片刻後，她轉身堅定地看向羅依鳳：「我想替父親翻案。」

羅依鳳身子一震，放下手中的木魚，厲聲道：「妳可知這當今聖上，是怎樣的虎狼之人！」

「阿娘，當今聖上是個明君，即便是平頭百姓受了冤屈他都日日掛念，他厚待女兒這麼些年，父親的事，只要我們有證據，他也一定會……」沈玉書搖頭，哽咽道。

「住口！」羅依鳳面色更是凝重，「妳可知這位聖人是何等厲害之人？他自幼便知裝瘋賣傻討好宦臣，登上了帝位後卻以雷霆手段限制宦官的權勢，甚至能迅速根除前朝舊患，培養自己的勢力，他這般手段，豈是妳一個小兒能揣度的？」

「可他待女兒甚好，從未……」沈玉書備感委屈。

「待妳好？妳道是為何？那是妳阿爺用命換來的！」羅依鳳說著，也不由得哽咽起來，一雙看透世事的眼睛裡泛起了淚光。

「父親一輩子官清法正，為多少人鳴了冤屈不平，為何要平白受此等汙名？」沈玉書不甘地別過頭，淚珠從臉上滑落，在地上的青磚上開出一朵又一朵的花。

羅依鳳一時語塞，沉默下來。

沈玉書也沉默，待腿都跪坐酸了，才起身，朝羅依鳳行了個大禮，走出了佛堂。走到門前時，她停了一下，回身道：「阿娘，玉書可以的。」語罷，她的身影已經消失在了佛堂門前，只留下了不絕的木魚聲和羅依鳳的誦經聲。

◆

沈玉書徑直去了馬棚，想取了馬直接去大理寺。可她還未把轡繩解下，就聽到有人喊她：「小娘子等等，秦小郎君剛剛來了，此刻在正廳等妳呢。」

沈玉書一愣，見來人是竹月，道：「他幾時來的？」

「小娘子去了佛堂不久，秦小郎君就來了。」竹月答。

沈玉書的眼睫毛忽閃兩下，口中嘀咕道：「他怎麼來了？」復又看著竹月道，「我同妳一道去吧。」

路上，竹月道：「小娘子，那秦小郎君長得可真俊秀。」

「那妳覺得，林家郎君可俊？」沈玉書挑眉逗她。

「也俊。」竹月傻乎乎地答。

「那若是要妳選一個做妳的郎君，妳選誰啊？」沈玉書眼睛彎彎地笑問竹月。

「小娘子妳討厭！」竹月瞬間羞紅了臉，低著頭看著自己的鞋面。

沈玉書臉上的笑意更甚。

還未到正廳門前，她便見秦簡著一件墨綠色的緞子衣袍，腰繫一枚雲母玉佩，筆直地站在一幅名畫前出神，竟真如竹月所說的有幾分清新俊逸之風。

沈玉書正要進去，突然眼珠子一轉，往旁邊的假山後一躲，招手喚竹月過來，附在她耳朵邊輕聲地道：「妳去與秦小郎君說，我昨夜不慎染了風寒，今日寒症發作，病得厲害，起不了床，實在無法見客，讓他早些回去。他若問起卷宗的事情，妳就說我已委託了韋府尹幫忙處理，我今日不會出門。」

竹月愣愣地看著沈玉書，不解地道：「可是小娘子妳不是好好的在這嗎？」

「我這話是誆他的，妳只管原話說與他聽，明白了嗎？」沈玉書無奈地嘆氣。

「可他若執意要見妳怎麼辦？」竹月問。

「不會的，妳就一口咬定我病得嚴重，他見我出不了門，定然不會再纏著妳了。」沈玉書狡黠地笑。

「可小娘子……」

「別可是了，快去吧，按我說的搪塞了他就行，待我回來帶李記食鋪的米糕給妳吃。」

沈玉書說罷，便一溜煙地抄小道走了。

今日此行事關重大，無論如何也不能讓秦簡壞了她的事。

◆

在臥房裡找出一頂白色的紗製冪籬戴上，將自己裹得嚴嚴實實後，沈玉書才放心地牽了馬從後門出去，策馬出了永寧坊，一路往西北方向飛奔。

不到一個時辰，她已經到了義寧坊，快到開遠門邊上時，便見一座宏偉的建築矗立在眼前。這座重簷翼館、四闥霞敞的建築便是大唐最高的司法機關——大理寺。

沈玉書下了馬，將馬拴到了一個四下無人的空曠角落裡，正了正衣襟，走進了大理寺的大門。

見有女子進來，寺內的一位小官一愣：「此乃官家司法重地，小娘子且慢。」

沈玉書似也忘了自己這一身行頭，被小官一提醒，才想起把蒙在面前的輕紗撩上去，掏出魚符驗明身分，笑道：「我找趙寺丞。」

小官看著沈玉書一愣，又將她上下打量了一番，才道：「小娘子請隨我來。」

沈玉書道了謝，便隨小官繞過了好幾條迴廊，到了一間雅室門口。

雅室門大開著，從外面一眼便能看到裡面一個留著山羊鬍子的中年男子正坐在案前看東西，案几上堆放著的成山的卷軸使得玉書只能看到他半張臉。看樣子，此人大抵就是大理寺寺丞趙不尤了。

沈玉書朝小官微微欠腰以表謝意，然後取下冪籬徑直進了屋子，朝趙不尤行了個禮：「參見趙寺丞。」

趙不尤抬頭看她，山羊鬍子也跟著往上一抬。

他把眼睛瞇得細細的，看了好一會兒，才慢條斯理地道：「妳是？」

「在下沈玉書，前些時日受聖上之令清查波斯使臣遇害的案子，今日前來，便是將卷宗遞呈寺丞。」沈玉書頷首，從衣袖中拿出一卷暗黃色的卷軸，雙手遞給趙不尤。

趙不尤一愣，趕忙起身接過卷宗，面色祥和不少：「原是沈家小娘子，怎也不叫人通報一聲，害某差點沒認出來。」

沈玉書淺淺一笑，沒有說話。

趙不尤打開卷軸，大略看了一眼內容，不禁大為讚賞：「怪不得聖上如此看重小娘子，這卷宗寫得真是清清楚楚、滴水不漏。字跡也是娟秀有力，頗有魏晉風采，不愧是沈……」意識到自己提了不該提的人，趙不尤一頓，尷尬地笑笑，還想找其他話頭，沈玉書卻已開了口，謙遜地道：「是聖上教導得好。」

「聖上英明神武、文韜武略，小娘子也聰慧不凡。」趙不尤接過話頭，又是一番誇讚，看沈玉書的眼神中也多了幾分欣賞。他為官數載，一看便看出了玉書聰慧下的圓滑精明。

「趙寺丞謬讚了。玉書還有別的事，便先走了，還望寺丞莫怪小輩失禮。」

沈玉書說罷，便出了雅室，腳步飛快地出了大理寺正門，把卸下的羃䍦又往頭上一戴，將自己包了個嚴嚴實實，上馬朝西市的方向奔去。

她的鞭子揮得又急又狠，馬便也跑得飛快。

待到了人多的西市，沈玉書騎著的馬差點驚了路邊的行人，她趕忙拽了拽轡繩，讓馬跑得慢一些，最後一人一馬停在了好再來茶樓門口。

好再來是這西市最大的茶樓，哪怕不是節日也不缺人氣。說到原因，卻不是因為它的裝修布局有多好、茶泡得有多香，實在是老闆請的那位說書人太會講書，每每都有人不喝茶也要來聽他講書。

沈玉書和周易來過幾次，知道這裡的茶座向來空不了，如今一踏進去，卻還是不禁愣了一下。

亂哄哄的拍手叫好聲震得沈玉書的耳朵一疼，她忍不住出了門又看了眼牌匾，確定這就是好再來，才又踏了進去。這樣的景象，讓沈玉書都要懷疑這是哪家名妓的場子了。

不過她也沒時間探究這店裡怎麼突然多出了這麼些人，跟夥計說了自己提前訂好的廂房，便跟著夥計上了二樓。

上樓的時候，沈玉書隨意地瞟了一下樓下正中央的說書人，又是一驚。只見那人穿著一身白衣，腳上穿著白鞋，臉上不知敷了多少鉛粉，竟白得像紙，毫無氣色，整個人乾瘦枯槁得不像個人，雖然正眉飛色舞地朝座上的各位看官侃侃而談，玉書卻怕他說到下一句，便咽了氣。

「你們老闆怎又請了這樣一位？」沈玉書好奇地問。

夥計走在前頭引路，笑道：「這位說得好唄。」

沈玉書眨了兩下眼睛，又往樓下看了一眼，不再作聲，隨著夥計到了最末的一間廂房。

玉書開門進去時，大理寺主簿李銘正在給自己斟茶，見沈玉書進來，只笑笑，也不作聲。

沈玉書吩咐夥計下去，關上房門，朝李銘行禮：「讓李主簿久等了，是玉書的不是。」

「坐吧。」李銘朝旁邊的座位揚了揚下巴，氣定神閒地喝了口茶。

沈玉書不好意思地笑笑，道：「我只道這人多，卻不想竟會有這麼多人，早知道就換個地方了。」

「不用，人多些才更方便。」李銘搖搖頭，示意沈玉書坐下。

沈玉書便不再客氣，就著墊子跪坐下，整理了一下衣服，才猶豫著開口道：「上次在中州與主簿所說的，不知主簿……」

「我帶來了。」李銘語氣淡淡的。

沈玉書一時有些不知所措，眼睛裡滿是感激，思來想去，不知應說些什麼，最後鄭重地說：「主簿的大恩大德，玉書今生無以為報，若今後主簿有何難事，玉書一定……」

「別說了，我不為妳，只為了妳父親，妳父親是個好官，待人做事都很令人敬佩。我這麼做，不過是圖個心安。」李銘語氣依然淡淡的。

沈玉書眼睫一垂，道：「晚輩冒犯了。」

「妳不必如此拘束，我也只是盡我所能。」李銘說著，將幾卷卷軸遞給沈玉書，又道：「這些是吳湘案當時來來回回好幾次審理的卷宗，我找了很久，也就找到了這些，怕是不太齊全。」

沈玉書接過卷軸，欣喜地道：「主簿有心了，這些便足矣。」

李銘微微一笑，喝了口茶，又道：「只是，此事牽連甚廣，若想再拿出來說事，只怕是……」

李銘的話還未說完，門外傳來了敲門聲，嚇得沈玉書趕忙將卷軸藏於袖中，緊張地問：「誰？」

「小娘子，是我，我來給二位上小食。」

門外傳來夥計的聲音，沈玉書這才放下了心，朝李銘不好意思地笑笑，接著道：「進來吧。」

夥計應了聲，端著食盤推門進來，把小食一一放到案几上，又掏出兩錠銀子放到桌上，低聲道：「二位慢用。」

「這、這銀子是？」沈玉書疑惑地問道。

「哦，這個是我們那位說書人送的，凡是來我們店聽他說書吃茶的客官，他統統會送上五兩銀子以作答謝。」夥計答道。

「日日如此？」沈玉書瞪大了眼睛。

「是，日日如此。」夥計點頭，拿著食盤退下了。

眼見夥計已經合上門走了，沈玉書還是一臉不解：「這天下竟還有這樣的好事？」怪不得這店裡今日這麼多客人，原都是為了這五兩銀子。

李銘也不明所以地搖搖頭，接著剛才的話頭道：「妳可想好了？」

「李主簿，想來你也定是不解我一介女流之輩為何要日日出來拋頭露面，做此等危險又不討好的事。」沈玉書笑笑，想了想，又道，「我父親還在的時候，便常與我說，這天下的百姓太苦，他生於寒門，既然做了官，就要為朝廷、為百姓鞠躬盡瘁。如今他不在了，我卻不能讓他的願望就這樣變成遺憾，我要替他走完一生，自然也不能讓他平白地成了別人的犧牲品。」

說著，沈玉書的眼睛已經覆上了一層水霧，可她還是保持著微笑，哪怕她已經哽咽。

李銘忍不住地嘆了一口氣，鼓勵道：「我相信妳會和妳父親一樣優秀。」

沈玉書破涕為笑，一邊笑一邊點頭，眼底是辛酸、是希望、是知足、是羞澀。

◆

太陽西斜時，沈玉書已拎著李記食鋪的糕點站在了家門前。落日的餘暉映在她鵝黃色的衣袍上，像是給她裹上了一層金燦燦的光，甚是好看。

沈玉書本想回臥房，瞥見竹月站在正廳，便舉起手中的糕點晃了晃，提高了音調道：

「竹月，妳的米糕！」

誰知，她話都說完了，竹月竟還是低著頭定定地站在正廳內，滿臉為難，像是被人施了定身之法。

沈玉書以為她是沒聽見，便又大聲了點：「竹月！我叫妳呢！」

剛語罷，她便覺出了不對勁，剛剛她看竹月的時候，似乎瞥見了一個墨綠色的衣角。

念頭一出，沈玉書便忍不住往正廳西側看去，雖隔著一道廊柱，可確實看到了墨綠色的衣角。

墨綠色……秦簡今早來時穿的便是這個顏色的衣服，莫非……

一時間，沈玉書也定住了，眼珠子滴溜溜地轉了好幾圈，最後決定先溜為快。

可她剛一轉身，便見那抹墨綠色繞過廊柱，走到了院中，他臉色鐵青地看著她道：「妳不是病得起不了床了嗎？」

沈玉書沒敢回頭看他，卻還是覺得背脊發涼。

許久，她才吞吞吐吐地說：「我……早上的時候……我確實是……」

沈玉書話還沒說完，便聽到身後一聲冷哼，嚇得她一哆嗦，再也扯不了謊了。最後，她竟鬼使神差地轉過身，舉起手裡的米糕問秦簡：「你、你吃米糕嗎？」

說完，她自己都想笑。只是，沒等她笑出聲，秦簡已經冷著臉風一樣地走了，只留下腰間環佩相撞的叮噹響聲。

沈玉書的笑容一僵，她放下舉著的手，疑惑地看向竹月。

竹月心虛地笑笑，怯生生地道：「我按小娘子說的與秦小郎君說了，他後來也走了的，可誰知未時的時候，他竟又回來了，還帶了許多治寒症的藥，我……」

「於是妳就招了？」沈玉書問。

竹月連忙搖頭，解釋道：「沒有的，我同秦小郎君說妳已經服過藥了。然後、然後他便問我可曾給妳叫郎中，我說沒有，他竟又去找了郎中來，硬要給妳看病，我一急，就不小心說漏嘴了……」

沈玉書點點頭，忽而又笑了，把米糕遞給竹月道：「妳的米糕！」

見著是李記食鋪的米糕，竹月欣喜地接過，卻又突然一頓，擔心地說：「可是，秦小郎君生氣了怎麼辦？」

「他且生他的氣唄，管他作甚？」沈玉書不屑地撇嘴，嘴上說得可硬氣了，心下卻虛得很。她對秦簡本就不是很瞭解，雖已相處了有些時日，可也只知他平日就是個悶葫蘆，心裡有什麼也不會說出來，面上更是不會讓人看出來。可今日，他竟是把不高興都寫在了臉上，這倒讓沈玉書覺得有些不知所措。

◆

之後幾日，秦簡果真再沒登過沈府的門，就連沈玉書進宮面見聖上時，他也沒來找她。好在皇帝日理萬機，並沒工夫管她的閒事，只讚賞了一番她的辦案能力，便賞了她三十萬錢、二百匹絹讓她退下了。

得了賞賜，沈玉書自是樂得不行，心裡盤算著要給自己和阿娘置幾件衣裳，再給府裡新添些什麼家具。

而此時的周易，卻沒那麼歡樂了。他握著筆，眼神呆滯地看著桌上的白紙，半天也沒寫出一個字，心思早已不知飛去了哪裡。

旁邊的婢女看著他這般模樣，心下也犯急，催道：「二郎還是快些寫吧，這都一個多時辰了，主人回來若是見你一篇文章也沒作出來，怕是又要動怒了。」

「這若是讓我寫春宮小本我還寫得出來，可那科考文章我如何寫得出來？」周易把筆往硯臺上一放，一臉委屈地趴在桌上。

「二郎那麼聰慧，用些心肯定能寫出來。你就是隨便寫一篇，我也好和主人交差不是？」婢女把被周易扔了的筆又拿起來，想盡辦法要塞給他。

周易無法，只得又拿過筆，剛在紙上寫了不到一列字，就又把筆放下了。

突然，他眼珠子一轉，抬頭看了看身後的婢女道：「好喜鵲，妳就通融通融，放我出去一會兒吧，我送妳一支雲翠軒的金簪子怎樣？我這都好些天沒出過門了，整日在這坐著，都要發霉了。」

「二郎快別鬧了，娘子就在前廳坐著，我若放你走了，別說金簪子了，你我都要挨責罵的。」喜鵲為難道。

周易一下子又蔫了下來，趴在桌子上一副生無可戀的模樣。

剛消停了一會兒，他又問喜鵲：「妳可知沈小娘子最近都在忙什麼？」

「不知道。」喜鵲搖頭。

「那長安最近可又有什麼新案子？」周易又問。

「應該是沒有。」喜鵲還是搖頭。

「若是發生了什麼奇怪的事，妳可得第一時間告訴我，我好傳消息給秦兄，讓他救我出去。玉書要是少了我這個京城第一仵作，定是寸步難行。」周易說著，便不由得感嘆起來。

喜鵲無奈，好言勸道：「一郎還是寫文章吧，你也知道，主人不愛你打聽這些東西。況且你遲早也是要為官入仕的，那些髒東西你還是不碰的好。」

「為官入仕比得上查案光彩嗎？我做的是為民申冤的大事！」周易不服氣地同喜鵲爭辯，可見喜鵲沒有要與他再說什麼的意思，他又煩躁地擺擺手，「我同妳說這些做什麼，妳見識短淺，說了妳也不懂！」

喜鵲嘆了一口氣，為他倒了茶水：「還有半個時辰主人便回來了。」

「知道啦！我寫還不成？」周易徒有一腔的怨氣，卻還是不得不抓破腦袋在紙上留下一列列文字。

待祭酒林風眠回來時，他正好落了筆，算是險險地寫完了。

不過，毫不意外的是，這一日他還是被罵得很慘。

林祭酒看了他的文章，臉色難看得像個閻羅，張口便是：「你個沒出息的不肖子，四書五經都白讀了？好意思寫這種東西給我看？也不怕丟盡了我林家的臉面！」

周易心有不甘，卻到底沒能說出一句硬氣話，只弱弱地來了一句：「你的臉面哪有那麼大？」

氣得林風眠又是將他一頓揍。

貳

眼看就是清明節了，長安城難得太平了些時日。

沈玉書因與秦簡鬧了不愉快，秦簡不再登門，她也難得清閒，於是將從李主簿手中拿來的吳湘案的卷宗看了好些遍，好久也沒出門。

周易被林祭酒逼著日日讀書，參加了科考。眼見前日都放榜了，也未見他出門蹦躂，想來是因為他落了榜，又被他父親給關了起來。

清明節這日，沈玉書難得地出門陪母親給父親和兄長掃墓，卻逢上了下雨。細密的雨絲夾著淡淡的愁思拍打在她的臉上、身上，冰涼涼的，心裡的那股涼意更是成了徹骨的寒。

正所謂，清明時節雨紛紛，路上行人欲斷魂。

因為擔心母親的身子，沈玉書沒有在墓地逗留太久，只簡單地掃了下墓，將準備好的吃食擺到墓前，又與父親和兄長說了些貼心窩的話，便攙扶著母親下山去了。

好在她們今日是坐著牛車出來的，下著雨倒也無大礙。一下山，她們便鑽進了車廂裡，掏出事先準備好的湯婆子暖了暖手，叫車夫快些趕回家。

車夫應了聲，便將牛車駕得飛快。還好沈玉書反應快，及時扶住了羅依鳳，否則羅依鳳就磕到身後的隱几上了。

不多時，牛車停了下來，車夫道：「大娘子，到了。」

沈玉書應了一聲，扶著母親下了車，剛要和母親說什麼，卻瞥見門前站著一個人。那人身著紫緞圓領雲紋衣袍，腰間束著精緻的玉帶，手握重劍正焦急地在屋簷下踱步。

來人，是秦簡。

這著實讓沈玉書愣了一下，秦簡都好些日子沒來過她的府門了，今日如此情態登門造訪，想來必不是為了什麼好事。

心下有了思量，沈玉書同羅依鳳解釋了一番，便叫來碧瑤將羅依鳳扶了回去，自己則在門口和秦簡相望無言。

秦簡一開始還拉不下架子，沈玉書不說話，他便也不說。後來實在耗不下去，他心裡又著急，便不自在地把頭別向另一邊，道：「好再來茶館死了人。」

「什麼？」沈玉書一驚，也不顧他們剛才相處得多不自在，眼睛直勾勾地看向秦簡。

沈玉書目光灼灼，秦簡卻依然不看她，只冷冷地道：「死了個說書的。」

沈玉書眉毛一蹙，想了一會兒，拍了下手，道：「難道是那個白得跟死人一樣的……」

「是。」不等玉書說完，秦簡便答道。

「那……到底怎麼回事？」沈玉書也急了。

「我帶妳看看就知道了。」說著，秦簡已經拽起她的衣袖往前走。

沈玉書一開始還愣愣地跟著他走，感覺有雨絲打在臉上後，這才回過神來，拽住了秦簡道：「這下著雨，你打算怎麼走？」

秦簡放開她的衣袖道：「騎馬。」

「這麼大的雨還騎馬，你瘋了吧！」沈玉書不可思議地看著秦簡，這才注意他來時沒打傘，一身華服都被雨打濕了，眉毛和頭髮上都掛著水珠。

她沒來得及想他今日怎穿得這般隆重，拽起他的濕衣袖便往門前牛車的方向走，吩咐了車夫去好再來茶館後，也不管秦簡的意願，直接把他按進了低矮的車廂。

眼見牛車已經走開了，秦簡便也無話可說，冷著臉不理沈玉書。

二人一路無話。

路上沈玉書一直在想，好再來茶館的老闆是個十足的好人，賣的茶品種類繁多卻都很便宜，無論是城中百姓還是南來北往的客商，若是渴了都喜歡進去坐坐，想來也不會結什麼仇家，茶館裡怎就突然死了個人呢？

難道是其他茶館生意冷淡，嫌他店裡生意太好，一時眼紅便來鬧了這麼一出？所謂生意場上無父子，有時鬧得急眼了做出這樣的混事也不是不可能。

◆

到了好再來茶館，他們依次下了車，毫無交流，徑直進了茶館。

沈玉書一進去，又是一愣，這茶館也著實冷清了些，與前些日子她見到的門庭若市的景象簡直形成了鮮明的對比。

而她那日見到的說書人，此刻還是那副鬼一樣的模樣，像一根細竹竿頂著一塊白色的帆布一樣躺在地上，眼睛直愣愣地瞪著，身上卻不再是只有白色，他的胸口正盛開著一朵嚇人的血蓮，在他單薄的白袍子上開得妖豔無比。他的脖子上還掛著一圈銅鈴鐺，風一吹過便會發出幾聲詭異的鳴響，好像在講他嘴裡沒有講完的故事一樣，直讓沈玉書看得毛骨悚然。

這茶館裡冷清，門外卻熱鬧非凡，聽聞這裡死了人，路過的行人個個探著頭想看看裡頭是何景象。衙差們本就因為休沐[12]之日被拉來查案而心煩，這會兒更是被湊熱鬧的人群給惹惱了，便乾脆把看熱鬧的百姓都給轟走了，茶館也就變得越發冷清了。

茶館的老闆朱墨兒靠在門前，活像一棵歪脖子樹，不聲不響地直喘氣。

沈玉書問了個衙差：「墨兒叔他？」

衙差嘆了一口氣：「我們來時他就已經這樣了，許是店裡出了命案，日後的生意定要慘澹些，他擔心罷了。生意人嘛，到底是看重錢。」

沈玉書又回頭朝死了的那個說書人瞅了瞅：「這到底是怎麼回事？」

衙差搖了搖頭，臉色也開始泛白：「這事怪得很喲！」

「哪裡怪？」沈玉書疑惑地問。

衙差緊接著又道：「人本來就怪，死法也怪得很，沈小娘子妳且走近細細看看。」

沈玉書點頭，往茶館中央的說書案邊走了走，便注意到屍體的胸口上有一把銳器直直地插了進去。

瘆人的白和耀眼的紅，強烈的視覺反差下，一切都變得詭異起來。

沈玉書轉身，朱墨兒不知什麼時候已經站在她的身後，兩隻眼睛正瞪著她。

沈玉書感到背後一陣涼意，見朱墨兒手裡握著一個金錢袋，鼓鼓囊囊的，應該是裝了不少銀子。

「五十兩，一共五十兩！」朱墨兒指著錢袋子，用手指比劃著，又望著沈玉書，發了瘋似的道，「妳知道嗎，我每天都能白白收到銀子，坐著能收，躺著也能收，我以為我的好日子就要來了，可誰知，竟出了這檔子事！」

朱墨兒說著，兩行老淚奪眶而出，越哭越止不住。

「每天都能白白收到銀子？天下哪有這樣的好事？」沈玉書聽得一頭霧水，心下覺出了不對，但她又一時半會兒想不出問題到底出在哪，只覺得這樣的話不像是朱墨兒這個老實人能說出的，分明是他受了刺激失了神志才胡言亂語出的。

她無奈地嘆了一口氣，想來從朱墨兒口中審問案情並不是什麼明智之舉，他這般瘋癲的模樣，哪能說出什麼有用的證詞來？

沒辦法，她只得轉過身去，想著從屍體上發現些破綻來。

就在這時，朱墨兒突然「哼唧」了兩聲，伸出手將金錢袋遞給沈玉書。

沈玉書疑惑地道：「給我的？」

朱墨兒點點頭。

她打開金錢袋，裡頭真的都是銀子，數一數也確實是五十兩。

朱墨兒被冷風吹得清醒了幾分，豎起五根手指，神祕兮兮地道：「那人每天給我五兩銀子呢。」

「誰給你的銀子？」沈玉書疑惑地問。

朱墨兒指了指那具屍體，道：「就是他，就是他給的。」

沈玉書有些納悶：「你說他每天給你五兩銀子？」

朱墨兒點頭道：「是。」

沈玉書越想越覺得不對勁，問道：「這人不是你店裡請的說書人嗎？我那日來的時候，見他給你的店裡招來了好些客人呢，按理說，應該是你花大價錢聘他，怎麼反倒是他給你錢了？」

朱墨兒嘆了一口氣，道：「說來話長，這人哪是什麼說書人？就他這鬼一般的模樣，誰敢請他說書？」

「可你不就請了嗎？」沈玉書不解。

朱墨兒擺擺手，又嘆了一口氣：「小娘子，我也不瞞妳了，其實……這個人我根本就不認識，全長安估計也沒幾個人知道他的來頭。」

沈玉書挑眉：「哦？」

「十天前，他突然來了我的茶館，說自己是從海外仙山上來的仙人，叫雲軒兒。可你們也瞧見了，就他那一副瘦骨嶙峋的樣子，街邊乞討的都比他好一些，他身上哪有半點仙人的樣子？」

沈玉書笑了笑，道：「看起來確實不像。」

朱墨兒又道：「若只是乾瘦些也就罷了，他還老愛穿那煞白煞白的袍子，一到晚上，那橘黃色的燭火映在他身上，要說他是鬼我也信。」

這一點不用朱墨兒說，沈玉書已經感受到了。她第一次在好再來遇見雲軒兒時，便覺得此人甚是奇怪。

「既然如此，你又為何將他留在店裡說書？我記得你店裡原本是有一個說書人的，難道是店裡缺人手？」

「我這店裡從來就不缺人手，再說，他那個鬼樣子若是倒茶，妳敢喝嗎？」朱墨兒頓了頓，又道，「他只說要來店裡長住，我說這不是酒樓，若要住店需到對面的客棧去，可他說他就想在茶館裡做個說書人。我又說店裡請過說書人了，請他去別處，他又非說自己的書說得好，還不用我付他工錢，每天還倒貼給我五兩銀子。這樣的好事，我怎會不答應？」

「不付工錢也就罷了，卻還反賺五兩銀子，這買賣倒是做得。」

「那可不。一開始我嫌棄這人打扮怪異，不肯留他，心想他說的那些大白話許是唬人用的，誰知他二話不說就從口袋裡摸出五兩銀子來。我又尋思那銀子會不會有假，便用手掂了掂，分量還挺沉，竟是十足的銀子。」

沈玉書越發不解了：「聽起來有些匪夷所思，那後來呢？」

朱墨兒道：「後來我就答應了他，反正銀子到手，後面怎麼說、怎麼做都隨他。他要是說得不好我便辭了他去，任由他撒潑耍賴也沒用，我這既落得乾淨又不吃虧。」

沈玉書提了幾分興致道：「然後呢？」

說到這，朱墨兒突然興奮了起來，聲音拉高了好幾個調：「奇怪的是，那人不但書說得極好，還真就每天給我五兩銀子，這不，到今天為止一共十天，一天沒落下，我總共白拿了五十兩，都在這錢袋裡一分沒動呢。也不知道他哪來那許多銀子。」

對於這件怪事，沈玉書也是大姑娘出嫁頭一回聽，頓覺稀奇得很，所以，她便轉頭看向在一旁站著的秦簡道：「你怎麼看？」

沈玉書眼巴巴地等他回答，秦簡卻只定定地看著侃侃而談的朱墨兒，獨自若有所思著，似是一點沒察覺到玉書的目光，也沒聽見她的問話一樣，鎮靜得很。

討了好大個沒趣，沈玉書尷尬地撇撇嘴，扭過頭看向朱墨兒。

朱墨兒此時也說得盡興了，興致甚高地道：「你們可能不知道，還有比這個更怪的事呢。」

「哪裡怪？」秦簡問。

他一開口，沈玉書便忍不住看了他兩眼，心下感覺癢癢的，卻又說不准到底是哪裡癢，難受極了。

「他呀，除了每天給我五兩銀子外，那些來聽他說書的，他也一視同仁，個個都有五兩銀子拿，這消息一出，半個長安城的百姓都來了，他一天就要發掉幾千兩呢。客人一多，我這店裡的生意也好了不少，我每天樂得都睡不著了，恨不得把他當財神供著。」

朱墨兒一說完，沈玉書便眉頭一皺，若有所思地看著腳下的青石地板。

片刻，她抬眸看著朱墨兒，道：「我想起來了，前些時日我與朋友來你這茶樓吃茶，中途店裡的夥計還送了我們一人五兩銀子，說是說書人給的，當時我們還覺得奇怪呢，原來竟真是如此？」沈玉書話音剛落，便感覺有一束目光直直地看向她，似乎要燒穿她的背。

她一瞟，竟是秦簡，秦簡的目光讓她不禁愣了一下。

沈玉書心下以為秦簡既然肯主動來找她，應該已經沒那麼怪她了，可細細一想，當即便想搧自己兩巴掌。她剛剛的那話，不就是明擺著告訴秦簡，她騙他自己生病的那日，其實是出來與人吃茶了嗎？

一時間，沈玉書只覺焦頭爛額，自己從何時開始竟如此蠢笨了？

不過，她的無所適從倒是讓秦簡滿意地收回了目光，眼底有了幾分色彩。他看著朱墨兒道：「他一直在茶樓裡沒出去過嗎？」

朱墨兒點點頭道：「他每次說完書就回房了，至於什麼時候出去的我也不知道，我總不能整天跟著他。」

「這倒也是。」沈玉書收了心思，琢磨了一會兒，道，「他一天說幾次書？」

朱墨兒回憶了一下：「頭兩天他只說上午的場次，還有另外一位說書人說下午的，後來大夥兒都吵著讓他一個人說，從那以後上下兩場就全被他包了。」

朱墨兒緊接著長嘆了一聲，臉上除了疲憊和無奈，再看不到別的情緒。現在店裡少了雲軒兒這棵搖錢樹，生意怕是會受到很大的影響。

沈玉書沒再多問，轉身又朝看臺走去，卻見秦簡正半蹲在空地上。他正凝神注目，看著看臺的地上放著的一支熄了的火燭，火燭旁邊還落著一些燭淚。

「妳過來看看。」秦簡喊來沈玉書，語氣卻是一如既往的像是從冰窖裡傳來的一樣。

沈玉書頗有些受寵若驚地走過去，拿起火燭，右手在鼻子附近搧了幾下。下一秒，她的臉色立刻變了，迅速將火燭扔在一邊。

秦簡用餘光看了她一眼，道：「妳向來嗅覺敏銳，肯定聞出這是什麼了？」

沈玉書點點頭，用餘光偷偷看了一眼秦簡，秦簡卻早已收回了目光，看著地上的火燭，很是入神。

如此氣氛，讓沈玉書覺得頗為尷尬。她不自在地道：「那火燭上散發的，正是燈籠草燃燒的香熏味。」

說起這燈籠草，倒是有不少妙用。燈籠草在點燃之後可產生繚繞的煙霧，煙霧一散開，周圍都會變得霧濛濛的，讓人什麼也看不見。這煙霧還可以用來驅趕蚊蠅，到了夏季，百姓是家家都有備用。

秦簡「嗯」了一聲，算是對她的回應，惹得沈玉書又看了他一眼。

待從他的身上收回目光後，她才道：「這屋子裡之前起過煙霧？」

「應該是。」秦簡點頭。

沈玉書眼珠一轉，看著朱墨兒問道：「墨兒叔，茶樓裡最近蚊子多嗎？」

朱墨兒搖頭，滿臉疑惑地道：「沒有啊，我這茶樓就是冬暖夏涼，又少有蚊蠅，這才有那麼多客人的，妳以前常來又怎麼會不知道？」

沈玉書點點頭。既然不是用來驅蚊的，那這燈籠草火燭是誰點燃的？

朱墨兒沒把她說的當回事，過了好一會兒才突然道：「對了，我倒是想起一件事情來，今天我這樓裡的確起過一陣迷煙。當時雲軒兒還在臺上說書呢，臺下坐著三、五十人喝茶，我在櫃檯前打盹，忽然聽見有人說起火了，我去看時，屋子裡已經是雲山霧罩的了，只不過那煙霧一會兒就被吹散了。也沒起火，便沒人把這當回事。」

「之後呢？」沈玉書問。

朱墨兒撓了撓頭，突然激動地道：「之後……那煙霧散盡後，雲軒兒的胸口上就已經是血紅一片了，那一大片猩紅的血花簡直嚇死人。茶客們驚呼著說有人死了，我趕忙跑過去一看，沒想到死的人就是他！」

沈玉書的手指在桌案上叩了幾下，她道：「這就對了，看來是有人借用迷煙來做掩護，趁人不注意殺死了雲軒兒。」

朱墨兒也點頭，道：「應該就是這樣了。」

秦簡環顧了一下四周，道：「這燈籠草幾乎家家戶戶都有的，單憑這一點無法確定凶手。」

「不錯。」沈玉書想了一下，又道，「如果說雲軒兒說書時給每人都發五兩銀子，這一天下來少說也有好幾百號人，上午、下午加一起得有幾千兩才行。幾千兩銀子並不是小數目，用官家的銀箱來裝，也足有兩大箱子呢，可他那銀子難道隨身帶著？」

朱墨兒一聽，趕忙揮手道：「嘿，雲軒兒那個瘦猴，走路都是飄的，哪來的力氣搬運那麼重的東西？不過我有些奇怪，每次輪到他說書時，那兩個裝滿銀兩的鐵箱子就已經擺在地上了。等茶客們來了，他就開始發銀兩，我都不知道他是什麼時候把箱子放在那裡的。」

沈玉書一時又陷入困惑，走到雲軒兒的屍體前蹲身觀察了半天。奈何她能力有限，看不出什麼所以然。

沒辦法，她只得招呼來了一位守在門口的衙差，道：「你去親仁坊林祭酒府上找一下林一郎，若有人攔著，你只說是韋府尹有要事找他，耽誤不得，叫他快些來。」

衙差領了命便快馬加鞭地走了。沈玉書繼續在這茶樓裡找尋線索，心裡卻不由得感嘆，周易又欠了她好大一個人情。

說起來，周易的父親林風眠確實是個難纏的人物，素來就見不得周易跟著玉書等人鬼混，再加上他還曾是三皇子的啟蒙老師，位高權重的也沒人敢說他的做法對不對。好在，沈玉書早便看出了林風眠這個讀書人的弱點，於他而言，金錢、仕途都及不過面子，所以她便拿出韋府尹來當幌子。林祭酒心裡就是再不願，礙於面子，也會放周易出來繼續「不務正業」的。心下這麼想著，沈玉書臉上便露出了些得意的神氣，惹得一旁的秦簡頻頻看她。

玉書被看得越發不自在，摸了摸額前的碎髮，猛地抬頭對上他的目光，道：「那日確是我不對，但你也沒必要時時用這種眼神看我。」說罷，她便又低下頭，獨自走到了房間的另一邊。

誰知，秦簡竟不知何時也跟著她走到了那一邊。他輕功了得，走路自然沒什麼聲響，沈玉書倏地一轉頭，看見身後站著一道紫色的身影，愣是被他嚇得一激靈。

見她被嚇了一跳，秦簡嘴角動了動，眼底閃過一絲柔和的光。

他思來想去，才吞吞吐吐地說：「我、我是擔心妳……才……」

「只要我不死，聖上便不會怪你。」沈玉書說罷，又離他遠了些。

秦簡眼睫一動，沒有再跟上她，沉默了好一會兒，才用只有自己聽得到的聲音道：「我不是為聖上。」

只是，他這一句沈玉書並未聽到，因為在他沉默的時候，她已經滿臉笑容地跑去迎接匆匆趕來的周易了。

周易穿著一身鑲著金邊的白色緞面常服，冒著雨騎著他的小白馬直奔好再來茶樓，剛到好再來門前，便扔下馬急急地往裡走，好好的一身華服沾了不少泥點子。

「你怎麼不換身衣服再出來？」沈玉書見他這副狼狽模樣，哭笑不得。

周易甩了甩袖子，又將身上的衣服擰了擰，自顧自地走到茶桌前，為自己倒了杯茶，喝了口才道：「不是妳說遇了急事，要我速速趕來嗎？」

「我那是說給你父親聽的！」沈玉書瞪他。

周易放下茶杯，氣定神閒地一笑：「我當然知道。不過，我還知道，沒有我，你們這案子就不好辦！」

沈玉書被他氣得直皺眉頭，深深呼出一口氣後，才抬手指了指屍體：「過去看看吧，京城第一仵作！」

周易搖著他的新扇子，滿意地點點頭。

只有秦簡把他們的玩笑當了真，一臉認真地和周易道：「她是為你好。」

周易一愣，笑出了眼淚，拍了拍秦簡的肩道：「多謝秦兄提醒。」

參

雨還在下著，似乎比先前更大了些，就連天色也越發暗了。幾個衙差過來掌了燈，茶樓才變得亮堂了幾分。

沈玉書看向周易道：「我到底是個外行，看了許久，也沒發現什麼大問題，你快來看看。」

周易笑笑，走到她身旁慢慢蹲下來。即便是見慣了屍體的他，在看到雲軒兒的一剎那，心裡也好似被榔頭猛敲了幾下。

周易道：「這人的著裝打扮實在怪異，這死狀……嗯……好似很痛苦。」

雲軒兒胸口上的紅蓮已經變成了紫芍，正中插著的那把利器，不是金銀銅鐵，而是一把用竹子削成的短柄竹劍。

周易查遍雲軒兒全身，也就只找到了這一處致命傷，另外又在雲軒兒的口中看到了些許白色的分泌物，經周易證實，那是胃中嘔吐出的腐酒。

「他死前肯定喝過酒，還喝醉了。」周易判斷道。

喝酒本是一件正常的事情，大家都愛在和朋友相聚時，抑或是宴會上小酌兩杯。但若說喝醉卻有些不太正常，若不是在極喜、極怒、極哀、極樂的情況下，很少有人會喝醉。

沈玉書想，莫非這個雲軒兒死前遇到了什麼足以顛覆他情緒的事情？

「墨兒叔，今天你在店裡見到雲軒兒時，可覺得他有什麼反常的地方？」

「反常？」朱墨兒摸了摸自己的鬍子，道，「也沒見什麼反常的，倒是說書的時候情緒更高昂了。往常他說話都死氣沉沉的，看起來病懨懨的，今天的聲調大了些，下面的茶客聽得也起興。」

沈玉書又道：「那他平時都說些什麼樣的故事？」

朱墨兒搖搖頭，道：「那可就多了去了，都是一些神神怪怪的東西，我也說不大上來，但是很吸引人就是了。」

「那他死之前說的最後一個故事你可還記得？」沈玉書繼續追問。

朱墨兒皺眉：「這……」突然，一拍腦袋，道，「我想起來了，他每天說的故事都寫在本子上，自己帶著，要說的詞都是事先背熟的。」

沈玉書了然，彎下腰重新查看，果真看到雲軒兒的口袋裡露出一個青褐色的書角。她拿出來翻開，見本子上字跡娟秀工整，倒透著幾分書生意氣。

都說字如其人，但沈玉書無論如何也無法將這一手清麗脫俗的字和雲軒兒聯繫在一起，或許這字根本就不是他所書的。

事實也證明了沈玉書的判斷，當她翻到本子最後一頁的時候，就見那上面的字跡和文風突然變了風格，倒像是被人臨時拼湊上去的。

她心下覺得奇怪，大致讀了幾篇，發現前面的故事果真新穎極了，都是她沒見過的奇聞趣事，而最後一篇卻不同了，讀了好幾遍她才想起，這竟然是照搬了《山海經》的內容。

沈玉書把本子遞給秦簡和周易，待他們看得差不多了，才沉吟道：「你們說，前面這幾則故事會不會是有人幫他代寫的？在我看來，寫此文章的人還頗有些文采。至於這最後一則故事，我看倒像是因為某種原因斷了篇，雲軒兒自己從《山海經》中找來一篇充數的。」

周易素來喜歡這些流傳在民間的故事，此刻看得倒是起勁：「我看是，不過這前幾個故事倒是真不錯，比我看的很多傳奇話本還要好看。」

「是，所以我才說，寫故事的人文采斐然。」沈玉書讚同地點頭。

周易又翻了幾頁，道：「不過，這裡面怎麼都提到了一個地方——君臨府？這個君臨府你們知道是什麼地方嗎？我怎麼連聽都沒有聽過？」

沈玉書打趣他：「你沒聽過的地方簡直比天上的星星還要多。」

周易不服地撇撇嘴，繼續津津有味地看故事。

沈玉書則皺起了眉頭，抬頭問秦簡：「你聽過這個君臨府嗎？」

「從未。」秦簡鄭重其事地搖搖頭。

沈玉書又陷入了沉思，卻百思不得其解。

這雲軒兒為何要花大價錢，主動找上門來說書？為何他的稿子前後風格差異那麼大？又為何前面的故事還未完結，他卻突然講起了《山海經》？

若單是講講《山海經》倒也沒什麼，怪就怪在他摘錄的這一篇，內容實在怪異得很，通篇都是對那冷血又殘暴的僵屍的描寫，說的是屍體在發生屍變後會怎樣行走如風，又如何殘忍地四處咬人禍及百姓，以致生靈塗炭。

雖說這則故事即便是黃口小兒也能倒背如流，可文風和前幾則故事的差異實在太大，雲軒兒為何會突然講這麼奇怪的故事呢？偏巧不巧，在他講完故事後就死在了茶樓裡，這兩者之間或許有著某種不為人知的關聯。

想到這裡，沈玉書又忍不住望了眼雲軒兒。他雙唇泛白，面色比生前還要白得可怕，在燭火的映照下發出一種說不出來的細膩柔光。

沈玉書環顧四周，看了看周遭人的面色，哪怕光線昏暗，也不至於發出那麼奇怪的光澤。她越想越覺得不對，對周易說：「你來看看他的臉，我怎麼覺得有些不太對勁？」

周易應聲看去，也是一愣，隨即拿出一個細薄的刀片，輕輕刮過雲軒兒的臉，竟刮出一層油膏來。

經過辨識，那層油竟是凝固的豬油。

沈玉書一皺眉，叫周易繼續刮，待雲軒兒臉上的油光都沒了以後，周易才放下刀片。眾人湊近了，定睛一看，皆是一驚，他的臉上竟有幾道破潰的瘡，原是平時一直被豬油覆蓋住才沒被人發現。

周易咂了咂嘴道：「據說豬油可以幫助傷口癒合，這也算是個民間的偏方了。」

沈玉書點點頭，思索了一會兒，又去看臺下那兩個裝銀子的鐵皮箱子。箱子裡是空的，顯然銀兩已經被發完了。

一個銅鈴鐺、一柄竹劍、一本故事簿、半截燈籠草火燭，還有那些來路不明數目不小的銀子，一堆看似毫不相干的東西放在一起，實在是讓人很難猜透其中的深意。

沈玉書嘆了一口氣，將情況和其中一個衙差交代了幾句，讓他去回稟韋澳。之後她又向朱墨兒討要了那個金錢袋，說等案子查清了再歸還與他。朱墨兒自然不會推辭，只希望快些破案，不要耽誤他店裡的營生，這樣他就謝天謝地了。

周易站起身，隨手找了個條凳坐下，把玩著手中的扇子，問玉書道：「妳說那個雲軒兒會不會是自殺？」

「你考我？」沈玉書看了一眼周易，笑道，「他不可能自殺的，他胸口的那柄竹劍都穿破胸膛了，若是自殺，是不可能將刀劍刺入那麼深的，況且他若真的想死，也沒必要非得在一個人這麼多的場合結束自己。這一切都不合邏輯。」

周易鬱悶地嘆了一口氣，笑了笑，道：「我怎麼總是難不倒妳？」

沈玉書也笑，指了指靠桌站著的秦簡道：「你連他都難不倒，如何難倒我？」

秦簡的眼底再一次閃過一絲微不可察的神情，玉書突然提到他，他是詫異的，卻也是開心極了的。

◆

三個人在茶館裡站了半天，連一口水也沒有喝，現在肚子正餓得咕嚕叫，於是他們便先去周邊的小食鋪裡點了幾碗餛飩。

沈玉書吃著餛飩，卻是一副心不在焉的樣子，眼睛盯著餛飩碗，看得出神。

秦簡瞥了她一眼，又收回目光，盯著自己的碗道：「吃飯的時候不要想事情。」

沈玉書回神道：「我是在想，那雲軒兒每天都要支出近千兩的銀子，他去茶館十天，就要支出近萬兩銀子啊，這樣的財力可不是一般人能有的。」

秦簡又看了她一眼，卻沒有說話。

周易聽見他倆的對話，吸了口餛飩湯，咂巴咂巴嘴道：「妳是懷疑他背後有財團？」

「嗯，我就是這個意思。」沈玉書點點頭。

周易疑惑地道：「可他為什麼要這麼做呢？難不成他真是從那什麼仙山來的仙人，有一副菩薩心腸，特意前來救濟貧苦百姓？」

沈玉書也沒想透，用勺子把餛飩湯攪得直在碗裡打轉。

很快，她的眼睛又彎了起來，似是有了什麼不錯的想法。

周易又道：「可就算他是財神爺，也不能這麼敗銀子吧。他若是沒死，那豈不是給他一座銀礦都不夠他派發？」

周易的話雖然滑稽可笑，但也不無道理。細細想來，這著實是件讓人費解的事情。

沈玉書沒回他的話，此刻，她正望著碗裡的餛飩若有所思，餛飩湯上漂起了一層薄薄的油花。

她忽然靈光一閃，道：「我們走！」

周易塞了一勺餛飩到嘴裡，含糊地問：「去哪？」

「鄭三屠的肉鋪！」沈玉書已起了身。

「去那幹嘛啊？」周易嘴裡嚼著，嘴上說著，一樣不耽誤。

「看看有沒有上好的豬板油。」沈玉書微微一笑。

沈玉書說罷，秦簡立刻懂了，也不管桌上的餛飩碗還沒放好，當即便起了身，差點把碗給帶倒了。

周易抬頭時，沈玉書已經起身走到街心，他這才慌裡慌張地結了帳跟了上去。

◆

雨不知何時已經停了，空氣中飄著淡淡的泥土腥氣。

沈玉書擔心今天是清明節，城中大多數人去城外掃墓，鄭三屠的肉鋪若是生意冷清會提早收攤，因此她腳下的步子走得極快。

鄭三屠是長安城有名的屠戶，私下經營著一家肉鋪，平日裡做些豬肉買賣。只是這人暈血，每次殺豬都得蒙著臉不說，還得喝七、八碗渾酒，一頭豬要下三刀才能殺死，於是坊間的百姓就給他起了個諢名叫鄭三屠。

他的肉鋪在西市的西南角，搭眼看到那油乎乎的紅旗招牌便是了。

自寒食節以來，肉鋪的生意就較往日冷清了不少，好在鄭三屠這幾日準備的豬肉都不多，因此到這個時辰，肉鋪裡的豬肉已經賣得差不多了，只剩下幾副豬下水和半個豬頭還掛在鐵鉤上，想是不會再有人來買，他正準備要收攤。

沈玉書怕他走了，隔著老遠就喊：「鄭三伯，你這是準備收攤了嗎？」

鄭三屠放下手裡的肉刀，笑盈盈地道：「玉書妳來晚了，妳鄭伯伯的肉都賣光了。」

沈玉書笑笑，走到他鋪子前才道：「我不是來買肉的，我是想向你打聽個事。」

鄭三屠倒是客氣，一直傻笑著：「什麼事妳問吧。」

沈玉書道：「鄭三伯最近賣肉時，有沒有見過一個身穿白衣、打扮怪異的人來過鋪子買肉？」

鄭三屠想了一會兒，一臉為難地道：「這每天買肉的人那麼多，我一時也想不起來啊。」

沈玉書還是笑：「你慢慢想就好。」

鄭三屠不好意思地撓撓頭，繼續收拾攤子，攤子都快收拾完了，才突然道：「好像是有一個裝束挺怪的人來過，模樣和妳說的有七八分相似。」

沈玉書眼睛一亮，道：「那人每天都來買肉嗎？」

鄭三屠沉思道：「我要是沒記錯的話，他應該連續買了十天了，今天倒是沒見著。」他說完還朝鋪子外頭瞥了幾眼，嚷嚷了好一陣子。

許是又想到了什麼，鄭三屠又補了一句：「那人啊不光買肉，每次來還要三斤上好的豬板油。說來也奇怪，我看他瘦得皮包骨頭，打扮得窮酸樣兒，卻每天都能吃得起豬肉。」

沈玉書笑笑，沉默了一會兒，又道：「鄭三伯，你注意過他買完肉都往哪邊去了嗎？」

鄭三屠嬉笑著道：「嘿，妳這不是為難我嗎？我這一天忙上忙下的，哪有那閒工夫管他去哪了。看他那打扮，說不准他那銀子就是從哪偷來的。」

沈玉書低著頭嘆了一口氣。

這時突然有個小乞丐捧著一個花邊碎碗朝肉鋪走來，碗裡頭有個白麵饅頭，饅頭上留著一個黑色的手印子。

小乞丐不過八、九歲，瘦瘦巴巴，臉色蠟黃，踉踉蹌蹌地倒在沈玉書身旁，看起來就是吃不飽食的。清明前後有些財主會布施，街上的乞丐多了並不奇怪。

沈玉書扶起小乞丐，向鄭三屠討要了些熱水，又讓秦簡去鋪子買了幾個滾燙的肉包子給他。小乞丐許是餓壞了，見到吃食便一把奪了過去，也不管這是剛出籠的還燙著，便狼吞虎嚥地吃起來。

「慢些吃，吃不飽阿姊再給你買一籠。」沈玉書心疼地摸了摸小乞丐的額頭。

「謝謝阿姊。」小乞丐有幾分認生，眼睛躲躲閃閃的。

沈玉書蹲下身子看著他，問：「你叫什麼名字啊？」

小乞丐怯生生地道：「賴寶兒。」

沈玉書看了看四周，沒見著其他乞丐，又問：「就你一個人嗎？」

「嗯。我翁翁在龍王廟呢，他腿上生了瘡疤，不能走路，所以我才一個人出來乞食的。」賴寶兒搖搖頭。

沈玉書嘆了一口氣，道：「賴寶兒真乖。」

賴寶兒有了力氣，道：「阿姊，妳在城裡見過一個叫雲軒兒的人嗎？」

沈玉書聽完有些愣神，以為自己聽錯了，反問道：「寶兒知道雲軒兒？」

賴寶兒雖小，卻強得像個牛犢子，道：「我當然認得，雲軒兒那個渾蛋還欠我三個白麵饅頭呢，說好了有錢就十倍還我，這會兒倒賴帳了。阿姊，妳有沒有見過這個人啊？」

沈玉書正要說話，秦簡突然遞給她幾根魚肉串，她一愣，笑著接過，遞給了賴寶兒，邊走邊問：「寶兒，雲軒兒怎麼會欠你三個饅頭的？」

賴寶兒啃了口魚肉串，高興壞了：「他原本就是個乞丐，我翁翁在龍王廟見到他的時候，他都快餓死了，臉上還生了嚇人的瘡。後來我們才知道他老家發了瘟疫，死了很多人，他是逃難逃過來的。旁人見著他都躲得遠遠的，我翁翁見他可憐就勻給他三個饅頭，這才救了他一命，他還說日後飛黃騰達了就十倍百倍地償還。誰也沒把他的話當回事，誰曉得他還真就飛上枝頭做了鳳凰，現在我翁翁腿腳不利索，我當然要找他討要饅頭。」

沈玉書心中一驚，賴寶兒這鬼靈精儼然一副小大人的模樣，說起話來繪聲繪色的。

「這些話是誰教你說的？」她忍不住問道。

「我翁翁。」

「帶阿姊去龍王廟看看可以嗎？」

賴寶兒想了想，道：「嗯，阿姊是好人，我帶妳去。」

◆

龍王廟。

這裡年久失修，已有多處塌敗，但仍有十幾人鋪著草席把這裡當家。放眼望去，有人坐著，有人臥著，卻都是一樣的狼狽不堪，大概都是一些逃難的流民。

賴寶兒進了龍王廟就衝到一個老人身旁，還獻寶似的把沈玉書剛剛給他的魚肉串給了老人，想必這人就是他翁翁了。

見有人來，老人掙扎著要站起來，但腿上的傷讓他很難行動。

賴寶兒將他扶起來，他溫柔地拍拍賴寶兒的腦袋，抬起一雙渾濁的老眼，望著沈玉書，道：「妳想必就是沈小娘子了吧？」

沈玉書剛要行禮，聽到老人叫出她的名字，著實一愣，道：「老丈如何知道我的名字的？」

老人咳了幾聲，得意地說：「我知道你們要找那雲軒兒。」

沈玉書一驚：「你如何知道我們是為雲軒兒而來？難道是你讓賴寶兒在肉鋪堵我們？」

沈玉書說罷，秦簡握著劍的手一緊，下意識地往前走了兩步，把沈玉書護在了身後，周易也警惕地收了扇子，定睛看著老人。

老人慈祥地笑笑，道：「幾位別誤會，我找你們也是為了雲軒兒，我一個將死之人，不會把你們怎樣的。」

老人說罷，沈玉書還是無法放鬆警惕。

她將老人細細打量了一番，直到看到他腳上的瘡疤後，面上的神色才放鬆了幾分。這瘡疤竟和雲軒兒臉上的瘡很相似，想來他可能真的認識雲軒兒。

沈玉書小心地問：「你真的認識雲軒兒？」

「是，他家裡害了瘟疫，來長安逃難，我救了他一條命呢。」老人如實回答。

沈玉書看了眼秦簡、周易，故意道：「我聽說這雲軒兒寫得一手好文章，又書得一手好字，怎會在這破敗之地與你們相識？」

老人哼了聲，道：「小娘子是從哪裡聽來的？那潑皮倒是認得幾個大字，但要說寫字那就差得遠了，更別說寫文章了。他渾身上下就一樁本事！」

「什麼本事？」

「胡吹亂侃的本事！」老人慢悠悠地道，「天上地下的，南來北往的，但凡從他嘴裡說出去的，假的也變成真的了。」

沈玉書沒有懷疑，說書的人嘴上功夫都是很利索的。老人的回答也算是肯定了她的推測——那本故事簿上前面所寫的文章和字跡均不是出自雲軒兒之手。

想了想，她又問：「照你的說法，他應該和你們一樣連頓飯都吃不上才對，可他卻是個十足的有錢人，這要怎麼說？」

老人又冷「哼」了一聲，接著道：「小娘子，我沒有騙妳，那雲軒兒就是運氣太好，不知踩了什麼狗屎運，竟靠著嘴上功夫，遇了個貴人，離開了龍王廟，還混得頓頓有肉吃。」

沈玉書繼續問老人：「那這些日子雲軒兒回來過嗎？」

不等老人回答，人群中有個粗眉大漢就哼了聲，道：「回個屁，他個沒良心的，有了錢就閃沒影了，哪還記得咱們？」

又有個人道：「就是就是，自從有個人過來找他，他的命運一下子就變了。」

「哦？是什麼人？」周易興致一起，問道。

「是個女的，穿一身粉色的宮娥長裙，細眉櫻桃口，生得還怪標緻的。」

說到這裡，大漢既嫉恨又憤慨：「他雲軒兒那半人半鬼的樣子倒有個美人來尋他，真是祖墳上冒了青煙。」

破廟外頭不知什麼時候起了一陣怪風。

有個婆娘鬼森森地道：「哪裡是祖墳冒青煙，依我看哪，肯定是被女鬼給纏上了，要他的命呢！」

沈玉書緊了緊身上的薄衣，問道：「那女人是什麼人？」

「好像是叫什麼杏姑的。」大漢接著道，「雲軒兒隨杏姑出去一趟回來，人立馬精神了許多，還說自己要發達了。自那之後，我們就再沒見過他。」

事情總算有了些眉目，雖說沈玉書還不能全然相信這個老人，可既然龍王廟裡的人都這麼說，這雲軒兒肯定和他們是認識的。

至於這個杏姑，想來也不會是個簡單的人物，沈玉書甚至覺得好再來茶館裡的銀兩可能都出自這個杏姑之手。可她又為何要這樣做，沈玉書卻怎樣也想不明白。

沈玉書這樣想著，又拿出幾錠銀子，偷偷塞給了賴寶兒：「記得給翁翁請個郎中，到時候翁翁就能下地走路了。」

賴寶兒歡快地將銀子收好，又偷偷看了看他翁翁，老人朝他點點頭，他便心領神會地轉身溜到龍王像旁，取出一個小盒子道：「玉書阿姊，給妳！」

沈玉書遲疑了一下，道：「送給我的？」

賴寶兒點頭。

沈玉書猶豫地接過盒子，小心翼翼地打開，下一秒，她的臉色就變了。

盒子裡放著一把削刻精美的竹劍，那是一把和插在雲軒兒胸口上那把一模一樣的竹劍。

沈玉書掩飾不住驚訝地「啊」了一聲，心中疑惑不解，這把竹劍怎麼會在賴寶兒手裡？她把竹劍遞給秦簡和周易看了一眼，疑惑地看著賴寶兒問：「寶兒，這竹劍你是從哪裡得來的？」

賴寶兒天真地笑了笑：「這竹劍是個怪叔叔送給我的，前幾日我在長安西市碰到過他，他和阿姊一樣好，還給我買了熱包子吃。」

「小子，以後怪叔叔給的東西可不能亂吃，小心被拐走了讓你見不到翁翁。」周易用扇子點了點賴寶兒的腦袋，賴寶兒被嚇得直往他翁翁懷裡鑽，以為周易是個壞人。

「周易，別鬧了，我們走吧。」沈玉書心情沉重地收好竹劍，轉身離開了龍王廟。事情變得越發撲朔迷離了。除了杏姑外，賴寶兒口中的那個怪叔叔，會不會也和雲軒兒的死有關？

◆

她沒有耽擱，離開龍王廟後，直接去了大理寺，找刑捕要了些人進行全城搜查。但最後的結果還是讓她大失所望，長安城中所有登記在冊的人裡，竟沒有一個叫杏姑的人。

心情實在煩悶，她便叫周易和秦簡繼續跟著捕快搜查一下，看還有沒有什麼可疑之人，自己則先回家了。

剛一到家，她便快速地回了臥房，從床頭的一個小盒子裡取出一個陳舊的簿子來。這簿子一看便有些年頭了，上面沒有明確標明具體寫的是什麼，卻寫滿了字。

只有細心些看，才會發現簿子的扉頁一角上有一行小字：「諸案審理考據心得」，想想也知道，這正是沈玉書的父親沈宗清在世時，對一些案子做的心得筆記。

沈玉書蹙著眉一頁一頁地翻找著，突然，她的眼睛定定地看著一行字，目光沉了下來。上面寫著：凡遇堵，須繞道而行。

少頃，沈玉書放下簿子，拿出上次去好再來時店中夥計給她的五兩銀子，又拿出朱墨兒給她的金錢袋，把裡面的五十兩銀子統統倒了出來，一一比對。

可她比對了半天，竟然一無所獲，這些銀子與從錢莊裡取出的銀子並無半分不同，就連分量也一分不差。這樣的結果讓她的心情變得越發沉重了。

父親說，凡遇解不開的事要繞道而行，可除了這些錢，她實在想不到還能有什麼東西會和雲軒兒有關連。

沈玉書愁眉不展地把玩著那些銀錢，突然，她手上的動作一滯。她輕輕地摸了摸銀子的表面，好像發現了什麼不對，然後，猛地起身，把銀子拿到窗邊有光的地方，藉著外面的光亮細細一看，竟驚訝地發現銀兩上面均勻地附著著一些白色的粉末。

沈玉書不由得眼睛一亮，又用手仔細摸了摸，發現粉末竟像是炒熟的米糠和花生屑。她覺得不可思議，便湊近聞了聞，只覺得一股淡淡的陳皮味道一下子鑽進了她的鼻子裡。

她又走到床邊，檢查一下其他的銀子可有異樣，沒想到還真的有幾錠銀子上也沾著這樣的白色碎屑。沈玉書一喜，凝神想了一會兒，又拿出裝銀子的金錢袋查看一番，發現袋子底部居然也有一些殘留的碎屑。

她豁然開朗。想來是她剛剛倒銀子的時候，把錢袋上殘留的碎屑也給沾到了銀子上，才會有個別幾錠銀子上碎屑極多。

碎屑都是花生屑和米糠，這些都是製作米糕所用的原料。長安城糕點鋪甚多，若一一查探無異於大海撈針。好在這些碎屑裡竟還摻雜了些陳皮，長安城所有販賣糕點的食鋪裡，獨獨只有李記食鋪的米糕中會額外添加曬乾的陳皮粉。

可雲軒兒整日都在茶樓裡說書，就算再愛吃糕點，也不會將糕點和那些銀兩放在一起吧？

沈玉書越想越覺得蹊蹺，迅速將銀子收好後，出門去找秦簡和周易了。

肆

李記食鋪。

太陽還半掛在天上，西市里仍是車水馬龍。

老闆李四正坐在櫃檯前拿著算盤，敲得咕嚕咕嚕震天響。看那眉開眼笑的樣子，估計寒食節這幾天，鋪子裡的糕點生意還不錯。

周易拉著秦簡要去旁邊的騾馬行看看，沈玉書便自己徑直去了李記食鋪。她邊朝櫃檯走，邊笑道：「李叔賺大錢了吧？」

李四美滋滋地咧著嘴唇道：「玉書來買米糕嗎？」

沈玉書笑笑，走進了店裡，問道：「李叔，最近買米糕的人多不多？」

李四笑嘻嘻地道：「還是老樣子。」

沈玉書也不點破，只奉承道：「李叔就是會做生意。」

李四是個眼觀六路、耳聽八方的人，見沈玉書一直盤問他，便道：「玉書，妳是不是又遇著什麼案子了？」

沈玉書也不避諱：「是朱墨兒的茶館裡頭出了一樁命案，我就想著來問問你知不知道些什麼……」

李四撥了撥算盤珠子，趕忙推脫道：「那可和妳李叔沒關係啊，我這都好幾天沒出過門了，妳不說我都不知道好再來出事了。」

沈玉書手指在櫃檯上叩了兩下，道：「李叔你別緊張，我就是問你個事。」

「問我？我能知道啥子喲？朱墨兒的茶館我又不常去。」

沈玉書搖搖頭道：「我是想問你，你店裡的米糕現在還摻不摻陳皮粉？」

「摻啊，我這鋪子這麼多年了，可一直都童叟無欺，從不幹那些沒良心的事，該下的料我一點都不省的，妳天天來買還不知道？」李四一拍胸脯，一臉嚴肅地保證。

沈玉書眼睛彎彎地道：「我就隨口問問，沒別的意思。不過，你這些糕點是不是只在長安城售賣啊？有沒有賣到別處去過？」

李四鼓著蛤蟆眼道：「我家的米糕一直都只在長安城內售賣的，不過前些日子我曾雇了個叫溜蛋兒的挑夫，他有沒有將米糕賣出去我就不曉得了。妳問這個做什麼？」

沈玉書臉色一變，皺眉道：「那個溜蛋兒人呢？」

李四突然氣呼呼地道：「早走了，前幾天突然和我說不幹了，說是謀了個好差事，還頤指氣使地說我剋扣他的工錢，貨鋪裡兩個鐵籮筐也讓他順了去，到現在還沒還我呢。我給他的工錢不低了，他也不去問問別家是什麼行情。」

「是十天前嗎？」沈玉書追問。

「是啊。欸？妳怎麼知道他什麼時候走的？我沒跟妳說過吧？」李四一臉疑惑。

沈玉書會心一笑，道：「你說了，是你忘了。」

李四把八字眉一蹙，懷疑地問：「我說了嗎？沒有吧？我記得我沒說啊。」

沈玉書又是一笑，狡黠地說：「李叔，不如咱們打個賭，怎麼樣？」

「打賭？」李四道，「賭什麼？」

沈玉書眉毛一彎，笑道：「我賭那個溜蛋兒明天就會回到你的鋪子裡，哭著喊著讓你留他做活。」

李四自是不信，溜蛋兒走的時候是鐵了心的，怎麼可能還會回來？他以為自己贏定了，於是道：「妳說賭什麼？」

沈玉書道：「咱們不賭錢，我若是贏了，李叔就送我三盒米糕，你若是贏了，我就替你看一天鋪子，不要工錢，你看怎麼樣？」

李四回答得很爽快：「好，那就這麼定了。」

沈玉書笑笑，道：「那米糕要熱的，明早我便來取。」

李四聽沈玉書的口氣，倒彷彿她贏定了一般。

等到沈玉書離開時，他才自言自語地道：「這丫頭，淨使些鬼機靈。」

◆

那邊秦簡和周易從騾馬行出來，在一個小酒館裡點了兩瓶燙酒和幾碟子小菜，沈玉書過去的時候，他們吃得正香。

見玉書過來，周易指了指對面的凳子讓她坐下，喝了口酒，道：「問得怎麼樣了？」

「和想的一樣。」沈玉書坐下，吃了兩口菜。

周易沒心沒肺地笑笑，繼續大快朵頤。

倒是秦簡，自打沈玉書一進來，便停了筷，猶豫了半天才問道：「好辦嗎？」

沈玉書被問得一愣，嚼了兩口菜，笑道：「不難，明天我還要請你們吃最香、最糯的米糕呢。」

然後，秦簡的臉色便不好了。

他清晰地記得，沈玉書騙他的那日，也是要請他吃米糕來著。

◆

次日清晨，天很晴朗。

沈玉書起了個大早，也沒顧得上吃食，便匆匆趕往西市。

李記食鋪，蒸籠裡的水霧彌漫，透著陣陣香氣，蒸籠旁邊果真擺著三個竹盒，此刻還冒著熱氣。

李四的眉毛本就粗濃，這會兒他又板著臉，看起來更顯鬱悶。

沈玉書上前拿起那三個竹盒，乖巧地道：「多謝李叔的米糕。」

李四的腦袋耷拉下來，活像一隻哈皮狗，他看著沈玉書道：「妳這丫頭，也不知道從哪裡聽來的口風，溜蛋兒這狗玩意兒還真就回來了。妳莫不是早就認識他，和他商量好了來誆我的吧？」

沈玉書開玩笑地道：「其實我是瞎猜的，就想著萬一賭贏了還有米糕吃。」

不過，她當然不是猜的。從時間上來看，溜蛋兒是十天前離開的李記食鋪，而雲軒兒是十天前才去茶樓說書，雲軒兒發給茶客的銀兩上又都有李記食鋪的米糕屑，聯繫整個案子，不難想像，茶樓發放的銀兩很可能就是溜蛋兒用裝米糕的鐵籮筐挑過去的。

李四摸摸頭，只當是自己大意了，沒和她計較。

不久，秦簡和周易也如約來到了米糕店，一進店門，便見拎著三盒米糕正等著他倆的沈玉書。

「妳這唱的是哪一出啊？」周易見她這副模樣，不由得笑了起來。

沈玉書莞爾，把米糕塞給他後，自己找了個位子坐下，才說道：「這是我給你們掙的早餐！」

周易無奈地把米糕放到桌子上，一臉委屈地道：「妳都認識我這麼些年了，竟還不知道我不愛吃甜食嗎？我這心啊，被傷透了。」

「我好心給你，你愛吃不吃！」沈玉書白了他一眼，把三盒米糕都推給了秦簡，笑咪咪地道，「他不吃你吃。」

然後，秦簡面無表情地看了一眼沈玉書，嚇得沈玉書立刻把所有米糕都攬到了自己面前，生無可戀地拆開一盒又一盒，口中嘀咕道：「你們不吃，我吃，多好吃啊，還不領情，哼！」

越往嘴裡塞，她就越氣。她本是一片好心，怎還就沒一個人領情了？於是，她邊吃邊氣，邊氣邊吃，吃著氣著就不由得打起了嗝，惹得一旁的周易笑得都快滾到地上了。

「你！你不許笑！」沈玉書說罷，又是一個響亮的嗝，周易的笑聲也就更響了，氣得玉書將手指攥得咯咯響。

秦簡一直看著她，見她這般模樣，眼神微微一動，伸手拽過盒子，道：「別吃了。」

「那總不能扔了吧。」沈玉書氣道，之後又以一個嗝收尾。

周易本來還是忍不住想笑，卻被秦簡接下來的動作給驚到了。

只見秦簡一本正經地打開了米糕的盒子，極其優雅地往嘴裡塞了一整塊米糕，米糕屑落在了他素淨的白衣上，他也滿不在乎。隨後，他一張冷冽的臉上突然鼓起了兩個可愛的腮幫子，腮幫子一動一動的，他卻依然面不改色。

「你……」沈玉書也是一愣。

秦簡嘴裡還嚼著東西，一時咽不下去，看了沈玉書一眼，含含糊糊地道：「我吃。」

周易看著他這副模樣，一臉驚詫：「這個東西這麼黏牙，又甜得發齁[13]，秦兄居然愛吃？」

秦簡面無表情地看了他一眼，沒有說話，只低頭認真地吃起了米糕。

沈玉書在桌對面看著，竟不知怎麼的，心下一動，又是那種癢癢的，讓她抓不著又撓不到的感覺。可不知為何，這次她竟有些小歡喜。

她不知究竟為何歡喜，可卻是真的歡喜極了。

◆

約莫半盞茶的工夫，過了早餐的時辰，鋪子前的人也變得稀少起來。

遠處正有個貨郎挑著鐵籮筐朝李記食鋪走來，他個子不高，寬肩短眉，卻有一身腱子肉，這個人想必就是溜蛋兒了。

筐裡的米糕賣得差不多了，溜蛋兒正要往屋裡去，沈玉書忙從後面叫住了他。

他回頭，不明所以地問：「小娘子有什麼事？」

沈玉書笑道：「小哥可是叫溜蛋兒？」

許是覺得這個名字不中聽，過了半晌他才答了句：「是，怎麼了？」

沈玉書走進屋裡，遞給他一條汗巾，道：「擦擦汗吧。」

溜蛋兒不解地看了沈玉書一眼：「妳是？」

沈玉書正要開口，卻被周易搶了先，只聽他把嗓子一扯，道：「她乃世間無二美嬌娘是也！」

沈玉書瞪了周易一眼，看著溜蛋兒正色道：「我叫沈玉書。」

溜蛋兒一驚，正眼看了她兩眼，拘謹地說：「不知沈小娘子找我，是為了何事？我一介田舍人，一輩子本本分分……」

沈玉書一笑：「你別緊張，我沒別的意思，就是想問問你怎麼在食鋪裡幹得好好的，突然又不幹了？」

溜蛋兒咕嚕一碗涼茶下肚，額頭上的汗也收得差不多了，偷偷瞄了眼李四，輕聲道：「李老闆一個月給我五兩銀子，幹的活兒卻不少，可有人一天就給我十兩，活兒還不多，只需做一趟活兒便成，早上回來還能睡個回籠覺，擱誰誰也不會再在這幹。」

沈玉書遲疑道：「這給你十兩銀子的……是誰？」

溜蛋兒說得興奮起來：「那人叫柳木子，打扮得風雅，一副厭俗的姿態，出手卻大方極了，給錢也給得爽快。」

「柳木子？你們是怎麼認識的？」

「十天前，我在雲水橋頭叫賣米糕，那人正好在王婆家吃粉，我問他要不要米糕，他搖頭。後來他又問我平時能扛多重的活兒，我說一石糧食也不妨事，他便笑了，非但不買我的米糕，到頭來還奚落我一頓，說我空有一身力氣，賣米糕能掙幾個錢。我沒理會他，他就說有個掙錢的好路子，一天掙的錢可抵我在食鋪裡幹兩個月！」溜蛋兒道。

「後來呢？」沈玉書眉毛一挑。

「後來那人見我不信，便摸出十兩銀子與我，說讓我隨他去一趟，這十兩就歸我。」溜蛋兒說完，又是一碗涼茶下肚。

周易呼搧著扇子道：「昨個兒在龍王廟裡問出個杏姑，今個兒又問出個柳木子來，明兒個又是誰啊？莫不是什麼小娘子？」

沈玉書瞪他一眼，怪他沒正經，轉而看向溜蛋兒繼續問：「那個柳木子讓你幹了些什麼事？」

溜蛋兒也是一副懵懂模樣：「他只讓我挑東西送到好再來茶館，實際挑的是什麼也沒說，我只知道那東西很沉，若是常人根本挑不得。他還特意吩咐我中途千萬別偷看，否則非但銀子會被收回，還會惹來麻煩事，我便也就沒多事。」

「東西送到好再來茶館後，交給誰？」沈玉書追問。

「是個猴精模樣的年輕人，穿著一身白衣，怪嚇人的。」

沈玉書驀地眼前一亮，心下明快了不少。那些銀兩果真是溜蛋兒挑到茶館的，她先前的推測和溜蛋兒所說也幾乎是吻合的。

周易一時也了然了：「所以說，這柳木子就是送銀子的人，而杏姑找過雲軒兒，雲軒兒去茶館發銀子，最後又死於茶館……嘶，會不會他們三個根本就是一夥的？他們可能還在計畫一個什麼事，但因為利益關係，雲軒兒和他們的意見產生了分歧，於是他們就聯手將雲軒兒給殺害了？」

秦簡喝了口葫蘆裡的清酒，應聲：「有這個可能。」

沈玉書認同地點點頭，又問溜蛋兒：「你每天在哪裡與柳木子會面？」

「倒是不遠，出了安化門一直往前走，就會看到一片竹林，每次我們都在那裡會面。」

溜蛋兒說完，李四就喊他做活去了。

沈玉書等人便不好再多問，出了李記食鋪，到別家逛了逛。

◆

次日清晨，霧氣還未散去，沈玉書三人便出城來到了溜蛋兒口中的那片竹林。

青翠的竹子挺拔如劍，不遠處，一道斜斜的籬笆穿過繁密的竹林。

因為清明節這幾日連著下過幾場小雨，此時地上的泥還未完全乾透，林子裡的風本就大，幾片竹葉被風吹落，利刃般地紮進泥裡。

「這裡有人來過！」沈玉書突然停了步子，盯著腳下稀泥上留下的腳印。腳印並不大，很明顯是女人留下的。

秦簡朝玉書看的地方看了一眼，右手下意識地握上了腰間別的劍：「大家小心些。」

周易和沈玉書同時點點頭，於是三人繼續往前走。

在籬笆的盡頭，有一間看似雅致卻又有些破敗的別院。待他們走近了別院一看，只見那院子的竹門半開半合，看不出裡面是否有人。

沈玉書抬手叩了幾下門，卻沒有人應，一陣風刮過，門竟然自己開了。

三人走進院子，還未進房間門，便能看到屋子裡擺著的家具，放眼望去都是很普通的材質，就連桌子、杯碟也都清一色地用竹料製成。

秦簡沉吟道：「喜竹者，性子多半孤高自傲，只怕這位也是個自詡清高的主，空有學識又鬱鬱不得志。」

「你何時竟也有了那文人的酸腐氣了？」沈玉書稀奇地看了看秦簡，學著李環的口氣逗他。

秦簡眉頭一蹙，不知如何回她，沈玉書卻已不再理他。

她正朝屋裡望去，眼睛聚焦在了西側的一張書桌上，只見上面還擺著幾本線裝書，有一本被翻開沒合上，一旁竹杯裡的茶竟還冒著熱氣。再往裡看，她便看到了屋子的牆壁上掛著許多書畫，那字跡蒼勁秀美，似騰龍入九霄，倒頗有二王遺風。

沈玉書觀摩了一陣子，也覺得心曠神怡，直到看到那畫的落款處題著「木子」二字，心下又是一驚。

「這字和雲軒兒故事簿上所書的相比如何？」秦簡的聲音從玉書的頭頂傳來。

沈玉書被他嚇得一驚，心頭有一絲慌亂。

她站在原地靜默了幾秒後，才道：「至少九分神似！」

難道那些故事正是出自這個柳木子之手？沈玉書忍不住再往裡看，赫然看見屋子裡掛滿了用竹子削刻的竹劍，心中不由得困惑，柳木子一個讀書人，做這麼多竹劍做什麼？

因為屋子裡沒人，沈玉書等人便不好私自亂闖，只能站在院子裡聽著簌簌的風聲。

不多時，三人聽見「咿呀」一聲，竹門被人從外推開了。

幾人回頭便看到一個身穿褐青色長衫的青年男子走了進來，他的頭上插著竹木簪，腳上踩著木屐，儼然一個書生打扮。他的左手拿著一支狼毫細筆，右手執一臺石硯，步態頗有幾分輕盈，看他的裝束以及屋裡的陳設，此人多半就是柳木子了。

柳木子剛一進院就見沈玉書幾人正疑惑地望著他，當下大驚地質問道：「你們是誰？為何在此？」

沈玉書頷首，滿心歉意地道：「我們本是從這邊路過，見竹林中掩映著竹屋，只覺心靜無比，待走近後，不想院門竟自己開了，這才進來看看。實在是打擾了，還請郎君莫怪。」

柳木子態度生硬，冷冷地道：「這裡沒什麼好看的，你們快走吧。」

沈玉書道：「郎君莫要怪罪。只因我等見到郎君寫得一手好字，才特意進來拜訪的。」

柳木子眉頭一皺，道：「妳看過屋子裡的書畫？」

「剛才不巧看到，著實震撼。」沈玉書點頭。

柳木子面色緩和不少，忸怩地說：「怎麼，小娘子也懂字畫嗎？」

「略知一二，只怕會讓郎君笑話。」沈玉書微微頷首。

「可柳某的字畫向來還不及一坨臭狗屎值錢！」

「柳郎君此言差矣。我觀郎君字跡，傲骨若松、高潔似竹，實在世間少有，這才大為震撼。」

柳木子怔了一下，態度立馬改變，道：「幾位進來坐吧。」

三人皆是一愣，互相對視片刻後才跟著柳木子走了進去。

柳木子熱情地給他們上了茶湯，沈玉書沒喝，盯著壁爐旁的文官畫像出了神。

「小娘子對這幅畫很感興趣嗎？」柳木子問道。

沈玉書笑笑，道：「我只是見這幅畫色彩鮮明、用筆老到，墨色濃密舒緩又恰到好處，不覺便多看了幾眼。」

沈玉書的一番言論使得柳木子頗為受用，他大喜道：「小娘子謬讚了，這幅畫是小生用來紀念先祖的，畫技拙劣，實在登不上大雅之堂。」

「哦？郎君既是書香門第之後，為何獨居於此？」沈玉書疑惑。

柳木子長嘆一聲，道：「只怪小生無能，本想考取功名光宗耀祖，無奈三次科考竟無一次及第，至今仍是白衣之身。如今心灰意冷，只得隱居於此，苟且度日。」

沈玉書也輕輕嘆了一口氣。大唐科舉雖說量才錄用，卻又如何做得十分公平？多少寒門子弟窮其一生也未能穿上那一身官袍，這柳木子絕不是個例。

沈玉書略感惋惜地說道：「只可惜了郎君這斐然文采！」

柳木子道：「窮酸文章又值幾多錢？」

沈玉書試探道：「郎君謙虛了。在下斗膽冒犯，不知可有人買過郎君的畫作？」

「不常有，不過十天前倒是有人買了我一幅畫，給了三十兩，也算是高價了。我這等庸才，也便不奢求其他了。」柳木子仍是嘆氣。

沈玉書道：「那人才真是行家，不知是誰有這麼好的眼光？」

柳木子笑了笑：「喚作杏姑，也同小娘子一樣，很懂書畫，算是在下的知音了。」

沈玉書愣了神，心裡暗暗道：『杏姑，竟又是這個杏姑！』

但沈玉書嘴上還是抹了蜜似的：「那杏姑便只買了郎君的畫作？我看郎君無論是書法還是文采可都是一絕的。」

柳木子被誇得不好意思地笑了笑，話匣子打開便收不住了，接著往下說道：「不止呢。她還讓我給她寫故事，要求我每篇故事都要寫得香豔些，還要提到一個叫君臨府的地方。比起科考，寫這些小故事倒算不得多難，而且還能掙幾個散錢讓我不至於餓死。」

沈玉書面上依舊是對柳木子無盡的賞識，心下卻不由得暗自盤算了起來。

看來這個杏姑才是整起案子的關鍵人物，她知道柳木子的文采，便讓他杜撰故事，又拜託他尋找年輕力壯的挑夫，幫她運銀子，與此同時，她還知道雲軒兒嘴上功夫了得，便又引他去茶館說書。

雲軒兒、柳木子、溜蛋兒，一個是乞丐、一個是窮酸書生、一個是力壯的挑夫，這三個社會最底層的人物，看似毫無瓜葛，卻被杏姑硬生生一環套一環地套成了一張大網，如此心機，不可謂不可怕。

見時候不早了，沈玉書便起身向柳木子作辭，順便買了他一幅畫作。

柳木子心下歡喜，卻因尚有一篇小序未作完，便沒有相送。

◆

三人剛走出小院不遠，沈玉書突然想起一件事情，既然柳木子見過杏姑，而且他又精通書畫，何不讓他作一幅杏姑的肖像與她，也好過他們盲目地找尋。

三人正欲折返回去，忽聞竹林中風聲乍起，之後又聽到一聲淒厲的慘叫聲，沈玉書還沒來得及反應，便見一道大紅色的影子已跳窗而去。

說時遲那時快，秦簡到底是個常年習武之人，感官遠比常人要敏銳些，一個轉身便已將院門踢開。

沈玉書和周易也急忙跟著衝進屋子，再看時，堂前的文官畫像已染上了一片猩紅，目光往下一移，便見柳木子已仰頭躺在了地上，一柄竹劍精準地刺在了他的胸口，他的胸口也盛開了一朵刺目的血蓮花。除了他的脖子上沒掛著一圈銅鈴鐺外，無論是死法還是死後的形態，都和已死的雲軒兒別無二致。

沈玉書目光頓了一會兒，驚道：「壞了！你們還記得嗎？我們剛進來時，看到稀泥上有幾個女子的腳印。」

周易緩過神來，道：「妳的意思是，凶手早就埋伏在了柳木子的屋子裡？」

「想來是了。」沈玉書一時間既難過又慚愧，低聲道，「若我當時沒有跟他細問那杏姑的事情，想必他也不至於慘遭毒手。」

周易焦躁地跺了跺腳，道：「這怎能怪妳？是這凶手太過狡猾，只等我們都走了才動手，害得我們連她的一根頭髮都沒看到。」

沈玉書無力地笑笑：「凶手不過是顧忌秦簡手裡的劍罷了，倘若秦簡沒有跟我們一起來，只怕我們現在也已身首異處了。」

秦簡沉聲道：「是杏姑？」

沈玉書沒有說話，眉頭緊皺，心底是說不出的壓抑。

她隻身一人去了窗邊透氣，不想，卻在竹窗的縫隙中看到了一條扯碎的衣料。她取下來看了幾眼，便收了起來，隨後又去窗外看了一番，果然看到幾個腳印，腳印上面的印花和竹籬小道上發現的一模一樣。

周易驚道：「凶手是那個留下腳印的人！」

沈玉書搖搖頭，沒說話，從屋子裡拿出一張白紙，輕輕鋪在腳印周圍，待拿起來時，腳印便已印在了紙上。

◆

此時此刻，在遠離長安的市郊，一個寬敞的房間裡燈火通明，粉紗幔帳，四、五十個中年男子正躺在一方水池中溫浴，旁邊有美酒玉杯，亦有美人作陪，好不歡愉。

豔豔的火光下，有個身穿黑斗篷的男子正和一個身穿大紅披風的女人對話。黑斗篷慢慢轉身，看著眼前女子道：「都辦妥了嗎？」

大紅披風得意地笑道：「雲軒兒、柳木子如今都已經死了，以後便再沒人知道我們的存在了。現在只要湊齊五十人，咱們的計畫就能按時完成了。」

黑斗篷拍手道：「好，做得不錯。現在還差幾人？」

「剛才我數了一下，眼前一共四十七人，還差三人。」

黑斗篷道：「盡快湊夠，待五十人湊齊就關閉石門，所有人從長安撤回。」

「明白！只是……那幾個人老是礙事，我們行動起來多少有些不方便……」女子又道。

黑斗篷冷哼一聲：「若是連幾個黃口小兒都治不了，妳憑什麼能得到尊主的信任和賞識？」

「屬下明白了！」女子雙手抱拳作了個長揖，語氣堅定。

伍

另一頭，沈玉書等人回到京兆府，誰知此刻京兆府的大門前竟被圍了個水泄不通，眾多婦女堵在京兆府門口，吵嚷聲震天響。

沈玉書遠遠就聽見了吵鬧聲，還以為韋府尹又接了件大案子。

事實上，這還真是一件大案子。

沈玉書近前一看，衙差們正排成一排用堂棍擋住人流，大喊著「公堂之外要肅靜」，可即使如此，吵嚷聲仍然不絕於耳。

她拉了個衙差問：「她們有什麼冤情嗎？」

衙差無奈地嘆了一口氣，道：「沈小娘子，這些潑婦也不知道是哪根筋壞了，大白天竟都跑來京兆府撒潑來了，居然個個都要問府尹討要她們家的男人。」

「什麼？討要男人？」周易一臉驚訝，看了看沈玉書又看了看秦簡。此刻沈玉書和秦簡二人也是一臉茫然，顯然也不知道究竟發生了什麼。

沈玉書的目光掃過人群。看這陣仗，局勢確實不容樂觀，一波未平、一波又起，想來韋府尹如今也是被搞得焦頭爛額。

「求韋府尹出來給我做主啊！我家男人不見了，若是找不到，我這一家老小可要怎麼活啊！」

「對啊，我家男人也不見了，求韋府尹快點派人去找找吧，萬一有個三長兩短，我、我就不活了！」

說著說著，幾名婦女竟當眾哭了起來。

沈玉書不瞭解情況，只好問道：「你們的夫君都不見了？」

那些人並不認得她，也不理她，只一個勁地號哭。

突然，人群裡面有個認得沈玉書的女人走上前，看著沈玉書道：「沈小娘子來得正好，妳乃當朝神探，神通廣大，就幫我尋尋我家男人吧。那死鬼都出去三天了，也不知道是不是被人給害了，我家小三兒不能沒父親啊！」說完她又是一陣歇斯底里地叫喊，現場變得更加混亂了。

相繼問了幾個人之後，沈玉書三人大致明白了情況，原是她們的夫君都是三天前從家離去，到現在為止均未回家。現場有四十多人來尋夫，也就是說有四十多人集體失蹤了。

沈玉書既驚又奇，秦簡也覺得情況不尋常，看著沈玉書說道：「好端端的無病無災，四十多個活人怎麼會無緣無故消失了？要說一日未回，倒還能理解，三天未歸，確實有些怪異了。」

婦女們在這裡圍了半天，好不容易出來個願意聽她們訴苦的人，於是瞬間七嘴八舌地說了起來。

一個婦人道：「我家男人是三天前的晚上離家的，說是要去一個叫什麼君臨府的地方。我當時問他這麼晚了去幹什麼，這死鬼，竟也不管我，只說讓我好生在家照看老小，等他發了大財再回來，還說到時候要給我置辦一間大宅子。我一時納悶兒，以為他是癡人說夢，反正過慣了苦日子，也不指望他能掙大錢，就不讓他出去。可誰知，他就像是被鬼迷了心，十輛馬車也拉不回來，不管不顧地就走了。」

另一婦人附和道：「就是、就是，我家男人走時也是這般說辭，也不知是被誰灌了迷魂湯，怎麼攔也攔不住，誰知這一走……就、就再沒回來！」

陸續聽完其他人的說辭，所描述的情形都相差不大。

沈玉書聽來聽去，也沒從中提取出什麼有用的線索，倒覺得婦人們反復提到的「君臨府」這個地方甚是可疑。前幾日他們三人便在雲軒兒的故事簿上看到過這三個字，今日又先後在柳木子和這些婦人口中聽聞這三個字，若說是巧合，她是無論如何也不會信的。

只是，這個君臨府究竟藏著什麼名堂，竟能吸引那麼多人拋家棄子地前去？她不由得問道：「你們知道這君臨府在哪嗎？」

現場瞬間沉默了，然後又是一陣亂哄哄的討論聲，可到最後也沒人站出來告訴沈玉書這個地方在哪，她們對這個神祕的地方是一無所知。

過了許久，不知從哪裡突然冒出個男人，陰陽怪氣地道：「早知道那銀子不是白拿的。那個雲軒兒渾身煞白煞白的，生得就像個白無常，估計是做慣了勾魂手，故意發些銀兩糊弄百姓，好將那些個貪財鬼的魂統統勾了去。」

沈玉書看著那個男人，羽扇綸巾、葫蘆臉、扁平額，術士模樣，不由得提起了興趣，問道：「你這話什麼意思？」

男人走出人群，道：「雲軒兒整天在茶館裡說書，總是會提到君臨府，可誰知道君臨府在哪？長安城翻遍了也找不出來，或許根本就是鬼住的地方，可笑的是竟有那麼多人相信。」

沈玉書走到那人面前，道：「相信什麼？」

「相信雲軒兒的鬼話唄。」他扯了扯嗓子，繼續道，「雲軒兒在故事裡把君臨府說得可神啦，說那裡金銀財寶堆成山，香果玉酒排成河，美女妻妾擠成群，青紗幔帳細柳腰，夜夜笙簫歌不絕，一兩銀子變五兩，五兩銀子變十兩……無窮盡也。」

沈玉書笑了。若是真如故事裡描繪的那般，簡直就是人間天堂吧，也難怪那些男人會拋妻棄子，爭相追逐地要去君臨府。只可惜這個「天堂」或許並不是想像中的那麼美麗，更可能是披著天堂的外衣，實際上卻是真正的人間煉獄。

沈玉書覺得這人有趣，便又問：「雲軒兒在故事裡從沒說過君臨府在什麼地方，這要怎麼去？」

男人面上得意一笑，揚聲道：「他雖沒說過，但我卻知道。」

「哦？你去過？」沈玉書挑眉。

男子搖頭道：「沒有。」

沈玉書道：「那你是怎麼知道的？」

男人神祕兮兮地看著玉書道：「一個老婆子告訴我的。」

「哪個老婆子？」沈玉書追問。

男子放聲大笑道：「孟婆！」

所有人都驚呆了，沈玉書也不免多看了那男子幾眼，難以斷定他是不是在同她扯謊。

她看了看秦簡和周易，他們也是一臉迷茫。

想了想，沈玉書繼續道：「是掌管奈何橋的那個『孟婆』？」

男子笑了笑道：「我也不知道，反正她就叫『孟婆』。」說罷，他咽了咽口水，沈玉書正盯著他看，他似乎有些緊張地眨了眨眼睛。

沈玉書皺眉道：「這『孟婆』是怎麼和你說的？」

男子把頭一仰，不緊不慢地道：「她告訴我，若是你自己去找尋，便是過個十年、八年也未必找得到君臨府，只有按照她的方法，在半夜時分走到雲水橋旁，點上三根白蠟燭，閉眼虔心祈禱，待火苗變得青黃的時候，會看到一頂繪著彩鸞的大轎從橋旁駛過。

那轎子與我們所見過的轎子都不同，門簾上懸著幾個銅鈴鐺，風吹過時便會響三聲，待轎子停到你面前時，她就會過來請你上轎，還會給你一碗好喝的『孟婆湯』。你什麼也不用問，喝了之後只管好好睡上一覺，不知不覺就到了君臨府上。醒來後，便會好酒好菜地招待你，旁邊還會有數不清的美人兒作陪，嘖嘖……實在是……」

男子說話時帶著幾分癲狂，但看他從容淡定的模樣又實在不像是個瘋子。

沈玉書越看他越覺得奇怪，待他已然消失不見了，心中仍是覺得怪怪的。

她思來想去，道：「你們覺得這人說的可是真的？」

周易搖搖頭，不以為然：「唬人的吧，我看他說的比雲軒兒說的故事還神奇。」

「你覺得呢？」沈玉書又看向秦簡。

秦簡眨了眨眼睛，道：「半真半假。」

沈玉書點點頭，嘆氣道：「我也這麼認為，只是不管真假，咱們都得去那雲水橋上賭一賭才行。」

周易沒有聽見玉書的話，扭頭在人群裡搜索了一圈，卻再沒看到那個男子的身影，那個男人就和他憑空出現一樣，竟又憑空消失了。

沈玉書見婦人們仍是焦急如焚，便寬慰道：「請諸位放心，韋府尹一定會幫妳們找到夫君的，妳們先回去安心等候，莫要在京兆府吵嚷，這樣會妨礙到衙差們辦案的。」

有了沈玉書打包票，這些人心裡總算是有了底。

周易窺得了沈玉書的心思，難以置信地道：「妳不會真要去那什麼君臨府吧？」

沈玉書笑道：「不然呢？」

周易不解道：「這種無稽之談別人信了也罷，妳怎麼能信呢？」

沈玉書笑道：「雲軒兒還有柳木子的死和這個君臨府有很大的關係，我們不能讓他們就那麼白白地死了。」

周易本來還有一堆話要說，可思考了一番後，最後只好妥協道：「要去也行，至少要多帶些人手。」

沈玉書瞪他：「我們要是帶的人多了，人家不就看出我們圖謀不軌了嗎？那我們還怎麼去那君臨府？」

秦簡看看周易，竟也趁機調侃道：「林小郎若是怕出事，現在回祭酒府也不遲。」

周易被逗得一臉委屈：「我那祭酒府哪比得上秦兄的皇宮，秦兄一人回去便是。」

秦簡不看他，話說得雲淡風輕：「我要護玉書。」

「我也可以！用不著……」周易本來說得氣宇軒昂的，可誰料秦簡突然拔了劍，「嚓」的一聲，劍出鞘的聲音嚇得他一下子住了口。

見他這般，秦簡俐落地把劍往劍鞘裡一插，滿意地笑了，惹得周易心裡非常不痛快。

◆

夜深，星稀，雲薄，風涼。

長安城早已過了宵禁的時辰，街上已沒了行人，西市的雲水橋頭卻還站著三個人，正是沈玉書、秦簡和周易。

在月光的映照下，水面上投映出三人搖搖晃晃的影子。他們把衣服都換成了普通老百姓的長布裳，腳上穿著青布鞋，紮著小襆頭，經過易容喬裝之後，乍一看還真讓人以為是平頭百姓。

秦簡的那柄精鋼劍本就能伸能縮，此刻讓他耍了個小伎倆，正好纏作一個腰帶來使。

周易雖在後頭跟著，卻又滿臉不情願：「這破料子穿在身上著實難受，我就不明白了，怎會有人能受得了這樣的罪，穿這種既不好看又難受的破玩意，怕是只穿一天身上都要起疹子了吧。」見沒人應他，他便繼續自怨自艾，「深更半夜的不睡覺，偏偏要跑到這橋頭來吹冷風，我就搞不懂，那個男的就是隨口一說，你們倆怎麼還就入魔了似的相信了？都這個時辰了，宵禁查得那麼嚴，難不成還真能有什麼轎子往這邊來？」

沈玉書輕輕地「噓」了聲，示意周易莫吵嚷，周易打了個哈欠，才閉上嘴。

她將事先準備好的三根白蠟燭放在橋頭點燃了，火苗兒撲騰而起，燒了足足半刻鐘後，橙黃的火光突然變得烏青幽綠。

沈玉書不由得忘記了呼吸，緊張地看著橋下平靜的水面。過了好一會兒，眼看蠟燭都要燒沒了，他們也沒見著那個人口中所說的「孟婆」和繪著彩鸞的大轎子，就連水面都不曾起過波瀾。

周易無聊地單手撐著下巴道：「妳看，被我說准了吧，哪來的什麼孟婆啊？那都是唬小孩兒的罷了。」

秦簡看了看搖曳的燭火：「再等一等。」

周易無奈地嘆氣，靠在橋欄上往水面望去，水面上仍晃蕩著三個人影。呼吸間，有陣風吹過，他瞇了瞇眼睛，再看時，水面上竟突然起了波紋，平靜後，多了個影子。

他的臉色忽地變得煞白，伴著冷風，身上的汗毛瞬間直立。他轉身回看，橋頭除了沈玉書和秦簡外，不知什麼時候竟然冒出另外一個人，是個滿臉褶子的老嫗，蓬頭垢面，指甲修長。

周易險些以為遇見了鬼，忍不住驚呼一聲，而那老嫗則正對著他笑。

沈玉書將眼前的老嫗從頭到腳地打量了一番後，鎮定地道：「妳就是『孟婆』？」

老嫗悶聲道：「看來你們都認得我。」說完，她抬頭直直地看向沈玉書，然後又低聲笑了笑，笑聲伴著夜間的冷風吹入玉書等人的耳朵，直讓人冷得打寒戰。

有那麼一瞬間，沈玉書甚至覺得看向自己的這雙眼睛，並不像一個年過半百的老人該有的眼睛。這「孟婆」的眼神實在是太過犀利，看得沈玉書忍不住懷疑，「孟婆」是不是已經看穿了他們三人假面下的真容。誰要是與這雙眼睛對視一會兒，准會汗毛都立起來。

就在這時，不遠處傳來一陣叮叮噹噹的響聲，寂靜的長安城被鬧聲打破。

寧靜中的聲響總是顯得頗為詭異。

沈玉書揉揉眼睛看去，橋頭上果真停了一頂繪著彩鸞的轎子，轎子的門簾上掛著一串銅鈴鐺，被風吹得左右晃著。

前後足有八名轎夫抬著，轎子落定後，「孟婆」走到轎子旁敲了幾下門，便從裡頭走出個穿著大紅披風的女人。

紅披風女人將橋頭那三盞燭火吹滅，便鑽進了轎子。

「孟婆」擺擺手道：「幾位就請上轎吧。」

沈玉書看到紅披風女人的一剎那，太陽穴就突突地跳了起來。她的心下閃過片刻猶疑，忍不住回頭看了眼秦簡，見秦簡朝她點了點頭，她才掀開轎子的門簾走了進去，秦簡和周易緊隨其後。

轎子裡，那個大紅披風正閉著眼睛，直到他們坐下來，才睜開眼掃視了一下轎子。轎子足夠寬敞，再坐三、五人也不妨事。裡面的陳設極其奢華，光是夜明珠就鑲嵌了三、四百顆，頭頂上有個懸燈，是昂貴的渤海水晶，這些就已經足夠讓沈玉書驚訝了。除此外，還有一張雕刻精緻的象牙矮桌擺在他們面前，桌上放著一頂鑲嵌著寶石的鎦金香爐，裡面燃著的是名貴無比的龍涎香，桌上並排擺放了三個夜光杯，就連見慣了奢華的周易也忍不住在心裡連連驚嘆。

大紅披風沒說話，只朝著杯子的方向抬了抬下巴，意思是讓沈玉書他們將杯裡的「水」喝了。

沈玉書低眸看了看那杯子道：「這莫非就是『孟婆湯』？」

大紅披風微微點點頭。

三人心裡都清楚，這所謂的「孟婆湯」裡大概加了迷藥，喝上一口便會不省人事。

沈玉書假借肚子不舒服，道：「能不能不喝？」

大紅披風眼神發狠，終於開口：「不能，沒有喝過『孟婆湯』的『鬼』我們統統是不收的。」

沈玉書端起杯子，猶豫了一下。

紅披風冷冷地看了她一眼道：「妳若是不喝，現在便走出轎子去。」

沈玉書無法，只得端起酒杯一飲而盡。

周易也知道這裡的鬼名堂，然而紅披風正盯著他，以他那三腳貓的伎倆很難蒙騙得了眼前人，所以他也只能乖乖喝了，準備倒頭大睡一覺。

秦簡拿起酒杯看了幾眼，然後又聞了聞，便將杯子抵在了嘴邊，待酒杯落下時，裡面已經乾淨得沒有一滴酒。

大紅披風讓他們張開嘴，他們就真的張開嘴，讓他們吐出舌頭，他們便真的吐舌頭。見他們如此聽話，大紅披風滿意地笑了笑：「你們現在可以做個美夢了。」

不出一盞茶的工夫，沈玉書和周易已相繼倒了下去。秦簡微不可察地轉眼看了一下他們，隨即眼睛一閉，也跟著倒了下去。

紅披風上前檢查了一下他們的狀況，見沒什麼異樣，便坐下閉目養神。

她不知道，在她閉上眼睛的那一剎，秦簡的眼皮子跳了跳，有兩行淚如泉水一般地湧了出來。

◆

行了一刻鐘左右，轎子顛簸了幾下，大紅披風縱身跳下轎子，外面風聲很緊，她的紅披風被風刮得嗚嗚響。

轎子外邊不遠處的黑石上正盤腿坐著一個接頭的人。

大紅披風聲音凌厲道：「最後三個人找來了，你回去通稟，所有計劃可如期進行。」

接頭人接到資訊，默不作聲，轉身騎上快馬，匆匆離去。

大紅披風再次上轎，簡單地查看了三個人，確認無誤後，讓轎子繼續往前走。

等到玉書三人醒來時，他們已經躺在了一張寬大的床上，四周花團錦簇，迷迷糊糊中沈玉書聞到了一股刺鼻的花香，隨即，酒香、脂粉香也撲了過來。

周易拍拍暈乎乎的腦袋，觀望著四周道：「難道這就是君臨府？」

沈玉書渾身無力地拍了拍肩膀和小腿：「我們睡了幾個時辰？」

周易迷迷糊糊地搖頭，秦簡則突然跳下床道：「不多不少，整整兩個時辰。」

周易納悶道：「你怎麼曉得？」

秦簡看了看他，又看了看沈玉書，笑而不語。

周易正困惑不解時，一陣珠玉碰撞的聲音傳了過來，他舉目望去，這才發現房間裡竟不知何時走進來三個打扮得花枝招展的美豔女子。女子個個婀娜多姿，真可謂是芙蓉不及美人妝、水殿風來珠翠香，看得周易兩眼發直。

美女們款款朝三人走來，手上捧著珍饈玉酒，依次在沈玉書三人身邊圍坐下來，眼神裡透著狐媚氣，真好似能把人的魂給勾了去。

那幾人頻頻拋出媚眼，道：「幾位郎君初來此地，想來有幾分拘謹也不奇怪，不過這裡除了我們幾個再無他人，還請郎君們玩得暢快些。」說著她們便要往沈玉書三人懷裡撲。

玉書本能地躲開了；周易雖喜歡美女，卻從不喜歡這種來歷不明的女子，至於她們奉上的美酒，更是碰都不敢碰。而秦簡則目光如炬，如臨大敵地看著這些個美嬌娥，渾身都散發著寒氣，惹得那幾個女人皆不敢近他的身。

於是，白白嫩嫩的沈玉書就成了她們的關愛對象，其中一位女子直接伸手捏了捏玉書的臉，嫵媚地說：「小郎君長得這般俊俏，奴家真想與郎君日日歡歌，夜夜快活。」突然的投懷送抱，讓沈玉書猝不及防，想躲都來不及躲。

而另一個女子更甚，直接躺到了玉書的懷裡，手裡舉著杯子要給她灌酒，搞得她好不自在，連忙按住了女子的手：「先不急，我們先聊一聊再繼續，怎麼樣？」

那女子媚眼一飛，自己飲了杯中的酒，道：「郎君要聊什麼？」

沈玉書環顧四周，嘆了一口氣：「這君臨府好是好，可我們自來了以後，竟連一個人也沒看到，這……長此以往豈不無趣得很？」

「是啊，就是夜夜笙歌也得人多些才好玩啊。」周易也在一旁附和著。

「郎君是嫌我們姊妹伺候得不好嗎？」那女子突然泣涕漣漣。

「妳誤會了，妳們個個貌若天仙，我們滿意得很，我就想知道這君臨府可還有跟我們一樣來快活的人？」沈玉書故作鎮靜。

趴在她肩上的女子又忍不住捏了捏她軟軟的臉：「那是自然，君臨府如此人間仙境，想來的人可都是排著隊來的。」

周易和秦簡見她們如此纏著沈玉書，覺得十分好笑。二人乾脆躲在一旁樂得看熱鬧，一點也不可憐她如今究竟有多煎熬。

「人可多？」沈玉書強忍住自己想把她的手扒開的念頭，勉強地笑笑。

那女子沒有骨頭似的趴在沈玉書身上，笑道：「當然了！不過，他們都沒有郎君這麼大的福分，能得我們姊妹幾個伺候。」

「那他們現在都在何處？」沈玉書心急地問。

「郎君管他們作甚，我們自己快樂不就好了？你這都聊了好久了，來嘛，奴家都要等不及了！」

沈玉書嚇得往後一閃：「等我話問完我們再快活也不遲……」

不等玉書把話說完，那幾個女子突然起了身，警惕地看著她：「你們到底是誰？」

陸

沈玉書一愣，沒想到竟然暴露得這麼快。

她假裝出一臉油膩的樣子，道：「我是誰？我是妳們的小郎君啊！」

沈玉書說完，周易沒忍住直接笑出了聲，可秦簡卻樂不出來，他的右手一直扣在腰間的軟劍上，眼睛眨都不眨一下地看著那幾個妖嬈的女子。

一個女子突然冷笑了一聲：「你當我們是傻子嗎？你打一見到我們姊妹就想方設法地套話，你們來這裡的目的根本就不單純！」

不等那女子說罷，秦簡已經快速移到了沈玉書身邊，伸手一攬，把她護在了身後，然後又一臉警惕地看著她們。

這時，簾子後面走出來一個人，正是雲水橋頭上的那個「孟婆」。不過，她好像換了一張皮，臉上沒了那一道道溝壑般的褶子，皮膚變得光滑細膩起來，頭上更是別著各種名貴的珠釵寶玉，整個人收拾得既乾淨又俐落。

她很客氣地朝著玉書幾人打招呼：「幾位，我們又見面了。」

沈玉書等人神色變得更加凝重。玉書輕輕地拍了拍秦簡的後背，想知道他對付眼前的幾人是否會吃力，秦簡卻因神經繃得太緊，並未感受到她的動作。

見他們個個如臨大敵的模樣，「孟婆」笑了笑，道：「怎麼，是她們伺候得不夠舒服嗎？臨死前還這麼挑剔，等死的時候可是會後悔的。」

秦簡把步子往前稍稍一移，把沈玉書擋得嚴嚴實實。

周易此刻也是怕極了，看著「孟婆」道：「妳一早便認出了我們？」

「孟婆」把尖尖的下巴一抬，朱唇微啟，得意地說：「是啊，誰讓你們三個人總是礙我的事，把我惹煩了，我自然要給你們上演一齣甕中捉鱉！」

「也就是說，衙門前那個說知道君臨府在哪的男子，是妳特意安排的？」沈玉書恍然。

既然身分已經暴露，被對方認了出來，沈玉書三人也沒必要再偽裝，紛紛將面上的假臉撕掉，露出了本來面目。

見到三人的真容，「孟婆」一點也沒有意外，反而抬手攏了攏她華麗的衣服，笑咪咪地看著沈玉書道：「不錯，妳很聰明。」

「所以，妳就是杏姑？」沈玉書不寒而慄地看著「孟婆」。

「孟婆」又笑了，眼神卻犀利得很：「是又如何，不是又如何？這重要嗎？」

「當然重要。如果妳就是杏姑，那麼雲軒兒和柳木子就都是被妳殺害的，我們就有理由將妳關進刑部大牢！」沈玉書心裡雖慌，面上卻表現得極其鎮定。

「是嗎？」「孟婆」眉毛一挑，輕輕拍了拍手，下一瞬，玉書等人的頭頂上便突然掉下來三個鐵籠子，好在秦簡反應迅速，拉著他們躲開了。

待籠子相繼落在地上，沈玉書清楚地看到每個籠子裡都裝著許多老鼠，那些老鼠的眼睛個個泛著妖豔的紅光，牠們發了瘋似的吱吱亂叫亂咬著。直覺告訴她，這些老鼠絕非普通的老鼠。

周易舌尖打戰道：「妳這瘋婆子，妳想做什麼？」

「孟婆」冷冷地掃了他們一眼，打開了鐵籠子，道：「是你們自己進去呢，還是我請你們進去？」

沈玉書又看了眼那幾個籠子，心下發怵，好在秦簡輕輕拍了拍她的手背，她才稍微安心一些。

秦簡眼睛一瞇，冷冷地道：「妳以為，妳有那本事？」

「孟婆」不屑地冷哼一聲：「就你們幾個細皮嫩肉的黃口小兒，我想收拾你們難道很難嗎？」她說著，已從腰間拔出一把劍，旁邊站著的幾名女子也紛紛拔出劍，一齊朝秦簡他們刺過去。

秦簡眼神一動，摸了一下腰帶，那柄精鋼劍「嗖」的一聲便被抽了出來。

「孟婆」和那幾名女子先是大驚，後又目露凶光，揮劍的力道更大了。一時間，寒光幽幽，劍影交錯，彷彿霎時間入了寒冬。

劍光貼著秦簡的臉劃過，他側身一翻，左手已捏住了一個女子的劍尖，女子的力氣並不大，那劍收又收不回，刺也刺不穿，只得僵在那裡。

秦簡用力一撥，女子手中的劍「鏘」的一聲落地，他趁勢右手向前一探，如靈蛇吐信，女子想躲，秦簡卻手疾眼快，手指向內折去，輕鬆點住了她的太陽穴，女子當即雙眼一閉，暈倒在地。

其餘幾人齊齊擁上，左右夾擊，秦簡避過劍芒，身子向後一掃，右掌若刀橫空劈下，正中兩名美豔女子的頸間，二人相繼「哎喲」一聲後，便都暈厥在地。

「孟婆」一看打不過，便打算先跑。

趁著這個空檔，秦簡迅速拉著玉書和周易往右手邊的屏風後面一躲。

沈玉書有驚無險地看著秦簡道：「你沒事吧？」

秦簡看了她一眼，搖了搖頭。

玉書深深地看了他一眼，不知道說什麼才好。她分明看見他的手在握那女子的劍時流了許多血，也看見他的背部被劃了一道口子，又怎會沒事？

可是，沒有太多時間了，眼見「孟婆」想跑，秦簡立時右腳勾起地上的銀壺，用力踢出，正好砸中了她的背脊。好在「孟婆」的武功並沒有想像中高，秦簡不費吹灰之力就將她砸暈在地。

秦簡將地上躺著的四個女子全部拖到了屏風後面，這才終於有時間可以歇一口氣了。

沈玉書躲在屏風後面偷偷觀察周圍環境，隱約聽到了山泉清潤的潺鳴聲，想必這君臨府正處在偏僻的山郊野林中。

周易神色慌張地道：「長安城失蹤的百姓不會也被他們關起來了吧？」

沈玉書搖頭，面色凝重地道：「不知道。」

「那現在怎麼辦？」

沈玉書道：「找找看吧，或許他們就在這附近藏著。」

三人見沒有其他人過來，便從屏風後面走出，先去查看了那幾個鐵籠子，籠子裡的老鼠上躥下跳，顯得異常活躍。

沈玉書皺眉道：「這老鼠有問題。」

秦簡看了看：「的確很奇怪，看樣子像被餵了什麼藥。」

正當他們迷惑不解時，簾子外面傳來腳步聲，秦簡忙拉著沈玉書和周易躲到了屏風後，暗中觀望。

腳步聲止在了房間外，玉書三人皆放緩呼吸，凝神細聽外面的動靜。

房間外，黑斗篷問道：「事情辦得怎麼樣了？」

大紅披風道：「那幾十個百姓均被老鼠咬過，我看是時候投放到長安城了。」

「好，只要這次萬無一失，長安城便會大亂，長安一不穩，四方藩鎮必定會倒戈我們，到時候，大唐的氣數就該盡了。」黑斗篷很是得意，「那三個人應該也上鉤了吧？」

大紅披風點點頭道：「他們此刻已在君臨府內，我讓蘭心、蘭嬌、蘭采穩住他們，想必他們現在已經被關到籠子裡了。沈宗清之女，也不過如此！」

黑斗篷滿意地點點頭：「如此便好，妳切要小心行事。」

「是！」

◆

黑斗篷說完轉身離去。

直到黑斗篷的身影徹底消失，大紅披風才撥開簾子走了進來。讓她沒想到的是，房間裡竟然連一個人都沒有。

房間裡，四柄細劍掉在地上，三盞盛酒的銀壺也被打翻在地，鐵籠子裡除了瘋狂的老鼠之外，根本沒有人。

大紅披風吃驚，囔囔道：「這是怎麼回事？蘭心和『孟婆』她們人呢？」

「她們已經去見閻王了！」聲音是從屏風後面傳來的，大紅披風朝那邊望去，卻見三隻胖鼠被擰成麻花，正朝她飛過來。

大紅披風往後一躲，老鼠落地，摔成了肉醬，緊接著，一道白色的匹練當空擊出，屏風從中間被劈開，大紅披風往後退出三步，失聲道：「你們沒有上當？」

秦簡道：「我們為什麼要上當？」

在看到秦簡手裡的劍時，大紅披風頓時變得驚駭：「你上轎的時候並沒有帶劍！」

秦簡笑道：「我帶沒帶劍，豈能讓妳看到？」

大紅披風目光閃爍，笑道：「我既然能把你們弄到君臨府來，你們就都別想出去！」說罷，她眉頭一皺，從腰間抽出一根長鞭，鞭子舞出，只聞霹靂聲傳開，對面的桌上擺著的兩顆紅心獅子頭，便瞬間碎成兩半。

隨後鞭子鉤旋，夾起地上的石板朝著秦簡飛來，秦簡卻遲遲沒有拔劍，沈玉書看到不禁倒吸了口涼氣，可下一瞬，鞭子不知怎麼竟已穩穩地被秦簡捏在了手裡。

大紅披風想抽出鞭子卻不成，於是便又使出一招飛流腳朝著秦簡踹過去。

秦簡抿唇，皺眉看著她的動作，毫不猶豫地也伸出腳去迎，誰知她的鞋裡竟藏著半寸刀片，猝不及防之下，腳背被劃開一道細口。

他心下一陣不悅，便不想再和她糾纏，乾脆直接抽出劍，一個閃身，快速躍到了大紅披風身後。

待大紅披風反應過來時，秦簡的劍已經擱在了她的脖頸處，嚇得她不敢再動彈，只激動地喊道：「你們……來人啊……」她剛喊了半句，秦簡的劍一動，便在她的脖子上割了一道細細的口子，瞬間便有血珠子往外冒，她只好乖乖噤了聲。

見大紅披風被制住了，周易才跳出來，調侃道：「這就怕了？殺人的時候怎麼不見妳害怕呢，杏姑？」

周易的一聲杏姑說出口，大紅披風一下子就噎住了，鐵青著臉道：「我不知道你們在說什麼。」

「妳當然知道。」沈玉書看著她慢慢地道，「妳先是殺了雲軒兒滅口，又在我們找到柳木子後將他也殺害了。妳做了這麼多壞事，怎麼都不敢承認了？」

「你們沒有證據。」大紅披風一臉不屑地說道。

沈玉書一笑，道：「證據？柳木子竹屋旁的腳印就是佐證，妳還想狡辯嗎？」

「一個腳印能說明什麼？」

沈玉書笑著搖搖頭，道：「妳往後退一步。」

大紅披風本沒想動，卻被秦簡拽著生生往後退了好幾步。而她每後退一步，地面上就會留下一個淺淺的腳印。

沈玉書從袖中拿出一張白紙，上面有一個拓印，她蹲下身將兩個印子細細一比對，大小和印花完全吻合。

大紅披風自知暴露，強詞奪理道：「天下之人眾多，相同大小的腳印，並不是很難尋的吧？」

沈玉書起身拍了拍手，道：「妳說得一點也沒錯，所以我說這只是佐證，能證明妳身分的還有另外一樣東西。」

人。」

「哪樣？」

沈玉書指了指她的披風道：「妳身上的紅披風。」

大紅披風不解道：「紅披風怎麼了？」

沈玉書揶揄道：「上面都破了個洞了，妳卻仍披在身上，看不出來，妳倒是個節儉的人。」

玉書說罷，周易已經上前把大紅披風身上的披風扯了下來。大紅披風偷偷瞟了一眼，背後竟真有個參差不齊的破口。

沈玉書笑著從繡帕裡拿出半片衣服的碎料，拿到她面前給她看了眼，道：「這塊碎料剛好給妳做縫補用，我敢說絕不會差一毫一厘。」

她將碎料貼在破口處，周易笑著道：「哈，果然不差分毫，果真是妳殺了柳木子！」

大紅披風聽了周易的話抿緊了唇，雖不發一言，但那緊蹙著的眉頭已經證明了她此刻內心的不平靜。

沈玉書道：「柳木子死後，我在竹窗上發現了這塊碎料，妳若不是做了歹事，又何必要跳窗逃脫，以至於情急之下，衣服被撕破也渾然不知？杏姑，妳還要演到什麼時候？」

杏姑突然不顧秦簡的桎梏，仰天長笑道：「人就是我殺的，那又怎樣？你們現在就是將我千刀萬剮也早已於事無補。」

沈玉書眉頭一皺：「妳什麼意思？」

杏姑笑得倡狂，道：「你們剛剛在屏風後面難道沒有聽到嗎？那些被我抓來的百姓都被我下了鼠疫，而我已經讓人連夜將他們送回長安，要不了多久，瘟疫就會在長安蔓延。」

「所以，城門的守衛裡也有你們的人？」沈玉書的這句話雖然是句問話，她卻說得十分肯定。若不是城門守衛中出了內奸，他們所乘坐的轎子又怎能輕而易舉地在宵禁以後離開長安城？

杏姑雖然沒有回答，但她那一臉得意的樣子就是最好的答案。

沈玉書的拳頭被攥得咯咯響，她咬牙切齒地道：「我和大唐究竟與妳有什麼深仇大恨，妳要使出如此歹毒的手段來？」

杏姑冷笑道：「舊王朝覆滅當然會有新的王朝崛起。」

沈玉書立刻明白了，秦簡手中的劍也是一顫，不慎割傷了杏姑。

遠處似有馬蹄聲傳來，沈玉書立刻笑了，瞇了瞇眼睛道：「不知妳有沒有興趣聽我講個故事？」

杏姑兩隻眼睛瞪得巨大，像是要衝過去將玉書生吞活剝了。

沈玉書並不理會她的瘋魔之態，緩緩地說道：「其實，妳讓雲軒兒派發給百姓的銀兩只是個誘餌，柳木子寫的關於君臨府的故事也都是假的，百姓們聽聞在君臨府中，一兩銀子可以變作五兩，便私心作祟，拿光了家裡的銀錢準備大幹一場。誰曉得銀子最後又統統回到了你們自己的手裡，被騙來的百姓卻無辜地變成了培育瘟疫的容器。」

杏姑笑得更放肆了：「不錯，你們現在做什麼都沒用了！」

沈玉書一挑眉，道：「是嗎？妳仔細聽聽，可聽到了馬蹄聲？」

杏姑豎耳一聽，突然臉色一變：「你們！你們竟然派人跟蹤了來君臨府的轎子？」

秦簡冷聲道：「是。我上轎時，趁妳不備，偷偷在轎子後面放了裝滿螢石粉的沙漏，沙漏會跟著轎子撒下一條螢光標記，轎子先行半炷香，千牛衛隊在後面跟隨，只要依著標記行進，便可輕而易舉地找到君臨府。那些中了瘟疫的百姓想要回長安必然會撞上千牛衛，此時怕已經被控制起來了，你們的計畫，怕是落空了。」

杏姑詫異萬分道：「你們明明都喝了『孟婆湯』的，怎麼會？」

沈玉書笑道：「總有意外，不是嗎？」

杏姑難以置信地指著秦簡，回憶道：「原來你是裝睡？你用內功把喝進去的酒逼了出來？你……」

周易看著秦簡像煞有介事的臉，恍然大悟道：「好啊秦兄，怪不得我們醒來時就你知道過了兩個時辰，原來你一直在裝睡。」

他的話剛說完，只聽「轟」的一聲，似乎是石頭被撞開了。

他們押解著杏姑朝聲音源頭尋去，見千牛衛大將軍謝奇峻的部隊正擁進來。

謝奇峻見到沈玉書道：「沈小娘子沒事吧？」

「沒事，謝將軍總算來了，你來時可見到一隊百姓？」

謝奇峻點頭道：「我繞過蜈蚣嶺的時候，見到了一排火把，便派千牛衛前去查看，將他們都截下來了，還抓到了兩名頭目。除此外，我還抓了兩個延平門的城門守衛，那兩個人將其他駐守的士兵都下藥迷暈了，正準備逃走的時候，被我給逮住了。」

「他們現在何處？」

謝奇峻道：「正在外面由千牛衛押著。」

杏姑高傲的氣焰瞬間消失，眼瞼無力地低垂下去。

謝奇峻又道：「那些百姓有些奇怪，脖子上掛著銅鈴鐺，風一吹鈴鐺響幾聲。他們就好似中了邪般四處咬人，已經有兩名士兵被咬傷了，妳快去看看吧。」

沈玉書點點頭，讓秦簡把杏姑交給謝奇峻。她的目光不經意間落在他身上的傷口處，猶豫了一瞬，她還是擔心地說道：「要不你先去包紮一下？」

秦簡搖搖頭道：「無礙，走吧。」

說罷，他們一起走了出去。

出去以後沈玉書才發現，原來這君臨府不過是個山洞，且這山洞正是山鼠橫行的地方。

他們一抬眼，便看到一群人正被千牛衛用長槍抵住，那些百姓張牙舞爪的樣子像是失了智，面部表情看起來也極其痛苦。

沈玉書腦海裡突然想起雲軒兒摘錄的《山海經》，原來他是發現了杏姑製造瘟毒的祕密，便想借用僵屍的故事告訴百姓，長安城不久後將會暴發瘟疫，而身中瘟疫的人會像故事裡描述的僵屍一樣四處傷人。無奈，他的故事還未說完便遭遇了毒手。

沈玉書沉聲道：「這些百姓都中了瘟毒，千萬不能放回長安，不然就糟了。」

謝奇峻無奈地道：「那怎麼辦？實在不行就……」「就地處死」四個字他憋了好久，始終還是沒有說出口。

沈玉書搖頭道：「不可，他們的妻兒還在城內等著他們回去呢，若是他們出了意外，只怕長安城將出現一場暴動。」

「可這瘟疫一旦擴散到城裡，恐怕會危及聖上。」

沈玉書沒有說話，觀察了一會兒，道：「先摘下他們脖子上的鈴鐺，聽不到聲音，他們或許會安靜得多。」

千牛衛按照她的話去做。可鈴鐺去了，那些百姓卻依舊瘋魔得厲害，稍加不慎就可能誤傷旁人。

秦簡心下氣憤，上前按住杏姑，逼問道：「快說，怎麼解除瘟疫？」

杏姑看了看那些百姓，大笑：「你們這麼聰明，何必要來問我？」

沈玉書一皺眉，秦簡便險些把杏姑掐得窒息了，他道：「妳說不說！」

杏姑一臉痛苦，卻還是一副得意的樣子：「想要解藥？這毒，是藍圖婭製的，你們去問她呀！」

杏姑說完，笑得越發倡狂了，玉書等人的臉色卻一下子變得鐵青。

杏姑所說的藍圖婭，應該就是上元節時被波斯使臣殺害的石秀蘭，若這毒真的是石秀蘭製的，那便真的找不到解藥了。

「妳說謊，妳肯定有解藥。我想妳應該知道，一旦瘟疫傳開，妳便自身難保，聰明的人總是會多留一手。」周易看著杏姑說道。

可杏姑好像打定了主意，無論如何也不肯開口，秦簡無奈，只好將她推入山洞。他們幾人穿過簾子，發現那後面又是一個山洞，前後兩個山洞連在一起，兩頭寬、中間細，像是一個水葫蘆漂在水面上。

山洞裡有片小湖，湖面上漂著水葫蘆，足有幾百只。湖岸上，沈玉書還看見了四、五十個鐵籠子，籠子裡是空的，老鼠都已經死在了籠子外面。

周易看看那些死老鼠，又看向杏姑道：「我之前一直有個疑問，既然妳已經用老鼠培育出瘟毒，為何不將中毒的老鼠直接投放到長安城內，卻偏偏要多此一舉。現在看到眼前的這些東西，我終於想明白了。」

杏姑道：「明白什麼？」

「因為這些中了瘟毒的老鼠似乎都活不長，恐怕還沒有投放到長安城就已經死翹翹了，所以妳把目標換成了成人。」

杏姑沒說話，但她吞咽口水和眼神飄忽的一系列小動作已經證明了她此刻的緊張，此刻的沉默就是默認。

那邊謝將軍和千牛衛隊還在洞裡搜尋解藥，可將整個山洞翻了個底朝天也沒有結果。

沈玉書之前一直沉默著沒有說話，這會兒卻突然道：「解藥或許就在湖裡。」

眾人都愣住了。杏姑的眼睛猛地睜開看向湖面，很快她又轉移了目光。

謝將軍望過去，道：「在哪裡？」

「你看那些水葫蘆。」

所有人都看過去，他們驚訝地發現有幾隻老鼠正在水葫蘆上爬來爬去，有幾個水葫蘆的葉子和果肉被啃得斑斑點點。

周易興奮地喊道：「那幾隻老鼠是因為吃了水葫蘆，所以到現在還活著！」

「不錯，想來把這些水葫蘆給得了鼠疫的百姓吃，多少會起到一些穩定情緒的效果。」沈玉書點頭。

杏姑終於長嘆了一聲，臉色泛白地看著沈玉書：「你們給我等著！等我鳳凰崛起，連帶你們，還有整個大唐，就都完了！」

「鳳凰？那是什麼？」沈玉書忙問。

杏姑卻只冷笑了一聲，便再無話，無論他們怎麼拷問，她都再沒說過一個字。倒是秦簡在聽到杏姑的話之後，看向她的神情更加冷厲了幾分。

千牛衛採摘了水葫蘆給百姓分食，服用過後，百姓們的性情果然穩定了一些。連續服用了幾天後，百姓們已經恢復得差不多了。

◆

五天後，長安城。

失蹤的四十七人全部生還，安全返回長安城。驚天陰謀被粉碎，李忱對於沈玉書這種迎難而上的精神大加讚賞。

杏姑聚眾圖謀不軌，被移交大理寺，由於她拒不供認同夥，最終被判處斬立決。

案子雖已告一段落，沈玉書卻感覺不到丁點輕鬆。杏姑口中的「鳳凰」，更是讓她常常心生餘悸。

不過，這件事情中間還有一個小插曲。

沈玉書剛從山洞回到沈府的時候，便收到了一包草藥，送藥之人貼心地寫上了此藥的配方、煎製方法和用處，原來，這是一服治鼠疫的良藥。

玉書大喜，問遍府裡的下人，卻沒能問出送藥之人是誰，只是在藥包底部看到了一個字——「毒」。她不解，便找來秦簡和周易商議，秦簡只看了一眼，便斷定這是五毒門送來的解藥。

玉書半信半疑地按照配方上所寫抓了藥，並把這些藥分發給中了鼠疫的百姓，叫他們不要用太多的量，每日少服一些，如有不適，立刻來找她。

怪的是，不出三日，百姓們紛紛說身體完全恢復，且比以前更健壯了些。

雖是件好事，沈玉書心中的疑惑卻更甚了。不都說這五毒門現如今只製毒藥，不製解藥了嗎，可他們又為何要送解藥給她呢？莫非這背後還有什麼更大的陰謀？

---

12 休沐：休假之日稱為「休沐」，此指唐宣宗時期，寒食節（清明節前一、兩日）的假期，共七天。

13 發齁：中國北方方言，指吃太甜或太鹹的東西會讓喉嚨不舒服。

第四章 午夜魔蘭

壹

夜，悄無聲息，永安渠到了晚上就會陷入死一般的沉寂，只有搖曳的水波和皓月的光芒讓人覺得這條河還有幾分生氣。

永安渠的岸邊，一棵大柳樹的枝幹上繫著一盞散發著昏紅光芒的大燈籠。河面上起了薄薄的霧靄，讓紅色的光暈淡出幾分婆娑的倩影。

無風，月明。

朦朧的霧氣中有一條短艄漁船正從河灣慢悠悠地漂過來，直到靠上岸後，柳樹旁的紅燈籠才陡然熄滅了。

柳樹後突然躥出來一道黑影，在月光的映照下看不清模樣，只知他體形稍胖，臉上還刻著一條閃電狀的刀疤，很是神祕。

漁船上坐著一個黑斗篷的人，見刀疤臉來了，便捧著火摺子探出腦袋，一邊望風一邊朝刀疤臉招手道：「快進來。」

刀疤臉朝四周望望，一個飛跳登上了漁船。漁船裡很狹窄，只夠坐兩個人。

刀疤臉輕聲道：「我聽說杏姑的行動失敗了？」

黑斗篷憤憤地道：「哼，本來已經得手，不料半路上竟殺出個程咬金來！」

刀疤臉道：「是誰？」

黑斗篷道：「沈玉書。」

刀疤臉很不自然地咳了兩聲，道：「又是她！」

黑斗篷道：「怎麼，你也知道她？」

刀疤臉的臉色半青半黃，在昏暗的燈光下，表情顯得很是猙獰：「當然。長安銀櫃坊的祕密就是讓她發現的，還被他們追回了四成的金銀，這個黃毛丫頭實在是礙事。」

黑斗篷點頭道：「不錯，她雖然看起來文弱，心思卻極縝密，我們的計畫三番五次地被她破壞。我聽說她身邊還有個武功了得的劍客？」

刀疤臉道：「是。」

「看來日後我們行事需更加小心才是。」黑斗篷沉吟片刻，道，「對了，上頭有什麼新的指令嗎？」

刀疤臉頓了頓，朝漁船外看看，才又鑽進去道：「有，閣主下了新命令，讓我們找一樣東西。」

黑斗篷道：「什麼東西？」

刀疤臉湊過去道：「半張人皮！」

黑斗篷幾乎驚訝得說不出話來。他護著火摺子道：「人皮？」

「不錯。」

「去哪裡尋？」

刀疤臉笑道：「人皮當然長在人身上，而且巧的是，這一位，你還認識！」

「誰？」

「司天臺監王朗。」

黑斗篷驚駭萬分，面露難色。

要知道，這司天臺監乃是朝廷要職，是專門負責觀察天象、推算節氣、制定曆法的，在大唐的地位尤其崇高。而這位王司天因為為人剛毅、才氣斐然，更是深得聖上的信任，想動他並不是一件容易的事。

刀疤臉陰笑了幾聲，道：「你怕啦？不過不妨事，閣主特意吩咐過，這次的行動你我都不用參與。他早已派人布好了局，我們只要負責收網就好了。」

黑斗篷長舒了口氣，道：「這樣最好不過，免得讓人心生懷疑，到時候影響了大局就不好了。」

◆

四月十八，宣陽坊，司天臺監王朗府邸。

這天晚上，王朗不知去哪裡飲了酒，回府時已帶了幾分醉意，若不是有人扶著，或許連雙腳都站不穩了。

夫人華氏見他這般模樣，便去膳堂煮了一碗烏梅湯想給他醒酒。

王朗雖意識已模糊，卻還是倔得很，硬要說自己未醉，尚能再飲三杯。

華氏無奈，只好假說眼前的烏梅湯便是美酒，當即盛了一杯與他。

王朗酒意正濃，華氏那麼說他便也信了，拿過杯子便將烏梅湯一口飲下，不多時卻全數吐了出來，醉醺醺地道：「夫人，妳可別誆我，妳給我喝的這東西半點酒味都沒有，哪裡是酒？」

華氏無奈地替他擦拭嘴角，道：「三郎，這是家裡剛釀的新酒，越喝越有味道呢，不信你再喝兩口試試？」

王朗又被哄騙著喝了半口烏梅湯，可還未入喉，烏梅湯就又被他吐了出來，之後無論華氏再怎麼哄他，他也不願意喝了。

華氏無奈地搖搖頭，只好讓小禾扶他回房休息。

小禾一臉擔心：「娘子，主人的烏梅湯還未喝完，怕這個酒勁，一時半會兒是醒不過來了，到了房裡許要吐出來。」

華氏朝她擺擺手道：「他的嘴靈光得很，知道這是烏梅湯就絕不會再喝了，妳就是和他說這是瓊漿玉液也沒用。妳且扶他先去休息，待會兒再弄條冷毛巾給他敷上一宿，免得他第二天頭疼。」

小禾聞言覺得有道理，又怕說多了華氏惱她，便依著華氏的話照做了。

第二天，小禾起了個大早，將洗漱物件收拾妥當，就去房裡喊王朗起床。她在門口連喊了幾聲也不見人回應，便大著膽子推門進去。

屋子裡靜悄悄的，因為關閉了一晚上，裡面還有些許酒糟氣味沒有散去。她先將窗戶打開了些好散散酒味，才躡手躡腳地走到床畔，將帷帳掀開。

誰知她只看了一眼，便被嚇得連連退了好幾步，雙手一顫，把木盆整個甩在了地上，半盆水都潑倒在地。

稍稍反應過來後，她連連驚叫著跑了出去。待她找到華氏，卻害怕得渾身抖如篩子，一句完整的話也說不出來。

華氏到底是見過世面的，不慌不忙地道：「妳看到什麼了，竟嚇成這個鬼樣子？」

小禾哆嗦著道：「娘子，主人……他……」

華氏看到小禾的驚恐模樣，心裡也打了個寒戰。聽到小禾嘴裡念叨著「主人主人」的，她生怕是王朗出了什麼事。

華氏焦急地催問：「妳快說怎麼回事？」

小禾縮了縮腦袋，怯聲道：「娘子，妳去、去主人房裡……看看、看看就知道了。」

華氏提心吊膽地跟著幾個下人進了王朗房裡，當看到眼前的情形後，頓時傻了眼。

只見房內，王朗正躺在他的那張紅漆楠木雕花大床上，可他的頭上竟莫名其妙地開著一朵嬌豔無比的花，那花紅得像是被鮮血染的一樣，瘮人又刺目。

華氏看後，精神明顯受了刺激，愣怔了好一會兒，才語無倫次地道：「怎、怎麼會……

三郎……快、快去報官！」

司天臺監王朗離奇死在自己家中的消息不脛而走，引得城中不少百姓都對這件事議論紛紛。有人猜測王朗是被夫人華氏所殺；也有人猜測是王朗在朝中結了什麼仇家，遭了暗算；更有甚者，說他是頭上火焰低，許是碰上了什麼不乾淨的東西，叫鬼索了命，總之眾說紛紜。

李忱聽聞此事，勃然大怒，一面即刻讓中書舍人擬旨，封鎖一切消息，凡造謠生事者嚴懲不貸，另一面又命沈玉書攜秦簡及林之恆速破此案。

◆

永寧坊，沈府。

婢女們正在院子裡修剪花枝。沈玉書自覺無趣至極，採了幾片花瓣湊近鼻子前聞了聞，隨後又扔進花盆裡。

自她去問李主簿要來了吳湘案的部分卷宗以後，便一直心事重重。此刻院子裡養的好幾盆花都遭了殃——生生被她拔禿了好幾株。

沈玉書翻來覆去地將卷宗看了好幾遍，卻怎麼也想不通父親當年為何會被牽扯進去。那吳湘不過就是個小小的江都令罷了，就算他貪贓枉法，盜用了朝廷的錢糧，就算他和武宗時期的宰相李德裕結了世仇，可為什麼當今得勢的白相公也會牽涉其中？

她父親身為大理寺卿，職責也不過是在量刑方面把關，跟案件本身明明毫無關係，為什麼案件來來回回審理了多次之後，她父親卻突然出了意外？而聖上又為何對這場意外從不過問，卻突然對她寵愛有加？

她思來想去，卻始終是百思不得其解。

碧瑤剛從羅依鳳的房裡出來，看到院子裡正悶悶不樂的沈玉書，便走過去詢問道：「小娘子是有什麼心事嗎？」

沈玉書回過神來，抬頭看著碧瑤，搖了搖頭道：「不過是思及舊事而有些走神。」

碧瑤看了看花盆裡被沈玉書摘下的花瓣，笑道：「那碧瑤便不打擾小娘子想事了，小娘子若是累了，便回屋去休息會兒吧。」

沈玉書朝她笑笑，正起身準備往回走，恰巧看到有人走了過來，是個小太監[14]。小太監手裡拿著一卷黃色絲綢，一眼便能看出那是聖諭。

小太監見到沈玉書後驚訝地叫了一聲，繼而道：「聖旨到，沈家小娘子聽旨！」

沈玉書一愣，忙躬身行禮。

待小太監念完黃綢上的字，沈玉書的臉色又陰鬱了幾分，她心道果然是一波未平、一波又起。

那司天臺監王朗素來為官清廉，處事也圓滑得很，向來是兩頭不得罪的老好人，朝中大臣極少有與他反目的，他怎麼突然就出了這樣的事，還是死在自己家中？實在耐人尋味。

她接過聖旨後，謝過小太監，迅速回到屋裡拿個銀袋便往外走，出府時卻見秦簡和周易已騎著馬在門口候著了。

沈玉書詫異地問：「你們怎麼都來了？」

秦簡跳下馬，道：「不單是妳，我們也接到了諭旨。今天聖上在殿上龍顏大怒，百官皆不敢言，我們便免不了要多費心。」

沈玉書點點頭道：「走吧，路上說。」

隨即，便聽到三聲鞭響，三匹馬齊刷刷地飛奔了出去，在他們身後揚起一片灰濛濛的塵土。

◆

一路上，沈玉書思來想去，無非是糾結兩個問題：

其一，王朗作為司天臺監，能聯想到他身上的莫過於一個權字，雖然他為官清廉，但也不能排除有些人爭權不得便包藏禍心。難道是有人想奪其位而殺人滅口？不得解。

其二，王朗死在家中，外人一般很難對其下手，最容易作案的人似乎是他最親近的人。難道是他的夫人華氏所為？也不得解。

待快到司天臺監府時，她才回過神。迎面而來的便是一陣淡淡的蘭花的味道，她不由得眉頭一蹙，問：「你們可曾聞到一股花香？」

「花香？」周易拉住馬的轡繩，細細嗅了嗅，道，「沒有啊。有嗎？」

「你呢？」沈玉書又問秦簡。

秦簡點點頭道：「是蘭花的味道。」

「看來是周易的鼻子又失靈了。」沈玉書笑笑，從馬上下來，見府門開著，便徑直走了進去。

怪的是，這偌大的一個司天臺監府，明明婢女婆子有一大堆，可今日府內卻靜悄悄的，院子裡也格外冷清。

他們三人走了好一會兒，竟連一個婢女下人也沒有見到，只看到蘭花的花瓣散落了一地。沈玉書、秦簡和周易皆是一驚。

片刻後，才從裡頭走出來一位老僕，她臉色沉重地對三人道：「讓小娘子和二位郎君久等了。」

沈玉書道：「無妨，還煩請媽媽帶我們去見一下華大娘子。」

老僕點點頭，領著三人進了西邊的跨院，又過了一條迴廊才到華氏的房間。

沈玉書一進去，便見華氏正身子癱軟地臥在床榻上，兩隻眼睛空洞無神，只是呆呆地望著院子，似乎沒看見他們一行人。

老僕見此狀嘆了一口氣，彎著腰上去通稟道：「娘子，沈家小娘子來了。」

老僕言罷，華氏的臉上才生出了一抹亮色。她早便聽過沈玉書的大名，如今親眼見到沈玉書，竟像抓住了一株救命稻草般，忙起身道：「小娘子請上座。」

沈玉書謝過她的好意，卻沒有坐下去。

她看著華氏驚恐的表情，寬慰道：「大娘子，王司天的事情我們已知曉，聖上對此也是悲痛萬分，這才特意派我們來幫忙查案，還望大娘子能夠節哀順變。當務之急是先找到凶手，好還司天一個公道。」

華氏哭哭啼啼地道：「小娘子不知道，三郎死得實在是太慘了，我如今稍微回想一下，都覺得毛骨悚然。如若小娘子能幫我緝拿真凶，我定當感激不盡。」

說著，華氏福著身子竟是要給沈玉書行大禮，沈玉書趕忙伸手攔住她：「大娘子，使不得。我們既然來了，就一定全力幫大娘子追查到凶手。」

華氏滿眼感激地朝他們點了點頭，道：「幾位請隨我來。」

說罷，她在小禾攙扶下，領著玉書等人穿過內堂，繞過兩座亭臺，往王朗的房間走去。玉書跟在她身後，只見屋子前竟還置有碧潭一汪、假山一座、古松一棵，置身其中倒也覺得風雅有趣得很。

眾人又走過了一條鋪滿鵝卵石的臺階才依稀看到王朗的房間，玉書觀察了一下四周，判斷他的房間應該是單獨置在這裡的，依山傍水，與前院的風景截然不同。

見華氏領著幾個人走過來，守在王朗門前的僕人趕忙下來行禮，華氏朝他們擺擺手，示意他們退下後，便自行推開了王朗的房門。

王朗的房間自出事後便一直未被動過，華氏只在屋外留了幾個僕人看著，想來也是怕破壞了案發現場。

沈玉書剛一進去，便被裡面濃重的血腥味和酒臭味嗆得差點喘不上氣。礙於華氏在，她只能故作鎮定地繼續往裡走，直到看到王朗的屍體才站定。

周易素來是個隨性的人，聞到這屋內氣味不好，便搧著他的玉骨扇子在屋外逗起了鳥。

華氏許是傷心過度，只在小禾的攙扶下背對著王朗的床鋪站定，道：「幾位請便吧，有什麼問題你們只管問。」

沈玉書微微點頭，應了一聲，目光看向床榻上的王朗。

只見王朗的屍身直直地躺在床上，額頭處有個豆大的血洞，血洞上還盛開著一朵鮮豔的花兒，好像就是從他的頭上長出來的一樣。

秦簡漫不經心地掃了一眼王朗的屍體，隨即便輕輕「啊」了一聲，臉上爬上了一絲驚愕的神情。

沈玉書側過身，不禁出聲詢問：「怎麼了？」

秦簡眸子一沉，看著王朗頭上那朵奇怪的花許久不作聲，惹得沈玉書又多看了兩眼那朵花，卻並未看出什麼名堂來。

秦簡怔了怔神，小聲道：「莫非……是花見血？」

沈玉書不明所以：「花……那是什麼？」

秦簡看了她一眼：「一個人。」

「人？」沈玉書自顧自地道，「什麼人竟會起這樣怪的名字？」

秦簡又搖了搖頭，道：「名字倒是小事，只是這個人，是個怪人。」

「怎麼說？」沈玉書一臉疑惑。

秦簡眸光一斂，看著她，問道：「妳可知他這名字是何由來？」

沈玉書依舊搖頭。她雖接觸過不少奇聞怪事，但畢竟未曾踏入江湖，因此對這些江湖怪人的事情幾乎一無所知。如今秦簡一問，她自是一臉茫然。

「他原本是不叫這個名字的，只因其平日裡的做事風格，大家便都愛這麼叫他了。所謂花，是因為他素喜栽花，又愛採花，說白了，他算是個道行不錯的採花賊；所謂血，實是因為他功夫了得，聽說他僅用一片花瓣便可割斷一個人的喉嚨，死於他手的人不計其數。五年裡，他一共給別人挖了一百零八座墳，而且聽說，他喜歡和死人一同睡覺！總的來說，採完花後又折花，性情詭譎，便是他的行事作風。」

沈玉書霎時間愣住了，一臉不可思議地道：「他這般作惡多端，竟沒結什麼仇家？官府也坐視不管？」

秦簡沉吟道：「這花見血雖是個傳奇人物，卻一直保持神祕，向來是神龍見首不見尾，天底下見過他的人總共也沒幾個，況且連妳這般破了不少案子的人都沒聽過他的名號，又怎會驚動官府？至於仇家，倒是不少，可是比他身手還好的，也找不出幾個。」

沈玉書看了看王朗的屍體，只覺細思極恐，卻又好像突然想到了什麼似的，探究地看向秦簡，疑惑地道：「你……怎會知道如此多的江湖逸事？」

秦簡一愣，似是沒想到她會如此問，眸光閃爍，唇角微動道：「幼時在家中聽長輩提過，我便聽了一耳。」

秦簡在說這句話時，依舊是那副雲淡風輕的模樣，好似從他口中說出的只是別人的事，和他自己毫無關聯。他如此這般，沈玉書便越發對他多了幾分探究之意。

一起查案的這許多個月，她只知秦簡在皇帝身邊待了好些年，很受器重，知他身手了得，不像是一般人，知他性格孤僻、寡言少語，卻從未聽他說起過他的家人和他自己的事。如今聽他說到，她難免會生出些疑惑，好奇他的家裡究竟是怎樣的背景，竟對江湖上的事那般瞭解。

「可你又如何斷定凶手就是花見血？萬一又是有人故意製造假象，想打著他的名號把罪名栽贓給他呢？」沈玉書不禁問。

秦簡搖搖頭，盯著屍體若有所思：「我不確定，依傳聞所言，這些年死於花見血之手的人多半都是些有姿色的女人，而王司天……自然不在他的嗜好範圍內……」秦簡頓了頓，抬手指向王朗頭上的花，示意沈玉書看過去，又道，「可是，花見血殺完人，都愛在死人頭上用竹釘打一個眉孔，然後在眉孔裡栽一朵香豔豔的魔蘭花，王司天頭上……」

「王司天頭上的這花，就是魔蘭花？」沈玉書看著他，問。

「是。」秦簡猶豫了片刻，點頭。

沈玉書本是眉頭深鎖，此刻卻突然挑眉問：「這魔蘭花應該是少見的花種吧？除了花見血可有人也愛種？」

「這種花是專用來殺人的，所以並不是誰都養得活的，需要每天用死人的心尖血去澆灌才得以成活。這麼毒的東西，我想不到還會有誰去種。」秦簡答道，接著，又喃喃自語，「難怪……」

沈玉書疑惑地看向他，詢問：「你說什麼？」

秦簡解釋道：「我說難怪這府內會有那麼多蘭花花瓣。傳聞花見血在殺完人後，除了會在死者的頭上種上一株魔蘭花外，還會在附近撒上一些普通蘭花的花瓣，美其名曰以花祭奠逝者。」

沈玉書聽了秦簡的話後思忖了好半天，一手摩娑著下巴，一手敲了敲額頭，道：「這樣嘛……那你知道被花見血殺害的人都被埋在哪嗎？我想去看看。」

秦簡點頭，沈玉書當即叫周易進來：「你細細查驗一下王司天的遺體，我和秦簡出去一趟。」

「出去？」周易一腳剛邁進來，就聽到沈玉書的這番說辭，愣了一下，心存疑問，「為何我不能和你們一起去？」

沈玉書掃視了一眼屋內，眼神在華氏和小禾的身上稍頓了兩下，道：「人太多，反倒沒必要。」

被沈玉書的眼神一示意，周易便瞬間想明白了，玉書和秦簡去找被花見血殺害過的人，而獨留他在王府，一是為了在他們尋找花見血的蹤跡時，他能在這裡好好查驗一下死者屍體，雙方同時行動，可以節省時間；二也是最重要的一點，是想讓他時刻注意一下，在他們二人離開時，王府的其他人會不會趁機做些什麼小動作。

周易猛地踏進屋內，雖然被裡面嗆人的氣味嗆得直咳嗽，卻還是一臉無所謂地道：「都走吧、都走吧，難得清閒，爺才不稀罕和你們一同去呢！」

沈玉書淡然一笑，領著秦簡出去了。待他們走出老遠，周易才往王朗的屍體前一湊，戴上袖套，細細查驗起來。

突然，他的瞳孔一縮。

他又湊近了些，才發現王朗的咽喉處竟有道極細的傷口，約莫只有髮絲的寬度，前後不過一寸長，若不是他剛剛不小心碰到了王朗的脖子，興許還發現不了。隨即，他用銀絲就著傷口挑開，只見傷口雖小卻極深，王朗的喉軟骨竟是已然被切斷了。

周易微不可察地看了華氏一眼，見她一副心如死灰的模樣，便不動聲色地繼續查驗，直到華氏問他：「小郎君可看出了什麼？」

周易搖搖頭，難得安靜地沒有接她的話茬。

他走到一旁喝了口茶水，正欲卸下袖套，卻突然眉頭一皺，回頭又看了看床上躺著的王朗，若有所思，暗自嘀咕：「花見血嘛……」

周易的沉默，讓華氏心下一慌。

她偷偷啜泣了兩聲，又裝作無事一樣叫下人給周易準備茶水，道：「剛剛聽那小郎君和沈家娘子說的話，我也沒懂，又看郎君是這般神情，我也知三郎的死絕不簡單，知道幾位查案不易……」說著，又忍不住哽咽了幾聲，強裝鎮定地道，「只是，三郎這輩子仁厚寬宏，從不曾做過對不起別人的事，怎就、怎就遭了人的暗害呢？」

華氏哭得不能自已，周易忙上前扶她，寬慰道：「華大娘子還請寬心，我們定會還王司天一個公道的。只是現在我們也都是在推測，沒有證據，也不好跟妳直說，妳也別多想。」

華氏平靜了一會兒，卻又不知想起了什麼，嗚嗚地哭了起來，留周易在一旁手足無措。

他現在只求沈玉書和秦簡能快些回來。

貳

待到未時，沈玉書和秦簡才一身疲憊地趕回來。

「怎樣了？」周易急忙湊過去問。

沈玉書搖了搖頭，坐下喝了口茶才慢悠悠地道：「花見血死了。」

「死了？」周易一愣，問，「你們找到他了？」

「沒有，我們去了墓地，在南嶺的一片荒山上，那裡有一百零九座墳，其中有一座，是花見血自己的。」沈玉書疲憊的神色中透著失望。

周易一時沒反應過來，覺得好笑：「難不成他自己把自己埋了？」

「估計他是被仇家給殺了。」秦簡一臉淡然。

「那王司天……」周易一臉疑問，瞥見華氏一臉愁容，才沒往下說。

花見血一死，他們的案子無疑是斷了唯一的線索。

屋子裡的氣氛一下子變得有些說不上來的怪異。

沈玉書還是不死心地問：「你們說，會不會是花見血詐死，又或者他有什麼傳人？不然這個殺人方法……」

秦簡搖頭，眉頭緊鎖。

沈玉書頹然地坐到一旁，只覺心裡暗暗發冷。

她突然覺得，有時候哪怕只有一點黑暗和寒冷，也足以驅散心底所有的溫存和暖陽。

想了一會兒，她又走到王朗身邊，不甘心地拔掉王朗頭上那株帶血的蘭花，想看看這到底是什麼不得了的凶器。

看了半天，她也只覺得這不過就是顏色過於鮮紅的蘭花，無論如何也看不出其中還有什麼蹊蹺。於是她便想將蘭花遞給周易，讓他也看看這花裡有沒有什麼文章。

誰知，周易剛伸手，突然間「哎呀」了一聲，道：「玉書，妳的手！」

「手怎麼了？」她低頭去看，見手上紅通通一片，好像也染上了鮮血一般，只是比鮮血更要紅豔。

「糟糕，忘記用帕子了。」說罷，她緊緊皺了皺眉頭。

華氏見狀，忙吩咐下人端來清水，沈玉書洗了洗後，盆裡頓時也變得紅豔無比。她的手也沒有洗淨，上面還有些許的紅色殘留；她又洗了幾遍，情況依舊如此。

「我剛剛不小心用袖套蹭了一下那花，也染了不少顏色。」周易指了指自己袖套上的紅色印記說道。

沈玉書點點頭，這才明白，她手上的紅色並不是鮮血，而是魔蘭花的花汁，沾染上皮膚後便很難洗乾淨了。她只好拿出帕子小心地將花包好，方才遞給周易。

此時此刻，華氏正托著腮，兩眼發愣。

沈玉書走過去，問道：「大娘子，妳是什麼時候發現王司天遇害的？」

華氏擠出一絲眼淚，帶著哭腔道：「昨個兒晚上三郎還是好好的，今天一早小禾去房裡喊三郎起床洗漱，卻怎麼喊也不見回應，後來才知道三郎已經、已經遇害了。」

沈玉書看著華氏的眼睛，問道：「那……王司天昨晚幾時入睡的？」

華氏仔細想了想，道：「亥時左右。」

小禾站在華氏旁邊，也道：「娘子說得沒錯，我在府上七、八年，從未見過這樣的場景，況且還是朝夕相處的主人。見到那般景象，我嚇得手裡的木盆也摔到了地上。」

沈玉書眼神朝地上一掃，靠近床鋪的位置果然有個木盆倒扣在地上。

沈玉書看向小禾道：「早上就妳一人伺候王司天嗎？」

小禾不假思索地道：「是，每天都是如此。」

沈玉書低著頭沉思了一會兒，道：「大娘子，王司天昨晚可見過什麼人？」

華氏收住眼淚，道：「三郎回府時滿身酒氣，想是和老朋友喝酒去了。他向來不愛和我說這些，我也就不知道他到底是和誰一起。」

沈玉書道：「王司天回來是直接回房睡了嗎？」

華氏也不隱瞞：「我見他酒氣重，就讓小禾去膳堂熬煮了烏梅湯與他醒酒，他喝了兩口就不肯喝了，我這才讓小禾扶他回房休息的。」

沈玉書的目光不由得望向小禾。看到沈玉書的目光，華氏顯然意識到她的顧慮，因而道：「小娘子懷疑是烏梅湯中有毒？這不可能。因為那烏梅湯我也嚐了的，後來沒喝完，我嫌浪費，又分給下人們喝了，沒有一人中毒的。」

沈玉書點點頭，疑惑地看周易，待周易搖頭表示沒問題後，才打消了顧慮。

「王司天身上沒有中毒的跡象，全身骨骼肌肉尚完好，身上僅有三處傷口，其中兩處的傷口很小，分別是顱前和頸項至咽喉處，但這兩處都是致命傷；另有一處傷口很大，位於肩胛骨下三寸的背腹處，這裡被挖掉一整塊皮肉，差不多碟口大小。」周易一邊說一邊在屍體上指出相應的傷處，情況與他所述分毫不差。

沈玉書在腦海裡搜索著她所見過的各種能夠殺人的工具，試圖從中找到一種能和眼前的傷口相匹配的，可事實證明她是在白費力氣。

秦簡也走到屍體旁，接過周易手裡的銀絲，將傷口撐開後，看了看才道：「毫釐之間的傷口，普通的刀槍劍戟都難以做到，無論速度多快也是枉然。能造成這樣傷口的，普天下只有兩種兵器可以辦到，一種我已經說過，是花見血手裡的花瓣，還有一種是大唐軍器譜上排名第三的盤龍絲。」

「盤龍絲？」沈玉書疑惑。

「不錯，盤龍絲是由精鋼寒玉淬成的，由老工匠拔成比頭髮絲還要細一些的絲，用它套住脖子，稍一用力脖子就會斷成兩截。」

「誰會使用盤龍絲呢？」沈玉書問。

「我也只在軍器譜上見過，好像沒人使用，因為打造一根盤龍絲並不簡單，一千根中往往只有一根能用。」秦簡搖頭。

沈玉書「哦」了一聲，又看向周易。

周易嘆了一口氣，道：「我實在想不明白，凶手殺人後為何還要取走王司天身上的一塊皮肉？」

沈玉書看著王朗背後的那塊血疤，也陷入了沉思：「或許凶手不止是為了殺人呢？」一直不敢再看屍體的華氏聽到他們的言論，忍不住往後邊瞟了一眼，隨後便是一聲大喊，接著又驚呼道：「是三郎背上的那片刺青圖不見了！」

就是這麼短短的一句話，讓在場的所有人都驚訝地回頭看向了華氏。

華氏解釋道：「原本三郎的後背上是有一幅刺青圖的，以前我也不知道，是後來我在他沐浴時偶然發現的。」

「刺青圖？」沈玉書不明所以，好奇地問道，「大娘子可還記得圖上的內容？」

華氏稍加思量，道：「還記得一些，但記不全了。」

好在華氏精通水墨，早些年又接觸過唐彩和西洋畫，是個頗具才氣的女子，於是她讓老僕取來文房四寶，憑著記憶畫了一些。

沈玉書站在一旁細細看著，不多時便見畫紙上呈現了幾個表情各異的人物，但一時間卻很難看出其中有何奧妙。

沈玉書只得暫且將畫收好，隨後又問小禾：「昨晚妳送王司天回房休息時，有沒有見到可疑的人經過？」

小禾道：「主人安寢後，我檢查過門窗，窗戶是從裡面扣上的，出來時我便鎖了房門，直到第二天早上我才打開。鑰匙，我把它交給娘子了。」許是被沈玉書探究的眼神看得心下一怔，她又忙補充道，「主人會出意外，我是無論如何也想不到的。」

華氏點頭道：「沒錯，小禾沒有說謊，我拿到鑰匙後也回房睡了，中途再沒有起過，府上守夜的下人都可以作證。」

沈玉書又看了她們一眼，點點頭。

如果她們都沒有說謊，那凶手是怎麼在一個陌生又封閉的房間裡將人殺死後逃生的？只有一種可能，房間裡還有其他出口。

沈玉書避開華氏，拉著秦簡到旁邊道：「有沒有可能在密閉的屋子裡，不破壞任何物件闖進房內，然後將人殺死後再全身而退卻不被人發覺？」

秦簡想了一會兒，道：「有！」

沈玉書道：「真的有？是什麼法子？」

秦簡看著她，眼裡星光點點，笑道：「除非那人會穿牆術！」

沈玉書自然不信，這天底下若是真有會穿牆的那還了得？知他拿她取笑，她便瞪了他一眼，然後轉頭與周易商討了起來。

秦簡收了嘴角的笑，沒再言語，站在一旁靜靜地看著他二人聊得火熱。

剛好有光透過窗櫺灑進來，在沈玉書身上投下一片明亮的光輝，映得她低眸轉眼間竟是明眸善睞的風情。秦簡看著，竟不知不覺地癡了。

一旁的周易看著沈玉書，一臉認真地道：「還有一種可能！」

「什麼可能？」

周易嘴角向上翹起，露出一抹邪笑，輕輕地說道：「是冤魂前來討債了！」

「冤魂你個頭！我就知道你嘴裡沒好話。」

沈玉書懶得再去問他們，獨自在屋裡走了起來，走著走著，突然有一處地方引起了她的注意。那裡看起來很普通，只有一張書桌擺在床後，但她從中看出了不尋常之處。

她蹲下來，環視四周道：「你們看出什麼蹊蹺沒有？」

秦簡剛回過神來，沒大反應過來她的問話。

倒是周易，一臉得意地道：「你們走時我便發現了，這裡有很多的灰塵。」

「不錯。我也很奇怪，這每天居住的屋子裡怎麼會有這麼多的落灰？司天臺監府這麼多下人，難道都沒人來打掃嗎？」她暗暗起疑，轉身一臉探究地看向華氏道，「王司天往日似乎有些不拘小節呢。」

華氏一愣，也一臉怪異道：「不可能的，三郎生前就素有潔癖，他的房間裡是絕容不下一點灰塵的。」

「哦？」沈玉書一挑眉，又看了看桌角，在屋子裡踱起步來。

突然，小禾道：「小娘子，主人的房裡向來是不讓下人打掃的，就連每天早上更衣洗漱我也只是負責送水，其他的都是主人自己完成的。」

華氏也嘆了一口氣：「別說婢女了，就連我也很久沒來過三郎房間了。」

「哦，是這樣啊。」沈玉書若有所思地點點頭，又問，「那大娘子和王司天的關係可好？感情可還和睦？」

像是被人戳了痛處，華氏眸光閃爍，低聲道：「三郎與我自成親以來就舉案齊眉、相敬如賓，紅臉的次數都屈指可數，關係自然是好的。」

「是嗎？」沈玉書疑惑地看了她一眼，嘀咕道，「一個有潔癖的人屋子裡竟落滿飛灰，那就只有一種可能了。」

秦簡接過話茬：「這間屋子其實已經很久沒有住人了。」

「不錯。」沈玉書笑著應他。

「很久沒住人？」華氏一臉不可思議地搖頭道，「這怎麼可能？三郎每天處理完公事後就會回房休息的，每一次我都讓小禾送他回房，難不成我們每天看見的是隻鬼嗎？」

沈玉書微微一笑道：「大娘子剛剛也說過了，妳都已經很久沒進王司天的房間了，又怎麼會知道房間裡有沒有別的貓膩呢？」

華氏沉默了，她的眼神裡滿是期待，顯然是在等沈玉書的下文。

沈玉書拍了拍雙手，指著地面道：「你們來看，這桌角旁的灰，可有發現什麼異樣？」

周易左看右看，卻還是不明就裡，華氏就更不用說了，絲毫不覺得這點灰有什麼蹊蹺。

沈玉書無奈地看了眼周易，嗔道：「跟我查了那麼多的案子，竟一點長進都沒有！你看，這灰燼之上是不是有一段圓弧，而且還只有右邊才有？這說明什麼？」

周易恍然大悟，總算看明白了：「這桌子之前被移動過，還是從右邊向左邊滑動的。」

「沒錯。」沈玉書認同地點頭。

周易似有不解，又道：「可王司天為什麼要動桌子？」

沈玉書不答，回頭看了看華氏，華氏連忙搖頭道：「這……我也不知道。」

沈玉書一時茫然，少頃，突然道：「或許是桌子自己動的！」

周易沒聽懂。

她望著桌面，上面既沒有書本，也沒有筆墨紙硯，只有一個立起來的筆筒，事實上那是一個很奇怪的筆筒。

沈玉書低著頭去看，周易不解：「一個筆筒有什麼好看的？」

「筆筒自然是沒什麼好看的，可你看，這個筆筒上居然有個這麼大的手印，你說奇不奇怪？」沈玉書挑眉。

說完，她握起筆筒，卻發現筆筒和書桌原來是連接在一起的。她瞬間明白了，又試著將筆筒旋轉了一下，筆筒果真動了，就連下面的書桌也跟著動起來，桌角畫出的圓弧竟和地上的落灰重疊在了一起。

這時他們才發現，書桌後面原來有個小門，裡面竟然藏了條暗道，還能隱約感覺有冷風從裡面吹出。

華氏一下愣在當場。她無論如何也想不到，王朗的屋子裡竟藏著她不知道的祕密。

發現了這個暗道，沈玉書再次肯定了自己的推斷。

昨天夜裡王朗醉酒歸來，已是不省人事，便在屋子裡睡著了。想來凶手是趁王朗熟睡後，從這條暗道裡進來，將王朗殺死後又神不知、鬼不覺地從暗室逃脫了。表面上看來，這是一件撲朔迷離的密室殺人案，但實際上只是凶手隱蔽得恰到好處罷了。

只是讓沈玉書困惑的是，一個連華氏都不知道的暗道，除了王朗自己知道外，他還會告訴誰呢？

凶手能順利殺掉王朗，又能鎮定地將其背部的皮剝離帶走，說明凶手的內心承受能力極強，而且做了很精密的計畫，對房間的布局和暗道更是瞭若指掌。顯然，這個凶手定是王朗的熟人，平日裡和王朗走得很近，才有可能如此順利地得手。

那麼，會不會是王朗的酒友下的毒手呢？也許是他的酒友早有預謀，故意將他灌醉，然後在他昏睡不醒後便對他痛下殺手。但問題是，她現在並不知道昨晚和王朗喝酒的人是誰。

周易四處觀察了一下王朗的屋子，道：「這屋子裡的鬼名堂還真是不少。不過這裡頭黑咕隆咚的，咱們還下去嗎？」

「當然！」沈玉書回頭對華氏道，「勞煩大娘子命人準備幾支火燭！」

華氏應了，讓下人備了幾盞風燈給沈玉書等人，道：「火燭不耐風，用這個會好些。」

沈玉書接過，又給秦簡和周易各分了一盞，回頭卻見華氏手中也拿著盞風燈，剛想說些什麼，卻聽華氏道：「我隨你們一起下去吧。」

沈玉書一愣，道：「現在府上事情繁亂，想來都要大娘子出面主持，這下面又不知藏著什麼豺狼虎豹的，大娘子就不必跟來了。」

華氏想了想，覺得有理，雖然王朗去了，但府上總不能沒有個控制局面的人，於是點了點頭，並囑咐他們小心些。

◆

幽暗的甬道內寂靜無聲，四周也並不算寬敞，玉書三人前後相依著下去，甬道就顯得更為逼仄。

好在下面乾燥，沒有想像中那麼陰冷。

秦簡走在最前面，不過一盞茶的工夫，就已經走到了頭。迎面能看到一間臥室，裡面的陳設布置竟和王朗的房間極為相似，唯一不同的是，這間臥室乾淨得出奇，地上甚至還擺著三盆吊蘭，盆裡的土還是濕的，顯然是不久前有人剛剛澆過。

整間屋子顯得極為雅致。

周易看後忍不住笑道：「這個王司天也是個怪人，上頭一間房，下面又是一間房，難不成他上半夜睡上頭，下半夜又睡下頭？」

沈玉書沒接他的話，在屋內轉悠了一圈，才道：「你難道沒發覺，這才像是一間住人的屋子？」

說完，她的目光定在牆上的一幅陳舊的畫像上。那是一幅道士模樣的老者畫像，老者手裡握著拂塵，頭髮花白，神態自若，頗有幾分仙風道骨的風韻。畫像前還擺放著香爐果盤，想來這畫像上的人對王朗來說很重要。

對於這個，她並不覺得奇怪，因為司天臺監本就善於占卜風水格局，本身就屬於道家一脈，掛上一幅道士畫像以示虔誠也很正常。只是這畫未免也太過陳舊了些，中間竟有一道深深的折痕，這就讓整幅畫顯得不那麼美觀了。

她沒再細想，而是在暗室裡走動起來，邊走邊看，突然感覺腳下好像磕到了什麼很硬的東西，抬起腳往下看了一眼，竟發現地上有塊墨綠色的木牌，雕刻得很是精美。

她一眼就看到了木牌上的牡丹刻花，心下好奇，便撿起來，湊近鼻子聞了聞，只覺有股淡淡的木樨香味縈繞在鼻尖。

隨即，她把木牌扔給了周易，道：「這個你應該認得吧？」

周易瞄了那木牌一眼，又看著沈玉書，面上竟有幾分羞赧，半天也不說話。

見他這般模樣，沈玉書便瞪他：「光顧了那種地方那麼多次，你是頭一次覺得不好意思啊。」

周易不自然地眨眨眼，有些忸怩地道：「這木牌是豔紅家的物件，長安城的青樓裡，只有她家的花牌上會有木樨香味。」

沈玉書點頭，笑道：「這一點你倒是清楚得很嘛。」

周易臉羞得老紅，撓撓頭，辯解道：「我說了我是個正經人！」

「是嗎？我怎麼聽說這長安城裡數你林小郎花名在外，還和人並稱什麼『長安三公子』呢？我沒說錯吧？」沈玉書挑眉。

周易撇了撇嘴，咕噥道：「妳見有幾個男人不去煙花之地的？不信妳問秦兄，他沒去過嗎？」

「我說你呢，你扯人家秦簡做什麼？」沈玉書瞪了他一眼，扯了扯秦簡的衣袖問道，「我猜你也沒去過，對吧？別聽他胡扯，怪不得林祭酒天天氣得想揍他呢！」

秦簡衣袖一動，眼睫也跟著忽閃，低聲道：「我、我去過。」

下一秒，沈玉書和周易就都不說話了，個個看怪物似的打量起秦簡，只覺他平日一副衣冠楚楚、明月清風的謫仙模樣，該是遠離世俗煙火氣的，如何也想不到他竟會和那煙花之地有所牽連。

「幼時不懂事，去過幾次而已。」秦簡又道，眸光卻有幾分閃躲，只因沈玉書看他的眼神實在太過……炙熱。

周易眉毛一挑，拿著扇子在他肩上拍了兩下，道：「不懂事？秦兄幼時都愛玩什麼花樣啊？」

秦簡面色依然如常，耳朵卻倏地紅了個徹底，低了低頭，沒有要回答他的意思。

沈玉書站在一旁聽周易開起了黃腔，也覺得不好意思，便舉了舉手中的木牌，岔開話題問周易：「你確定這就是豔紅家的嗎？」

「想來秦兄也是知道的。你別光問我呀，說不定秦兄更見多識廣呢？」周易得逞地狡黠一笑。

秦簡不自然地咳了一聲，沈玉書也被他說得臉臊紅臊紅的，悶聲道：「這查案子呢，你磨嘰什麼啊？」

周易「嘿嘿」笑了兩聲，才正色道：「這豔紅家一共有十二位色藝雙絕的佳人，每位佳人手裡都會有這麼一塊定製的木牌，牌子上刻著不同的花卉和彩蝶。客人去豔紅家戲耍時，那假母[15]就會事先將妓子們手裡的牌子收起來，放在特定的香袋裡。香袋懸掛在門樓上，哪位客人要點『香』，只需將香袋取下來，然後在袋子裡塞個三、五十兩銀子進去，抽中牌子的佳人就會來伺候你。」

「喝個花酒竟還這麼多門道呢？」沈玉書心下好奇。

「那是。」周易抬了抬下巴，又道，「不過現在看來不只是那花見血喜歡採花，這王司天好像也很喜歡，而且還喜歡把花採完了帶回來，否則這豔紅家的花牌怎麼會出現在他房間下的暗室裡？」

「你倒是終於聰明了些。」沈玉書對他笑笑，揮了揮袖子道，「咱們走吧！」

周易問：「往哪裡走？」

「當然是走出門去！」

「啊？可是……門在哪？」

沈玉書一笑，眨了眨眼道：「就在道士畫像的後面！」

周易一愣，掀開那幅畫，後面果然有一道小石門，設計得很是巧妙，向左輕輕一推，門便開了。門很窄，一次僅容一人通過。

周易驚駭道：「妳是怎麼看出來這畫像後面有門的？」

「你們過來看！」沈玉書指了指，「這幅畫乍一看就知道很陳舊，可再舊它也是掛起來的，中間怎麼會有一道深深的折痕，並且位置固定呢？想來肯定是有人經常掀起畫像所導致的。而是什麼原因會讓這幅畫時常被掀起呢？自然是畫後面還藏了什麼玄機。」

周易聽得連連點頭：「看來的確是這樣的。」

沈玉書又道：「另外我還知道一件事。」

周易問：「什麼事？」

「我敢保證，我們從這裡走出去之後，一定會到某個特定的地方。」沈玉書說得信誓旦旦。

「為什麼？」周易不解。

「你應該知道的，這司天臺監府和平康坊之間其實只隔了一條街道，而平康坊裡什麼最多？自然是那令人紙醉金迷的煙花之地。我若沒記錯，豔紅家就在平康坊東南角。王朗在自己的房間下修挖暗室，竟連他的夫人也瞞著，足以說明他心裡有鬼。他去花樓裡偷歡後絕不敢將妓子從正門帶回家中，只能將暗室連接到豔紅家附近，也正因為這條暗道，他才能來去自如。」

周易恍然道：「有道理！」

秦簡依然站在房間內的一角，並不摻和他們的對話，只用耳朵聽著。

這會兒，他已經有了自己的盤算。只是他今日也不知怎的，竟然好幾次都將目光定在了沈玉書身上，甚至忘記收回視線。偶爾兩人的目光撞個正著，更是讓他目光閃躲，竟不知該往哪放了。

參

他們從石門出去後，便有陣陣嘈雜聲湧入耳畔。

原來外面不遠處就是長安東市的西側，各處花樓都在平康坊這條街上。

沈玉書畢竟是一介女兒身，出入煙花之地多少有些不方便，他們先去了附近的一家成衣店買了套公子哥的行頭，然後才去豔紅家。

豔紅家共分作三層，一樓是聽曲的，文人雅士居多；二樓是沐浴的，這裡的人物身分最是混雜；而三樓則是清一色的住房，配套齊全，內置也極盡奢華，能來這裡玩的顯然都是些富家公子哥。

其中，最吸引人的莫過於這樓裡的十二位佳人，個個都有著傾國傾城之貌，據說，這些人中又以佩戴牡丹花牌的蕭媚兒最為有名，當數花中之魁首。不少官家子弟慕名而來，不惜以重金來換蕭媚兒的垂青。有些窮酸秀才雖囊中羞澀，卻也想見她一面，便只好賣弄幾篇窮酸文章。而這蕭媚兒恰恰又不是那一般人，偏有個怪癖好，但凡有人想要見她，必須當場作一首讚美她的詩詞，她若是聽得歡喜便會主動來尋你，否則即便你使再多的銀兩和手段，她也統統視而不見。

沈玉書也是頭一回聽說煙花之地竟也有這許多說辭，就連周易這樣的老油條在最初聽說時也覺得詫異。原來青樓女子也並非都是輕浮亂性、喜好財物的泛泛之流，還有蕭媚兒這種頗有情操的不俗之人。

沈玉書不禁好奇，這樣一個清高脫俗的女子為什麼要跑來青樓過活？她手裡的牡丹花牌真的是和王朗偷情時無意間掉落在暗室裡的？那麼殺死王朗的人會不會就是蕭媚兒？可就王朗的死相來看，凶手必定身手不俗，莫非這蕭媚兒還藏了什麼祕密？

她呆呆地站在豔紅家門口，想了好久，難道祕密就要這樣被揭開了嗎？

樓裡、樓外，不過一道門的阻隔，卻像是被生生隔出了兩個世界。

樓外再如何風雨飄搖，暗流湧動，樓內也始終都是那一幅盛世康泰的繁華景象。

待沈玉書等人走進去的時候，就見那鴇母正坐在櫃檯前蹺著二郎腿，嘴裡吃著小零食，一派優哉游哉的模樣。

樓裡的人都在各自忙活，姑娘們也都在陪客，眼下好像根本沒人注意到他們三人進來，也沒人過來招呼他們。

樓上、樓下吵吵嚷嚷，各色綾羅綢緞穿梭在密集的人群裡，吹拉彈唱的音律聲混著不絕於耳的叫好聲，直在玉書耳邊炸成了一團，好不熱鬧。

沈玉書素來不喜熱鬧，著實受不了這嘰嘰喳喳的吵鬧聲，便乾脆自己找了個安靜點的角落，要了一壺竹葉青酒、一碟鹽焗花生米、一盤醬鴨、一盤毛肚、三碗菌湯，自個兒討清靜去了。

見沈玉書過去，秦簡便也跟著過去幫他們煮酒。他素愛喝酒，對怎麼喝酒也頗為講究，一道道工序下來，一看就是真正懂酒的人。

周易往墊子上一坐，道：「想來那個蕭媚兒現在肯定還在房裡，想見她的人絞盡腦汁地作詩，卻難見上一面，還不如咱們喝喝酒，倒落個耳根子清淨。」

沈玉書看著他，道：「我倒不想去討這無趣，可我們若不見到她，王司天的案子怎麼辦？」

周易微微抿了一口酒，雙手托腮道：「可若作不出好詩來，我們豈不是一直見不到她了？」

「話可不能這麼說，你這個祭酒府的小郎君還坐在這呢，又怎會作不出詩呢？說不定那蕭媚兒等的就是你呢？」沈玉書斂了斂衣袖，笑著揶揄周易。

周易撇撇嘴，手上拿著醬鴨腿，嘴裡被毛肚塞著，鼓得像個饅頭，咽了一半，他突然看向秦簡道：「其實也不一定非得作出詩才行，還有個法子，就是讓秦兄偷偷摸摸潛入那蕭媚兒的房間去，然後再神不知、鬼不覺地點了她的定穴，乘人不備，好將她偷出來！對於秦兄來說，這並不是什麼難事吧？」

沈玉書狠狠地白了他一眼：「你盡出餿主意，你怎麼不說讓你扮成老媽子去叫蕭媚兒？鴇母的話她總是要聽的吧。」

周易暫態啞口無言，被訓得如同小媳婦兒般看著沈玉書，委屈巴巴地說：「玉書，沒想到妳比我還狠……」

沈玉書不打算指望周易了。她原本想請出聖旨的，但未免太興師動眾了，若是因此就打草驚蛇，更不利於破案。

她靠在隱几的扶手上心不在焉，時不時地抬頭看看樓裡的人群，時不時地又低頭沉思。忽聽人嘆道：「蕭媚兒怎麼還不出來？」

「是啊、是啊，都等了這麼久了。」

「我肚子裡可是藏著好幾十首詩呢，只待她一出來，保准讓她知道什麼叫豔驚四座。」

「嘁，別吹噓了，你，就中個秀才瞧把你給得瑟的！蕭娘才不會看上你這種庸才呢！」

「你說誰庸才呢？賀二我可告訴你，你別太過分，小心你老子知道你來這，打斷你的腿！」

有人起鬨幾聲後，樓裡突然傳來一聲尖叫，聲音很是刺耳，一下子把所有人的目光都引到了三樓。

坐在凳子上的老鴇被叫聲驚得摔了個倒仰，正四仰八叉地躺在地上。不知是誰隨手扔了個空酒罈子，正好套在老鴇的頭上，罈子在她頭上滴溜溜地轉了幾圈才掉下來，她那樣子滑稽極了。

老鴇急著喊了一句：「怎麼回事？」

樓裡頓時安靜了，三樓有個小婢女邊往樓下跑，邊嚷著：「不好了，蕭娘出事了。」

老鴇聽到後，臉上的皮肉劇烈抖動，像是抽筋一樣。她也不管自己的形象如何，忙拍拍屁股爬起來，又甩著膀子衝上三樓，打開「牡丹閣」的房門，頓時嚇得愣在了原地。

只見蕭媚兒直愣愣地倒在地上，額頭上不知被什麼東西鑿了個血洞，裡面竟有朵花長了出來，紅豔豔的和鮮血一般。

老鴇不由得驚呼一聲，雙腿忍不住打戰，倒在地上，嚇得小婢女手忙腳亂地上去扶她。

不過，哪怕是死了，也依然能看出來這蕭媚兒的確很美，渾身都透著一股不食人間煙火的氣息，而且是那種不需粉黛而呈現的天然美感。

沈玉書剛剛聽到那婢女的話，便也急急地跟著上了三樓，見著蕭媚兒這般模樣，頓時也被嚇了一大跳。若不是身後站著秦簡，她也差點一個趔趄摔倒在地。

不過，她一後退，卻是實打實地撞在了秦簡的胸膛上。秦簡自是不動如山，一隻手就穩住了她的身子。

沈玉書的臉一下子就紅了，她呆呆地站在原地，一動也不敢動，不知怎的，竟覺得自己被握著的那片皮膚，像是受了火的炙烤般，焦灼得連帶著心都透著股火熱。

好在蕭媚兒的死才是如今的當務之急，她只愣怔了片刻，便回過了神。

由於事情發生得太過突然，很多看客甚至不敢相信，直到親眼看見蕭媚兒的慘相後才扼腕嘆息。

「蕭娘啊，妳怎能不等我就先走了！我寫的詩妳還沒來得及看呢。」

「酸秀才，別鬼哭狼嚎了，依我看，蕭娘怕是不想聽你那酸腐的詩才尋了短見吧！」

「我說你們有沒有腦子，蕭娘明顯是被人害了才喪命的！你們這些市井之徒，什麼也不懂！」

花樓裡一下子炸開了鍋。

沈玉書直戳戳地站著，一時有些迷茫。她萬萬沒想到，方才還被她懷疑的蕭媚兒，方才她還苦於不知該如何當面對質的蕭媚兒，眨眼的工夫，竟然死在了房間裡；而她就坐在堂下，絲毫沒有察覺到事情會有這樣的轉折。就好像凶手一路上都在跟蹤她，故意留下牡丹花牌的線索，讓她將目標鎖定後，又故意將她引到這花樓裡，卻結果了目標人物的性命。

周易也匆匆走進蕭媚兒的房間，為了撥開前方圍觀的一堆人，只得出示了魚符。

這一次他驗屍的速度很快，沒過一會兒就已經從房裡走出來，語氣沉重地道：「她的額頭上也被種了一朵花。」

沈玉書「嗯」了聲，道：「我知道了。除了這個還有沒有其他的發現？」

「死法和王朗極其相似，就連脖子上的勒痕都很相像，想來這兩件案子應該同屬一人所為不假。」周易又停頓了一下，「只不過……」

「只不過什麼？」

周易的臉上突然閃過一絲憤慨：「蕭媚兒懷孕了。」

沈玉書一愣，驚訝道：「所以說，其實是一屍兩命？」

周易點頭，神情再沒之前的玩笑之意，也是一臉凝重。

站在旁邊的小婢聽到這個消息後，不禁打了個寒戰，一臉驚恐地道：「官家，你說蕭娘懷了身孕？」

周易點點頭。

小婢不相信，小心翼翼地上前掀開蕭媚兒的衣服，果然看到她的肚子微微鼓脹，真像是懷了身孕，只是蕭媚兒衣物寬鬆，且顯懷不甚明顯，便很難被發現。

霎時間，小婢突然情緒崩潰，當著眾人的面便號啕大哭起來。

沈玉書現在腦子一片混沌，只好安慰道：「小妹妹，節哀。妳能告訴我妳和蕭媚兒是什麼關係嗎？」

小婢一邊啜泣，一邊抹眼淚道：「我是媚兒阿姊的貼身婢女，我叫小依，一直跟在媚兒阿姊身邊。昨天她還好好的，早上我還給她補了妝容，誰知道她怎麼就……」她忍不住傷心，眼淚嘩嘩地往下流。

沈玉書眸子一轉，問小依：「那我問妳，蕭媚兒平時和其他姊妹關係如何？」

小依抽泣道：「媚兒阿姊在我們豔紅家是人氣最旺的，我不敢挑撥她和其他阿姊的關係，但我知道肯定是有人眼紅的。」小依的話雖然委婉，但透露的意思已經很明顯，蕭媚兒的確是個很容易招人嫉恨的對象。

「妳是什麼時候發現蕭媚兒死了的？」沈玉書盯著小依的眼睛。

小依緩緩地抬起頭，臉上掛著好幾道淚痕，模樣甚是可憐。她也看著沈玉書，道：「就是剛剛看見的。我本打算將修好的琴送到媚兒阿姊房裡，誰知推開門就見到媚兒阿姊躺在地上，頭上的珠花還戴得整整齊齊的，還是我早上替她梳妝之後的模樣。」

沈玉書看了一眼周易，見他眉頭深鎖地看著小依，眸光不禁一沉，透著幾分疑惑，道：「怎麼，蕭媚兒的琴壞了？」

小依點頭道：「是的。媚兒阿姊昨晚在房裡撫琴，也不知道怎麼回事，中間有根琴弦突然被撥斷了，上午我拿到東市劉師傅那裡去修，他讓我午時過後去取。」

「是哪個劉師傅？」

小依道：「叫劉金，是個修理匠，手藝了得，什麼物件壞了他都能修好。」

沈玉書道：「那那把琴呢？」

小依指了指裡屋道：「就放在阿姊床前的梳妝臺上呢，我怕媚兒阿姊急用，便提前去劉師傅那裡討要，媚兒阿姊還給我勻了三塊小銀餅，我拿了兩塊給劉師傅算作工錢，另外一塊是媚兒阿姊賞我跑腿的小資。」

沈玉書心中覺得好笑，面上卻未露分毫，看著小依道：「小依，妳還真是個實誠的人，其實妳不必跟我交代得這麼細緻的。」

說罷，她便走到梳妝臺前，見上面擺著的矮几被收拾得還算乾淨，剛好夠放一把琴。她撥了幾下琴弦，便聽到幾聲清脆的調子傳開，想來用它彈出的曲子也定是極好聽的，再配上蕭媚兒這麼個絕色女子，那真是大珠小珠落玉盤，迷得公子哥們眼都挪不開。

「我看這琴弦既堅又韌，你們說，若是取其中一股，粗細比起一根頭髮絲來如何？」秦簡也上手撥了撥，道：「這弦的韌性的確不錯，一股的粗細也很合適。」

沈玉書雙唇微抿，緩緩地道：「如果用一根恰好繃斷的琴弦抹在一個人的脖子上，會不會出現一道又細又深的傷口來？」

秦簡看她一眼，道：「如果力道拿捏得合適，是可以做到的。」

沈玉書了然，瞄了眼小依道：「蕭媚兒昨晚給誰彈的琴？」

「昨天晚上，媚兒阿姊自始至終只給一個人彈過曲子。」小依嘟囔，「雖然有不少公子哥也帶了很多金子，只求見阿姊一面，可阿姊自認識了那人以後，便不再輕易見客了。倒是便宜了鴇母媽媽。」說這話的時候，小依還忍不住回頭看了兩眼，確認那鴇母已被抬到一樓歇息去了，才放心大膽地繼續說，「不過，那人昨日走得倒是比每天早一些。聽阿姊說，他還有個酒局，不便去晚了。」

沈玉書蹙眉思索了一番，看著小依道：「想必那人一定作得一手好詩吧？」

小依道：「可不，他看起來還是個做官的，長得也算俊朗，最重要的是他作的詩好聽得很，媚兒阿姊可喜歡了，之後他就常來這裡找阿姊。」

「妳說的那人可是叫王朗？」沈玉書一下子提了精神。

小依把眉頭皺成了一團，想了半天，咕噥道：「我也不知道他到底叫什麼，只聽媚兒阿姊叫她樂天，還知道他好像也姓王，不知道和你們說的是不是一個人。」

「樂天？」沈玉書挑眉，不禁笑了，「這王司天當真是有情趣，尋花問柳還要給自己娶個雅致的小號。」

「妳確定這人就是王司天？」周易滿腹疑問。

「我雖與咱們這位王司天並不熟識，卻也知他生平最愛白居易的詩，而這樂天是白相公的字，他又偏要那蕭媚兒叫他樂天，你們說，這人除了王司天還能有誰？」沈玉書笑道。

聽罷玉書的話，周易也是連連點頭，這樣說來倒真是對上了。王朗在司天臺監任職，可謂頗具才學，剛過不惑之年可謂風華正茂，也難怪高冷的蕭媚兒會迷上他了。

聽小依的口述，兩人見面應不止一次，或許蕭媚兒肚子裡的孩子正是她和王朗所育。只是，小依剛才說她是取琴回來後才發現蕭媚兒死了的，她所說的那家修理琴的鋪子又和豔紅家離得很近，來來回回頂多一個時辰，也就是說，蕭媚兒應該剛死不過一個時辰，可就剛剛驗屍得出的結果斷定，蕭媚兒卻已死了兩個時辰有餘。

所以，小依在撒謊？

這麼想著，周易不由得多看了小依兩眼。見她兩隻圓眼蓄滿了淚水，完全一副純良無害的樣子，他又懷疑地蹲身查看了一下蕭媚兒的屍體，眉頭不自覺地皺得更緊了。

隨後，他站起身，來不及整理衣服便走到沈玉書身側，沉聲道：「玉書，妳跟我來一下。」

沈玉書側頭看了他一眼，不動聲色地點了點頭，跟著他走出了牡丹閣，二人在三樓的一個拐角站定。

「怎麼了？」沈玉書問。

周易輕咳了一聲，低聲道：「那個小依在撒謊。」

沈玉書眼睛驀地睜圓了，示意他繼續往下說。

周易唇角勾過一抹輕淺的笑，道：「那個蕭娘子，兩個時辰前就死了。」

沈玉書眼裡閃過一絲茫然，不消片刻，卻又突然笑得燦爛，看著周易狡黠地道：「這也未嘗就不是好事。」

說罷，她就先行回了牡丹閣，又是一副親切模樣地去找小依說話，獨留周易在原地胡亂糾結：「好事嗎？也許吧。」

◆

這廂沈玉書一進門，便見小依還站在梳妝臺前暗自感傷。她愣了一下，走上前拍拍小依單薄的肩膀，撫慰道：「自古紅顏多薄命，妳也要想開些。」

小依一邊啜泣一邊點頭，哽咽著：「我知道的。可是我出身不好，打記事起，就被人打罵慣了，只有媚兒阿姊對我好，如今連她也去了，我可怎麼辦啊！」

沈玉書嘆了一口氣，拿了一條絲絹替她抹了抹眼淚，輕聲道：「妳可記得蕭媚兒遇害之前有沒有走出過房門？」

小依大概是哭得乏了，抽動了兩下鼻子，啞聲道：「媚兒阿姊今天起來得很早，挑了自己平日裡最喜歡的九鳳疊尾裙，還讓我給她描了最好看的妝，我從來沒見過她像今天這麼高興，就多嘴問了一句。

阿姊一直偷笑，只說今天那個叫樂天的郎君要來接她，還說她日後再不必在這花樓做活了，我以為她說的是玩笑話就沒放在心上。但早上我見她在房裡心不在焉的，時不時地還打開窗戶往外看，好像真的在等人，想來她說的都是真的了。

可她等了快一個上午也沒見那個郎君來，大概是心灰意冷了，便回床上小憩了一會兒。我不想打擾她，就掩上房門去劉師傅那裡討琴，誰知剛回來就看到⋯⋯」

小依說著說著，已是泣不成聲，大大的杏眼哭得又紅又腫，抽噎著想繼續往下說，卻似打開了淚閘，半天也說不出一句完整的話。

沈玉書安慰地拍拍她的背，抬眼示意秦簡把屋子裡圍觀的閒雜人都請出去。此刻，她的心裡像是擠進了一塊碎石，被硌得生疼。

她知道王朗沒有食言，可她也沒有與小依解釋的必要了，終究是人去樓空，說與不說，不過徒留傷心罷了。可她不明白，這世間萬事為何總是如此，「成全」二字真就那麼難嗎？

沈玉書等小依情緒稍微平復了，才又問：「昨晚王朗除了聽曲子外，可還做了什麼其他事情？」

小依抽噎道：「還去了二樓沐浴。媚兒阿姊還特意吩咐不要讓其他人過去，都是她親自替那人更衣的。」

沈玉書眸子發亮道：「我知道了！」

秦簡看她一眼，淡淡地說：「我也知道了。」

周易剛思考完人生走進來，便聽玉書和秦簡說這話，疑惑地摸摸頭道：「你們知道了什麼？」

沈玉書眼裡閃爍著星星，道：「這個兇手相當聰明，他一定去過了浴室，甚至還偷看過王朗洗澡。」

「何以見得？」周易疑惑。

「王司天背部丟掉的那幅刺青圖。」秦簡提醒他。

周易緊蹙著眉毛，似乎還是不懂。

「華氏不也說過她是在替王司天沐浴的時候，才知道他背部刺著一幅圖？想來，王司天背後的刺青並不是誰都知道的，只有在沐浴的時候，衣物盡除，後背的祕密才有可能被人知道。」沈玉書目光灼灼地解釋。

周易恍然大悟，這才想起來王朗背後被割掉的那半張人皮。現在想想果真合情合理，看來兇手怕是早有預謀，殺人是假，取走人皮才是真。

沈玉書朝他笑笑，又轉頭問小依：「你們的浴室是單獨分開的嗎？」

「是的，每位客人都是單獨一間浴室，也是由不同的阿姊伺候著。」小依如實道。

「也就是說，王朗的浴室內除了他自己和蕭媚兒，再沒有第三個人進去，是嗎？」

小依搖搖頭，道：「不，有的。浴室裡每隔一會兒都會換水，只要浴室的門從裡面打開，換水的師傅阿來就會進來挨個兒添水。」

「哦？」沈玉書的眸子轉動了幾下，道，「那……阿來現在在哪？」

小依道：「這會兒應該還在二樓。」

沈玉書了然，跟著小依去了二樓，秦簡緊隨其後，周易還蹲在地上研究蕭媚兒的屍體。

大概因為現在還不是沐浴的時辰，浴室裡只有為數不多的幾個客人。這裡一共有十七、八間浴室，都用細密的竹木簾子隔開了。

沈玉書搭眼掃了一圈，便看到有個肩上搭著長毛巾、手上推著換水桶的男子正在浴室門口走來走去。那人長著尖下巴，一張悶驢臉，看起來老實巴交的樣子，應該就是小依口中的阿來。

見有人進來，阿來先是抬頭看了看，沒有說任何話，接著又推著木桶車，低頭往前走。

沈玉書正要上前詢問，小依卻拉住她說阿來其實是個啞巴，腦袋也不靈光，交流起來十分困難，沈玉書便打消了念頭，沒去問了，面上還露出幾分尷尬。

秦簡見她面色微紅，眼波流轉間鮮少露出了幾分難堪，只覺心下一動，自己不知怎的竟也面紅耳赤起來，好在這次沈玉書並沒有注意到他的目光。

她神情嚴肅，自顧自地繞著浴室走了幾圈，果然發現這浴室雖然周圍都有簾子隔著，但穿梭其中仍能透過縫隙看到浴室內的大概情景。也就是說不僅僅是阿來，但凡是來過浴室的人，只要心中有意，都能發現王朗背後的刺青圖。

可每天出入浴室的人那麼多，想要找到凶手並不是件容易事，想到這裡，她便不自覺地嘆了一口氣。

「沒必要急的。」秦簡在她身後輕聲道。

沈玉書愣了一下，隨即朝他笑笑。

二人目光相接的一瞬，秦簡只覺春暖花開。

時辰不早了，沈玉書和秦簡便提前離開了豔紅家。蕭媚兒之死早已通知了京兆府，這會兒屍體已經被衙差抬到了衙門，周易想再仔細檢查蕭媚兒的屍體，於是便獨自去了京兆府。

◆

第二日清晨，長興坊，包子鋪。

街上的叫賣聲此起彼伏，薄薄的霧氣還未散開。

包子鋪裡，沈玉書、秦簡、周易正在吃早餐。

周易咬了口包子，不解道：「你們說，那個小依為什麼要說謊啊？」

沈玉書看著碗裡的餛飩出神，搖了搖頭，表示自己也不知道。

「她不知道你是仵作。」秦簡的聲音依然淡淡的，卻有如清泉流過般清亮澄澈。

周易正吧唧吧唧地咬著包子，聽秦簡這麼一說，忍不住「嘶」了一聲，道：「有道理，她不知道還有我這方神聖在場，所以就信口開河，沒想到竟然露餡了，哈哈哈！」越說越起勁，突然又念頭一轉，問道，「不會她就是殺了蕭媚兒的凶手吧？」

沈玉書搖頭道：「目前還不能下定論，不過她的嫌疑確實不小。可蕭媚兒死了那麼久，樓裡的媽媽竟然都沒有察覺，這倒是件怪事。」

周易點頭如搗蒜：「其實昨天我在蕭媚兒的屍體上還發現了幾樣東西。」

沈玉書眨了下眼睛，興致提起來了，也顧不上吃食，道：「說說看。」

周易嘻嘻一笑，獻寶似的從懷裡掏出一塊方巾，遞給沈玉書，道：「妳先看看，我再來說。」

沈玉書疑惑地看了他一眼，打開方巾，發現裡面包裹著幾片破碎的死皮和一塊木牌，木牌上竟刻著一朵梅花。

沈玉書挑眉道：「我記得在王朗屋內的暗室中發現的木牌上刻著的是牡丹圖。」

「不錯，蕭媚兒佩戴的的確是牡丹木牌，但那塊牌子落入暗室內，後來被我們找到了。可是豔紅家的佳人每人手裡都只有一塊牌子，按理說蕭媚兒的身上不會再有其他牌子的，可我昨天驗屍時，發現她的左手裡竟然握著一塊木牌，而且還換成了梅花刻紋，妳說神不神奇？」周易一雙鳳眼一挑，透著滿滿的興奮和喜悅。

「哦？這麼說，有人將其他人的木牌和蕭媚兒的調了包？」

沈玉書說完後，細細想了想，又覺得似乎不太合情理。按周易所說，刻有梅花的木牌握在蕭媚兒手中，而佳人的習慣應該是將木牌掛在腰間，蕭媚兒死後卻緊握在手中，那麼這個木牌極有可能是蕭媚兒從別人身上扯下後再握在手中的，難道蕭媚兒早上曾與人起過爭執？

周易沒看出沈玉書的心思，指了指方巾上細小的碎皮道：「還有這個，是在蕭媚兒的指甲裡發現的。」說罷，他將碎皮放在倒滿清水的碗裡，過了一會兒，碎皮便鋪展開來，能看到上面有芝麻粒樣的淡青色紋路。

沈玉書莫名地打了一個冷戰，道：「這碎皮上是刺青的顏色，莫非這是王朗背後的那塊皮……」

周易道：「妳看出來了？」

沈玉書「嗯」了一聲，眼睛微眯道：「看來這個凶手和豔紅家脫不開關係了。」

沈玉書拿起那塊梅花木牌端詳了許久，木牌本身沒什麼特別，但擁有木牌的主人引起了她的注意，於是她道：「這人也許並不難找。」

秦簡喝了口清茶，道：「是，這木牌的主人定是那十二佳人中的一位，只要找到她，或許殺害王朗和蕭媚兒的連環案就能水落石出了。」

沈玉書和周易都很同意他的看法，這恐怕是目前唯一有用的線索。

肆

太陽東升，祥和的金光灑滿長安城，今日的長安依舊是一副盛世安康的模樣。然而，有陽光，便有所謂的陰涼，日頭再大，也總會有它照不到的地方。

豔紅家東側的胡同口就是個陽光很難照進來的地方，這裡又黑又潮濕，來往的人也少，寂靜得讓人懷疑這裡是不是靠近東市的繁華之地。

寂靜的巷口突然傳來幾聲夜鶯的歌唱，清麗中還帶著幾分情感，夜鶯活像成了精。

鶯啼聲剛落，便見一道黑影越過胡同一側的高牆，咚咚兩聲落地，身手很是俐落。而這人，正是那神祕莫測的黑斗篷。

過了不到半刻鐘，又傳來幾聲夜鶯的叫聲，黑斗篷抬頭看了看面前的高牆，牆上不知什麼時候竟開了一株花，妖豔無比，馨香四溢，竟是一株血紅的魔蘭花。

黑斗篷閃身過去，朝牆那邊的身影邪笑一聲，道：「人皮到手了嗎？」

牆那邊的女人環顧了一下四周，回答道：「放心吧，人皮早已經得手，馬上可以實施下一步計畫了。」

黑斗篷鷹眼四探，道：「午夜魔蘭果然好本事，閣主總算沒看錯人。妳也很久沒回組織了，不若這次和我一起回去交差？」

那邊女人冷笑一聲，道：「你先帶著人皮回去吧，我還有別的事要做，做完我自然會回去。」

黑斗篷聲音一冷：「妳想幹什麼？」

女人魅惑地一笑，道：「我還想再種一朵花。」

黑斗篷的臉上劃過一絲驚異：「莫非王朗沒死？」

女人不屑地「哼」了一聲：「你以為我像你們那樣沒用嗎？我午夜魔蘭出手，會有索不來的命？」

黑斗篷似有顧慮，猶豫了片刻：「妳還是小心些為好，我們之前折損了太多人，閣主又器重妳，妳萬萬不可貿然行動。」

女人道：「這不是你該管的，再說了，我做事怎會失手？」

「妳……」黑斗篷啞然，放棄再勸說她，環顧了四周，小心地說，「好吧，妳先把人皮給我，我現在趕緊回去，免得節外生枝，妳自己且小心。」

女人眨了下眼睛，算是回答他，隨即從牆後扔出一個銅盒子，道：「東西在裡面，你快走吧，不出意外明天我就會回來的。」

黑斗篷點頭，拿著盒子轉眼間就不見了。

◆

另一邊，沈玉書等人吃飽喝足付了錢，便騎馬匆忙往豔紅家趕。畢竟昨天出了命案，今天花樓裡的人的確比往常要少了很多。

老鴇臉色陰沉，正在屋裡罵罵咧咧，雖不知道她在說什麼，卻也知大抵都是些不太中聽的話。小依正低著頭悶聲灑掃，阿來還在二樓按部就班地換水，一切都還算正常。

三人走進豔紅家的一樓大堂，老鴇看到他們後，變得客氣起來，笑著迎上去，道：「官爺來得真早哇。」

沈玉書歪頭笑道：「妳們也不遲。」

老鴇的臉色突然又陰沉了下去，她皮笑肉不笑地道：「唉，我這半宿也沒合眼，一直心驚膽戰的，就想聽聽你們有沒有查出什麼。我家那蕭娘子究竟是被誰害的？」

沈玉書只是笑笑，道：「想必媽媽也知道不少吧？」

老鴇將眉毛扭成了曲線，賠笑道：「小娘子可不能這麼說，我好歹也和蕭娘朝夕相處這麼久，她死得慘，我比誰都難過，昨天可是嚇得腿都軟了。」

沈玉書直勾勾地看了兩眼老鴇，又打量了一下花樓的整個大堂，錯了下身子欲往樓上走。恰好在這時，一個身著華服的男子從三樓的廂房出來，正好在走到二樓時和玉書等人打了個照面。

玄色圓領緞袍，袖間雲紋滾滾，一雙鳳眼盡散著風流，沈玉書只看了一眼，便猜出他定是那花名在外的賀家二郎。昨天在這裡，她曾看到過賀二郎為見蕭媚兒一面而與其他公子哥們爭風吃醋。

賀二郎先是看見了周易，因和周易是熟識的，所以便打趣道：「林兄這是要回去了？」

「剛來哪能就回去？」周易也同他嬉笑。

「哦？」賀二郎笑得別有深意，「林兄是看上了哪個娘子，這般流連忘返？我倒也想見識見識了。」

「賀兄這話就不對了，既是被我看上了，我自然是要藏起來了，哪裡還有拿出來的道理？」周易把身子往欄杆上一倚，一副要與他繼續聊下去的架勢。

「林兄這話說得怪小氣的。我本來還想將蕭娘子介紹給你的，只是可惜了……也不知是哪個殺千刀的不要命，竟那般殘忍，將蕭娘子給……」說到這，賀二郎一臉惋惜地搖頭嘆起氣來。

見他們的對話實在輕浮了些，沈玉書便忍不住輕咳了兩聲，賀二郎這才看到周易身後還站著兩個人，疑惑地問周易：「這位是？」

周易回頭看了眼玉書，道：「哦，她是沈府的千金。」

賀二郎一聽周易說沈府，表情瞬間不自然起來。普天之下姓沈的人家千千萬，可這長安城卻就一家姓沈的大戶，再細看面前這位氣質卓絕的女子，可不就是那位聖上眼前的紅人沈玉書？

「原是沈娘子，我說怎麼出落得這般好看，是賀某失禮了，還望小娘子莫怪。」賀二郎終於恍然，尷尬地朝沈玉書拱了拱手，心中猜測沈玉書等人來豔紅家，定是為了蕭媚兒被殺一事。

「哪裡，應該是我擾了你們談話才是。我見你們甚是相投，不若你們繼續談？我還有要事，便先上去了。」沈玉書朝他笑笑，便帶著秦簡上了樓。

「辦事要緊。」賀二郎難得面上謙恭，見玉書走出老遠，才和周易嘀咕道，「你小子，剛剛是不是在揶揄我？趕明兒來我府裡吃飯啊，我帶你見識見識我們府裡剛買進來的幾個胡姬，那可是真絕色！」

再往後他們說了什麼，沈玉書便不知道了。她無奈地嘆了一口氣，道：「這個周易，怪不得林伯伯天天要捉他回家。」

「妳倒是比他父親還操心他。」秦簡一臉的無奈。

沈玉書正扭著頭四處觀察，聽他這麼說，便不好意思地朝他笑笑：「其實他一點也不壞，就只是貪玩罷了。畢竟當年我家那樣，他都能不避嫌地天天來找我，我拿他當真朋友的。」

突然聽到沈玉書吐露心聲，秦簡腳下的步子不由得一頓。

他看著她，似是想看透她，卻見她依舊是一副什麼憂愁都沒有的模樣，似是多大風雪都掩不住她的恣肆盛開。不由得，他的心跟著柔軟起來，語調也溫柔了不少，他說：「那些年，應該很難過吧？」

這一句，帶著疑問，帶著關心，帶著小心翼翼。

沈玉書更是一愣，隨即又釋懷般地笑了。她說：「已經邁過去的坎，怎能算難？」

那一刻，她看著他，眼底是盛滿了星光的乾淨澄澈，秦簡也看著她，沒來由地失了神。

◆

他們去了三樓的各個廂房，並沒發現什麼異樣，便下樓拐進了跨院。

豔紅家有好幾個院落，他們去的是東跨院，因為旁邊是一堵高牆，連太陽都難照進來，所以這裡都是些放雜物的屋子，地上有幾處冒著青苔，雜草更是在院子的角落裡肆無忌憚地瘋長著。

由於沒有明確的線索，他們便只能各處都留意，總之，這個案子逃不出豔紅家這幾個院子就是了。

突然，不知從哪裡傳來「噹啷」一聲，沈玉書猛地抬頭，問秦簡：「你可聽到什麼聲音嗎？」

秦簡點頭道：「像是東西落地的聲音。」

「應該不是從外面傳來的吧？」沈玉書有點懷疑，畢竟牆外就是喧鬧的東市，也有可能是從外面傳來的雜音。

「應該不是。」秦簡回答得很肯定，習武之人的聽覺都是敏銳的。

「這樣嘛……」沈玉書暗自嘀咕著。

為了確保萬無一失，他們便打算進那些雜物間看看，卻突然被一個聲音給叫住了。

「沈娘子，原來妳在這啊。」

沈玉書回頭，看到來人是小依。此刻她正小白兔似的羞澀地看著他們。

「怎麼了？」沈玉書問她。

「哦，媽媽說有事要與你們說，看她的樣子，應該是什麼急事，我便來找你們了。」小依乖巧地答。

沈玉書不由得一愣，道：「那……就走吧。」

然後，她側頭看了秦簡一眼，意思是讓他在這查一下，一會兒再和她會合。

誰知，那小依似是能讀懂她的意思，看著秦簡笑笑：「郎君也一起來吧，媽媽讓我把你們兩個都叫上呢。」

無法，他們只得將手頭的事擱下，跟著小依回了一樓大堂。奇怪的是，他們卻沒見著老鴇，沈玉書不禁疑惑地看向小依。

小依無辜地眨了眨眼睛，道：「欸？媽媽呢？她剛剛還在這的，許是去拿什麼東西去了吧。娘子先坐一坐吧，她可能一會兒就回來了。」

沈玉書眉頭一動，探究地看了兩眼小依，見周易一人坐著，旁邊沒了那賀二郎，便過去找他了。直覺告訴她，這個小依，很有趣呢。

小依甜甜一笑，轉身去沏了一壺碧螺春茶。

「娘子和兩位郎君喝茶吧。」小依將茶杯依次放在他們面前。

沈玉書又細細地上下打量了她一番，隨即念頭一轉，對她溫柔地笑笑，關切地問：「蕭媚兒遇害了，現在妳又在服侍哪位娘子？」

小依眨起了眼睛，道：「媽媽說了，等到新娘子頂了媚兒阿姊的缺就換我過去，現在暫且先攬幾件雜活兒做著。其實說句心裡話，沈娘子妳也知道，媚兒阿姊這一去，我也不打算留在這了。」

沈玉書「哦」了一聲，連她自己也不知道在「哦」什麼，只是盯著小依的手看得出神。

小依正倒著茶，似是察覺到了沈玉書的目光，提著茶壺的手不自覺地一顫，使得杯子裡的茶灑出去不少，可她竟著急忙慌地倒完茶就將手縮了回去，然後又看向沈玉書，面色如常地問：「沈娘子，妳看我的手做什麼？」

沈玉書依然笑得一臉溫柔，甚至還伸手捉住了小依背過去的手，道：「妳的手長得真好看，真真是春蔥玉指、纖纖柔荑呢。」

小依面上露著幾分羞怯，又把手背了過去，道：「娘子說笑了，小依平日裡常做粗活，這手都磨出好幾處繭了，哪裡會好看呢。」

沈玉書莞爾，舉起自己的手看了看，又望著小依。但此刻小依已經將手握成了一個小拳頭，面上也似是透著幾分嬌羞，沈玉書便不鬧她了。只是小依剛剛的一番動作，倒是引得秦簡和周易也往這邊看，直看得她把頭垂得更低。

「好了，不逗妳了，我問妳件事，妳們這花樓裡有沒有一位佩戴著梅花掛牌的佳人？」沈玉書將花牌遞給她看。小依只看了一眼，便猛地點頭，道：「這確實是我們家的木牌，梅花嘛……該是念珠兒阿姊的配飾。」

周易啪「的」一聲打開了他的玉骨扇，來了興趣，道：「念珠兒？」

小依看了眼周易，問：「郎君認得？」

周易不好意思地笑笑，收了扇子道：「不認得，只聽說她的琵琶彈得極好，生得也是沉魚落雁之貌，白相公不也有詩云，『嘈嘈切切錯雜彈，大珠小珠落玉盤』嗎？說的就是琵琶技藝。據說這個念珠兒的技藝相較之，更是了得。」

小依的眼睛裡熠熠生輝，口中打趣道：「郎君似乎比我知道的還多。」說罷，她羞澀一笑，又好奇地問沈玉書，「娘子是從哪裡得來這塊牌子的？」

沈玉書把木牌往袖子裡一塞，如實道：「在蕭娘子的手中發現的！」

「珠兒阿姊的掛牌怎麼會出現在媚兒阿姊手裡？」小依嘀咕了兩句，不知是不是想到了什麼，臉色越發難看，「不會是珠兒阿姊和媚兒阿姊發生了爭執，然後珠兒阿姊就把媚兒阿姊給……」她沒再往下說，一隻手摀住了自己的嘴巴，一雙圓圓的眼睛裡盡是難以置信。

「念珠兒和蕭媚兒平日裡關係不好嗎？」沈玉書直勾勾地看著她的圓眼睛。

小依抿了抿嘴巴，小聲道：「雖然媚兒阿姊一直不讓我說，可是那念珠兒就是記恨阿姊搶了她的風頭，平日裡總愛給媚兒阿姊使絆子。我本來想把這事說給媽媽聽的，可是媚兒阿姊不想生是非，所以就一直縱容著她，誰知道她竟然……」小依越說越委屈，又差點哭出聲來。

沈玉書怕她又哭，趕忙打斷她的話：「小依，念珠兒現在還在這花樓裡嗎？」

小依看了玉書一眼，咕噥了幾聲，道：「她前幾日便被人贖了身，今天一大早就急匆匆地離開了花樓，門外還有個男人來接她，想來是前些日子常來找她的那個南鄉恩客。」

沈玉書一愣，道：「念珠兒一大早就走了？」

小依點點頭，又補了一句：「是的。早上我在三樓客房收拾，路過珠兒阿姊的房間，無意中見她正在收拾金銀細軟，我沒細看，後來就有個陌生男人過來找她了。」

坐在一旁的周易猛地一拍大腿，道：「完蛋，這個念珠兒說不准就是凶手，見事蹟即將敗露，一大早就溜了，那個陌生男子恐怕就是她的接頭人吧。」

沈玉書心下一沉，問：「妳知道她往哪裡去了嗎？」

「聽王二說，他們好像坐著馬車朝啟夏門去了，剛離開沒多久，現在可能才出城。」

沈玉書又探究地看了眼小依，之後猛然起身，還一不小心碰倒了桌子上的茶壺，嚇得驚呼了一聲。秦簡忙伸手欲扶，卻被站在一旁的小依搶了先。

秦簡一愣，看向小依，卻見她已經伸手將茶壺扶了起來，所幸茶壺沒有被打翻，只有一點水飛濺到她的身上。

沈玉書剛反應過來，忙驚慌失措地用手幫她撣了撣衣裙，一臉的慚愧自責，卻在小依不注意時，抬頭笑著朝秦簡眨了下眼睛。不過，她的語氣卻是相當謙和的，只聽她滿是抱歉地道：「小依，對不起，弄濕妳衣服了。」

小依忙說：「不妨事，沈娘子想是為了這件案子操心勞神，只是無心之失。」

周易卻看向沈玉書道：「妳幾時也變得這般毛手毛腳的了？」

他正有幾分疑惑，可沈玉書卻沒回他這個問題，而是略有幾分著急地道：「當務之急，我們還是出城去找那念珠兒吧，若是讓她走遠了可就麻煩了。」她說罷，便先行出了門。

◆

天高雲淡，天清氣朗，實在是個很難得的好天氣。

周易跟上玉書，道：「凶手怕是已經走遠，現在去啟夏門，恐怕來不及了吧？」

沈玉書眨了眨眼睛，道：「還是去追追吧，說不定還能遇到什麼有趣的事。」

周易一臉疑惑，沒懂她的意思。這時只見沈玉書悄悄地對秦簡說了幾句話，秦簡的臉上露出很明顯的吃驚神色，周易正要發問，秦簡卻已經離開，不在他們眼前了。

「玉書，妳跟老秦說什麼悄悄話呢？」

「呃……沒什麼，我讓他回去給院子裡的花澆點兒水，花快死了。」沈玉書狡黠地笑了笑，說完便牽過馬，拽著周易一起，騎馬朝著啟夏門的方向直奔而去。

直到已經走出很遠了，周易還是迷迷糊糊的，沒搞清楚沈玉書究竟在想些什麼。據他所知，玉書從來也不愛養花啊，她家的花多半都是被她糟蹋死的。

◆

啟夏門外有八條分岔口，周易看了半天，一時間犯了難。他望著沈玉書說道：「我說這位小娘子啊，妳倒是說說看，我們該走哪條路？」

沈玉書漫不經心地胡亂指了一條，道：「喏，走中間！」

「妳怎麼知道凶手就是從這條路走的？」

「憑感覺！」

他想了想道：「中間這條路太偏僻了，凶手若是想隱藏，也定會向人來人往的鬧市去，怎麼會往這邊走？」

她沒說話，打馬繼續往前走，心中卻惴惴不安，不由得四下張望了一下，只求秦簡能夠快些趕來。

走了小半個時辰，周易收了韁繩停了下來，依然疑惑地問道：「玉書，再往前走就是野林子了，這荒無人煙的，我看這回妳一定是搞錯了吧。這地方哪裡適合隱藏？來送死倒是真的，那念珠兒還不至於這麼蠢吧！」

沈玉書也拽住轀繩，笑道：「你說對了，我們本來就是來送死的啊！」

周易的臉色變得鐵青，他道：「妳在開玩笑吧？」

「我跟你開玩笑做什麼？的確有人要殺我們。」

「誰？」

「我不知道。」沈玉書搖搖頭。

「玉書，妳不會是現在還沒睡醒吧？這緊要關頭，可不能再浪費時間了。」周易苦巴巴地道。

「急什麼，等等嘛。」沈玉書一臉淡定，還安慰周易，「放心，她肯定會來的。」

周易無奈地嘆了一口氣，只覺得沈玉書今天做事一直怪怪的，卻也無法，只能由著她的性子鬧。

誰知沒過一會兒，林子裡突然響起了一陣怪異的風聲，周易咽了口唾沫，眼睛觀望著四方。

突然有道黑影衝出來，那人的臉上蒙著蘭花刺繡面巾，而那刺繡卻是和血一樣的紅。

周易的馬受驚，叫個不停，周易更是覺得不可思議，道：「還真來了？妳是念珠兒？」

蘭花刺繡冷眼看著他：「妳若說是那便是了！」

周易看了眼旁邊的沈玉書，感覺喉嚨裡乾巴巴地難受，忍不住又咽了咽口水。

沈玉書用餘光掃了一下旁邊的樹叢，深吸了一口氣，淡定地看著來人，道：「看來妳也想在我們頭上種朵花？」

蘭花刺繡怔了一會兒，大笑道：「妳說呢？現在可是種花最好的季節，妳放心，我一定會把最好看的花栽到你們頭上的。」

沈玉書笑道：「那看來我還得謝謝妳，我至少還算是個愛美的人，能死得光鮮一些，說明我還很有福氣的。」

蘭花刺繡大笑道：「我等這一刻可是等了很久！」

許是風太大，林間樹影又是一動，沈玉書眼皮微不可察地動了動，一臉從容地道：「我等這一刻，也等了很久。」

蘭花刺繡一愣，疑惑地看著她道：「妳知道我要來？」說罷，又無所謂地冷哼一聲，「知道又如何？妳以為我殺不了妳？」

沈玉書眸色一沉：「妳自然殺得了我，可我也殺得了妳。」

蘭花刺繡眉頭一皺：「就憑妳？」

剛說罷，蘭花刺繡的手裡就突然多了根精鋼絲，她冷笑一聲，朝著沈玉書衝過來。

沈玉書雖沒學過武，也知道自己若是被這麼一下擊中，就算不死也得受重傷。可她竟就這麼眼睜睜地看著蘭花刺繡瘋了似的朝著她衝過來，只站在原地眨了眨眼睛，絲毫沒有要躲的意思。

許是因為躲不過，又或是因為根本沒必要躲，誰知道呢？

周易急了，想上前阻止，奈何手無寸鐵，根本沒辦法阻止，只能站在原地。

就在此時，忽見一道白色的劍光晃過，有個高大的身影立在了沈玉書面前，那身影不是別人，正是秦簡。

他身手極快，蘭花刺繡一開始沒反應過來。她已抽出手裡的鋼絲，整個人彈起半米高，飛快地向著沈玉書的方向移動，眼看鋼絲就要套住沈玉書的脖子，秦簡卻已拔身飛躍，一劍朝她劈了過來，劍身與鋼絲撞擊的瞬間，火花四濺，下一瞬，鋼絲被斬斷成兩截。

強大的後勁讓蘭花刺繡跌倒在地，在她還沒反應過來時，秦簡的劍已經抵在了她的咽喉處，只要她動一下便會瞬間斃命。

秦簡就勢一手扼住了她的脖子，直掐得她呼吸都有些困難。

沈玉書見到秦簡，忍不住笑了。她剛剛猜到他能趕過來，卻還是被蘭花刺繡的突然發難嚇得臉色慘白，此刻看著秦簡，懸著的心總算回落，於是開玩笑地問道：「花澆得如何？」

秦簡似有不悅地皺了皺眉，問玉書：「妳沒事吧？」

「我能有什麼事？」沈玉書還是朝他咧嘴笑。

秦簡的眼底壓著火，直勾勾地看著她，口中也不言語，直看得她忍不住想打個哆嗦。

她不知道，當秦簡看見蘭花刺繡朝她衝過去的時候，他的心裡有多害怕。她只以為他功夫了得，做事向來萬無一失，卻不知道他當時多怕自己動作慢了讓她受了那一擊。他應該是天不怕、地不怕的，可在那一刻，他就是怕得要死，怕得心都快跳出來了。

心裡氣極，秦簡便轉過身背對著她，眼睛冷冷地盯著蘭花刺繡，冷聲道：「全澆完了，那些花都死了。」

周易道：「什麼花不花的？你們到底在說什麼？」

秦簡道：「午夜魔蘭被種在了豔紅家。」

周易詫異：「什麼？你真去澆花了？」

秦簡眼皮動了動，沒說話，可餘光總忍不住往沈玉書那邊瞟。他一直以為她聰明，卻沒想到她竟也笨得可以。

周易道：「澆完了花，花為什麼又都死了？」

秦簡道：「午夜魔蘭需要用鮮血澆灌，可我用的是滿罐子的清水。」

蘭花刺繡渾身一震，只覺得後背發涼，驚訝地問道：「原來你是假裝離開，然後偷偷折返去了豔紅家？」

「不錯，我還在東跨院的角落裡找到了魔蘭花。」

蘭花刺繡咬牙切齒地望著沈玉書，道：「又是妳的鬼主意？」

沈玉書道：「小依，女孩兒說話還是別這麼凶巴巴的比較好。」

蘭花刺繡像是遇見了鬼一般，道：「妳知道我是誰？」

由於她的動作太大，秦簡扼著她脖子的手又多用了一分力，使得她難受得連連咳嗽。

周易整個人都愣住了，反復看了看蘭花刺繡，不敢相信地說：「怎麼會是小依？」

周易忍不住上前挑開了她面前的蘭花刺繡面巾，裡面的面孔果真是小依。只是此刻她的眼裡充滿了憤怒，甚至可以說有幾分凶惡，先前的那份單純無辜早已消失不見。

秦簡奪去她手裡的鋼絲，發現鋼絲的材質居然和蕭媚兒那把琴的斷弦一模一樣。到這時他才知道，那把琴並不是彈斷的，而是小依故意做的手腳，斷掉的琴弦竟成了她的殺人工具，這也證實了沈玉書之前的推斷。

對此，秦簡也是無比吃驚。原來抹脖子的兵器除了傳說中的花瓣和盤龍絲之外，一根粗細得當的琴弦也是可以的。

小依看了看沈玉書，冷笑：「妳以為你都猜到了嗎？真是自以為是！」

「先不說我是不是自以為是，妳手上的魔蘭花的花汁難道不是證據？」沈玉書伸出手，道，「昨天我無意間碰到了魔蘭花，花汁很難用清水洗淨，所以直到現在我的手上仍有淡淡的紅色殘留。而妳手上的顏色很濃，只有經常接觸魔蘭花的人才會如此，所以我才開始懷疑妳。」

「蕭媚兒死後我也碰了她臉上的花，所以我的手才沾了花汁，有問題嗎？」小依冷哼。

「好，那我問妳，妳為什麼要對蕭媚兒的死亡時間說謊呢？妳是心虛，還是大意了？」沈玉書繼續問。

小依眼神有片刻的閃躲，沒有回答她的問題。

沈玉書低笑了兩聲，道：「妳不說，可以，我繼續問。剛剛在大堂，我不慎打翻了茶壺，妳為什麼能手疾眼快地接住茶壺？妳會功夫不是嗎？」說完，又笑了，「哦，這個不需要問妳，妳若不會功夫，怎會隻身一人就要索我的命？」

小依不甘地說：「妳一直都在試探我？」

沈玉書聳聳肩道：「是啊，既然人是妳殺的，妳自然會心虛，一旦心虛總是會露出馬腳來的。比如，在東跨院，妳為什麼要跟蹤我們？妳是怕我們發現什麼不得了的祕密來揭穿妳，不是嗎？」

沈玉書走走停停，林子裡的風將兩邊的樹葉吹得嗚嗚亂響。她撿起一片葉子看了許久，眼裡是淡淡的哀痛。

周易看著沈玉書，一時竟有些不認識她了。

他與她相識這麼多年，一直知道她的心思細膩如絲，卻不知她竟可以思量得如此縝密。若是讓他去猜，他是斷然不會把柔弱可憐的小依當成殺人凶手的。

沈玉書看著小依，道：「其實，妳很聰明，我也差一點鑽了妳的套，只是妳太害怕我有所察覺了，所以反而漏洞百出。妳的作案手法很高明，怪就怪在，妳運氣不好。」

「妳既然什麼都知道，又為何要出城尋念珠兒？」小依冷聲道。

「因為那時，我還不能確定妳就是凶手啊。」沈玉書笑笑，「其實，我一開始只是懷疑妳罷了，當妳用梅花木牌將我們的視線轉移到念珠兒身上時，我差點信了妳。可隨後，妳跟我們說念珠兒和一個男人跑了，我就生了疑惑，妳這不是明擺著想讓我們藉著這個線索離開長安嗎？」

周易在一旁聽著，恍然大悟：「原來妳真的是在賭。」

沈玉書點頭：「是啊，所以我心裡是有猶豫的。可是為了讓她上鉤，我只能中途支開秦簡，好讓她能放心地殺掉我們。」

周易眼睛睜圓道：「我說妳為什麼偏偏要選一條荒無人煙的小道，執意走進這片野林子呢，目的就是讓她跟蹤我們進來，殊不知她自己卻被秦簡暗暗跟蹤了。這一招實在是妙極了！」

「沒錯，螳螂捕蟬，黃雀在後。」沈玉書眼若星辰，復又嘆了一口氣，道，「其實，一路上我都害怕死了，生怕秦簡那邊出了差池趕不來，又怕小依放棄我們這個誘餌逃了，又或者她真的不是凶手。好在，一切都在計畫之中。」

「這麼大的事，妳也不提前跟我說一聲，我好歹也能提前有個心理準備，危險時也能護妳一護，不是嗎？」周易忍不住抱怨道。

「我要跟你說了，你不得念叨一路啊，還怎麼引凶手入局？」沈玉書看著他笑道。

周易不服地咂巴了一下嘴，不說話了。

沈玉書說了這麼多，小依卻一直面無表情。

突然，她望著沈玉書，無辜地道：「可是沈娘子，妳猜錯了，我根本就不是小依。」

伍

林子裡的風終於停了下來，寂靜中只聞淺淺的呼吸聲。

沈玉書一愣，看著小依，試探地說：「妳不是小依？」

「對啊。」小依笑得更甜了，可是玉書只覺得，她那一雙圓圓的眼睛裡散發著幽幽的寒光。

「那妳是誰？」沈玉書越看她，越覺得驚恐。

「妳猜啊！」

驀地，沈玉書睞著眼睛，也直直地看著小依，難以置信地道：「妳是蕭媚兒？」

「啊？」周易又是一愣，這個反轉未免也太怪了點。

「沈娘子妳說呢？」被戳穿了真面目，假扮成小依的蕭媚兒也不再假裝，她還是笑咪咪的模樣，似乎她才是局外人。

「我說呢，我們在東跨院的時候，妳為什麼要上來攔我們，如果我沒猜錯的話，我們聽到的響動聲是真正的小依發出的，是嗎？妳將她綁在了柴房，扮成她的模樣，試圖就此瞞天過海，甚至引導我們往案件的錯誤方向發展，是嗎？」沈玉書緩緩地分析道。

蕭媚兒瞳孔一縮，道：「妳竟都知道？」

「我不知道，是妳告訴我的。」沈玉書看著她。

蕭媚兒突然變得氣急敗壞，像是被拆穿了謊言的小孩兒，極力掙扎，若不是秦簡力氣大，說不准還真叫她掙脫了。

「別急嘛。」沈玉書拍拍她的肩，道，「我問妳，既然妳就是蕭媚兒，那死了的那個人是誰？念珠兒到底去哪了？」

「我怎麼知道。」蕭媚兒冷哼。

「念珠兒根本就沒出城對不對？」沈玉書眉頭一皺，蕭媚兒還是不說話。玉書突然有些氣憤地道：「是妳！是妳為了轉移我們的注意，殺了念珠兒，將她喬裝成妳的樣子，讓她替妳去死，對不對！」

她說罷，秦簡也是一愣，若是事情真是這樣，眼前這個人的心思未免也太縝密了些，一環扣一環，完全不像是急中生智。

難為這蕭媚兒沉得住氣，沈玉書一通分析，將矛頭全指向她，她還是別著頭一言不發。

「所以，是妳殺了念珠兒，也是妳殺了王朗！」沈玉書提高了語調，聽語氣都知道她是真的生氣了。

「是又怎樣？我不僅殺了王朗，我還剝了他的皮！你們能拿我怎樣？」蕭媚兒終於開了口，卻依然囂張，甚至肆無忌憚地笑了起來。

「妳到底是誰？」沈玉書凝眸看著她，眼底似有深潭，深潭裡藏著萬千思慮。

蕭媚兒嗤笑一聲，道：「妳不是已經知道了嗎？我是蕭媚兒，我把你們耍得團團轉。」

沈玉書眸子一轉，深吸一口氣，走到蕭媚兒身旁，沉聲道：「妳和花見血什麼關係？」

玉書剛語畢，蕭媚兒的眼神突然變得複雜起來。半晌，蕭媚兒才抬頭看了看天邊的暮色和淡淡的雲靄，臉上是難言的苦悶。

這個花見血，似乎才是她真正的痛處，沈玉書只提了他的名字，就讓她神情大變。

「妳認識他，對不對？」沈玉書試探地問。

「不認識。」蕭媚兒嘴上強得很，身體卻不住地顫抖，不知是因為激動還是害怕。

沈玉書點點頭，給秦簡遞了個眼神，秦簡了然道：「他是妳師父？」

「不是！」蕭媚兒突然極力否認，聲嘶力竭地道，「他才不是我師父，就憑他？他也配？」

周易的腦子之前久久反應不過來，這時卻突然靈光了，他看著蕭媚兒嬉笑著說：「不會是妳殺了妳師父吧？那還真是欺師滅祖呢！」

「你才欺師滅祖！倘若你也被你稱作師父的人按在床上，肆意地玩弄，像玩破布娃娃一樣，你一定也會和我一樣，想殺死他一百遍、一千遍！你知道我聽著他的聲音有多噁心嗎？你知道我被迫承歡時有多想死嗎？我殺了他還給他弄了座墳墓已經是便宜他了，我恨不得將他剁了再碾成泥！」她冷冷地笑了幾聲，聲音尖得像是喉嚨裡卡了魚刺，甚是淒婉。

沈玉書說不出話來，聽到蕭媚兒這樣的回答，她是意外的。

激動過後，蕭媚兒的臉上又沒有了表情，平靜得像是無風的水面，所有的審判對她而言似乎只是一縷清風從她身旁吹過那樣，沒有留下任何痕跡。

「妳是個很有眼光的人，藏匿在豔紅家，這個令很多男人都醉生夢死的地方。因為妳知道，想要看到別人的後背，最好的方法就是讓他脫下衣服來，浴室剛好是個極佳的場所。我想妳定然是在浴室中看到了王朗後背上的刺青圖，才一步一步引他上鉤，讓他沉迷於妳的美色吧。什麼愛情不愛情，那幅圖才是妳一直苦苦尋找的，對吧？當妳發現了獵物之後，妳就實施了暗殺的計畫。」

蕭媚兒不想說任何話，只是看著他們幾個冷笑。

「直到現在我仍然不知道那幅刺青圖究竟有什麼非凡的意義，但對妳來說，應該很重要，所以妳利用了王朗對妳的信任，趁著王朗醉酒之際，通過密道潛入王朗的臥房，用琴弦殺死了他，還故意將牌子丟在密室之中，造成牌子遺失的假象，讓我誤認為這是一起愛恨糾葛的鬧劇。為了轉移我的視線，妳又將念珠兒殺害並假扮成妳，用她的梅花木牌混淆視聽，將案子的矛頭指向因妒生恨的殺局，讓我懷疑念珠兒才是真正的元凶，妳真可謂是機關算盡。只可惜，有些人本不該死的。」

周易嘆道：「念珠兒本不該死的。」

沈玉書定睛看著蕭媚兒道：「是啊。更甚的是，妳竟然還故意在扮成妳的念珠兒指甲裡放了人皮碎屑，好讓我們徹底懷疑殺害王朗的凶手正是蕭媚兒，也就是被妳殺害並假扮成妳的念珠兒。只可惜，聰明反被聰明誤。

妳以為能將殺死王朗一事算在『已死』的蕭媚兒身上，然後妳再撒謊說念珠兒已經逃走，讓我們懷疑殺害蕭媚兒的凶手是念珠兒，而妳則以小依的身分趁機脫身。

可妳忘了，那假的蕭媚兒和王朗的死法一模一樣，很顯然兩人是被同一人所殺，我可不認為這樣奇怪的殺人手法是什麼人都能學會的，所以，妳覺得我會相信那已被殺死並假扮成妳的念珠兒就是殺害王朗的凶手嗎？」

聽到沈玉書的話，蕭媚兒原本一直帶著冷笑的面容終於有些變化。

她眉頭深蹙，嘴唇緊抿，顯然也因為這個疏漏而感到懊惱：「沒想到這些東西也被妳發現了。」

「這多虧了周易，要不是他檢查得細緻，恐怕我們已遺漏了重要的線索。」

蕭媚兒冷冷地道：「我的確是使了不少的障眼法，只可惜仍然沒有逃過妳的眼睛。這一切我都認了，但是，我從不後悔。殺花見血我不後悔，殺王朗我也不後悔！至於念珠兒，她是活該！就憑她那點姿色，也好意思跟我爭寵？」

見她這副死不悔改的模樣，沈玉書也只剩了無奈，問道：「那念珠兒肚子裡的孩子呢？孩子總是無辜的吧？」

「無辜？我也無辜啊，我自幼就被花見血養在身邊，我把他當師父、當父親，他叫我做什麼我都聽。他叫我殺人，我就昧著良心去替他殺被他姦淫過的女子；他叫我替他把那些人埋了，我也都照做。我把他的話當聖旨啊！可他呢？他竟然連我也不放過，他養我這麼多年，就為了我在床上的時候能聽話！我做錯了什麼？難道我就不無辜嗎？」蕭媚兒說著，情緒越發激動，兩行清淚從她漂亮的眼睛裡流下來，在她好看的小臉上留下兩道印記。

「我告訴你們，這世上從來就沒有誰是無辜的，只要是讓我不開心的人，就都該死！」她說完，便又哭又笑起來。哪怕她說話的聲音並不大，沈玉書都能感受到她的聲嘶力竭。

「妳是可憐，可妳怎能把妳的情緒發洩給無關的人？就算妳曾受過傷害，可是努力去過好自己的生活，不也很好嗎？」沈玉書忍不住嘆氣。

蕭媚兒大概是哭累了，又不說話了，眼睛像是一潭死水，毫無波瀾，甚至一點生氣也沒有。

「我還有一事需要知道。」沈玉書看著蕭媚兒問道，「既然妳是通過暗道進入的王朗臥房，那院中的蘭花花瓣妳又是如何撒進去的？」

蕭媚兒沒有看著沈玉書，只是冷笑一聲，道：「妳那麼聰明，這麼點事情又怎能難得到妳？」

「所以，妳是收買了府裡的人？」

蕭媚兒又是一聲冷笑，看向沈玉書道：「這麼點小事，只要花上幾兩銀子，自有大把的人願意幫忙。」

沈玉書放緩了聲音，問：「王朗背後的那塊刺青，妳放哪了？」

蕭媚兒轉了幾下眼眸，嘆道：「不管我放在哪，你們都拿不回來了。」她說完這句話，臉色已變得蒼白如紙，就連她的微笑也在頃刻之間消失。

沈玉書皺眉道：「妳還有同夥？」

「隨妳怎麼想吧，反正你們是拿不回去了。」蕭媚兒嘆了一口氣，「既然我沒有辦法在妳的頭上也種上一朵花，那就給我自己種上一朵吧。這個本事我還是有的。」

說完，她的胸口突然多了一個血洞，銀色的匕首被緊緊地攥在她的手裡。

她側目望了一眼沈玉書，之後，她的整個身體倒在了身後的空地上。她的左手原握著一株花，嬌豔欲滴，正是魔蘭，這本是給沈玉書準備的，而此刻正盛開在她的胸口，似血一樣的顏色，帶著死亡的氣息。

這樣的結局既在意料之中也在情理之外，沈玉書並沒有太過驚異，只是心口像是被鋼針深深地紮了幾下，無比刺痛。

◆

「唉，真是沒有想到。」周易道，「凶手既已伏誅，我們對王司天和朝廷也算有個交代了。」

沈玉書的臉上卻看不到半點歡喜，她反而陷入了深深的愁思。她明白，蕭媚兒還不是最可怕的人，最可怕的人還隱藏在她看不見的地方。

秦簡道：「妳在想那半張人皮？」

沈玉書道：「不錯，直到現在仍然有很多謎團沒有解開，比如說王朗為什麼要在背後留下刺青圖，刺青圖上又有什麼祕密呢？」

周易道：「那幅圖會不會還在蕭媚兒的身上？」

沈玉書搖搖頭：「自然已不在她的身上。我猜她得手後定然將刺青圖送出去了，就像察爾米汗手裡的大玉扳一樣，他在行蹤暴露之前，就已將大玉扳轉移給了接頭人。」

周易道：「這麼說來，蕭媚兒也有接頭人。」

「不錯，他們每次作案似乎都有一個團夥，當我們從一個陷阱裡逃脫之後，就會發現又跳入了另外一個陷阱。」

周易道：「我也有這種感覺。」

沈玉書道：「只希望這張人皮不會給大唐帶來災難。」

為了打消顧慮，沈玉書特意搜查了一下蕭媚兒的衣服，果然沒有找到想要找的人皮。

周易道：「我們現在是不是要去尋找這幅刺青圖？」

沈玉書搖搖頭道：「我們沒有任何關於刺青圖的消息，而且也不知道午夜魔蘭究竟將人皮交給了誰，盲目尋找無異於大海撈針。」

周易道：「難道我們就什麼也不做，任由凶手逍遙法外？這並不是妳的處事風格！」

沈玉書道：「當然不是，我們還是要做點事的，不過只要做一件事就夠了。」

「什麼事？」

「引蛇出洞。」

「怎麼引？」

「用你來引！」

周易瞪大了眼睛，不可置信地道：「我？」

沈玉書認真地點頭道：「你扮成她，讓午夜魔蘭再死一次，而且還要張皇榜。」

周易撇了下嘴，一臉不滿：「這種好事情，妳自己為什麼不扮個試試？」

沈玉書突然笑了，道：「女人扮作女人和男人扮作女人比起來，哪個更有趣？」

秦簡雖一向是個冷面人，心裡想什麼面上都難看出，可此刻竟也跟著沈玉書胡鬧，點頭表示讚同。

周易悶悶不樂，看著秦簡道：「玉書，其實我倒是想看看老秦扮作女人是什麼樣子！」

秦簡笑道：「這你恐怕一輩子也看不到了。」

周易對秦簡道：「讓你扮個女人很難？」

「不如你試試？」秦簡一臉淡然，「我已很久沒有動過真功夫了，很期待能有個讓我動真功夫的人到來。」

周易大笑，轉眼又看向沈玉書道：「妳覺得一定會有人來劫法場？」

沈玉書道：「我不知道，但我已沒有更好的法子了，無論這是個好法子還是壞法子，在我看來總比沒有法子強百倍。」

◆

第二天，天氣晴朗，微風，天上連一片雲也沒有。

斬殺午夜魔蘭的皇榜已在前一天晚上貼在了各個坊間的布告欄處，這個消息在長安城引起了不小的騷動。一切都在按部就班地進行著，周易也真的變成了個小娘子，竟和午夜魔蘭一模一樣。

他被按時推到了法場上。法場自然是假的，監斬官和劊子手也都是臨時喬裝的，但已足夠以假亂真了。

劊子手的刀架在了周易的脖子上，周易的眼睛連眨也沒眨，可刀子卻早已動了。

晴空中突然一聲轟鳴，一根黑色的鐵爪朝法場飛來，速度奇快，眾人還未看清，鐵爪便牢牢套住了劊子手的刀，隨後向外用力拔拽，刀便順著鐵爪的方向飛脫出去，落在數丈外的空地上，重重地砸下去，直直地定在沙土裡。

埋伏在茶樓酒肆裡的千牛衛聽到聲響魚貫而出，蜂擁而至，瞬間將法場圍得水泄不通。

鐵爪子其實是一隻手，一隻可以當作刀劍的手。

鐵爪子也是一個人，一個來劫法場的人。

此刻，鐵爪子站在法場的正中央紋絲未動。面對千牛衛的合圍，他似乎並沒有顯露出多少緊張的神色。他已經意識到自己跳入了一個坑裡，可這個坑似乎還不算太深，在他看來，能將他埋起來的坑並不多，想把他推進坑裡就更不是件容易的事了。

沈玉書從人群中走出來，道：「你果然來救人了！」

鐵爪子道：「之前我的確是想來救人的，但現在看來，恐怕只能來收屍了。」

沈玉書道：「現在恐怕你連收屍的機會也沒有了。」

鐵爪子面不改色道：「妳以為我也會死？」

這簡直就是一句廢話，也是一句很好笑的話。沈玉書還沒見過這麼好笑的事，被這麼多千牛衛堵截，已是插翅難逃，他難道還有活命的機會不成？

鐵爪子鎮定自若，就連呼吸聲都輕得聽不見。

此刻他就站在距離沈玉書不到二十步的地方，低著頭一動不動，既不逃走也不進攻，好像正等著千牛衛上去抓他。

忽然起了一陣風，風是冷的，豔陽天本不該出現這麼冷的風，風很大，吹得人睜不開眼睛。

千牛衛慢慢地向鐵爪子聚攏。他仍是動也不動，可手上的鐵爪子卻好似不見了，不僅如此，他的臉也不見了，手和腳也統統消失，但空地上分明有個人形的東西佇立在那裡。

千牛衛提著長槍輕輕挑開鐵爪子的衣物，頓時大驚失色，那裡頭早已沒有人的軀體，卻從裡頭莫名地飛出兩、三百隻黑色的烏鴉來。

在場的所有人無不詫異，好端端的人怎麼會變成烏鴉的？莫非他懂得奇門遁甲的古怪招數？

周易站起來，道：「這人難道會分身之法嗎？」

沈玉書搖頭道：「並不是，這個人只是會耍些戲法而已。」

「戲法？」

「不錯，每年長安城的廟會上都會有大變活人的戲法可看，你難道已忘記了？」

周易「哦」了一聲，道：「妳的意思是，鐵爪子不僅會功夫，而且還是個戲法師？」

沈玉書道：「當著七、八十雙眼睛，能做到滴水不漏，這絕對是我見過的最好的戲法。看來，他的身上定是時刻備著能夠迷惑人心智的藥粉。」

周易道：「這的確是個全身而退的好法子。」

沈玉書沒有想到對方竟然會有這麼一手，眼看著那人從她眼皮子底下逃走了，這讓她不禁有些鬱悶。她現在只有苦笑，因為她心裡有種難以宣洩的挫敗感，這種感覺對她而言，並不常有。

◆

不久後，京兆府的衙差來報，說午夜魔蘭的屍體被人盜走了。

沈玉書聽後，不由得悵然道：「鐵爪子真是個言出必行的人，他居然真是來收屍的，而且他不但會耍戲法，還會調包。」

午夜魔蘭的屍體已沒有多少價值，可鐵爪子還有消失的人皮的價值卻大得很。沈玉書本想用午夜魔蘭做誘餌，套出人皮的下落，然而鐵爪子已消失不見，那人皮就又成了一個謎團，越想越頭疼，她索性不去想了。

周易道：「妳現在是不是很想去個什麼地方？」

沈玉書道：「你怎麼知道？」

「妳要去的地方是不是古鳳樓？」

「不是。」

「不是？」周易道，「我知道古鳳樓裡聚集了全天下最好的戲法師。」

沈玉書搖頭道：「你說得不錯，但鐵爪子絕不會藏在古鳳樓裡。他若不是個笨蛋，想必也知道我們看出了他的伎倆，長安城要戲法的地方除了古鳳樓再沒有別的地方，他怎麼可能會躲在那裡甘做一隻入甕的鱉呢？」

周易道：「那妳覺得鐵爪子會去什麼地方？」

沈玉書坦白道：「我哪裡曉得？」

周易打破砂鍋問到底，又道：「妳既然不去古鳳樓，那打算去哪裡？」

「回去睡覺。這已是當下最要緊的事。」沈玉書說完就轉身走了，留下一干人等互相猜測。

她並不是真的去睡覺了，只是想找個安靜地方，把所有的事情都梳理清楚。

她也隱隱預感到，在不久之後，那張人皮或許會牽扯出一起更大的案子來，但她現在已沒有辦法知道人皮背後的祕密，所以能做的，便只有等待。

◆

荷花池旁，無風，也無花，只有愁悶的種子在發芽。

「你想和我說什麼？」沈玉書靠在荷花池的欄杆上，卻好像是在對空氣說話。

空氣裡本是乾乾淨淨、寂靜無聲的，現在卻突然走出一個人來，正是秦簡。

他還是那般長身玉立著，雖然他只是宮中侍衛，可玉書總覺得，他像個從雲中走來的貴公子。

秦簡道：「我想說的，正是妳想問的。」

沈玉書道：「鐵爪子的身分？」

秦簡點頭道：「妳已知道了？」

沈玉書點點頭，道：「昔日他可是長安城難得一見的美男子，可惜六年前他丟掉一隻手臂，這註定成為一件憾事，不過對於愛美的人來說，這並不算麻煩，於是他請了最好的鐵匠師傅，用精鋼寒玉打造了一隻假手臂，那隻假手臂卻成為他日後殺人的利器。這個戲法師玩的戲法的確是大了些。」

秦簡道：「不錯，鐵爪飛鷹江重天的爪子斷過不少人的性命，可是他已消失匿跡長達四年，卻為何又出現在了長安城？而且江重天和花見血師徒本是仇敵，他和午夜魔蘭是怎麼勾結在一起的？」

沈玉書笑道：「仇人間倘若有了共同的利益，豈不是也能變成很好的朋友？」

秦簡懂了，對江重天和午夜魔蘭而言，花見血無疑成了他們共同的敵人。

「所以這個世界上從來沒有絕對的敵人，也沒有絕對的朋友。」秦簡冷冷地道。

沈玉書點點頭道：「不錯，所以這個世界才會有背叛、冷血和仇殺，正如大唐現在所遭受的厄運一樣。」

那天，她還和秦簡說了很多。細細想來，已記不太清究竟說了什麼。

她只記得，那天的秦簡面容如月華，眸光似星光。

他和她說，千難萬險，他都會在她身側。

他難得的感性卻讓沈玉書一時不知該如何應對，她愣怔了很久，終是沒有回他。她甚至一度扯嘴假笑，試圖轉移話題。

她不知秦簡有沒有看出她的小心思，只知那日，她的心頭像被人撓了一下，癢得難受。可她素來瞻前顧後，如何也不敢去觸碰那塊發癢的地方。她就任風吹過，任雨淋過，任它鬧得自己難受，也依然裝作一副無知無覺的樣子。

她能信他嗎？她問自己。如若有一天，她變成了萬人唾棄的那一個，沒了皇帝的寵愛，沒了高貴的身分，他還會義無反顧地站在她的身側嗎？她不知道，她也不敢想，他身上背負的是朝廷的信任，而她背負的卻太重太重。

朝廷、父親、沈家，乃至朝中權臣，全是她要考量的。

她一路走來太難太累，她知他於她未必有惡意，可卻沒有勇氣將自己和家族的未來託付於他。

他們，說到底，並不是同路人，只是有幸同行了幾日，她若當真了，豈不是太傻太傻？

14 太監：唐朝時，太監叫力士，本文中均用太監一詞。

15 假母：即鴇母，又稱鴇兒、老鴇，指開設妓院的女人，是對妓院老闆娘的稱呼。

第五章 鬼水河陰

壹

農曆五月初五，是一年一度的端陽節，長安城中張燈結綵，喜氣洋洋，一派祥和。清晨三百聲鼓響之後，集市大開，人聲鼎沸，各樓各坊酒香撲鼻，炊煙繚繞，街市裡雜耍的、說書的、鬥戲的，應有盡有，甚是熱鬧。

這一天除了要吃粽子外，最令人期待的，當數在永安渠中舉行的龍舟賽，男女老少齊聚雲水橋頭，鑼鼓喧天，卻沒有一個人覺得吵鬧。

雖然沈玉書平日裡不喜歡熱鬧，但是對於這一年一度的龍舟大賽她卻格外期待，所以今天的熱鬧，是一定要去湊一湊的。本來她是想找周易一起去的，但一想到今天祭酒府定有不少門生上門拜訪，周易肯定脫不開身，於是她便打消了這個念頭。

誰知她剛出門，就看到秦簡正好打馬而來，天清氣朗間，只見他臨風分袂，白衣照人，披著一身洋洋灑灑的金光，玉書看著，一時竟覺得恍了眼。

「你……」她想說什麼，卻只覺心跳好像漏了一拍，便忘了言語。

秦簡難得地彎了彎嘴角，襯得他一張好看的臉格外明朗。

他拍了拍身後的馬鞍，示意玉書上來。

沈玉書的腦子一時有些跟不上他的思路，她忍不住問道：「幹嘛？」

「長安的賽龍舟，我還沒見過。」秦簡看著她，秀的眼、俊的眉，薄唇輕啟，說出的話也格外柔和，卻一點不容玉書拒絕。

他剛剛的話，言外之意，無非就是「妳是東道主，得自覺地帶我這個外來客出去逛逛，不然就是妳的不是了」。

沈玉書猶豫了一下，終還是無奈地點點頭，看了看他剛剛手拍過的地方，頗不自然地上了馬。

只是，她向來都是獨來獨往的，父親又去得早，所以這麼多年，還從未和人共乘過一騎。這一個人騎馬，雙手是要拽著韁繩的，那兩個人呢？一時間，她只覺得有些手足無措，似乎遇到了一件比查案還難的事情。

不等她想明白，秦簡已經雙腿狠狠一夾馬腹，馬嘶叫一聲，便如離弦的箭般衝了出去。玉書一急，來不及多想，雙手已經緊緊地扯在秦簡腰間的衣服上。

她想著男女授受不親，於是在心裡自我安慰——只拽著衣服沒碰到人應該不算失禮。卻不知單是被她拽著衣服，也讓秦簡的耳尖都紅了。

秦簡眼睫一顫，用餘光瞥了一眼腰間攥得緊緊的兩隻白玉一樣的小手，背部不由得一僵。一時，他也不知該如何言語了。

於是，一路上，他們便真的無言。直到快到雲水橋的時候，沈玉書才先開了口，說她想吃附近的棗糕和炸魚丸，秦簡便勒了馬，陪她去買。

後來，他還說要騎馬，沈玉書卻如何也不肯了。她說：「這裡離雲水橋挺近的了，我們走著過去也一樣。」

一樣嗎？當然不一樣。

秦簡看了她一眼道：「好。」

沈玉書朝他笑笑，自顧自地吃起了東西。

秦簡就在旁邊牽著馬，因為她走得慢，他便也跟著她的步伐走得很慢。陽光洋洋灑灑地灑在他的身上，將他襯托得宛如從畫中走來一般。

沈玉書後來回憶起那天那刻，想到一句話：「郎豔獨絕，世無其二。」她用這句話來形容那時的秦簡，只是秦簡從不知，她曾數次佯裝漫不經心地偷偷瞧過他，眼睛裡還閃爍著點點星光。

◆

待他們走到雲水橋頭時，幾艘賽船已經就緒，龍舟賽馬上就要開始了。

賽龍舟自漢朝以來，便一直是人們慶祝端午的一種獨特的方式。每年這時，官家都會選擇特定的河段進行比賽，近年來一直在永安渠的支流和漕渠[16]在西市的交匯處。因為這裡水域寬闊，已經形成了一個巨大的湖泊，所以不會影響別的船隻正常航泊。

午時，龍舟賽準時開始，只見十二條五彩龍舟齊刷刷地擺成一排，彩旗招展，漾著細細的水波從永安渠上游慢慢划過來，準備進入比賽區域。

年輕力壯的舟子光著黝黑的膀子，喊著粗獷的調子，惹得橋頭那些前來觀看的娘子們連連掩面偷笑。嬉笑中，她們的眼睛卻又都不自覺地往橋下望去。

隨著船隻的行進，十二艘龍舟上的木槌敲打出整齊有序的鼓點聲，舟子們跟著鼓點大喝起來，數股白浪隨著木槳的拍打徐徐向前漾開，岸上看熱鬧的百姓也隨之興奮起來。

龍舟齊頭並進，誰也不讓誰。就在這時，突然聽到水中傳來一聲悶響，像是什麼東西爆炸的聲音。大家都不知發生了什麼，個個好奇地擠上橋頭往下看。

沈玉書也隨著人流往橋頭走，回身時卻發現秦簡不在了，不由得四下張望起來。可這裡擠得到處都是人，哪裡看得見？被旁邊的人踩了好幾腳以後，她才看見站在遠處的秦簡，他那一襲白衣，還是很扎眼的。

只是，他什麼時候竟去了那邊？沈玉書想來想去，也記不起來。許是她剛剛看比賽看得太認真，又或是他走得太悄然。

突然，沈玉書看見剛剛發出響動的河面上已經起了一圈白霧，隨之而來的是陣陣清幽的笛聲。

舟子們原本都在賣力地划水，聽到巨大的轟鳴後，速度明顯都減慢了下來。

奇怪的笛音越來越明顯，其中有條龍舟居然趁著其他龍舟速度減慢之時猛然加速，像是一支離弦的飛箭般向前衝過去。

白霧散盡後，令人吃驚的一幕出現了，那艘疾馳的龍舟上已空無一人，舟子們似乎突然之間消失了，可龍舟仍在繼續向前飛馳，在河面上斬出一道道白浪。

岸上的人群裡傳來陣陣驚呼聲和譁然聲。其他船上的舟子不明所以，只覺得不對勁，便將龍舟靠在了岸邊。

漸漸地，鼓聲越來越稀，最後只剩下那艘獨行的龍舟上還咚咚響著，所有人的目光都齊齊掃了過去。眾人皆迷惑不解，龍舟上的舟子怎麼突然消失了？既然龍舟上沒人，那鼓聲又是從哪裡來的？龍舟又是靠什麼力量划行的呢？

沈玉書看著，也和其他群眾一樣，一臉不解。難道這是今年新出的什麼玩法？可她怎麼總覺得哪裡不太對勁呢？

這麼想著，她便出了神，突然被人拍了肩膀，直嚇得她一哆嗦，猛地一回頭才發現來人是秦簡，這才長舒了一口氣，也不知他是如何從這烏泱泱的人海裡擠到自己跟前的。

「你剛剛去哪了？走了也不說一聲，害我還以為你被誰綁走了呢。」沈玉書笑道。

「我跟妳說了的，可妳沒理我。」秦簡頗有些委屈地道。說罷，他又低頭在腰間的香包裡摸索著什麼東西，找著找著，面上還有些急了。

「你在找什麼？」沈玉書好奇地問。

秦簡抬頭衝她笑笑，沒說話，笑容裡還帶了幾分靦腆。

突然，他眉頭一展，從香袋裡拿出一根五彩的絲線遞到沈玉書面前：「給妳的。」

沈玉書不由得一愣，接過之後才發現，他給自己的竟是一根端午時大人給小孩兒戴的長命縷，不禁哭笑不得：「你剛剛是去買這個了啊？」

秦簡面色一紅，不好意思地道：「剛剛在街上，我見好多小娘子圍在一個小攤前嘰嘰喳喳的，都在搶這個，我想妳應該也喜歡，就順手買了一個。」說罷，他不自在地把目光移到了別處，眼神閃躲。

其實，他還有一句話沒說，他之所以買這個，是因為在街上看見了一對男女，他們戴著彼此送的繩子一路嬉笑打鬧，幸福得像從未經過世事滄桑。他心裡生了羨慕，便自作主張地也去買了兩條，一條給了沈玉書，一條留在香袋裡給他自己。

「那你知不知道，這個其實是給小孩兒戴的？」沈玉書沒注意到秦簡的表情，忍不住笑出了聲。

秦簡一愣，猶豫地說：「是、是嗎？」

「你竟真的連這個也不知道啊？」沈玉書看他這副模樣，不捨得再奚落他了，低頭把繩子往右腕上一綁，笑道，「反正都是圖個好兆頭，那我便也祝自己長命百歲好了！」

秦簡看著她，不由得又愣住了。

倏地，那艘獨行的龍舟像是不受控制了一般，急速地駛過了雲水橋，卻並沒有朝西市的支流方向而去，反而一路向北，順著永安渠主流駛了過去。

老百姓們皆覺得怪異至極，轉身跑到橋的另一頭觀望，誰知那龍舟非但不停，行進的速度卻比之前更快了，接連攻破了河面上的三道護欄。

秦簡回過神，反應迅速地把沈玉書往身後攬，可他倆實在太不默契，他剛碰到她，她卻正要往回走，再加上人群的擁擠，一不小心倆人就撞了個滿懷。

沈玉書的臉唰地一下紅了，她躲也不是，不躲也不是。

秦簡愣怔了一下，眼睛不自然地瞟了一眼懷裡一顆毛茸茸的小腦袋，目不斜視地看著前方，耳朵卻紅了。

眼看那艘龍舟快失了控，他才猶豫地抬手在沈玉書背上拍了拍：「我們先往外退退吧。」

沈玉書低頭盯著自己的腳尖，輕聲道了句「好」，便火速地往旁邊一撤，慌裡慌張中差點踩到旁邊人的腳。

見她這樣，秦簡忍不住笑了笑，伸手拉過她的手腕道：「小心點。」

沈玉書被拉住的那隻手一僵，她假裝沒聽到他的話，紅著一張臉看向別處，心卻跳得飛快。

◆

這時，只見站在橋頭看熱鬧的人群裡，有個經驗豐富的水夫，披著半截布裳，身上濕漉漉的，想是剛剛才下過水，此刻也是眉頭緊鎖。這人還是個大名人，城裡的百姓都稱呼他為艄公譚，因為他水性極好，平日裡常有左鄰右舍上門求助。

艄公譚望著河面，臉色有些泛白，像是長時間泡在水裡的死魚模樣。

岸上的百姓起鬨道：「艄公譚，你瞅瞅這是咋的啦？」

艄公譚抖抖身上的水，突然伸出手指了指前方，驚慌地道：「不好，你們快看，那龍舟就要撞上前面的官船啦！」

眾人的眼睛隨著艄公譚的手指方向看去，果然在永安渠的另一邊，有三艘官船正一前兩後呈「品」字形排開。

聽到艄公譚這一聲喊叫，可把河岸兩旁巡邏的水兵嚇了一大跳，趕緊派人下水，拉開護欄並豎起了紅色的旗幟，示意官船向兩邊避讓，另一邊又讓其他兵士沿河岸向下追趕。

由於官船距離雲水橋很遠，遠遠望去和芝麻綠豆差不多大，加上河上有白霧繚繞，水兵手裡的旗語，官船上的人根本無法看清。

艄公譚見狀，心中頓覺不妙。那些水兵焦頭爛額地奔跑呼號，卻無濟於事，情急之下他們也只好向艄公譚取經。

艄公譚想了個法子，派一撥兵士隨他下水，繞過永安渠的主流，從左側支流直下，可以快速追上官船，如果運氣好的話估計能攔住那艘「中了邪」的龍舟。

事不宜遲，艄公譚吩咐完，便坐上了巡邏船，一路向下追去。

岸上其他水兵則拈弓搭箭，箭鏃像落雨般齊齊射向龍舟，可惜仍然無濟於事，龍舟的速度太快，即便有少數箭落在船上，依然阻止不了龍舟行進。

實在無法，巡邏隊只好打算朝龍舟投放火把，後來想想又覺得不妥。若把火把扔過去，龍舟必燃，而龍舟距離官船那麼近，若是大火波及了官船就完了，他們不敢冒這個險。

正左右為難之際，艄公譚所在的巡邏船已穿過河汊口，船身順著河浪擺開，借助水浪的推擊，很順利地進入了永安渠。

此時龍舟還在上游，估計沒有半盞茶的時間也趕不上來。

他靈機一動，讓水兵在船上觀察龍舟動向，自己則一個猛子紮進了水裡，不多時便見他從水裡撈出一張漁網來，上面還掛著幾隻黃魚和大青蟹。

水兵將巡邏船划過去，道：「這是？」

艄公譚道：「這是我前兩天下的網，用來捕魚的，不過現在它有更大的用處了。」

水兵疑惑：「什麼用處？」

艄公譚道：「捕龍舟。」

水兵一副難以置信的模樣問：「這個……怎麼捕？」

艄公譚連笑幾聲，沒有答覆水兵，轉身又潛進水裡去了。

水兵搖搖頭，無奈：「這個老泥鰍！」

◆

沒過一會兒，用來捕魚的網已經被艄公譚鋪到了水裡，隨後他又將兩邊的繩子套在固定鎮水的石牛上。一切準備妥當，艄公譚才露出半個腦袋，慢慢摸到了巡邏船上。

「咱們的船先划去蘆葦叢裡躲著，那龍舟應該穿不過這道網，我們只需守株待兔就行了。」艄公譚笑了笑道，「打了一輩子魚，這回我倒想看看，沒有舟子划水，這龍舟究竟是怎麼向前跑的。我一個多半截兒入了土的人，這輩子還沒見過這種鬼名堂呢。」

水兵看了看，道：「艄公譚鬼點子就是多，用漁網捕龍舟倒是頭一回聽說。」

艄公譚沒再說話，而是輕輕地將巡邏船划到岸邊。

那無人龍舟正急速向前衝來。

清幽的笛聲再次響起，人群中卻不見有人吹彈，彷彿那笛音是自己發出來的。

而這艄公譚也果真是神機妙算，龍舟在靠近漁網的位置時竟然停了下來。

艄公譚和水兵所在的巡邏船就藏在蘆葦叢後面，眾人屏住呼吸，靜靜地觀望著。

奇怪的是，龍舟只停了一會兒，忽然「啪」的一聲，水面上濺起了一道飛浪，然後整個船身便慢慢往下沉，似乎水裡頭有什麼東西正在用力地往下拖拽它。

水兵見狀，個個呆若木雞。艄公譚身上的衣服還未乾透，正滴滴答答地往下落水，而他的眼珠子一刻都沒有離開過水面。彈指間，龍舟如泥牛入海般整個沉了下去，瞬間便不見了蹤影。

艄公譚雖然水性極好，但看到這番情景也不敢再貿然下水了，畢竟誰也不知道那水裡頭究竟藏了什麼奇怪的東西。

一名水兵嘆道：「那龍舟上連半個人影也沒看到，船卻駛得好好的，鼓聲也沒有停下來，莫不是大白天見了鬼吧？」

縱然艄公譚曾見過千奇百怪的門道，可這次也啞口無言了。

◆

岸邊上，巡邏隊的水兵心急如焚，趕忙向衛隊長通報。

「隊長，龍舟沉水裡去了！」

「慌什麼？我已看見了。」說話的是個年輕的長官，二十歲出頭，個子不高，國字臉，看起來英氣勃發。他正看著河面上的動靜，心裡也有種說不出來的怪異：「你們先在這裡守著，我去向上頭請示，再多派些水兵來。」

「隊長，你去吧，這裡交給我們了。」

年輕長官點點頭，立刻騎上快馬。

誰知他前腳剛走，平靜的水面頓時翻湧起來，巨大的水泡從水底升出。

艄公譚還在巡邏船上，只道了一句「不好，趕緊走」，誰知他話還未說完，一個大水浪便朝著巡邏船狠狠地拍打了過來，瞬間將船橫斷成兩截，水兵和艄公譚紛紛落水。

沈玉書和秦簡正跟著看熱鬧的人群往永安渠下游走，突然見一匹快馬朝她奔過來，忍不住看了一眼。馬上那個年輕長官也瞥見了她，卻並沒有多看她，只夾緊了馬肚子向前飛馳而去，身後捲起一片塵土。

另一邊，艄公譚抓起掙扎的水兵往岸上拖去，幾經周折，終於把所有落水的水兵都拖上了岸，而他自己早已累得氣喘吁吁，四仰八叉地躺在了地上。

歇了一會兒，他又往岸上跑，一雙鷹眼遠眺前方，頓時呆住了。

那艘沉下去的龍舟不知何時又漂浮在了水面上，和之前一樣，飛快地馳騁起來。

他愣了半晌，囔囔道：「果真是見鬼了嗎？」

水兵卸下身上沉重的盔甲，看向艄公譚，道：「老泥鰍，快想想法子，那龍舟眼看就要撞上去啦！」

艄公譚嘴裡含著半截蘆葦草，嚼了嚼又吐了出去，才道：「這……我也沒辦法啊，那船上不會真的有鬼吧？」他攤了攤手，一副束手無策的樣子，看來是真的沒辦法了。

過了一個時辰，年輕長官帶了一撥水下衛隊呼嘯著奔過來，足有三、四百人。他自己騎著大馬，身後還跟著一頂藍呢大轎，水兵們則開著巡邏船沿流而下。

年輕長官跳下馬背，看了眼河面道：「咦？那龍舟怎麼又浮上來了？」

水兵答：「隊長，你剛走不久，那龍舟就漂上來了。你快看看吧，距離官船隻有不到一里遠了，這下可怎麼辦？」

年輕長官渾身一震，甩了甩手裡的長鞭，大喝一聲，快馬朝下游奔去。

艄公譚站在岸邊，連連搖頭道：「完了完了，只怕是凶多吉少了。」

龍舟順水而下，速度更是快得驚奇，喘息之間，已悄無聲息地插入了三艘官船中間。官船行進的速度也不算慢，此刻前面突然橫了一艘龍舟，使得官船陣腳大亂，首尾不得兼顧，搖搖晃晃，好像迷失了方向一般，互相撞擊在了一起。

龍舟撞上官船後，那詭異的笛聲戛然而止，龍舟上的鼓聲也漸漸變小直到聽不見。

龍舟撞得支離破碎，部分殘骸被水浪捲了進去再沒有浮上來。

上游有百來艘巡邏船快速駛來，不到一盞茶的工夫，已經到達了出事的河道。

官船附近的水域漂滿了撞碎的浮木和糧草，還有另外一樣東西──猩紅的血！

年輕長官靠近時才發現，那些紅色正是從官船上漂出來的，他立刻登上其中一艘官船。

船內已進了不少水，數千石的糧草也順著河水漂走，唯一剩下的一點也泡了水，船室內竟連一個人也沒有。他又查看了船艙，才看到裡面有三個人半蜷著腿躺在裡面，接著又陸續檢查了其他兩艘船，均發現了兩具屍體。

事態嚴重，他當即便下令封鎖船隻，又命令水兵趕緊打撈沉掉的龍舟；上了岸後，他又趕緊將情況報給都水監韓豫章。

◆

頒政坊，魚鮮小館。

這家魚鮮館正好坐落於永安渠岸邊，河鮮大多時候是就近捕撈的，所以味道鮮美無比，深受當地百姓推崇。

周易因實在受不了父親一直拿他和祭酒府的那些門生做比較，心中氣悶不已，因此衣服也沒換，便趁人多時從家裡溜了出來，難得偷得浮生半日閒，就跑來了這家店。

有多挑剔的食客就有多出奇的手藝。這家店周易常來，老闆和店小二對他都很熟絡。

「喲，林小郎這次要來點兒什麼？」一進門，老闆就熱情地開始招呼。

周易挑了個角落裡的位子坐下，道：「還是老樣子。」

老闆神祕地拉了拉周易，笑咪咪地道：「林小郎怕還不曉得吧？」

周易抬眼道：「不曉得什麼？」

老闆還是笑咪咪的樣子：「我這店裡最近收了一些貨，都是一等一的河鮮，您要不要嚐嚐看？」

周易輕輕一笑，又是一副紈褲樣：「什麼樣的河鮮是我沒吃過的？」

老闆笑得更加歡實了，拉著周易往裡走，在一個無人的過道中，周易看見地上擺著個大水缸。

老闆指了指水缸，道：「別人我還不和他們說呢，也就是您來了，我才特意給您看看。喏，這些都是漁夫早上從河裡打撈上來的鮮貨，您瞅瞅？」

周易來了興致，朝缸裡望去，只見水缸裡放了十幾尾黑灰色的魚，個個長得奇異醜陋。雖然平日裡吃過不少河鮮，也見過不少魚類，可水缸裡的這些魚，他還真不認識，更叫不上名字來。

老闆神祕兮兮地道：「沒見過吧？您別看這魚長得醜，卻是人間極品，無論是清燉、紅燜、糖醋，還是切了溜段兒，都是一等一的美味。」

周易覺得新鮮，也沒多想，道：「那就來個紅燜！」

老闆道：「好嘞。」

沒過一會兒，魚就上桌了，周易吃了幾口，果然食欲大增，道：「這魚長得不怎樣，味道真是不錯，給我留幾條，我下次來吃。」

酒足飯飽，他滿意地打了個飽嗝兒，大搖大擺地走出酒館。

剛出門就見到永安渠畔人頭攢動，心想准是又有熱鬧看了，便跟著人流往那邊走去。

那廂，艄公譚下了水，渾身上下濕漉漉的，有個水兵見了，嬉笑道：「都七十多了，身體倒還硬朗得很，也不知道偷偷吞了多少靈丹妙藥，怪不得坊間都叫他老泥鰍。」

玩笑歸玩笑，但打撈沉掉的龍舟，這些水兵還得指望著艄公譚。永安渠水又深又冷，沒有經驗的人下去哪裡受得了？

艄公譚摸了摸嘴邊的絡腮鬍子道：「不好撈啊，這船沉下去的部分十之八九都到淤泥裡去了。」

水兵互相望望，皆不知所措。

這時，都水監韓豫章從轎子裡走出來，衛隊長領著他去河道查探。都水監是大唐管轄水運的最高行政官員，但凡河運出事，均先上報都水監察看。

韓豫章望了望河面，不急不緩地道：「哪裡出了事？」

年輕衛隊長匆匆忙忙將韓豫章請來，途中並沒有詳細地和他交代事情的始末，只說永安渠這邊出了大事，這會兒才如實和他說了。

韓豫章聽後，面色半青半黃，摸了摸頭上的烏紗帽，愣是給嚇出了一身的冷汗來。他坐上都水監這個位子許多年，一直都平平穩穩的，無事發生，從沒見過這麼大的事情，一時心慌不已。

他認得河道上那三艘出事的官船，正是今晨出發，北上行往幽州的官船。三艘船上裝滿了糧草和鹽鐵，是朝廷支援幽州駐軍的補給，而且還是他親自批覆的行船公文，上面還戳蓋了都水監的大印。

他深知這件事情非同小可，若是讓聖上知道那還得了，非但自己的烏紗帽難保，甚至還可能會因此丟了性命。

他無論如何也想不明白，自從他擔任都水監以來，從未出現過官船遇險的案例，永安渠也一直是長安最安全的內河道，在天子的眼皮子底下，究竟是誰敢衝撞官船呢？

「凶手呢？」他問旁邊的衛隊長。

衛隊長看了看茫茫水面，哪裡有凶手的影子？除了撞爛的船板，還有漂浮在水面上的糧草補給，別說人了，他連鬼影都沒見著。

「回都水，自始至終沒看見行凶的人，因為……」

韓豫章臉色鐵青，聲音低沉地道：「因為什麼？」

衛隊長道：「沒有凶手，官船是被一艘龍舟撞上的。」

韓豫章想了想，道：「是今日比賽的龍舟？」

衛隊長道：「正是，是十二艘龍舟的其中一艘。」

韓豫章悶聲不吭，許久才道：「你們這些廢物，不用想都知道那凶手定是藏在龍舟之上，或許就是那些舟子搞的鬼，怎麼會沒凶手？」

衛隊長慌忙低頭，躬身道：「稟都水，並非如此。那艘龍舟上的十八名舟子在事發前突然之間消失不見了，撞上官船的實際上是一艘沒有人的龍舟。」

韓豫章自然不信，但腦門上卻滲出細密的汗珠來，他壓著火氣，沉聲道：「說的些什麼渾話？那麼大的一艘龍舟，若是無人划槳，又是怎麼撞上官船的？簡直是無稽之談！」

衛隊長急得都快哭了，解釋道：「都水威嚴在此，卑職不敢欺瞞，一切都是卑職親眼所見，絕無戲言，若都水不信，儘管詢問周圍的百姓和水兵。」

韓豫章冷哼一聲，果真詢問了一通，可結果是眾口一詞，他也不得不信了。

此時此刻，他的臉就像是被人捏碎的番茄，他疑惑道：「不是人，莫非船上真的有鬼不成？」

沒等衛隊長回答，他自己卻在搖頭，連說了三聲不可能。

他再次看向河面，道：「船上的糧草還在嗎？」

衛隊長手一攤，道：「三千石糧草和鹽鐵全部浸了水，有些已沉入了水底，又有大半順著河流漂走了，沒有辦法集中打撈。」

韓豫章唇色慘白，甚至有些絕望地看著衛隊長，道：「那、那船上的官差莫非也……」

衛隊長點頭道：「回稟都水，卑職查驗過了，無一生還……」

韓豫章捏了個拳頭，眼睛緊緊地閉了起來。

貳

微風拂過河面，激起一絲漣漪。

韓豫章站在岸邊怔了許久，之後才道：「快去永寧坊的沈府！」

衛隊長一時不解，道：「都水為何要去沈府？」

韓豫章嘆了一口氣，道：「你個蠢材，去沈府當然是去找人來查案！這件事情看起來怪異非常，定是有人暗中搗鬼，絕非什麼巧合意外！」

沈玉書早就隨著人流下了雲水橋，一路往北來到了官船出事的永安渠布政坊段河岸邊，正好看到韓豫章小跑著，於是上去打招呼道：「韓伯伯這是要去哪？」

韓豫章猛一回頭，瞇眼辨認了一會兒才認出是沈玉書，頓時覺出自己剛剛的模樣的確有失風度，於是勉強笑道：「玉書？哎呀，妳看我這腦袋，真是老糊塗了，今天是端陽節，妳定不在家中。」

沈玉書朝他福了福身子，道：「韓伯伯莫不是要去找我？巧的是今兒我比您來得早，河裡發生的事情我都看見了。」

韓豫章偏執得很，以為沈玉書還不知情，便指指衛隊長道：「你來說，要說詳細些。」衛隊長「喏」了一聲，只見他左手和右手搭在一起，低頭躬身向沈玉書作了個揖，神情很是謙卑。

沈玉書上下打量著衛隊長，覺得眼前這人看起來有些面生，便看著韓豫章問了一句：「他是？」

韓豫章身為都水監，要管的事情多了去了，哪裡認得這種三、四流的小官，於是朝玉書搖了搖頭。

衛隊長也機靈，不等韓豫章開口，便自報家門：「小的叫張勇，是永安渠康布段[17]。」

「原來是張隊長啊！」沈玉書打量了他幾眼，隨即笑道，「張隊長這身行頭看起來真是氣派，可我瞧著，是有些不太合身嗎？」

張勇的個頭不算大，站在人群裡一點也不顯眼，更是比秦簡矮了有半個頭的樣子。然而他面相英武，頗有幾分大將風度，只不過他身上的戎裝尺寸的確做得大了些，看起來還有些滑稽。

張勇尷尬地笑笑，道：「我個子小，發放軍服的時候拿錯了尺碼，不過也不妨礙我執行公務。」

「原是這樣。」沈玉書眉頭一動，遂也跟著笑了，「那咱們還是去看看出事的官船吧，希望能找到一些有用的線索。」

張勇謙恭地道：「是，沈娘子有什麼事儘管吩咐卑職。」

「你是都水監下屬的人，該聽都水的話才是。」沈玉書疏離地朝他笑笑，回身看向身後的秦簡，「看來又要占用你難得的休息時間了。」

「走吧。」秦簡倒是答應得爽快。

張勇也跟著看了眼秦簡，眼神微不可察地掃過秦簡腰間的劍，目光一轉，道：「沈娘子客氣了，韓都水既已吩咐了，卑職就該當盡犬馬之力。」

沈玉書朝他淺淺一笑，沒有要與他繼續寒暄的意思，剛準備轉身離開，卻被不知從哪跳出來的周易攔了去路。

周易胳膊橫得直直的，道：「又有什麼熱鬧事情看？」

沈玉書無奈地看他：「你怎麼也來了？」

「方才我在頒政坊那邊的酒館裡吃河鮮，見這邊熱鬧得很，便來嘍！誰知還遇見了妳和秦兄。妳說你們，出來玩兒都不叫我，不仗義！」周易說罷，望了望四周，笑嘻嘻地道，「老百姓都聚在河邊的樹蔭下做什麼？」

沈玉書撥開他的手：「這哪是什麼熱鬧！」

周易又抬頭看去，見岸邊除了百姓，還有很多水兵，河面上又有三、四百名水兵，就連都水監也親自過來了，不用看別的，這本身就是件很熱鬧的事情。

「韓伯伯。」周易對韓豫章行禮。

韓豫章起初並未認出他，只是覺得眼熟，看他這一身行頭才想起幾分，笑了笑，說道：「許久不見，又俊朗了不少呢，是來這邊看龍舟的嗎？」

周易乖巧地點點頭道：「韓伯伯也越來越年輕了。」

「你父親可同你一道出來？」韓豫章又問。

一提林祭酒，周易暫態就蔫了，不好意思地撓撓頭，道：「家裡人多，我自己偷跑出來了……」

韓豫章笑罵了一句：「你個小東西！」隨後看看水上破碎的船隻，又愁眉不展，擺擺手道，「這裡出了點事，不太平，賽龍舟你是看不上了，趕緊回去吧，回去代我向你父親問個好。」

聽他們這一來一往的對話，沈玉書覺得好笑，插嘴道：「韓伯伯，您怕是不知道吧，這林小郎可是咱們長安城中最厲害的仵作，沒有他，我們這案子還真不好辦呢。」

玉書還沒說完，周易就忙紅著臉扯她的衣服帶子，小聲道：「玉書妳快別說了，我還要臉呢……」

不過，他的央求一點效果都沒有，沈玉書剛剛的一席話算是把他賣得澈澈底底的，此刻韓豫章一臉的意外，就連看他的眼神都帶著驚訝，這讓他差點沒找個地縫鑽進去。

好在事態緊急，沒人多去關注他的事，他很快也將目光移向了永安渠，河面上的三艘官船引起了他的注意。

此時沈玉書已經和秦簡各自登上了一艘巡邏船，韓豫章和張勇也跟了上去，周易獨自上了一艘船行在最後。

官船的船艙裡有七、八顆人頭如同漂浮的冬瓜一般在水面上晃蕩，除此外還有十餘具屍體漂浮在水面上，血水漸漸被沖得淡了，但一走進去仍能聞到很重的血腥味。

沈玉書掩住口鼻簡單查看了一番船上的情形，接著又相繼查看了另外兩艘官船，情形都相差無幾，船上糧草和鹽鐵折損大半，官員皆被殺害。

韓豫章平日裡只需要發發公文，悠閒地定時上個朝，按月拿拿官餉，哪裡見過這樣的血腥場面，當即就有些犯暈。

沈玉書見狀，忙叫人將他扶出船艙，接著又問張勇：「是誰最先發現船艙裡的屍體？」

張勇道：「是我在檢查官船時發現的。」

沈玉書蹲身看著屍體，面色如常地問：「可曾挪動？」

張勇忙道：「事態緊急，我檢查完就匆忙去了都水監的府邸通報了，不曾挪動屍體。」

沈玉書點點頭。

由於船艙裡昏暗無光，只能看個大概，不好對屍體進行進一步的查驗，玉書便吩咐水兵將屍體小心地搬挪到船板上，也好讓周易看個究竟。

三艘官船，共三十九具死屍並排放在事先備好的蒲葦墊子上，由於河水浸泡，屍體已經略微膨脹，皮膚也泡得發白。

周易看了幾眼，嘆道：「果真熱鬧沒看成，屍體倒是看了不少，真是倒胃口，早知道我就少吃點了。」

他無奈地搖搖頭，苦大仇深地將屍體上的衣物剝開。

沈玉書上前望了望，道：「這些人面目雖難以辨認，不過身分仍能斷別。」

韓豫章捏著鼻子道：「這三十九人當中，左邊三十七人均是隨從護衛和船夫，這從他們的裝束就可以辨認出來。右邊兩個分別是糧運節度使徐寬和鹽鐵轉運使洪達。不過很奇怪，早上我在行船官文上加蓋大印時，曾去官船上檢查過，三艘船上加起來一共四十人，現在看來……」

沈玉書大致掃了一眼船板上的屍體，道：「少了一個人。」

韓豫章點頭：「不錯，的確是少了一個人。」

沈玉書凝目道：「韓伯伯可還記得那人是誰？」

韓豫章斬釘截鐵地道：「這我倒是有印象，那人正是南衙衛大將軍何康成，當時是他隨護衛一起登上官船的。按大唐例律，凡是押運重要的貨資時，為防意外，都會額外加派一位大將軍沿途護送，直到貨資到達目的地為止。」

沈玉書若有所思，道：「那也就是說，何康成失蹤了，生死未卜？」

韓豫章為了打消顧慮，又派了幾名水兵去官船上嚴密搜查了幾遍，均未發現何康成的屍體。

「難不成這個何康成就是凶手？」韓豫章疑惑地道。

這是所有人心中都隱隱猜測的答案。因為船上空間有限，想要藏一個人並不容易，所以此刻失蹤的何康成就成了大家頭號懷疑的嫌疑犯。

周易剛剛一直沒說話，這會兒突然好像想到了什麼，道：「玉書，妳還記得察爾米汗嗎？」

沈玉書眸子一動，道：「記得。」

周易眼睛一亮，道：「妳猜凶手會不會和察爾米汗一樣，懂得閉息的功夫，作案後躲在水裡頭悄悄游了出去？」

沈玉書想了想，道：「也不失為一種可能。」

◆

在官船的背面，艄公譚正將一根長繩捆在身上，繩頭則拽在水兵的手裡，他決定先下水探探路。兩邊約好，如果水下面藏著什麼怪東西，艄公譚會用力晃動繩子，岸上水兵就齊齊往上拉，繫繩索對艄公譚來說也是個保障。

一切準備就緒，他將打魚用的魚簍套在胸前，簍子裡面裝著四個鐵鉤，只要他找到沉下去的龍舟殘骸，把鐵鉤掛在龍舟的四面，水兵們就可將龍舟拉出水面。

深吸了兩口氣，他一個猛子下水，眨眼間就不見了人影。

他沒有花太大的工夫就找到了龍舟殘骸的位置，龍舟碎成了多塊，全都紮進了淤泥當中，他摸著黑繞過去，龍舟並沒有什麼異樣，水下也沒有發現什麼奇怪的東西。

一刻鐘過去了，水兵見水下還沒有動靜，忍不住嘀咕道：「不會出事了吧？」

就在這時，忽然聽見「啪」的一聲，一波白浪撲在水兵臉上，水兵睜眼間便見到一個黑不溜丟的東西浮了上來，正是艄公譚。

水兵道：「嚇死我了，原來是老泥鰍，下面怎麼樣？」

艄公譚道：「不怎麼樣，冷颼颼的，不過我找到了碎掉的龍舟，你們多叫些人過來，准能拉上去。」

「還是老泥鰍有本事！」

水兵們紛紛下水，艄公譚把繩頭扔給他們，喝道：「往上，拉！」

沈玉書聽到「嗨喲嗨喲」的鼓勁聲，探頭看了看，道：「那邊是？」

張勇看了看，道：「應該是沉到水底的龍舟出水了。」

她又坐著巡邏船去了另外一邊，龍舟殘骸果真已經被陸續拉上了岸。龍舟雖然碎成了多塊，但整體骨架還算完整，沈玉書認得這就是當時失控了的那艘龍舟，本來龍舟上坐著兩排年輕的舟子，加上船頭的鼓手和船尾的舵手共十八人，可現在那十八個人都去了哪裡？是生還是死？

張勇看到龍舟時，仍是心有餘悸，道：「我從來沒見過自己會跑的龍舟！」不僅是他沒見過，在場的所有人都沒有見過。

沈玉書不由得又想到了京城銀櫃坊失竊案。在婁千山的房間裡，她曾經見過一個維妙維肖且會動的木頭人，莫非這龍舟上也安裝了類似的機關暗盒，可以操控龍舟的進退？可她將龍舟殘骸裡裡外外檢查了一遍，卻沒有發現貓膩。

這時艄公譚正朝她這邊走來，沈玉書回過神，恭敬地道：「譚公的身體還是這麼硬朗呢！」

艄公譚不知她是誰，輕咳了聲，語氣有幾分敷衍：「一把老骨頭了，勉強過活。」

沈玉書道：「譚公，官船出事時，我見你和水兵隨巡邏船去下游堵截，可見到龍舟有什麼異樣了？」

艄公譚甩了甩肩上的水，道：「好傢伙，打了一輩子魚，頭一回撞上這樣的邪事。那龍舟在水面上來去自如，我想用漁網兜住它，誰知龍舟居然自己沉下去，鑽過網兜，到了另一頭自己又浮上來了，妳說怪不怪？跟自己長了腳似的。」

沈玉書點點頭道：「的確很怪。還有件怪事我猜你應該也知道。」

艄公譚清了清嗓子，道：「我當然曉得，是龍舟上的鼓點聲。」

「不錯，沒人敲鼓，鼓聲又是從哪裡來的？」

這些問題似乎都很難回答，一時間，他們又陷入了僵局。

秦簡從另一艘船上過來，應該是聽到了他們的對話，道：「你們忽略了一群人。」

沈玉書回頭看他，明白了他的意思：「你懷疑那些消失的舟子？」

秦簡點頭，道：「萬事皆有可能。」

沈玉書道：「你的意思是，他們事先串通好了，偷偷潛入了水裡，然後推著船向前滑行？」

秦簡點點頭。

沈玉書看著水面想了想，沒有直接反駁他的看法。雖然也有這個可能，但是永安渠水並不算淺，舟子們若想藏在水中，必須要練就艄公譚那樣的好水性才行。即便他們有這樣的本事，可水底下混沌一片，加上河藻盤根錯節，春潮漲水之後雜草叢生，稍有不慎就有喪命的危險，就連土生土長的艄公譚也沒有十足的把握。

她搖搖頭，轉身走到龍舟的尾部，見周易正拿著木棍戳著什麼東西，湊近看才發現那原來是一條死掉的魚，魚身子正好卡在裂開的木板中。

那魚軀體肥碩，渾身黢黑，足有三根竹筷那麼長，背脊上有三根尖刺，齜牙咧嘴，模樣十分恐怖。

沈玉書常在集市走動，可以肯定自己絕沒見過這種魚，問秦簡和周易，他們也說不知道是什麼魚。她便又請見多識廣的艄公譚前來辨認，艄公譚左右看了半天也沒認出來這是什麼品種。

沈玉書疑惑地道：「永安渠裡幾時出現了這種怪魚？」

突然，不知是誰喊了句：「這魚該不會是水鬼變的吧，哪有魚長成這個鬼樣子的？」

又有人起鬨道：「說不定還真是呢。」

老百姓七嘴八舌地猜測著，經過他們的描摹，事情變得越來越玄乎，甚至連這魚的前世今生都給編得完完整整。沈玉書聽著，好生佩服他們的想像力。

這時，周易突然驚訝地說道：「等等，這魚我好像……見過，而且還吃過呢！」

沈玉書眸子動了動，道：「你在哪裡見過？」

周易抬頭指了指北方，道：「就在布政坊和頒政坊交會處的那個魚鮮小館中，我帶妳去過的。」

「魚鮮小館？」她的眉毛彎了彎，道，「走，看看去。」

◆

韓豫章帶著水兵繼續在河岸邊偵查，秦簡和艄公譚留下仔細檢查龍舟殘骸，希望能找到對破案有用的線索，沈玉書和周易則匆匆趕往魚鮮小館。

魚鮮小館的排場並不算大，人卻不見少。所謂靠山吃山，靠水吃水，因為這家館子靠近永安渠，來這的客人吃進嘴裡的都是最正宗的河鮮，魚下鍋時還能躥騰出半米高，所以大夥兒都是衝著這份鮮美來的。

魚鮮小館的掌櫃叫瘦竹高。他手裡撐著一根鐵棒子正在館子外攪銅鍋，銅鍋裡盛的是又白又亮的鮮魚湯，已經煮得滾沸，打老遠就能聞到陣陣香氣撲鼻而來，竟一點腥味都沒有。

周易朝他打招呼道：「瘦竹高，我讓你給我留的魚鮮還在不？」

「林小郎又來嚐鮮啦？」瘦竹高停下手裡的鐵棒子，抬頭笑咪咪地望著周易，顯然也看到了他身後跟著的沈玉書，又道，「沈娘子也來捧場？」

周易應了一聲，道：「你那魚還在嗎？」

瘦竹高笑道：「還在大缸裡養著呢。」

「帶我們去看看吧。」周易揚了揚下巴說道。

「那魚長得也不好看，小郎早上不是才剛看過，怎麼現在還要看？」瘦竹高疑惑地問。

沈玉書朝他笑笑，解釋道：「是我想看的，勞煩了。」

瘦竹高應了一聲，便領著周易和沈玉書進了後院。二人見缸裡果然還有三、四條怪魚正游來游去，盡情地拍水。水裡紅彤彤的，像是染了一層鮮血。沈玉書細細比對後發現，這裡的魚和龍舟上的那條魚簡直一模一樣。

她細細看過後才發現，那紅彤彤的東西正是從魚嘴裡吐出來的。她心想這魚十之八九是被鉤壞了嘴巴，才不住地往外冒血水。

瘦竹高以為生意送上門了，笑咪咪地道：「小郎和娘子都是識貨的行家，有人看到這魚嚇得都不敢吃了，不知你們想怎麼個吃法？」

沈玉書笑道：「吃之前總得分分公母，挑挑肥瘦，知道知道來歷吧？」

瘦竹高摸摸頭道：「吃魚還要分什麼公母？沈娘子真是逗笑了！」

沈玉書眨了眨眼睛，正色道：「我是想問你，這些魚你是從哪里弄來的？」

瘦竹高的臉色頓時陰沉了，他斜著那雙吊梢眼，陰陽怪氣地道：「這種稀罕貨當然是我花高價錢買來的。」

沈玉書也不依不饒道：「既是花高價買來的，定然知道這是什麼魚！」

瘦竹高的臉抽了幾下，他道：「這……反正是魚中極品就是了，我敢保准這魚連皇宮裡也沒有。」

沈玉書緊接著道：「那你從哪裡買來的？」

瘦竹高支支吾吾道：「自然是從漁民手裡盤來的。」

「哪個漁民，姓甚名誰？」

瘦竹高支支吾吾地道：「那我哪裡曉得，許就是長安城的漁夫吧。」

周易嘆道：「你這個瘦竹高，又不說實話，我看你這回十之八九又蹚上了黑市買賣，這裡的渾水可是摸不得啊。」

沈玉書才想起來，現在並不是捕魚的時節，前不久朝廷也頒發了諭令，永安渠內禁捕半載，待秋收時才可開河撒網。若真是這樣，那永安渠中出現的怪魚極有可能是有人故意放進去的，有些黑市的漁民偷偷捕撈，又以高價賣給了瘦竹高。

周易低頭邊搗鼓手裡的扇子，邊道：「問了也是白問，這個瘦竹高怕是也說不出什麼名堂來了。」

瘦竹高唯唯諾諾，只顧嘻嘻哈哈地點頭。

「看來他的確不知道，等回去我們查查書庫，說不定能找到關於這種魚的線索。」沈玉書見狀，也沒再繼續問了，轉身離開。

回到出事的地方，她看到秦簡和韓豫章正蹲在龍舟旁動也不動，似乎在聚精會神地看什麼東西。

◆

沈玉書走過去，問：「你們在看什麼？」

秦簡眸子一轉，起了身，朝她招手道：「妳快過來看看吧。」

她走過去的時候，看到龍舟的頭部懸掛著一根墨線，順著那根墨線往下看，發現竟有個錦盒拴在了墨線的另一端，而那錦盒恰好卡在了碎裂船身的縫隙中。

秦簡拔劍將墨線砍斷，又將錦盒從船身的縫隙中摳出，打開錦盒後，發現裡面赫然躺著一個青銅疙瘩，四四方方的，上面隱約還有雕刻的花紋。

「這是什麼？」韓豫章問道。

秦簡撿起來端詳後才發現那東西原來是塊印鑒，端在手裡還有幾分沉重。只不過這枚青銅印造型詭異，印體上還刻著四只骷髏頭，令人毛骨悚然。

要知道，從古至今，無論是帝王將相，還是稱王梟雄，但凡是大印，皆刻有龍紋祥瑞，從沒見過誰會將這不吉利的骷髏刻在上面。

秦簡翻看印鑒，看到底座上有四個小篆文，刻著「陰陽鬼璽」，不由得吃驚道：「這世上難道還真有一方喚作陰陽鬼璽的印？」

沈玉書看著，也頗為詫異，倒是周易，興奮地道：「我聽過這個！」

沈玉書看他得意的模樣，不禁道：「你也聽過？」

「嗯！聽說書人說的，這個故事還挺有趣呢。」

其實不僅周易，長安城的百姓多少也知道一點。

據說陰陽鬼璽是由中國歷史上第一位皇帝秦始皇造的。他曾當著眾將士放下豪言：「朕統六國，天下歸一，築長城以鎮九州龍脈，衛我大秦，護我社稷。朕以始皇之名在此立誓，朕在，當守土開疆，掃平四夷，定我大秦萬世之基！朕亡，亦將身化龍魂，佑我華夏永世不衰！此誓，日月為證，天地共鑒，仙魔鬼神共聽之！」

秦始皇說完這段話之後，就命令工匠祕密造了一枚陰陽鬼璽。他手下有一名大將，喚作白起，號「殺神」。白起擔任秦國大將三十餘年，攻城七十餘座，殲敵百萬，戰功赫赫。

秦始皇在造鬼璽時，特取白起鮮血一滴，希望他死後精魂附於鬼璽之上，生生世世為始皇守衛皇陵。傳說誰能得到這枚鬼璽，便能統率白起手下的百萬陰兵。

艄公譚遠遠瞥見了這方印，忙湊過來一看，驚呼連連：「這龍舟上怎麼還掛有鬼璽？難道真是陰兵划船？我說怎麼就那麼邪乎呢！」

沈玉書眼睛幽幽地看著艄公譚道：「譚公也知道這個傳說？」

艄公譚「嘿」了一聲，道：「靠水吃飯的人，總得知道點邪乎事，才能穩住自己的營生不是？」說罷，又嘆道，「我看這事啊，保不齊真是有人請來了陰兵作怪。」

沈玉書又看了他一眼，轉頭看向一片狼藉的永安渠水面，道：「先不論是真是假，我只想知道，這枚鬼璽是從哪裡來的，又怎麼會出現在龍舟上。」

這個話說出來，現場頓時變得寂靜了。

參

為了避免引起恐慌，沈玉書只得暫且將鬼璽收到錦盒裡，防止百姓以訛傳訛，否則長安又會陷入混亂之中了。

青山仍在風中立，斜陽已在青山外。

夜色悄然來臨。

桌上擺著精緻的菜品，一碟水晶肘子、一碟肥腸鴨、一碟蜂蜜乳鴿、兩碟祕製醬牛肉，香氣撲鼻，而杯子裡的酒已經被添滿。

周易喝了一口酒，道：「妳真信了那什麼陰兵划船的鬼話啊？」

沈玉書笑著搖頭，無奈地道：「這是迄今我們唯一的線索了。」

周易嘿嘿一笑，道：「線索嘛，倒是有的。」

沈玉書抬眼道：「你還發現了什麼？」

周易啃著水晶肘子，道：「我在驗屍體時，發現那些遇害的官員和士兵都曾中了軟筋散，不僅如此，他們的身上還有個相同的地方。」

秦簡一邊溫著酒，一邊道：「對，這個我也注意到了。」

周易又喝了一杯酒，「他們身上都只有一處刀傷，刀傷的位置雖不盡相同，但傷口都出現在人身上的要害處，分毫不差。」

沈玉書聽懂了，道：「也就是說，他們雖然只中了一刀，卻已是必死無疑了？」

周易點點頭：「就是這個意思。」

沈玉書的右手下意識地敲了敲桌面，她道：「既然如此，凶手又何必砍下那麼多人的頭顱？」

秦簡道：「我想，應是為了掩蓋軟筋散的味道。官船裡的血腥氣越重，其他味道就越容易被掩蓋。」

「沒錯。最重要的一點是，凶手不僅刀法精湛，而且還對人體的每個部位都很瞭解，出刀時速度奇快，又非常精準，能有這種本事的人，想必你們應該都已經想到是什麼人了吧？」周易道。

沈玉書恍然道：「是郎中！」

秦簡和她對視了一眼，嘴角彎彎，輕輕點了點頭。

周易補充道：「普通的郎中並不能做到這樣一擊致命，雖然那些人都曾中了軟筋散，但若想在短時間內殺害這麼多人，並不是件容易事，或許還要是個會武功的郎中才行。」

沈玉書嗤笑道：「莫非如今的郎中除了學望聞問切外，還要學一門功夫才能出師？」

秦簡被她的言論逗得又是一笑，道：「自然不是，不過確實有一個這樣的奇才。」

沈玉書本也只是說笑，思來想去之後，突然驚訝道：「你說的莫非是神醫彭九針？」

彭九針這個人，也算是個傳奇。他本是個道士，在清風觀修行，道醫同源，因此他的醫術也十分精湛，據說在他手裡死人也醫得活。

他手裡有九根銀針，因他精通穴位氣法之術，在長安周邊已頗具名氣。以前有個癱瘓了三十年的病人，求醫多年卻仍無成效，心灰意冷之後，已準備服毒自盡，恰巧被他救下。他以九針紮下病人穴位，一個月後，病人不僅痊癒如初，而且身體還十分健康，從此神醫彭九針的大名便傳開了。

只是他與普通的郎中又有不同，他在清風觀時，除了治病救人外，還習得了一身好功夫，飛簷走壁，易如反掌，單手倒立在懸崖邊上五天五夜不吃不喝，下來時仍健步如飛，普天之下也找不出幾個有如此本事的人來。

沈玉書心下猶豫。她不相信，這樣一個懸壺濟世的好人會去殺人。

桌上的三杯酒還是滿滿當當的，菜也還冒著熱氣，三人卻已離開了。

◆

清風觀裡的風並不清，甚至滿是淡淡的煙味，這是沈玉書始料未及的。他們走進去時，觀裡的煙味已經變得越來越濃烈，甚至讓人忍不住想要咳嗽。

清風觀建在高山上，雖草木繁盛，但絕不會平白無故地冒出黑煙。沈玉書看見了道觀周圍有星星點點的火苗在跳舞，裡面的三、四間木屋已經化作了焦炭。

周易摀著鼻子道：「究竟是哪個缺德的，居然在觀裡放火？」

沈玉書面色一沉，沉吟道：「想來是有人知道我們會來清風觀，所以提前放了火。」

秦簡點頭，眸子裡閃耀著寒星般的光芒：「一會兒我先進去，你們在後頭小心些。」

顧不上許多，他們從後門繞進觀裡，只見裡面雜亂不堪，家具都零散地倒在地上，所幸這裡並沒有完全被大火吞噬。

觀裡的道君坐像被薰染得漆黑一片，酒杯果盤都散落在供桌旁，桌子上有幾道深深的刀痕，看來這裡之前經歷過一場激烈的搏鬥。

此刻，搏鬥的人早已離開，留在現場的只有死人，就在道君像後面的橫樑上，被一根麻繩高高地吊了起來。那人舌頭伸出，眼睛凸起，身上也被煙熏黑，活脫脫就像個黑無常。

周易是第一個發現的，他驚呼一聲，忙喊玉書和秦簡趕緊過來。

沈玉書和秦簡的心也不平靜，眼神裡甚至透著深深的迷惘。更糟糕的是，眼前死掉的這個人，就是他們要找的彭九針。而且，真正殺死彭九針的並不是他脖子上的那根粗麻繩，而是他自己手裡的九根銀針。

秦簡用劍尖割開繩子，彭九針的屍體落地。他們看得很清楚，那九根銀針分別精準地插在人體的九處死穴上，簡直讓人懷疑就是他自己將這九根銀針插在自己身上的。

秦簡心裡清楚，這九處穴位均是人體要害，也被稱為死穴，常人只要插入一根就難有生還的機會。九根銀針若全部插入死穴，便是實實在在的「九死無生」了。

沈玉書嘆道：「莫非我們一開始就錯了？」

她到現在還沒有回過神。若九根銀針是彭九針自己下的手，那他為什麼要自殺呢？若不是他自己下的手，那還有誰的手法可以與之相媲美呢？她想破腦袋也想不出來。

秦簡沉吟道：「劫殺官船的也許另有其人，彭九針這是當了替死鬼！」

周易唉聲嘆氣地查驗著屍體，道：「現在連彭九針也死了，好不容易得來的線索又斷了，唉。」

沈玉書面色沉沉，想了想，道：「凶手若不是彭九針，也應該和彭九針有莫大的關係。或許是因為彭九針知道凶手的祕密，凶手害怕有人順藤摸瓜找到真相，故而殺死了彭九針，又借用他手中的銀針欲掩蓋真相，隨後縱火欲毀屍滅跡，以造成彭九針被燒死的假象。這個計畫真可謂是天衣無縫。」

周易嘖嘖兩聲，道：「奇怪的是，大部分房屋已被燒成焦炭，可彭九針的屍體除了被煙熏之外，身體竟皆安然無恙。」

「我也在想這個問題。」

問題很快就有了答案，秦簡在彭九針的懷裡摸到了一個褐色的布袋。布袋很沉，打開時有股嗆鼻的味道，但裡面那東西握在手裡卻很冰涼爽滑。

沈玉書的眼睛頓時亮了起來。這個東西她曾在皇宮裡見過，是很珍貴的冰晶石，番邦朝貢時就有贈送冰晶石給皇帝做賀禮，她也有幸一睹其風采。

冰晶石原產自日本國的礁島，可以用來吸收光熱。外面的溫度越高，冰晶石就越冷冽，是炎炎夏日裡解暑的上乘佳品。因為數量奇缺，整個皇宮裡也僅有兩塊而已。可以說，冰晶石是一個即便花再大價錢也買不到的寶貝，而對於普通百姓來說，就更是難得一見了。

可彭九針的身上怎麼會有冰晶石這種稀罕物的？她想來想去，也沒找到一個合適的說法，又低頭去看地上，隨即眉毛一挑。

地上本沒什麼好看的，但散落著的杯碟碗筷卻統統是成雙的。

「你們看這些碗碟。」沈玉書指著地上道。

秦簡和周易聞聲看去，皆面露喜色。周易喜上眉梢道：「這觀裡還住著其他人？」

「看來是了。彭九針性格孤僻，能和他坐下來一起吃飯，想必和他關係並不一般。」秦簡也道。

一時間，他們都沉默了。莫非凶手就是這個和彭九針朝夕相處的人？那麼，冰晶石的主人會不會就是這個人呢？

◆

斜陽已西去，歸燕正南飛。

他們離開清風觀，回到長安城已是日暮時分。秦簡讓他們稍等一會兒，自己先去鄰街的刀槍庫取一樣東西，然後再一道去京兆府。

待他回來的時候，卻見周易正一個人牽著馬百無聊賴地在附近閒逛。

他來回看了看，沒見著沈玉書，又警惕地看了看各個角落，眉頭一皺，急急走過去問：「玉書呢？」

「哦，剛剛有人找她，說有事要和她談，她就著急忙慌地走了，還叫咱倆先去京兆府，她一會兒就到。」周易一邊把玩著攤前的小飾物，一邊說道。

「她跟誰走？」秦簡皺著眉，心神不寧地又看了看四周，眼裡如盛了一潭深不見底的水。

周易想了想，道：「看樣子應該是個小廝，我也不記得他長啥樣了，他們說話的聲音小得跟蚊子似的，我只聽見玉書說起什麼祥龍客棧的，其餘的就不知道了。」

「你怎麼能讓她隨便跟人走呢？萬一那人騙她找到了線索，再暗地裡對她做什麼，怎麼辦？」秦簡心下略有不安，眼底泛起層層波瀾，張口就是對周易一通訓斥。

「那……她又不是小孩了，哪能輕易地被人騙了？」周易頗為委屈地申辯著，卻見秦簡已經上了馬一溜煙地走了，身後揚起一片輕煙。

頓時他覺得自己更委屈了，直喊：「喂，你們怎麼都走了，那我怎麼辦啊？」

可卻無人應答。

◆

這廂，秦簡一路疾馳到祥龍客棧，一間挨一間地搜了個遍，也沒見著沈玉書的影子，更是心急如焚。他都不知道自己為何會有這樣的情緒，但就是怕她出事，怕極了。

忽聽人說見到了她，他的眸子忽地亮了，忙上去問：「你們可見到她之後去了哪？」

被問的人一愣，道：「應該是往東走了吧，她身邊還跟著一個人呢。」

秦簡匆匆道了謝，向東一路詢問，終於聽到一個人肯定地說沈玉書去了哪，一時馬也不要了，施了輕功一路飛簷走壁地走了，看得一旁的人眼睛都直了。

好在功夫不負有心人，他終於在一個偏僻的巷子裡看到了沈玉書，見她無事，心下一喜，便忘了自己還立在房檐上。這屋子年久失修，他一個不慎，竟踢落了一片瓦片。

隨即，他便見沈玉書匆匆把手裡的東西一收，抬頭望過來，眼睛裡是警惕，是惱怒，是責問。她甚至不問他一句怎麼來的，便一口咬定：「你跟蹤我！」

秦簡眼底的柔情轉瞬即逝，本已想好的一大堆話被他硬生生地憋回了胸腔。

他聽見自己聲音有些顫抖地說：「妳就這樣想我？」

伴隨著話音落下的是又一片瓦片，落地後摔碎發出的「匡噹」一聲脆響。

沈玉書瞥到地上已經摔得四分五裂的瓦片，睫毛一顫，道：「你做好你該做的事就是了，沒必要盯犯人一樣地盯我。」

秦簡不由得笑了，就這麼居高臨下地看著她，卻只覺得自己像螻蟻一樣被踩在了泥裡。

他看著她，眼底藏了寒冰，說出的話也沒了溫度，他說：「是死是活，隨妳。」

說罷，他就腳下一用力，一陣風似的走了，連背影都帶著一股子決絕。

之後，又一片瓦片落地，「匡噹」一聲，摔得稀碎。

◆

京兆府。

沈玉書談完事後匆匆趕了過來，下了馬，就直奔停屍房去了，撲面而來的腐臭味差點沒讓她吐出來。她抬眼見周易一人戴著面布在蹲身查看，便強忍著腐臭味走過去，觀察了一會兒，猶豫地問：「秦簡沒來？」

「妳沒見著他啊？他怕妳出事，去找妳了。」周易低頭道。

沈玉書「嗯」了一聲，眸光閃躲，看了看周易，目光定在了腳下的屍體上，心下卻不平靜。他原是怕她出事嗎？所以他並沒有跟蹤她？可是，怎麼可能呢？他在她身邊的目的不就是監視她嗎？

她這樣想著，想讓自己理直氣壯些，可越是想，心下的愧疚就越深重。她知道，她剛剛的話，無論是對誰說，誰都會生氣的，秦簡大概也生氣了吧。

見她想東西想得出神，周易拍了拍她的肩膀，道：「妳過來看，他們的肺裡和喉腔中均有清水，我懷疑他們中了刀傷後並沒有立馬死去，而是被凶手推進了灌水的船艙，吸水嗆咳所致。」

沈玉書回過神，也覺有理：「也就是說官員被殺死之前，凶手應該就躲藏在官船內的某個角落裡，而龍舟撞船隻是為了分散巡邏兵的注意，以給他作案爭取更多時間，他們的目的也不是劫運糧草，而是為了讓官船不能順利抵達幽州。」

沈玉書明白，這件案子不僅事關幽州邊防，還涉及朝廷命官的死亡，若不能盡快將凶手抓捕歸案，朝廷必將大亂，如此一來，正中凶手下懷。

聖上到現在還不就此事下旨，有兩種可能：一是現在還不知情，二是另有打算。沈玉書想來想去都覺得此事不能再拖下去了，於是便打算即刻進宮面聖。

大明宮，宣政殿。

李忱剛剛用過晚膳，手裡正拿著一本書在殿內走來走去，一邊閱讀一邊消食。

沈玉書穿過重重宮門，走了進去，和李忱照了個正面。

她欠了欠身子，呼道：「玉書無禮攪擾了聖上清淨，望聖上恕罪。」

李忱笑盈盈地道：「朕恕妳無罪。」

「謝聖上。」

「妳這麼匆忙進宮，想必有什麼事情要找朕商議吧？」

沈玉書猶豫了一會兒，還是把官船出事的實情告訴了李忱。

李忱聽後猛然一驚，手裡的書也掉在了地上，大怒道：「出這麼大的事，竟無人向朕稟報？」

候在一旁的王宗實怕他動怒傷了身子，忙上前告罪：「回聖上，是奴私自隱瞞了此事，想著等沈娘子把案子查得差不多了，再告訴您也不遲，誰知沈娘子竟先來了。一切都是奴的罪過，還望您千萬不要動氣。」

李忱長出一口氣，瞪他一眼：「你個老東西，膽子越來越大了。」

沈玉書低著頭，心下卻了然，這個王貴人，自己想瞞天過海，居然還把責任推給她，真是手段了得。

李忱思慮了一會兒，問：「出事的是開赴幽州押運糧草的官船嗎？」

沈玉書道：「正是！」

李忱的臉上紅通通的，似燃燒的火焰，捏緊的拳頭重重地轟在跟前的案桌上，道：「那糧運節度使徐寬和鹽鐵轉運使洪達是幹什麼吃的！」

沈玉書面色沉痛道：「回聖上，他們……全部死在了船上，屍體已被運回京兆府。」

「什麼？」李忱怒火中燒，「那南衙衛大將軍何康成呢？」

沈玉書如實稟告：「玉書無能，未能找到何將軍屍首，他現在生死未卜。」

李忱臉上的皮肉微微抖動，道：「這個該死的何康成，朕委以重任，關鍵時刻他居然不知去向，莫非是他暗中勾結逆賊，背叛了朝廷？」

沈玉書沒有答話。李忱即刻讓吏部擬旨，不管是死是活，一定要捉拿何康成歸案，並張貼海捕文書，以示天下。

待李忱情緒稍微緩和之後，沈玉書才上前進言，小心翼翼地道：「聖上，朝廷委派官船押運糧草鹽鐵的日期和路線向來是祕而不宣的，只有經手的大臣熟悉，所以，凶手是怎麼提前掌握這些訊息的？我猜朝中……可能有奸細。」

李忱點點頭。他也想到了這一點，因此一口咬定道：「恐怕奸細就是何康成！」

沈玉書寬慰道：「聖上大可放心，這件案子我已經協同都水監韓大人一起徹查，想必很快就會水落石出的。」

李忱看看她，眼底是難掩的疲憊：「這樣也好。」

夜，冷寂無聲，只有頭頂上那輪殘月還映透著昏黃的光暈。

永安渠升起一團白色的霧氣，縈繞在雲水橋頭兩岸的大柳樹上，點點螢光閃耀，讓死氣沉沉的夜裡多了幾分活氣。

柳樹旁的水面上有幾根散落的浮木晃來晃去，若是此刻有人朝水面上看去，就能發現那木頭上居然還趴著一個黑不溜丟的東西，直到木頭漂到岸邊，在月光的映照下，才能看清那黑乎乎的東西竟然是個人。

那人費力地從木頭上爬上岸。夜寒清冷，他忍不住輕咳了幾聲，隨後艱難地站起身，下一秒又因體力不支而倒了下去，但他並沒有就此放棄，依然勉強站了起來。他身上的衣服已經濕透，有東西滴滴答答地落在草地上，帶著一抹緋紅，是血！

他每走幾步就必須停下來歇歇腳，但他不得不強撐著走下去，因為他必須要找到一個人——沈玉書。

長安的街市一到深夜就顯得格外冷清，只有巷子裡的犬吠依稀可聞，但今天街上卻遊蕩著一個血人。

他的腿腳已實在沒有力氣了，然而這裡距離沈府還有不少的路。他挺著最後一絲力氣走了幾步，便砰然倒地，整個人伏在來鳳樓的門口。

夜深人靜，來鳳樓裡有個小廝尿急，推開門準備找個偏僻的地方小解，誰知剛出門就被什麼東西絆了一下。他以為是木頭樁子，低頭看去，竟然見到一隻血手握住了他的腿肚子，嚇得他肝膽俱裂，還以為是遇見了鬼魅，把一泡尿愣是活生生地給憋了回去。

他轉身想跑，可那隻血手卻緊拽著他不放。小廝寸步難行，只得壯著膽子偷瞄了幾眼，誰知地上竟然躺著一個人。

他這才長噓了口氣，掙脫後便匆忙跑進屋子裡叫醒了掌櫃的和幾個夥計。眾人點燃了火燭細看之後，才發現地上躺著的竟然是個軍官。掌櫃的是個很有眼力見兒的人，見他渾身血汙，頓感事態嚴重，便立刻吩咐夥計將此人抬進了屋。

◆

次日。

周易起了個大早，左手拎著龍舟上發現的那條死魚，右手提著裝有鬼璽的盒子，正興致勃勃地往沈府的方向走去。

沈玉書剛剛洗漱完畢，正打算出門，結果讓周易堵在了門口。

周易也不囉唆，舉了舉手裡的魚，開門見山地道：「玉書，妳知道這是什麼魚嗎？」

沈玉書看了看，搖頭道：「我昨天查看過水產方面的文錄，並沒有找到有關的記載。」

周易提著魚，大步邁進了沈府大門，道：「妳當然找不到，因為咱們大唐境內所有的河道和湖泊裡都不會出現這種魚！」

「哦？」沈玉書的胃口被周易吊了起來，她定定地望著他疑惑道：「你怎麼知道？」

周易道：「因為這根本不是淡水魚，而是海魚，別名鱔魚，狀如木篩，體有連甲，傳聞見之則天下大亂。」

沈玉書道：「你從哪裡看來的？」

周易已從懷裡摸出一本發黃的古籍，名曰《異聞魚錄》，裡面記載了很多奇怪的魚類物種。他將書中折疊的部分翻出，沈玉書看過後才發現，書上所配文字說的和圖表皆和眼前的這條魚一模一樣。

沈玉書明眸一閃，道：「這書看起來似乎已有不少年頭了，你從哪裡得來的？」

周易驕傲地抬起頭道：「這書其實是日本國編撰的。」

「日本？」

「不錯，妳知道我向來很喜歡收集這種稀奇古怪的書籍，這本書是我三年前用半部古言讀物從一個日本遣唐使手裡換來的，一直放在家裡的書堆裡，年深日久就變成這樣了。」

沈玉書眼睛一亮，道：「那個遣唐使現在在何處？」

周易尷尬地笑了一聲，道：「人家早就回國了。」

鰠魚是鹹水魚，如今卻出現在永安渠裡，很明顯不符合常理。而日本國是個島國，四面環海，捕撈這種魚並不是件難事，況且之前他們在彭九針身上發現的冰晶石也是日本特產，種種跡象都表明，這件劫殺案和日本國有關。

沈玉書正在沉思，周易又道：「除此以外，還有一件有趣的事情。」

「什麼事？說來聽聽。」

周易順手把死魚放在地上，道：「妳還記得之前我們在魚鮮小館裡看到的場景嗎？」

沈玉書道：「你說那些魚缸裡的鰠魚？」

「不錯。」周易頓了頓，接著道，「妳有沒有發現什麼奇怪的地方？」

「奇怪的地方？」沈玉書開始回想，一會兒才道，「魚缸裡的水是紅彤彤的。不過這應該不算什麼奇怪的事情，那應該是鱷魚身上的血吧？」

「錯了，那並不是鱷魚身上的血，而是另外一樣東西。」周易又將地上的死魚拎起來，叫人給他拿了把小尖刀。他接過刀，劃開魚腹，頓時一股又黏又稠的紅褐色液體從魚腹中流了出來。那液體沒有半點腥臭味，顯然並不是血，而且這條魚已死了很久，腹內即便有血也應早已凝固成塊。

他用手蘸了蘸，細細地看了看，道：「妳猜這攤紅色是什麼？」

沈玉書看了幾眼，也用手捏了捏，眼裡滿是不可思議，道：「居然是加蓋印章所用的丹砂！」

「不錯，和我想的一樣。」周易目不轉睛地看著地上，疑惑地道，「只是……我想不明白的是，這魚肚子裡怎麼會藏有丹砂呢？」

沈玉書定睛看著地上的魚，沉吟道：「看來……這魚來歷不俗啊。」

「這丹砂是有人故意餵食的吧？」周易問。

「看來是了。」沈玉書抿了抿唇，臉上是淡淡的笑意。她看了看那條魚後，似乎想到了什麼，狡黠地道：「我帶你去找個好玩的地方消遣消遣吧。」

周易愣了下，道：「消遣？」

「不錯。」

在這個節骨眼上，他甚至有點不相信沈玉書會說出這樣的話來：「妳說說看是什麼地方？那裡有什麼好玩的東西？」

沈玉書笑道：「你見過老鼠跳舞嗎？」

周易道：「老鼠還會跳舞？這豈不是比黃鼠狼給雞拜年還荒唐？」

沈玉書卻笑而不語，只是拽著周易走出了沈府。

一個時辰後，二人出現在群賢坊一間名為「玩得歡」的雜藝店門外。這間店鋪的位置雖然選得相對偏僻，但來這裡玩的客人很多，由此可見，此處定是有不尋常的把戲來留客。

肆

店裡多是些稀奇古怪的東西，很多玩意兒是顛覆人類想像的。喜歡獵奇的人總會來這裡逛上一逛。沈玉書有些詫異，周易這個天生好玩的渾小子，居然會不知道這個地方，顯然不符合他的做派。

沈玉書和周易正要往店裡走，突然見到兩個背著布包的年輕人正行色匆匆地從裡面走出來，其中一個人一不小心還將周易撞到了一邊。

他們二人一直低著頭，只說了句「抱歉」，便又大步流星地往前走了，看都沒看周易和沈玉書一眼。

周易沒好脾氣地罵了句：「眼睛讓狗啃啦？」

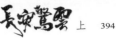

他正要追上去理論一番，沈玉書趕緊用手推了推他，笑道：「林小郎，你可活活成了個市井之徒了！」

周易這才罷火，往後退了一步。

店裡人氣異常火爆，熱鬧非凡。

意外的是，剛進去沈玉書就看到了坐在角落的秦簡。他面前的桌子上擺了不少好酒，還有兩隻正打架的蟈蟈兒，而他的面上卻看不出太多情緒。

他竟也在這？

昨日的事，讓她心裡多少有些不舒服，這會兒，她只想加快腳步，趁他沒看到她時，趕忙離開此地。

誰知周易竟也是個眼尖的主兒，扯了扯她的衣服，道：「哎，那不是秦兄嗎？他怎麼也在此？」

「巧合吧。」沈玉書被迫停下了步子，彆扭地別著頭。

「那這也太巧了，我們去打個招呼吧。放著這麼多美酒怎能讓他一人獨飲？」周易說著就要過去。

沈玉書忙拉住他，面色不自然地道：「我們先去辦正事吧，回來再和他敘舊，也許他也有自己的事要做，我們不方便打擾。」

周易疑惑地看著玉書，心裡有千百個疑問，卻還是跟著她往裡走。直覺告訴他，玉書定然瞞了他什麼事。

他們剛進去裡面的雜耍地，就聽到各種聲音傳來，一會兒是貓叫，一會兒是鳥叫，一會兒又變成了狗叫，屋子裡卻沒有貓、沒有鳥，更沒有狗。

周易定定地望著臺上的一個男人，男人著一身青褐色長衫，手裡握著把摺扇，面前的桌子上放著撫尺。他站著不動，各種聲音卻源源不斷地從他口中發出來，維妙維肖，竟和真的鳥獸別無二致。

周易看得連連叫好，問道：「這玩意兒倒挺有趣，有名兒嗎？」

沈玉書道：「這叫口技！」

周易玩興大發，道：「我要是學會這玩意兒，深更半夜學幾聲鬼叫吼吼，會不會嚇死人啊？」

沈玉書朝他翻了個白眼，道：「你腦子裡能不能裝點正常的事情？」

周易嘻嘻一笑，活像個調皮的孩子。

這時，有個人對著臺上的師傅瞎起鬨道：「你是不是什麼聲音都能模仿？」

臺上那人很自信地道：「只要是天上飛的、水裡游的、岸上走的，就沒有我不會的。各位看官，我連豬上樹也能學！」他真的模仿了一段，果真活靈活現，惹得臺下一陣哄笑。

沈玉書特意多看了這師傅兩眼，又去了另外一個攤位。周易走到哪都覺得新奇，以前他從來不曉得鴨子會唱小調、老貓會唱戲、癩蛤蟆會吐金子……這些光怪陸離的事情讓他目不暇接，也確實顛覆了他的想像。

「這又是什麼？」周易指著眼前的幾隻老鼠。

沈玉書道：「這就是鼠戲。這些老鼠會抬轎子，還會穿上繡花裙子翩翩起舞呢。」

周易覺得不可思議。

旁邊的老師傅道：「客官要看嗎？」

周易二話沒說，扔了一錠白銀到跟前的銅缽裡，只聞「叮」的一聲，老師傅將鼠籠打開，那些老鼠便雄赳赳、氣昂昂地鑽出來，老師傅吹了幾聲口哨，老鼠居然真的跳起了舞，周易看得直大呼過癮。

沈玉書笑罵他一驚一乍，目光卻轉向了鼠籠裡的一口白瓷碗，只見碗口通紅，若沒猜錯，裡面盛著的正是丹砂水。

看完了熱鬧，周易嚷著要去找秦簡喝酒，沈玉書難得地撒了回嬌，說自己走累了，腳疼，隨便找個茶歇區休息一會兒就好了。

周易見她這模樣，確實我見猶憐，便道：「妳要是走不了，我背妳過去也行。」

沈玉書一臉無奈地嘆了一口氣，道：「走吧，找你的秦兄去！」

「妳不是腳疼嗎？我背你吧。」周易看著她的背影爽朗地道。

「不用了。」沈玉書朝他擺擺手，步子邁得飛快，留周易在她身後一臉莫名其妙。

當周易拖著生無可戀的沈玉書到秦簡桌前時，秦簡已經面色有些泛紅，桌上的酒瓶也空了好幾個。

「好你個秦簡，吃酒這等好事都不叫我，虧我還天天帶你逛長安呢！」周易拉了個凳子隨便一坐，也給自己倒了一杯酒。

秦簡眼神略迷離地抬頭，目光在站著的沈玉書臉上停留了片刻，眸色一深，轉眼看向周易道：「你儘管喝，都記在我帳上。」

之後，他的目光真的再沒往沈玉書身上落過，哪怕沈玉書就在他對面，他也視她如無物。他靜靜地喝著他的酒，無論沈玉書和周易說什麼，都像沒聽到一樣，只是喝酒。

「玉書妳坐啊，直愣愣地戳著做什麼？」周易拍了拍身邊的凳子，示意她坐下。

沈玉書心不在焉地點頭應聲坐下，心下越發覺得不自在。看來，她真的把他惹生氣了。

周易喝了口酒，道：「妳到底為何帶我來這啊？難道真的是要我見識老鼠跳舞嗎？」

沈玉書也刻意不看秦簡，眼睛盯著周易道：「你覺得呢？」

周易道：「不用猜也知道，妳肯定是為了別的目的。」

「你剛剛看了那麼久，都沒有看出什麼名堂來？」沈玉書喝了口手邊的茶水，若有所指地道，「永安渠那艘撞上官船的龍舟上連個鬼影也看不見，可我們偏偏都看到了龍舟在水面上馳騁，同時還聽到了划槳聲、敲鼓聲、笛聲，你道為何？」

周易手裡的酒杯突然落在桌上，他驚訝地道：「妳說龍舟上那些聲音其實都是口技？」

「這還多虧了聖上之前賞賜給我的那隻百靈鳥。」沈玉書笑了，「我一直在想龍舟上那些聲音的來源，可總是想不透，直到早上我看到府裡的婢女給百靈鳥餵食。那百靈鳥實在聰明，不知什麼時候居然學會了說人話，我既驚又喜。後來我突然想到，既然鳥可以學人話，那麼人也許可以學鳥叫，甚至可以模仿更多的聲音，我這才聯想到了長安城的口技。」

周易不由得嘆了一聲，道：「難怪妳一大早就急著要出門，原是心裡早有了盤算。」

沈玉書唇角一勾，一抬頭就撞上了秦簡直勾勾的目光。那目光如寒潭、如深淵，只一眼就讓她如坐針氈。沈玉書嘴角的弧度尷尬地掛在臉上，似笑非笑的。

周易想了想，又拋出一個問題，道：「龍舟上的各種聲音姑且可以用口技解釋，可龍舟上沒有舟子划水，它是怎麼在水上飛馳的？」

沈玉書再次不自在地別過頭，道：「這個答案你不是已經告訴我了嗎？」

「我？」周易摸摸頭，顯然沒有明白沈玉書的意思。

沈玉書道：「早上你來府上找我，你不是在那條鰠魚腹中發現了一樣東西嗎？」

「妳說丹砂？」周易納悶道，「可那丹砂能有什麼用處？」

沈玉書抬手指了指遠處的鼠籠子，鼠籠子裡的白瓷碗中還有半碗丹砂水。那些老鼠已不再跳舞，而是在藝人的指揮下抬起了轎子，表演的正是著名的戲碼〈老鼠娶親〉。

周易恍然大悟，道：「這些老鼠莫非也被餵食了丹砂？」

「不錯。」沈玉書的手指在桌上敲了三下，「你知道這些老鼠為什麼這麼聽話嗎？」

周易道：「或許是這些藝人訓練有素吧。」

「這只是一個原因，但我想藏在鼠籠裡的那碗丹砂功勞最大。」

周易道：「妳說明白點。」

沈玉書道：「大唐藝人多有絕技，每一項絕技都是他們的看家本事，藝人們都是靠這些養家糊口的。穆宗時期，日本國有個使臣叫韓志和，外號飛龍士，此人擅長各類巧技，為博穆宗歡心，他的花樣更是層出不窮。他能用木頭製作飛鳥，和真實飛禽無異，他做的木貓更是能捉到老鼠。」

周易道：「這人的心思倒也獨特得很。」

「還遠不止這些，韓志和最厲害的絕技是讓蟲獸舞蹈。他手裡有一個特製的銅木盒子，盒中裝有蠅虎子[18]，這些蠅虎子足有一、二百隻，全身通紅，正是餵食了丹砂的緣故。那蠅虎子從盒子裡被倒出來之後，竟自動分成五隊，在韓志和的口技指揮下翩翩起舞。穆宗看後大喜，喚宮中樂師前來伴奏，一曲奏完，蠅虎子又在他的指揮下有序地回到銅盒子裡。後來這種絕技就被大唐國匠掌握，剛開始只是為了博取聖心，久而久之傳襲到民間，便成了百姓娛樂的方式之一了。」

「當真是傳世絕技了。」周易暗暗稱奇，挑了幾顆茴香豆嚼了嚼。

沈玉書道：「要不是你大早上拎著死魚來找我，或許我還發現不了丹砂的祕密。」

周易大致理了理線索，道：「也就是說，是有人專門祕密訓練了一批體形巨大的鱤魚，並偷偷給牠們餵食丹砂，再找來口技師父配合笛音指揮水中的鱤魚靠近龍舟，待大量鱤魚聚集起來，捲起層層水波推著龍舟向前行進。水下即便混濁，魚群卻並不受影響，甚至可以清楚地辨別方向，所以龍舟可以準確無誤地撞上官船。」

沈玉書點頭道：「正是如此。」

周易碰了碰秦簡的胳膊道：「秦兄，你覺得呢？」

秦簡似有嘲諷地看了一眼沈玉書：「她說是那便是咯。」

周易疑惑地看了他一眼，沒說話，抬眼就見沈玉書已經起身去了櫃檯。

「這三人是鬧彆扭了？」他自顧自地嘀咕著。

店裡的老闆不知什麼時候從後堂走了出來，正坐在櫃檯前抽煙絲，吞雲吐霧好不瀟灑。他的眼睛四處瞟著，店裡的一舉一動都難逃他的這雙眼睛。他已看到沈玉書朝這邊走來，忙笑吟吟地打起招呼來。

「沈娘子怎麼有空來小店玩？」他轉了轉眼珠子說。

沈玉書回道：「忙時查案，閒時玩賞。」

老闆眯著眼，笑嘻嘻地道：「那我希望妳常常無事，常常來玩。」

沈玉書懶得理會老闆的奉承話，直接道：「你這店裡有多少個雜耍藝人？」

老闆豎起手指頭道：「整好一百雙，兩百個。」

「果然做的大買賣。」沈玉書又問，「哪些師父常耍鼠戲，又有哪些師傅精通口技？」

老闆愣了一會兒，心裡敲起了花邊鼓，道：「沈娘子莫不是看得不盡興，想要挑幾個更好的來？」

沈玉書順著他的話道：「正有此意！」

「妳等著啊，我這就去喊，保管讓妳看得瞠目結舌。」

老闆眉開眼笑地跑去後堂，沒一會兒工夫，就有六位師傅跟著過來了。

「小娘子，我先給妳介紹一下。左邊這三位擅長鼠戲，右邊這三位精通口技，妳自個兒挑吧。」他邊說邊用手比劃著，臉上洋溢著無比的自豪。

沈玉書大致掃了一眼，道：「只有這幾位？」

老闆的眼皮向上一翻，他不明白沈玉書的意思。他心想，這幾位已經是店裡的頭牌藝人了，難道也入不了她的法眼？

「倒還有兩位，只不過昨日染了風熱病，都告了病假。前腳剛走，妳就來了，真是不趕巧。」

「兩人同時染了風熱病，也是少見得很呢。」沈玉書似乎話裡有話，隨後拿出一錠金子放到櫃檯上，道，「我就要點那兩個染了風熱病的人。」

老闆一雙鼠眼看看沈玉書，又看看櫃檯上的金子，一時間犯了難，道：「可他們都已走了，這可怎麼……」

沈玉書淺淺一笑，道：「告知名姓也可。」

老闆大喜，道：「他們一個叫田三，一個叫何四，是表兄弟。家裡鬧了水災，前不久才來我這店裡討營生。」

他才說完，沈玉書已轉身離去。周易忙起身跟著，走了幾步發現秦簡沒跟來，又回去拽他：「我不知你們倆又鬧什麼彆扭呢，但是現在辦的是公事，你還藏私情就說不過去了。」

秦簡眸子動了動，把杯裡的酒喝完，起了身，淡淡地道：「走吧。」

「這才對嘛。」周易一手搭上他的肩，一手從錢袋裡掏了一錠銀子放在了酒桌上。

就這樣，沈玉書在前，秦簡、周易在後，走著走著，他們的影子在地上竟排成了一排。

沈玉書突然回頭問：「還記得我們來時見到的那兩個神色慌張的年輕人嗎？」

周易很快想起來，拍著腦門道：「會不會是那兩個撞我的人？看他們鬼鬼祟祟的模樣，八成是心裡頭有鬼吧。」

沈玉書點點頭道：「他們往漕渠的方向去了，應該是打算從水路逃竄出城。」

這邊說完，秦簡腳下步子猶豫了兩下，沒和他們知會，便三步並作兩步，如燕子掠波般飛了出去。田三和何四雖然走得快，但也不敵秦簡的拈花彈輕功，就是讓他們一、兩個時辰，秦簡也能追得上。

◆

楊柳依依，清風拂面。

「有了這些錢，咱們再也不用看老闆的臉色，能回去好好孝敬咱們的娘親們了。」說話的正是兄長田三。

弟弟何四生得瘦弱些，膽子也比田三小得多，顫顫巍巍地道：「龍舟撞上了官船可是大事，要是讓上頭知道了，咱們可就要惹禍上身了。」

田三鼓著蛤蟆眼，狠狠地將何四奚落了一頓：「傻啊你。咱們坐船出城，尋個官家找不到的地方，用這些錢置辦些田產買賣，再給你說門親事，到時候把老娘接過來，過著世外桃源的日子，日子一長誰還會追究？」

他們說完已經走到漕渠畔，那裡正好有艘船在下客，田三走過去，看到一個白頭髮的老翁。老翁的頭髮很長，直直地披在肩膀上，若不是聽聲音，田三還以為是個老婆子。

田三上前道：「船家，走嗎？」

撐船的老翁探出半邊腦袋道：「要走便快些，只下這一趟水了。」

田三提前付了船資，還多給了老翁兩錠銀子，囑託道：「船要行得快些才好，中途莫要逗留。」說完他們走進船內，老翁慢慢將船幔放下來，從外面看裡頭，就什麼也看不見了。

◆

半個時辰後，船停了下來。

田三也剛剛睡醒，喊了句：「已經出城了嗎？」

外面沒有人回應，他只得將船幔掀開，這一看，瞬間嚇得臉色慘白。

撐船的老翁正靠在船把子上，手上已沒有船槳，而此刻撐船的人是個他們並不認得的年輕人。

那年輕人長身玉立，手裡握著一把泛著寒光的劍，一身玄色衣袍彷彿和夜色融在了一起。他只回身淡淡地掃了他們一眼，他們竟覺得他眼裡像是藏了寒冬。

二人頓時害怕了，偷偷瞄了眼四周，這才發現船竟沒有挪動分毫，他們此刻還在漕渠岸邊。

「下船吧。」夜色掩住了秦簡面上的微紅，他的語氣輕飄飄的，卻威懾十足。

田三和何四壯著膽子走出來，臉上均已布滿了汗珠。秦簡背對著他們，忽然轉過身來看著他們。田三不知道發生了什麼變故，但心中只覺不妙，正攛掇弟弟何四逃跑，秦簡的劍已橫在了他們面前。

秦簡冷冷地道：「聽說你們染了風熱病，依我看，你們的精神好得很呢。」

田三的脖子開始冒冷汗，眼神躲躲閃閃道：「吃了些藥，現在已好些了。你是何人，卻要來管我們這等閒事？」

秦簡面色淡然道：「官船被撞莫非也是閒事？」

田三的臉色早已被嚇得煞白，他哆哆嗦嗦地道：「什麼官船，不知道你在說什麼，我們這等市井小民，哪裡曉得官家的事？」

秦簡冷笑一聲，上前抓住他們的後頸，直直地把他們扔下了船。見沈玉書和周易也已朝這邊趕了過來，他飛身躍下了船，誰知竟一下沒站穩，單膝跪在了地上。

沈玉書愣了一下，無奈地上前要扶起他，看他面色潮紅，想來他剛剛少說也喝了不下三罈酒，現在怕是酒勁兒上來了。可誰知，她的手剛碰到他的衣袖，就被他伸手扯開了。他力道大，硬是把她的手給捏疼了。

「別鬧了，我扶你起來。」沈玉書耐著性子地哄他。

秦簡卻直愣愣地看向她，眼裡盡是嘲諷。他說：「妳不怕我把妳的祕密告訴聖上了？」

沈玉書睫毛一動，拽了拽他的胳膊道：「起來吧，我們還有別的正事呢。」

她這麼說了，秦簡才由著她，讓她把自己扶起來。之後，他又把她的手往下一扒拉，跟被碰一下就會破塊皮似的。

一邊的田三見著沈玉書，臉色更加難看了。他們都認識沈玉書，也知道她探案的本事。

「你們說的事情我並不知情。」田三仍是一副死豬不怕開水燙的姿態。

「不知情？」沈玉書叫周易來扶著秦簡，淺笑著看著田三，「那你們背上這兩大包金銀是從哪裡來的？這些金銀恐怕你們在雜藝店幹十年也掙不來吧。」

田三滿臉通紅，狡辯道：「我們兄弟二人除了耍雜藝，自然還有其他賺錢的門路，這你們也要管？」

沈玉書搖搖頭，輕笑道：「說你們傻你們還不承認，你們知道這些錢會給你們帶來多大麻煩嗎？知不知道有人已經想要你們的命了？竟然還傻樂著想就此逃之夭夭？」

田三到底吃過幾年的乾飯，道：「休要嚇我，這些錢都是我們辛苦掙來的，誰會平白無故地來索我們的命？」

沈玉書一針見血道：「自然是給你好處的人。你們可要想清楚，因為祕密只有帶到地下才最安全。」

周易也道：「你們若是出了事，苦的恐怕是你們的老娘。」

他說完，就見秦簡撥開他的手，身形有些搖晃地上船將船頭那個老翁帶了過來，老翁手裡還緊緊地握著匕首。

「還覺得沒人要殺你們？」秦簡道。

田三看到了那把匕首，心裡一涼，只怕欺瞞不過又惹禍上身，只好如實交代道：「諸位，我們絕沒有殺人，只是耍了些口技而已，這不算犯法吧？」

沈玉書滿意地點頭道：「你接著往下說。」

田三道：「一個月前，我們正在店裡耍鼠戲，有個人來店裡看戲，事後他找到了我們，讓我們給他做個私活，一個月給我們一百兩金子。我當時就呆住了，便問他做什麼，他反過來問我，還說了句文縐縐的話，什麼『老鼠尚能抬轎，河魚安能拉船否』。我稀裡糊塗地說『能』。他似乎很興奮，預付了五十兩金子，我咬了咬都是真的，他說事成之後再給我們另外一半。」

沈玉書道：「他是不是讓你們訓練魚群？」

「妳怎麼知道？」田三有幾分詫異，接著道，「他當真準備了一池子活魚，但我從沒見過那種怪魚，力氣倒蠻大，池子裡還備有一只木筏子。那人還給了我一首曲子，叫什麼〈臨江仙〉的，讓我想法子吹彈曲子讓魚群推著木筏子往前走，當時我還納悶，心想這些人真是錢多了沒處花，難不成出門要用魚來拉船嗎？」

沈玉書道：「你們訓練魚群是餵食的丹砂嗎？」

「正是。」

沈玉書又道：「你知不知道找你的那人是誰？」

田三想了想，道：「他們有好幾個人，但找我的那個人一身黑斗篷，頭上還戴著黑斗笠，我看不清他長什麼樣子。」

秦簡一愣，卻沒說什麼。

周易也甚是吃驚，道：「怎麼又是這個黑斗篷？他究竟是誰？」

這個問題已困擾他們很久，但眼前還有幾個謎團尚未解開，比如龍舟上消失的十八個舟子和南衙大將軍何康成現在何處？是死是活？是誰在龍舟上掛了陰陽鬼璽？

沈玉書的目光突然看向那個老翁，可還沒等她問話，老翁不知何時竟已解開了穴道，縱身跳進了水裡，秦簡情急之下將船槳踢飛，打在老翁的右腿上。老翁潛入水裡後，片刻之間便不見了蹤影。

秦簡本還想跳下去追的，被沈玉書攔住了。他這醉醺醺的模樣，走路都走不穩，哪敢放他入水？

伍

夜已深，他們將田三和何四移交給京兆府尹韋澳，便打算打道回府。

此時，秦簡已經醉得有些沒了意識，整個身子都靠在周易身上。可是顯然，醉酒並不影響他和沈玉書鬧彆扭，哪怕是沒了意識，只要沈玉書一靠近，他就立刻像隻爹了毛的貓一樣警惕地看著她，時刻要與她同歸於盡似的。

「我們先送他回去吧。」沈玉書看著醉眼迷離的秦簡直發愁，他酒量向來好，怎麼還能喝醉了？

周易抬手戳了戳秦簡的臉，見秦簡沒反應，笑道：「他都這樣了，妳放心他一個人啊？」

「那……怎麼辦？」沈玉書一時沒轍，秦簡一直是一個人住的，家裡連個灑掃婢女都沒有，放他一個人回家確實不太妥。

「要不把他帶回我家吧。」周易道。

沈玉書立即搖頭道：「不成，你父親若是知道你領個醉酒的人回家，指不定又要說你了吧。還是去我家吧，我們家婢女多，能看顧他。」

周易點點頭，去租了一輛馬車，叫秦簡進去的時候，秦簡眼睛微微睜開，腳下卻猶如鐵鑄，怎麼也不動，一臉鄙視地看著周易道：「你見哪個男兒還坐這種玩意的？你坐也就罷了，我騎馬。」

「這車是我硬敲開人家店門才租來的，你就當陪我坐一會兒總行吧？」周易忍不住想翻他白眼，這人喝醉了比不喝酒時還討厭。

「行吧，陪你。」秦簡把下巴一揚。

要不是念及好友一場，周易就一巴掌拍他腦瓜子上了。而這還不是最過分的，最過分的是，他們好說歹說將他哄進了車廂，他竟迷迷糊糊地說了一路的周易沒有男子氣概的話。

等馬車停到沈府的時候，周易的臉已經黑如焦炭了。周易咬牙切齒地把秦簡扶下來，把他往管家身上一塞，和沈玉書又說了兩句話，便一溜煙地駕車走了，留沈玉書一臉無奈地站在原地。

「王管家，你把他扶到東廂房吧，那兒應該是剛收拾過的。」沈玉書吩咐了王管家後，過去幫忙扶秦簡。

誰知，秦簡一見她過來，便瞬間站直了身子，道：「我自己能走，我要回家。」然後，就見他推開了王管家，腳步不穩地朝街上走去了，搞得王管家也是一臉茫然，直等著玉書發號施令。

沈玉書無法，快步上前拽住他，好言好語地道：「算我錯了行嗎？我不該誤會你的一片好意。咱們先回房間好不好？先睡一覺，有什麼事，明天再解決。」

秦簡腳步一停，眼睛直直地看著她，不說話，樣子卻異常乖巧。

良久，他點了點頭，竟沒有再推開她的手。

沈玉書無奈地笑了，叫王管家過來幫忙扶他，自己的眼睛卻定在他雕刻般的臉上，看了好久。此時的秦簡，和往日裡她所認識的那個秦簡，似乎有些不太一樣。現在的他看起來更單純，也更可愛一些。

平日裡的他，總把自己裹得太嚴實，甚至多餘的表情都不會表露，所以，她從未想過，或者說從未奢望過他會對她有幾分真心。直到這一次秦簡真的和她生氣了，她才意識到，其實從他貿然地闖進她的生活開始，她原本平靜無波的心便已起了漣漪。

玉書二人好不容易才把秦簡弄進房裡，王管家下去吩咐竹月熬些醒酒湯過來之後，便離開了。

沈玉書嘆了一口氣，站在床邊和秦簡大眼瞪小眼了一會兒，最後決定讓他先把鞋襪給脫了，沒想到他竟聽話地照做了。

她一愣，試探道：「你今晚就和衣湊合睡一晚吧，沒有不舒服的話，就先睡吧。」

她言罷，秦簡點點頭，撐開被子往裡面一鑽，把身子遮得嚴嚴實實，只露著一個腦袋看著她，眼睛裡還帶著點點星光。沈玉書又是一愣，繼續和他大眼瞪小眼。

直到竹月送來了醒酒湯，她讓竹月把湯碗放到床側的小幾上後才道：「你把這個湯喝了吧，喝了明天起來會稍微好受些。我就先走了。」

誰知，她剛要轉身，秦簡竟從被子裡探出手一把抓住了她的袖子，委屈巴巴地張了張嘴巴道：「阿娘，別走好不好……」

一聲「阿娘」，嚇得沈玉書如遭雷劈般，連連咳嗽了好幾聲。

尤其站在一旁的竹月竟還「噗哧」一聲笑出了聲，氣得她一個眼刀子過去，竹月忙怯生生地退下了。

她很老相嗎？都能被秦簡叫娘了嗎？沈玉書內心憤憤。

她努力想從秦簡手中抽出自己的衣袖，誰知她一動，他就拽得更緊。

他靜靜地看了她許久，聲音沙啞地道：「阿娘，妳就陪陪昭兒吧，八年了，昭兒真的好想妳……」

沈玉書手上的動作一頓。

她看了看秦簡的表情，口中不自覺地嘀咕了兩聲「昭兒」，想了想，這大概是他的乳名吧。古人常言：「昭昭，明也。」他也是這個昭嗎？如此明朗的名字，她竟一時無法和秦簡的一張冷臉聯想到一起。或許，他也曾明朗過？

這麼想著，她的目光不由得柔和了些許，附和道：「我不走。」

可秦簡還是可憐巴巴地看著她，顯然聽出了她話中的敷衍。

她無奈，只得往床前的矮榻上一坐，他這才鬆開攥著她衣袖的手，看著她，孩子一般地笑了。

沈玉書頭一次見他這樣，便也跟著笑了笑。她甚至有些懷疑，眼前的這人根本就不是秦簡。誰知，就在她覺得自己被慈母光環縈繞的時候，秦簡竟突然坐起身，猝不及防地在她臉頰上吻了一下，末了，還對著她狡黠一笑。

沈玉書愣怔了好一會兒才反應過來剛剛發生的事，想伸手揍他，卻見他此刻又是一副孩子一樣的天真樣，道：「阿娘，妳給我講講四大門派的故事吧，妳上次還沒講完呢，可不能抵賴。」

一時間，沈玉書又迷茫了，難道他真的把她當成他的母親了？

「阿娘，妳有在聽嗎？」秦簡忽閃著兩扇長長的睫毛，不依不饒地問。

沈玉書無奈地笑了笑，算是拿他沒辦法了，連哄帶騙地道：「四大門派啊，四大門派的故事等你睡醒了我再給你講好不好？」

秦簡眼珠子轉了轉，似乎很為難，想了半天才點了點頭。

好在他之後並沒纏著她再說什麼，眼睛睜著睜著就閉上了。

月光給他的面部輪廓鍍上了一層銀光，他安靜地閉著眼睛，似乎已進入了夢鄉。

沈玉書嘆了一口氣，確認他睡著了，便起身往門外走。

在準備關門時，她聽到秦簡聲音哀婉地道：「阿娘，我求求妳，妳讓兄長去吧，他什麼都優秀，昭兒不行的，我會害死你們的！」

她關門的動作停了停，有些疑惑，又有些心疼地探頭望了望裡頭，見他還平穩地躺在床上，只是額頭冒了汗，便狠了心地把門關上了。

隔著一扇門，她依稀還能聽到秦簡的夢囈，那是他平日裡從未有過的無助和悲痛。一時間，她的心沉沉的，腳步也邁得艱難。所以，她站在門前，站了很久很久，直到屋內安靜了，才放心地離開。

其實，秦簡的心裡也藏了許多祕密吧。

他曾問她那些年是否過得苦，那時，他的眼裡帶著心疼。此刻，她竟也想上前安撫一下他，讓他在今夜能睡得稍微安穩些。她不想問他是否也苦，她知道，他一定是苦的。

◆

翌日，沈玉書梳妝完畢後到偏廳吃飯，她到時，秦簡也在。

他端坐在桌前，還是一副翩翩公子模樣，和昨日的視她如無物相比，如今好歹是看了她一眼，只是那神情卻略微有些複雜。

玉書想，他大概對昨晚醉酒後的事有幾分印象吧，那麼是不是也就意味著他記得昨晚吻她的事？這麼想著，她便覺得徹底沒臉見人了，尷尬地朝他笑笑，轉頭問王管家：「王伯，昨晚你說有人來府上找過我？」

王管家低頭「嗯」了一聲，道：「是的，是來鳳樓的小廝，說他們樓裡來了個怪人，硬要見妳。」

「他們還有說什麼其他的嗎？」沈玉書抬眼。

「聽他說，那個怪人渾身是血，身上還穿著軍服，看起來像個官爺。那人一直迷迷糊糊的，嘴上一直叫著小娘子的名字，他們以為那人和咱們府上有關係，便來找妳去一趟。」

沈玉書若有所思地點點頭，想了一下，抬頭看著秦簡道：「這人怕是和案子有關，我們一會兒過去一趟吧。」

「好。」秦簡眼睛盯著面前的碗筷，低聲應了，耳朵尖卻紅紅的。

◆

周易今天也來得準時，他們剛要出門，他就來了。

他一進門，就衝著秦簡一通抱怨，沈玉書將來鳳樓的事同他講了，他才安分些。

等他們到了來鳳樓，一進門就有個小廝領他們上樓見人，彷彿那人是個什麼燙手山芋。

來鳳樓東側的偏房裡，那個人就躺在床上。夥計指了指道：「就是他了。」

沈玉書看到桌子上的銀灰色鎧甲，便已認定那人正是消失的南衙衛大將軍何康成。

他竟沒有死！

何康成閉著眼，全身血汙。周易掀開他的衣物，看到他的全身上下足有七、八道傷口，經過辨認，與官船上那些人的傷口形狀都一致，只是他身上的傷口都不深。

周易嘆道：「果然，他也中了軟筋散，但好在毒性不強。他身上的這七、八道傷口刀刀致命，四處在心門，兩處在喉塞，兩處在腰腹，何將軍居然能大難不死，也真是奇蹟了。」

秦簡也大概看了一眼，道：「並不是奇蹟，是這件鎧甲救了他的命。」

周易看到桌上的鎧甲，上面果然被利器刺穿了七、八個洞。他不由得冷汗上臉，心中更是驚駭，倘若沒有鎧甲護體，每一刀都實打實落在身上，想必再厲害的人也早已喪命了。

秦篇又道：「能刺穿如此堅硬的鎧甲，而且還能留下傷口，這種兵器實在少見。」

他一時也想不出究竟是什麼兵器會有如此強悍的殺傷力，要知道眼前的鎧甲可是用上好的精鋼和白銀合鑄而成的，普通刀劍砍上去，非斷即裂。

「看來，我們誤會何將軍了，他不是凶手！」一直沉默的沈玉書突然道。

周易想了想，道：「妳說他會不會使用苦肉計，製造被凶手刺殺的假象為自己開脫？」

沈玉書搖搖頭，堅定地道：「不可能，他若是想要偽裝，只需要用相同的刀具割開鎧甲或是在身上割傷一點就足以混淆視聽了，何須刺中七、八刀拿自己的性命開玩笑？」

周易掰了掰手指，道：「難道是凶手提前藏在官船上，用無人龍舟做掩護，在其撞船之前就已完成了謀殺？」

沈玉書點頭道：「想來是了。其實我們早該想到，官船上裝有糧草和鹽鐵，本身就很沉重，龍舟卻很輕，不可能將官船撞停並且改變船舶的方向。只有凶手提前將官船上的舵手殺害，官船才會失控而偏離原有的方位。」

周易嘖嘖兩聲道：「我們竟真的差點被他們給騙了。」

沈玉書嘆了一口氣，現在或許也只有等何康成醒來才能知道那天究竟發生了什麼。

夥計聽聞這人來頭後，沒等沈玉書吩咐，已出門叫郎中去了。不多時，便有個背著藥箱的中年人在夥計的帶領下走進酒樓。他看了何康成幾眼，皺皺眉頭道：「此人傷勢過重，實在難以回天，我只能姑且一試了。」

沈玉書朝他點點頭道：「還望郎中盡力。」

那郎中點點頭，便從藥箱中取出三粒藥丸和幾貼膏藥，吩咐道：「大概就是這些藥了，拿這藥丸給他和水服下，可通達筋骨，膏貼用以外用，興許能治一下他那一身的傷。至於人能不能回來，聽天命。」

沈玉書似有疑惑道：「您不用再多看看？」轉頭見秦簡也皺著眉看著那郎中，她心中對此人的行事又多了幾分猜疑。

「小娘子，妳這就是外行人說的話了。我們看病看多了的人，只需一眼就能看出是什麼病，根本沒必要多看。」郎中擺擺手，一副頗有經驗的樣子。

沈玉書雖心有猶疑，卻還是笑道：「那多謝神醫了。」

郎中開完了藥，道：「需盡快給官爺服下，恐遲則生變。若沒其他事我就先走了。」說完這句話，他轉身就走。

周易催道：「快些將藥餵了，等何將軍醒了，說不准就能知道誰是凶手了。」

沈玉書將藥丸握在手裡，叫來一旁的夥計，輕聲道：「這郎中是從哪個病坊裡請來的，為何看著這般面生？」

夥計道：「沒去病坊，我出門沒走多遠就碰上他了，他是個遊方郎中。」

沈玉書道：「果然有問題。」

周易道：「怎麼，你懷疑這個郎中是……」

「不錯，是假的。」她看著周易道，「一般的郎中是怎麼看病的？」

周易道：「望聞問切啊。」

沈玉書眉頭緊鎖：「可方才那郎中進來只看了幾眼便說何將軍傷勢過重，既不號脈也不查體，豈不奇怪得很？」

「這麼說來是有幾分怪異。」周易頓時懂了，「不好，那這藥丸十之八九也是毒藥，看來這個郎中想殺人滅口。」

「不錯，何將軍是官船案中唯一的倖存者，知道的祕密絕不會少，自然會有人惦記著他的命。」

「可他怎麼知道何將軍藏在來鳳樓裡？」

「跟蹤！」

「跟蹤誰？」

「不是跟蹤人，而是血跡！」

他們走出來鳳樓，果真看到牆角有條細細的血痕，一直往遠處延伸。

周易道：「此人和凶案必有聯繫，需趕緊追上去，千萬不能讓他跑了。」

他說話之前，秦簡已道了聲：「我去。」

一眨眼的工夫，他便消失在了二人眼前。

◆

假冒的郎中輕功似乎不錯，秦簡在他身後隱蔽身形，緊追不捨，一直追到了金光門。附近突然傳來幾聲貓叫，之後便見那個假郎中停在了原地，似乎在等什麼人。

秦簡飛身掠到假郎中面前，假郎中聽到聲音後，看向秦簡。

「誰讓你追殺何康成的？」秦簡握劍冷眼看著他。

假郎中大笑道：「我是個郎中，只知道懸壺濟世，怎麼會殺人呢？」

秦簡冷笑道：「懸壺濟世？可你的藥箱裡卻偏偏只有殺人的毒藥，你就不怕遭天譴？」

說完，他一腳踢開藥箱，紅色的藥丸滾落一地。

假郎中眼神躲閃，下一瞬還是堅稱：「這是神藥，何來毒藥一說？」

「既是神藥，你也來嚐嚐如何？」秦簡撿起三粒藥丸，往假郎中嘴裡塞去。假郎中似被針紮了般跳了起來，連忙伸手回擊，將秦簡手中的藥丸全部打掉。

「還不肯說實話？」秦簡眸色一沉，上前用力一把擒住他。

假郎中心下一顫。他只和秦簡過了一招，就瞬間被制伏，顯然秦簡的武功在他之上。他害怕秦簡再次為難他，正準備說出實情，周圍突然又響起幾聲貓叫，之後便見一個黑影忽地在他面前晃過。

秦簡抽身去追，可那人速度很快，眨眼間便已消失在了深巷中。等秦簡再回來時，假郎中已被一劍封喉，倒在血泊裡，早沒了氣息。原來那黑影竟是在調虎離山，趁著秦簡追他之際又返回殺了假郎中。

◆

來鳳樓裡，何康成還沒有醒來。

周易道：「這麼下去也不是辦法，還是稟告聖上，讓何將軍去宮裡醫治吧。」

沈玉書道：「我正有此意。只是，此事事關重大，不可聲張，以免打草驚蛇。」

一炷香後，秦簡趕了回來，臉色苦悶得很。他最近算得上連連失意了。

「人跑了？」沈玉書問。

秦簡面色略有疲憊，道：「死了。」

沈玉書一愣，道：「你失手殺了他？」

「不是我，又是個黑衣人。」秦簡聲音沉鬱。

「黑衣人？看來，我們又被跟蹤了。」沈玉書心感不妙。

秦簡無力地笑笑，道：「是我大意了。這個人的刀法詭譎，而且輕功也不賴，我去追他時，見他身形變幻莫測，眨眼間便不見了，實在怪異得很。等我再回去找假郎中時，他已經被一劍封喉。」

沈玉書安慰地朝他笑笑，沒再說話。

◆

金光門外十里處的一個賣湯餅的小店裡，面對面坐著兩個人，他們眼前的湯餅都已發坨，卻誰都沒吃一口，顯然他們不是來吃湯餅的。

兩人都用青布蒙著臉，左邊那人梳了個小髮髻，額頭上撲著白粉，打扮像極了日本人，而他對面坐著的則是神祕的黑斗篷。

「你這次幹得不錯，幽州將士一旦斷了糧草，勢力便會損失大半。」

小髮髻咳了幾聲，道：「只可惜官船上有個將領跑了。」

黑斗篷的聲音已有些顫抖，他道：「怎麼，連你的流影刀也殺不了他？」

小髮髻道：「他雖然中了軟筋散，卻仍能憑藉深厚的內力和我大戰了幾回合，最後中了我七、八刀，但還是從我的手中逃脫了。他趁我不備，潛入水裡，我知道他傷勢不輕，不管藏身何處必是要請郎中的，所以特意讓手下人扮作郎中沿血跡跟蹤。今日，我的手下在來鳳樓裡發現了他，本想利用假郎中的身分接近他，然後趁機給他下毒，沒想到竟讓人發現了馬腳。為防止事情敗露，我已將那個假郎中殺死了。」

黑斗篷道：「看來又是那個小妮子在攪局！」

小髮髻道：「不論是誰，何康成一定要死，這次我親自去辦。」

黑斗篷想了想，道：「也罷，明日我在永安渠租一艘客船，不管成功與否，你只管渡船南下。」

◆

天色越發陰沉，烏雲滾滾，一場大暴雨如期而至，足足下了三、四個時辰才停下，永安渠水猛漲了幾倍，長安城是頭一次下這麼大的雨。

很快就有個不好的消息傳來，雲水橋下的淺灘上驚現十八具男屍，經過仔細排查和辨認，確認男屍正是龍舟上那群消失的年輕舟子。

沈玉書聽聞後，心中不免有幾分駭然和惋惜。十八個年輕的生命居然早已葬送在永安渠中，若不是老天爺幫忙，恐怕他們現在仍然沉屍河底。

周易將屍體逐一檢驗，道：「他們的鼻咽、口腔處均發現了炭灰的痕跡，應該是誤吸了濃煙窒息而死。」

沈玉書驚訝道：「他們所乘的龍舟曾發生過爆炸，當時水面上煙霧繚繞，照你所說，他們應該是那個時候吸了煙霧。」

周易點點頭道：「應該是這樣。」

沈玉書的眼睛裡滿是焦灼。她回憶案件的細枝末節，一幅幅鮮活生動的畫面在腦海裡不斷浮現，而她要做的是在成百上千的畫面裡找到凶手的蛛絲馬跡，這顯然是個浩大的工程。

突然，她眸光一閃，似是想到了什麼不錯的法子，不過當她目光看向秦簡時，卻多了一絲難為情。儘管經過前一日的事情後，兩人的關係已有緩和，可到底還有一道鴻溝隔在中間，她心底，尚有羞愧。

秦簡慢慢地斟著酒，察覺到了她的目光，可手上的動作依舊行雲流水，眼珠子也不曾往旁處多看。

良久，他轉過頭，眼裡平靜如水，看著她說：「妳說吧。」

沈玉書被人看穿了心思，忽地面色一紅，湊到他耳邊輕聲道：「可不可以幫我查查這兩個人？」

秦簡驚詫地看了她一眼，點點頭道：「好。」

之後，他的眸子又如沉靜的秋水般，沒有波瀾，就連沈玉書也看不出他此刻的心思。

他不願同她多說話，她知道。

沈玉書心酸地笑笑，道：「謝謝。」

陸

長安西郊外的一間房舍四周鬱鬱蔥蔥，鳥語花香，流水潺潺。

院中的空地上，放著七、八個魚籠，魚籠旁邊的架子上掛著三、四張漁網，窗前不遠處，另有一艘布滿青苔的漁船停駐。

這處院落遠離長安城，平日裡少有人前來。原本這是個僻靜又美麗的地方，身處此地，連呼吸的風都是香的。然而此刻，雖然院外的溪水還在流著，花也還是香的，但這裡已不再那麼美麗了。只因原本應該用來捕魚的網子上，此刻竟然倒吊著一個人。

秦簡進來時，就看到了這樣的一幕。右手下意識地從劍鞘中拔出劍，他警惕地防備著可能突然出現的偷襲。劍身閃著幽幽的寒光，他的心卻陰沉沉的。

等了一會兒，秦簡沒有發現附近還有其他人存在，於是放鬆下來，走近漁網，去查看那被倒吊在漁網上的人，結果發現死掉的人不是別人，正是艄公譚。

此刻，艄公譚的兩隻眼睛全都鼓出來，身子發白，整個人就像是條拍了麵粉的老黑魚般在空中隨著風晃來晃去。

秦簡實在搞不懂，像艄公譚這麼精明的一個人，在為別人做了事後，應是早就想好了萬全的對策的，怎也會遭了那人的毒手？並且還是被割了喉，倒吊在漁網上，死相淒慘。

秦簡搖了搖頭，對艄公譚的死表示了一下惋惜，之後伸手推開了房門，走進屋。

房間裡暖烘烘的，地上的爐子裡正生著火，鍋裡熬得噴香的魚油米粥還在噗哧噗哧地冒著熱氣。

秦簡雙目掃視屋子，忽然，目光被一面牆吸引，只因牆上赫然也掛著一個人。

那人長長的白頭髮全部都披在肩上，整個身子貼在牆上，背對著秦簡一動也不動，肩上和頭髮上的水珠正滴滴答答地往下落，落在木質的地板上，發出清脆的聲響。

這似乎也是個死人？秦簡有些疑惑。他提著劍走過去，恰好屋外捲起一陣風，順著門窗吹了進來，那人的長髮便在牆上飄來飄去。

秦簡吞咽了下口水，小心翼翼地靠近。

直到他走近了才發現，牆上掛著的不是人，而是個製作很精美的牛皮頭套。

秦簡將頭套挑開放到桌子上，不由得大吃一驚。顯然，他已認出了這個頭套。

在牆角處他還發現了一個掉落的紅木箱子，箱子上的鎖已經被人撬開了，裡面的東西也已被人拿走，此刻裡面空空如也。

「需要放在上了鎖的箱子裡的東西，絕不是普通的東西。」秦簡自言自語。

◆

日頭在下落，有的人卻在失落。

沈玉書無聊地坐在茶樓的包廂裡，手托著下巴，正靜靜地看著街上的人流在燦金色的日光中來來去去，那些人的身上也都披上了一層流動的金色。

她正思忖著，忽見一道白影閃進來，竟是秦簡，而他的背上還背著一個「人」。

沈玉書抬頭望著他，奇怪地問道：「這是？」

秦簡把那「人」放下，沈玉書看到他的背上已是濕漉漉一片。他坐下，拿起茶壺給自己倒了杯水一飲而盡後，語氣淡然地道：「又死了一個。」

沈玉書眉頭一皺，道：「他是……」

秦簡把那「人」攤在桌上，道：「妳好好看看。」

沈玉書仔細看後才發現原來秦簡所背著的「人」只不過是個牛皮頭套。她很快就想起來了：「是那個想要殺死田三和何四的白頭髮老翁，原來我沒有猜錯，這頭套定是在艄公譚的屋子裡搜到的。」

秦簡道：「不錯，白頭髮漁翁就是艄公譚。」

沈玉書道：「想想也是，當時我們制伏田三、何四兩兄弟後，我正有話想問白頭漁翁，可他竟毫不猶豫地跳進了漕渠，轉眼之間就不見了蹤影。這整個長安城中能有這麼好水性的人也只有艄公譚一個了吧。」

秦簡點點頭，沒有說話。

沈玉書習慣了他的沉默，便自己侃侃而談起來。她抿了一口茶，道：「其實很早我就覺得有些不對，水裡的活兒通常很危險，但凡出事都是別人求艄公譚，他才肯答應幫忙的，更多的時候還要對方給的價錢合適。但龍舟出事的那天，他居然主動提出要下河打撈，而且連一分錢也沒有索要，所以怎麼看都有些可疑。」

秦簡還是點頭，未說一字。

沈玉書接著說：「還有，在龍舟上發現了那個陰陽鬼璽時，我心裡已隱約有了答案，只是還沒有足夠的證據。因為只有艄公譚接觸過龍舟，並參與了龍舟的打撈，他是最有可能將鬼璽掛在龍舟上的人，事後他還揚言是陰兵划船，恐怕那也只是他自導自演的戲碼。不過他雖然參與了整起事件，卻和田三、何四一樣，只是被凶手利用的棋子而已。」

秦簡安靜地飲了兩杯清茶，道：「我在艄公譚的屋子裡不僅發現了這件濕漉漉的牛皮頭套，還發現了一個紅木箱子，外面上了鎖，裡面卻是空的，我想那箱子裡面定是裝了貴重之物，譬如金銀珠寶。凶手很清楚，只要艄公譚活著，隨時都會暴露他的行蹤，於是便乾脆一不做、二不休，殺了艄公譚，並奪回了付給艄公譚的報酬。」

沈玉書聽罷，驀地抬頭，一雙杏眼定定地看著秦簡那張好看的臉，心下五味雜陳。唇瓣張張合合，猶豫了好久，最後，她才頗不平靜地道：「秦簡，其實，我需要你。那天，對不起。」

秦簡一愣，眼裡閃過一絲特別的光，只一瞬，雙眼又如秋水般沉寂了。

他手上動作依舊，直到把茶具一一擺好，才點點頭道：「嗯。」

然後他們各自安靜，沉默了許久。

突然，秦簡抬頭，嘴角彎起一道弧，道：「其實，我還有一件事沒告訴妳。」

沈玉書先是沒反應過來，復又笑了：「你真是小心眼。」

秦簡淡淡地笑笑，小聲同她把事情的來龍去脈說了一遍，沈玉書聽後眉梢一動，喜道：「也就是說，又被我猜到了？他果然有問題。」

秦簡道：「他怕是已逃之夭夭了。」

沈玉書道：「我想他並不會逃。他逐一殺掉和案子有關的人，足以證明他是個很小心謹慎的人，所以他一定還會回來。」

秦簡道：「妳似乎很肯定。」

沈玉書道：「因為我手裡有個很吸引他的誘餌。」

秦簡問：「什麼誘餌？」

沈玉書站起身，笑道：「凶手想讓所有知道祕密的人都死掉，這就是最好的誘餌。」

秦簡立刻懂了：「我知道了，因為還有個知道祕密的人，而且他現在還活著。」

這個人當然就是何康成，此刻何康成正在皇宮裡療傷。

秦簡問：「妳以為凶手會進入皇宮刺殺何康成？這可不是件容易的事！」

沈玉書道：「當然不會，他只會去來鳳樓。」

「妳怎麼知道？」

沈玉書狡黠道：「因為皇宮裡有個何康成這件事，只有聖上和幾個太醫知道，而來鳳樓裡有個何康成，卻是所有人都知道的。」

秦簡愣了愣，看她明明露著可愛的小虎牙，卻還要裝出一副狡詐的模樣，覺得實在是有趣。有那麼一瞬，他覺得她可真好看啊，就像某一天夜裡他見到的那顆好看的星星一樣，美得令人心醉。

◆

第二天，暴雨過後迎來火辣辣的豔陽。

來鳳樓裡人聲鼎沸。這裡的生意向來不錯，可奇怪的是，這兩天總有很多個郎中來來去去，一天至少也有二十個。

空氣中透著些許潮熱。來鳳樓瓦亮的樓頂上盤踞著一條「哈巴狗」，他在盯著所有人看，卻沒人注意到他。

時間稍縱即逝，不知不覺到了深夜。

夜裡總是比白天要清寒，也更冷寂。

夜本就是個造就奇蹟和繁華的時候，長安的夜更是如此。總有人會不安分，也總有人會不甘寂寞。

來鳳樓裡的酒客已所剩無幾。二樓的那間偏房裡，微弱的燭火上下跳動著，柔軟的床上躺著一個人，他側身睡著，呼吸輕淺而均勻，周圍卻靜得可怕。

比安靜更可怕的是帶著月光的刀子。

偏房的門已打開，亮晃晃的刀子慢慢靠近床鋪，然後舉起又落下，就在刀尖快要刺入床上之人的喉嚨時，床上的人突然鯉魚打挺坐了起來，刀子「咚」的一聲砍在床頭木板上。

持刀人用力拔出刀時，整張木床嘎吱作響，瞬間有一半的床板被砍碎。

他提刀又朝床上人砍去，只聽「哧」的一聲，刀刃碰到了個很硬的東西，竟蹭出一絲火花，與刀刃撞在一起的是一把由精鋼鍛造的絕世好劍。

頭頂的懸樑上有個人在倒掛金鉤，劍在他的手上，他的目光卻已在持刀人的身上。

持刀人的臉上有個奇怪的面罩，在月光下閃爍著銀光，恍若一塊打磨光滑的玉片。

樑上人細看後發現那並不是玉片，而是幾百塊用銀絲線連接起來的「魚鱗」。

持刀人的眼裡透著比刀劍更寒冷的鋒芒，他咧著嘴道：「好劍。」

樑上人跟了一句：「好刀。」

持刀人笑了，道：「有了好刀就絕不能再有好劍。」

樑上人傲然一笑，道：「你覺得你配嗎？」

持刀人惱怒，一刀砍了過去，逼得樑上人不得不跳下來。

樑上人緩緩轉過身，這人不是別人，正是秦簡。

持刀人並不認得秦簡，但心裡已承認，眼前人是個不錯的對手；秦簡卻已認出了持刀人的身分，心裡也不得不承認，這個人也是個不錯的對手。

持刀人驚詫地道：「床上這個人不是何康成？」

秦簡沒有回答，床上人卻答道：「你若想我是，那我便是咯！」

說話的正是周易，他穿著何康成那件帶血的衣服，就連語氣和神態也學得有模有樣，儼然已是半個何康成了。

持刀人頓時明白自己被騙了：「真的何康成已不在來鳳樓裡了？」

很明顯，這是一句廢話。

這時，屋子裡又走進來一個人，卻回答了這句廢話：「你難道沒有聽過魚目混珠？」

持刀人驚訝：「是妳！」

「很意外嗎？」沈玉書冷冷地望著他。

唇瓣微微抖動，持刀人道：「我在來鳳樓裡安插了很多眼線，從沒發現何康成離開過酒樓半步！」

沈玉書道：「是我讓周易和何康成互換了衣服，周易留在這裡假扮何康成，而真的何康成則早就坐著馬車離開了。我讓城裡的郎中頻繁出入來鳳樓，不過是想迷惑你，讓你以為何康成仍在樓裡養傷。」

持刀人道：「你已知道我是誰？」

沈玉書淺笑道：「知道或不知道，於現在而言，好像也沒什麼意義。」

持刀人臉上的肌肉抖動著，魚鱗面具發出篩篩子般的聲音。他難以置信地道：「妳料定了我會來？」

沈玉書眨了眨眼睛，道：「要怪只能怪你手段拙劣，我暗中調查過，皇宮裡的官簿上根本沒有叫張勇的人，你的身分是假的。」

持刀人道：「妳為什麼會調查我？難道一開始妳就已懷疑我了？」

沈玉書慢慢地挪了幾步，道：「不，一開始我並沒有想到你有問題，但後來我在推敲案情的時候發現了幾個奇怪的地方。」

持刀人一動不動，耐心地等著沈玉書給他解惑。他向來是一個自負的人，一直覺得自己的計畫天衣無縫，這世上絕不可能有人看穿他的行動。

沈玉書道：「我在永安渠岸上見到你的時候，曾發現你身上的軍裝大了尺寸，你說是領服裝時拿錯了尺碼，當時我並未多想。可後來我突然意識到不對勁，朝中的軍裝由尚衣局統一監製，他們手裡有所有尺碼的軍裝，而且發放軍裝時可以現場更換，如果尺碼不對，很早就會發現，絕不會等到正式上崗時才察覺到異常。所以，這說明你在說謊，你身上的軍裝並沒有經過尚衣局之手，而是臨時暗中調度的，這才會穿上去不合身，因此你衛隊長的身分也是假的。」

持刀人拍了拍手道：「說得不錯！」

沈玉書笑道：「於是我讓秦簡去宮裡調查永安渠駐軍長官的名錄，發現裡面根本就沒有張勇這個人。在得知你的假身分之後，我便很快知道了你的真實身分。」

持刀人冷笑一聲，當她在誆他。

「你是個日本人。」沈玉書道，「永安渠中發現了奇怪的海魚，在大唐的鄰國中，只有日本、新羅和渤海國靠海，而新羅與渤海作為我大唐藩屬國，世代受大唐庇護，自然不會隨意犯下有損大唐安定之事。唯有日本國，你們四面環海，又擅長捕撈和修駐海防，因而漁業興盛，各種奇巧淫技遠近聞名，於是我大膽推測此事背後或許和日本國有諸多牽連。

隨後我又在魚肚子裡發現了丹砂，尋根溯源找到了替你辦事的鼠戲師傅田三和口技師傅何四，他們祕密訓練了一批鱷魚，無人龍舟在水上馳騁的祕密我想已不用我多說。當時他們拿了你給的金銀想坐船離開長安，可船上卻是你派來殺他們的人，巧的是這個人貪生怕死，跳到激流中逃之夭夭了。」

持刀人冷笑道：「妳已猜到了他就是艄公譚？」

「長安城裡的人都見識過他的水性，敢隻身在夜裡跳入漕渠的人很難找出第二個來。」沈玉書嘆了一口氣，「但你在我們找到艄公譚之前便將他殺死了。」

持刀人沉默，沉默有時候便是承認。

「除了艄公譚，你還殺死了替你賣命的那個假郎中，甚至還有對你有恩的清風觀神醫彭九針。」

說起彭九針的時候，持刀人的臉莫名地顫動了幾下：「妳怎麼知道我和彭九針有關係的？」他並沒有否認。

沈玉書道：「說起來也是誤打誤撞。官船上那些被害者身上的傷口都只有一處，而且都是死門，這麼精準的殺人手法讓我想到了既會武功又會針穴之術的彭九針，等我們去到清風觀時，他已遭遇了毒手。最後我發現觀裡所有的家具都有兩套，而且沒有女人的物品，所以我斷定觀裡除了彭九針外還有另外一個男人。彭九針孤家寡人一個，他的觀裡若是有別的男人，那就只有一種可能。」

周易接過沈玉書的話，道：「不錯，只可能是彭九針新收的徒弟，所以你也懂得針穴之術，加上一身不錯的功夫，的確可以做到殺人只用一刀。」

沈玉書接著道：「你是個疑心很重的人，你害怕我們發現這個祕密，所以彭九針也就非死不可了。」

持刀人「哼」了一聲，道：「我一向很敬重師父的。」

「我看得出來，連價值連城的冰晶石都捨得拿出手，足以證明你的誠意，但誠意沒有你的計畫重要，你的師父也不過是你的棋子而已，不是嗎？」

持刀人面上不悅道：「我沒有把他當棋子，我只是……沒辦法。」

沈玉書覺得可笑：「殺了人還頗有道理，你們日本國的人都是你這等無恥之輩嗎？」

持刀人更加不悅，晃了晃手裡的刀，道：「妳若再胡說，我就殺了妳！」

秦簡向前一步護在沈玉書面前，將她擋得嚴嚴實實，眼睛朝持刀人睨了一眼，冷冷地道：「你試試。」

持刀人猶豫地後退了一步：「我並沒有登上官船，怎麼會殺死船上人的？」

「你撒謊，你上過官船。」沈玉書慢慢地說道，「在巡邏時，你中途離開過永安渠，藉故去都水監調度水兵，並請來了韓豫章前來坐鎮。」

持刀人道：「確實如此，不過這能說明什麼？」

沈玉書笑道：「這當然不能說明什麼，但你去的時間實在太長。從雲水橋騎上快馬到都水監的府邸前後往返最多也不過半個時辰，而你卻花了整整一個時辰，等你回來時官船上的人早已死了。官船的出事地點距離永安渠岸邊並不遠，若你偷偷潛上官船殺了人之後再去都水監，時間則剛剛好，那多出來的半個時辰就是你作案的時間。」

持刀人聽了沈玉書的分析後，冷笑一聲，道：「既然你們都知道了，那你們也就留不得了。」話音剛落，持刀人手裡的刀就已舉起，而他也朝著沈玉書所在的方向飛來。

秦簡的劍也瞬間舉起，他飛身上前，在半空中攔住刀。房間裡頓時寒光閃閃，耀眼無比；刀法詭譎，劍法亦精湛。

這本是很難分出勝負的，但勝負偏偏只在喘息之間就已分了出來——持刀人的刀插在秦簡的腋下，秦簡的劍卻插在了持刀人的心口——高手之間若要分出勝負，常常只需要一招！

持刀人道：「好劍。」

秦簡的聲音冷如寒冰，他道：「連女人都襲擊，你可配不上這把好刀！」說罷，他的劍法帶了火氣，手上動作又快了幾分，他竟一劍把持刀人手裡的刀挑在了地上，又一個後翻將持刀人踹翻在地。

秦簡一腳踩上持刀人的胸腔，害得他連吐了好幾口鮮血，他雖心有不甘，卻連說話的力氣都沒了，只得甘拜下風，任人宰割。

秦簡居高臨下地看著他：「如果我沒猜錯，日本國中有如此刀技的，恐怕只有藤原家族之人了，所以你是暗影流的人，是不是？」

暗影流是日本武士中的神祕組織，大部分是藤原氏的後人。藤原氏自唐朝初期時，就是日本國的貴族大家，其門下豢養了一大批武功高強的武士，專門用來做刺殺等事。一百多年之前，他們更是鍛造出了削鐵如泥的鬼影刀，悟出了鬼影刀法，隨後藤原家族日益壯大，已經成為日本的好戰貴族。

不知是否被秦簡猜中了，持刀人咳嗽了幾聲，沒說話。

秦簡冷哼一聲，道：「心不夠靜，如何做刀客？你這算是辱沒門楣吧。」

藤原矢野又吐出一口鮮血，悶聲道：「你錯了，因為藤原家不止有刀客和武士！」

「那你是什麼？」秦簡又一腳踩在他身上。

藤原矢野冷笑一聲，得意地看著秦簡，道：「還有死士！」他說完，便咳了一大口血在地上，周易上前探他的鼻息時，他已咽了氣。

秦簡挑開了他的魚鱗面具，面具下的臉正是張勇，沈玉書和周易都重重地嘆了一口氣。

「外族之人，其心可誅！」沈玉書聲音沉沉，聽不出情緒。

◆

來鳳樓。

沈玉書正倚在院裡的欄杆上發呆，秦簡出來見她如此，便也不說話，只是靜靜地看著別處。

「秦簡，對不起。」她看看他道。

他似有驚詫，轉頭看了看她的神情，目光柔和了不少，隨後他又轉頭看向別處，眼底卻並不平靜。

她說：「我不是刻意要防你的。」

他答：「我知道。」

她又說：「再給我一段時間好嗎？我……會努力。」

他看著她，答：「好。」

他不知道，他當時的語調像是摻了春日的細雨，溫柔且深情。

16 漕渠：唐時長安城八水五渠之一，是城內重要的河道。自城外南郊分潏河北流引入金光門，流經群賢坊、西市等，最後流入宮城。

17 康布段：指永安渠延康坊到布政坊的河段。

18 蠅虎子：一種蜘蛛。

第六章　花間妖樓

壹

星月皎皎，萬籟俱寂。清冷的月光如薄薄的霜，降灑在長安城。

夜已經很深了，幽幽的梆子聲響徹在寂寥的空巷中。

此時長安已經宵禁，各處街坊酒市的燈火漸次熄滅，只有天香居還有一扇窗戶亮著燈，裡面隱約有聲音傳出。

窗前坐著一位素衣男子，跳動的火燭牽著他的影子映在窗花上，影子也跟著跳動起來。在長安城，所有人都聽過天香居的名字，因為這幢看起來並不算大的小樓裡出過諸多奇特的香料，很多人慕名而來，皆是為了來此尋香。

已至深夜。那間亮堂的屋子的房門突然被推開，走進去的是個十六、七歲的少女，鵝蛋臉、柳葉眉，頭上別著一支精緻的木簪，手上捧著食盤。

「二郎，喝杯參茶吧，你都伏案工作一天了，也該歇歇了。」少女柔聲細語地說道。

男子側著的身子緩緩轉過來，面容溫潤，面色在月光的映襯下顯得過於白皙，神情也有些憔悴。他，便是月秋白，天香居的主人，大傢伙兒都習慣叫他一聲月二郎。

他不僅長得俊俏，而且還有一雙精巧的手，也就是這雙手成就了世間少有的曠世絕品，宮裡的龍涎香在他眼裡也只是稀鬆平常之物。李忱對他大為讚賞，更是親自題寫了天香居的匾額，這樣的殊榮在一般人眼中，本身就是一塊最響亮的招牌。

月秋白生性孤僻，不喜歡湊熱鬧，是個十足的香癡，也正是因為這份匠心，才使得他做的香料樣樣絕品，價值連城。

每當靈感來時，他就把自己關在暗房裡專心製作，常常忙到廢寢忘食。今天他又連續工作了好些個時辰，也難怪身子出現了虛乏的症狀。

月秋白抬頭看了眼女子，端起茶盞，喝了一口，瞇著眼睛道：「映秀啊，今天的茶味似乎清淡了些啊。」

映秀笑了笑，將茶杯挪到旁邊的茶几上，道：「傻二郎，你都熬坐這麼久了，參茶當然不能煮得太濃烈，還是清淡些的好，不然你晚上又該睡不著覺了。」

這個叫映秀的女子和月秋白並沒有什麼血緣關係。早些年她在別人府上做婢女，時常被府上的公子哥欺負，正好被月秋白撞見了。他於心不忍，就花了大價錢將她買了回來，將她當妹妹般對待。映秀對月秋白感恩戴德，正好他的身邊又無人伺候，於是他便遂了她的心願，留她在身邊伺候。

月秋白又繼續著剛剛手上的工作，口中說道：「太師夫人上次訂製的香料明兒個就要來取了，我必須在天亮之前做完，以免誤了工期。」

映秀聞言，只得點點頭，不再規勸。她知道月秋白的性子，他執意要做的事情誰也阻擋不了。

她看了眼被火燭映在窗上搖曳的影子，怔了一會兒，才道：「二郎忙完了就早些去睡吧，我去把今天的訂單謄錄一遍，明日再拿來與你過目。」

月秋白沒有作聲，他正在聚精會神地給盒子裡添加香泥，又陷入了工作時的狂熱，周圍的一切已都與他無關了。

映秀看著他無奈地搖搖頭，輕嘆了兩聲，說多了又怕他分心勞神，只好悄悄掩上了房門退了出去。

夜變得越發清冷了。

映秀從月秋白房裡走出來時，有些心神不寧，忍不住又回頭望了兩眼，確定沒什麼事，這才快步朝自己房裡走去。

她的屋子在天香居的最東側，和月秋白的住處剛好隔了一個院子。她提著八角燈籠穿過院子的水池，池子裡的水很清，像是一片磨平的鏡子，月光灑在上方，把院子裡的假山和芭蕉樹葉都映得通透。

映秀不敢低頭去看，因為她常聽老人說，晚上在水裡看見自己的影子會變樣，比看見鬼還恐怖。想到這裡，她不由得心下犯怵，於是加快了腳上的步子。

突然起了一陣風，不知從什麼地方滾落了幾顆石頭下來，她一不小心踩在了上面。石頭在她的腳下打轉，她「哎呀」一聲便滑倒在地。頭偏向水池時，她陡然看到了自己的臉，本想喊叫的話瞬間被憋了回去，再不敢出聲。

她看到水裡好像還有一張臉，那張臉上的兩隻眼睛裡竟然泛出了綠油油的光，正在水裡以同樣的角度盯著她看。她被嚇得摀住了嘴巴，身上的汗毛都豎了起來，手上的燈籠更是掉落在一旁。

四周死一般寂靜，她的心裡卻好似有幾百根鼓槌在敲打著，敲得她意亂神迷。

她站在原地不敢動，半晌，才彎腰撿起掉落的風燈，壯著膽子靠近水池。可等她再往裡看時，水池中根本沒有綠油油的眼睛，也沒有可怕的臉，只有幾株芭蕉影子凌亂地貼在水面上隨著微風輕輕搖晃。

「奇怪，剛剛明明有張臉的。」她疑神疑鬼地又多看了兩眼，才呼了一口氣，拍拍胸脯道，「難道是我出現了幻覺？」可剛剛看到的景象又是那麼真實，她心裡明白那絕不是她的幻覺，「半夜三更的，莫非是有什麼人躲進了這院子裡？」

映秀正想著，額前已滲出了豆大的汗珠。就在這時，她身後的假山上又突然滾落了幾塊碎石，還隱約能聽到有什麼東西在「咯吱咯吱」響著。

她深吸一口氣，壯起膽子，猛然回頭，卻忽然見到個黑影從假山後躥了出來。

「啊！」映秀驚呼一聲，也顧不得看那躥出來的黑影究竟是什麼東西，轉頭就跑。可她還沒跑出十步遠，肩頭就被什麼東西蹬了一下，她一個沒站穩，直接朝著前面的地面撲了過去，狠狠地摔在了地上。

也就是在這時，她的耳邊傳來了一聲又一聲的貓叫聲。趴在地上的映秀睜開眼睛，恰好看到面前站著一隻黑貓，正對著她「喵喵」地叫個不停。

黑貓的兩隻眼睛泛著幽綠色光芒，正死死地盯著她看。

到此刻映秀總算想明白了，原來她竟然被一隻貓嚇破了膽。

她輕咳了一聲，以掩飾自己內心的尷尬，從地上爬起來時，還不忘說道：「該死的黑貓，嚇死我了。」她又低頭看了看自己的衣服，衣服上面被摔破了個洞。

心裡越想越氣，她忍不住抬起腳，朝著黑貓踢了過去。黑貓最是靈敏，早在她的腳才剛抬起時，就已經一溜煙躥到屋頂上去了，瞬間便融入了夜色，再看不到影子。

◆

第二日，豔陽高照，風清氣爽。

映秀起得很早，比以往都要早。只因昨晚受了驚嚇，身上的摔傷又有些痛，因此她整夜都沒合眼，只心心念念著月秋白，怕他又熬了一整夜，身體受不住。

她打著哈欠，將院子裡裡外外打掃了一遍，又去打水澆花，忙完了手邊的活又去膳堂裡燒了熱水，在茶壺裡放了四、五瓣蒲公英和折耳根，這才端著茶湯敲開了月秋白的房門。

一進門，她便看到屋子裡的床鋪乾乾淨淨，被子也疊得整整齊齊，心裡奇怪，暗暗嘀咕道：「他不會真的一夜沒睡吧。」

她徑直往裡走，果然看到月秋白坐在椅子上，頭貼在案桌上一動不動，像是睡著了。案桌上的香盒裡是已製作完成的香料，擺著的三根蠟燭都燒得只剩下小半截了。

映秀無奈地搖搖頭，心疼地看著月秋白的背影，低聲道：「你呀你，總是這樣，再這樣下去，遲早是要累壞身子的。」

說罷，她把蒲公英茶湯放在茶几上，覺得他這樣睡著似乎不妥，又輕輕搖了搖月秋白，輕聲道：「二郎，天亮了，這涼，你去床上睡會兒吧。」

沉睡中的月秋白似乎被吵到了，微微皺了皺眉頭，長睫顫動了兩下才緩緩睜開眼，琥珀般的眼睛怔了一會兒神，緩緩看向映秀，先是迷離，後才逐漸變得清亮。

他淺淺地笑了笑，伸了個懶腰，徐徐站起身，只覺得眼前天旋地轉，險些站不住腳，還好映秀趕緊上前扶住他，這才避免摔倒。

「二郎昨晚又熬了通宵吧？」她的話裡略微有幾分嗔怪，眼睛一刻不離地看著月秋白。

月秋白眼底含笑，輕輕拂開了映秀握在他胳膊上的手，聲音略微沙啞地道：「一夜未睡也值得，總算是又做了一款好香。」

映秀噘著小嘴不悅地低下頭，哀嘆道：「這些東西當真比你的命還重要？你的眼裡除了做香料，難道就再無其他了？」她也不知道為什麼，心中突然就生起一團火，灼得她很不舒服。

月秋白權當這是映秀的玩笑話，卻不知她的話從來都是真心的。可這般女兒心性他哪裡能琢磨得透徹？再說他也不會往那方面去想，他只當映秀是妹妹。

映秀的臉上浮現出淡淡的嗔怒。她看著月秋白乾淨而又溫潤的臉龐，心裡湧上一股莫名的難受，可是一看到他認真的模樣，又沒法子真和他生氣了。

「二郎，蒲公英茶湯清肝利目，你趁熱喝了吧，若涼了就不好了，影響口感。」她的聲音不由得軟了下來。

月秋白淺笑著看她一眼，端起茶盞，將茶水喝得乾乾淨淨，然後又舉著空杯子道：「妳看看，我可都喝完了。」

映秀略帶嬌羞地垂下眼，笑道：「我看著呢。」

隨後，月秋白像是想起了什麼，從懷裡摸出一只玉鐲，照著她的細腕比了比。

鐲子晶瑩剔透，光暈流轉，看起來成色極好。他聲如琴音，道：「妳自來天香居以後，就整日忙前忙後的，也沒有一、兩件像樣的首飾。這鐲子是我前兩天得的，當時就覺著戴在妳手上必定好看。」

映秀聞言，似吃了蜜糖般，看著他玉一般的手握著鐲子在自己面前擺來擺去，臉上飛紅，嬌羞道：「二郎，這藍玉的鐲子價值連城，我不能……」

月秋白不理會她的拒絕，直接拉過她的手，眉目認真，口氣裡滿是霸道：「什麼價值不菲？什麼能不能的？我若做一盒上品香料，就能抵得上十件玉鐲子，分一件與妳又有什麼稀奇？再說，女孩兒總是得有幾件好看的首飾的，這樣日後尋個如意郎君，他才不敢小瞧了妳。」

映秀一時竟不知該歡喜還是該惱怒了。她多想直白地告訴他，自他把她帶回府裡後，她便認准了他。除了他，她誰也不想嫁，哪怕只是陪在他身邊也是好的。

可月秋白此時此刻卻像個呆子，哪裡能看得出映秀眼神裡的情愫？

「那我不要了。」映秀小臉憋得緋紅，將玉鐲塞回了月秋白手裡，只低著頭，悶聲不吭地往外走。

月秋白看著手裡的鐲子愣了半天，抬頭看著轉身走向院子裡的映秀，忍不住搖頭，自言自語：「這小丫頭，我又哪裡惹她不開心了？難道是這鐲子不漂亮？可……女孩兒不都喜歡這些東西嗎？」

他一貫對誰都這般溫潤有禮，卻不知，他的這份張弛有度竟一次又一次地將一個小女孩兒的心捧上雲天又摔入谷底。這種煎熬和苦痛，他自不會懂。

◆

一個時辰後，一頂藍呢大轎停在了天香居的門口，轎門打開，從裡面飄出陣陣淡淡的馨雅香氣。

轎子外的丫鬟低著頭道：「娘子，天香居到了。」

轎子裡款款走出一個人。這人頭戴玉石寶簪，身穿錦繡長裙，眼含秋水，閒庭信步，儀態端方，是個極為出挑的美人。她微微低頭，頭上珠翠叮噹碰撞，發出悅耳的聲響，引來街上路人的頻頻回頭。

女子吩咐僕人和轎夫在外面候著，自己一人走進了天香居。

天香居共設有四座樓，東、西、南、北各有一座。院裡院外栽種了數百種名貴的花卉，她剛走進去就聞到一股奇異的芬芳，似乎比那陳年好酒還要醉人。

月秋白剛剛製作了幾款香料，難得空閒，便在院子裡散起步來。

「月二郎在嗎？」女子向裡微微探了探身子，眼神裡閃著期待，就連說話也是柔聲細語的。她的聲音實在太小，月秋白沒有聽見，所以她只停了一會兒，便徑直走了進去。

此刻月秋白正盯著一盆盛開的白芍花出神。他很會養花，這花遂開得極為香豔，姿態也動人。

女子進來時，斜睥看了眼那花，目光停了一瞬，便又落到了月秋白的身上。他這樣長身玉立地立在花間，一身素袍也掩不住他的風華。

她怔怔地望著他，竟見他肩頭還落著幾隻蝴蝶，不過一個背影，就讓人覺得他比月色更皎潔。

她正望得出神，突然被人從背後拍了一下，嚇了她一大跳。她扭過頭去，見面前有一個女子也在望著她，而這女子正是映秀。

映秀的眼睛裡都是防備，她語氣有些不好地道：「妳是誰？為何在此偷看？」

女子眼皮動了動，微笑著向映秀欠了欠身子，聲音輕柔地道：「小娘子誤會了，我是特意來找月二郎的。」

映秀狐疑地看了她一眼，只覺得眼前之人身分似乎很高貴，全身綾羅綢緞，光頭上戴的、手上拿的便足夠很多人的半輩子花銷了。映秀不由得有幾分吃驚，心裡暗暗嘀咕，想必此人定然是哪個名門世家的閨秀。

映秀的口氣舒緩了一些，道：「妳來找二郎做什麼？」

「小娘子，三天前我在天香居訂了一盒美人唇的胭脂，不知月二郎完工否？」

「原是妳訂的美人唇。」映秀心下驀地一驚，有些怯怯地說，「妳、妳是當朝太師的夫人？」

女子眼中微不可察地閃過一絲不悅，復又含笑道：「什麼夫人不夫人的，這些稱呼我聽不慣。我叫瑾心，妳要是不嫌棄，我就叫妳妹妹，妳只喊我阿姊就好。」

映秀臉色一紅，羞赧道：「原來妳真是太師府的娘子啊！」

瑾心笑笑，從容地理了理衣袖道：「妳叫什麼？」

「映、映秀！」

瑾心滿眼溫柔地道：「映秀妹妹，現在我能取回我的香料嗎？」

「自然是能的，美人唇早已備好，娘子……哦、不，瑾心阿姊隨我進屋休息片刻，喝點閒茶，等我去工坊裡取來與妳便是。」映秀說完領著瑾心進了屋子，沖了一壺好茶，又抓了些水果零食招待著。

忙完這邊，她趕緊去找月秋白，邊走邊想，這個太師府的娘子看起來溫文爾雅，居然連一點官架子也沒有，似乎是個很好相處的人。

一時，她心裡不由得生了許多疑惑，甚至有點羞愧。

她原本以為太師夫人至少也應該是個婦人模樣，全然沒有想到，居然會這麼年輕，相貌又極出眾，氣質更是舉世無雙。而當朝太師早已年過花甲，老態龍鍾，怎能娶到這樣花容月貌的嬌妻？莫非是威逼抑或是利誘？她也不曉得怎麼突然冒出這麼多奇奇怪怪的疑問，或許是女人的直覺吧，她想。

不知不覺間，她已走進了後院，月秋白還在聚精會神地欣賞著眼前的白芍。

「二郎，太師夫人來了。」映秀道。

月秋白眸子轉動，緩緩地側過身道：「怎麼，是來取香料的？」

映秀點頭道：「是！」

月秋白眉毛輕蹙，一向溫柔的眼睛裡竟閃過一絲不耐煩：「妳去拿給她便是。」

映秀疑惑地看著他道：「二郎不過去打個招呼？」

月秋白神色一頓，又恢復了平常溫和又疏離的樣子：「她是來取香的，不是來見我的，妳且去吧。」

映秀一副小大人的模樣，道：「進來就是客，哪有主人不見客人的道理？況且她身分高貴，這樣會不會不太好？」

月秋白似沒聽到她的話，低頭採了一朵好看的白芍花放到鼻尖聞了聞，又轉頭細細瞧了瞧映秀，順手便把花插在了她側邊的髻上，道：「有什麼不好，太師夫人又如何？我們開門做生意，做的是手藝，是誠意，不是絞盡腦汁攀附那些門第，妳懂嗎？」

映秀辯駁不過，嬌羞地摸了摸頭上的白芍花，無奈地轉身去工坊裡取美人唇了。

這時月秋白面前的花叢裡突然走出來一個人，正是瑾心。原來她在屋子裡待不住，偷偷跟著映秀過來了，悄悄躲在旁邊的花叢裡，竟沒有被發現。

瑾心一雙媚眼直勾勾地看著月秋白，委屈地道：「你為何總是躲我？」

月秋白看了眼突然出現的瑾心，微微愣神，繼而又語氣疏離地道：「妳是？」

瑾心緩緩地朝他走過來，笑著打趣道：「我就是那個你不屑攀附的太師夫人。」

月秋白眼睛一動，「哦」了一聲，目光轉向別處，淡淡地道：「妳要的香我已叫人去替妳拿了。」

瑾心點點頭，湊到他跟前道：「然後呢？」

月秋白頓了頓，一臉平靜地說道：「拿了香，便請娘子離開吧。」

「我若不走呢？」瑾心又湊得離他近了些，溫熱的呼吸直直地打在月秋白的脖子上。

「娘子不知道嗎？天香居的後院外人不得進入，太師夫人也不行。」月秋白神色依舊淡淡的，眉宇間卻沒了之前的溫柔，似乎有些不悅。

瑾心討了沒趣，眼睛定在他落著蝴蝶的肩頭，撇了撇嘴道：「你總有這麼多招蜂引蝶的本事，真是讓人生氣。」

月秋白的眼睛上蒙了一層霧，他淡淡地看著她，道：「蝴蝶也礙著妳了？」

「當然。」瑾心仰著下巴，一雙眼睛直勾勾地看著月秋白，帶著股明顯的侵占意味。

月秋白抿了抿嘴唇，不再理她。

映秀正托著裝有美人唇的盒子朝院子裡走來，看到瑾心也在院子裡，心下一驚。

「咦？瑾心阿姊怎麼不在屋子裡喝茶，卻跑來這裡了？」映秀疑惑地問，眼睛裡滿是審視。

瑾心挑了挑眉，若有所指地道：「妳的茶有月二郎有趣嗎？」

映秀的神情有些不自然，她慢慢地走到瑾心面前，把盒子遞出，道：「瑾心阿姊，這個就是妳定做的香料，都給妳裝好了。」

瑾心右手接過，正要打開，就見月秋白眉頭一動，嚴肅地看著映秀，道：「映秀，妳剛剛怎麼叫太師夫人的？」

映秀一愣，臉上閃過一絲無措，低著頭道：「我……」

許是察覺到了自己的失態，月秋白伸手摸了摸映秀毛茸茸的腦袋，溫柔地看著她，道：「我並不是要數落妳，只是妳要知道，太師位高權重，我們得按禮節來，知道嗎？」

「嗯。」映秀紅著小臉鄭重地朝他點頭，復又向瑾心行了個禮，恭敬地道，「剛剛是映秀冒犯了，還請太師夫人諒解。」

瑾心眼底湧出一絲不快，沒有理映秀，自顧自地打開香盒聞了聞，道：「人人都誇你香做得好，我卻覺得，這香不及你這個人的萬分之一好。」

月秋白臉色一變，如覆了層霜。

他沒有去看瑾心，只是吩咐映秀道：「妳先去忙吧，今天就不必煮參茶了。」

映秀聽話地點了點頭，轉身離開，卻還是忍不住偷偷回頭看了好幾眼瑾心，眼底不只是探究，還有厭煩。女人的直覺，讓她覺得這個太師夫人一點也不簡單。

待映秀的身影澈底消失了以後，月秋白才緩緩開口，語氣裡聽不出情緒。他問：「妳為何要來？」

「我來，自然是買香咯。」瑾心眨了眨眼睛，渾身都透著股魅惑。

月秋白自是不信她這一套說辭，眉頭微皺，直直地看向她。

瑾心卻巴不得他的眼睛一刻也不離開自己，唇角一勾，狡黠道：「還有看你。」她說罷，向前邁了一步湊到月秋白跟前，趁他不注意，薄薄的嘴唇在他臉頰上輕輕一點。

月秋白驚得向後退了好幾步，厲聲道：「妳這是做什麼？」

瑾心笑得一臉促狹，道：「你送了我你的美人唇，我便也送你我的美人唇，不行嗎？」

月秋白被噎住。他的臉色已不怎麼好看，雙眼死死地盯著瑾心，冷著臉道：「太師府隻手遮天，眼線眾多，還望太師夫人自重。」說完他便拂袖而去。

瑾心看著月秋白決絕的背影，癡癡地笑了幾聲，拿著香料轉身離開了天香居。

院子裡突然變得很靜，人都離開了，便只剩了一簇簇盛開的花還在風中搖擺，讓院子裡的香氣越發濃郁。

倏地，有一簇花叢動了動，發出了幾聲細碎的聲音，接著，院子裡又靜了下來。

貳

天香居又陸續來了不少客人，映秀正忙著張羅，看到越來越多的訂單，她的臉上卻並沒有流露出喜悅的神色，反而是一籌莫展。

好在月秋白曾立過規矩，一天只做三盒香料，若是超出數量，無論來人身分有多顯貴，給他多少銀錢，他也概不接受，即便是當今聖上親自到訪，也毫不例外。

全長安開門做生意的香坊中，也只有天香居會有這麼奇怪的規矩，但是偏生就它生意最好，最受達官貴人的喜愛。所謂慢工出細活，這個道理是誰都懂的，他們要的不過就是這份細緻罷了。

映秀回到房裡，將今天的訂單整理了一遍，細細地謄錄在帛上，隨後又將需要的材料備足，才拿著帛書給月秋白過目。

月秋白雖向來行事沉穩，但有時候也會耍耍性子，比如要是遇到他不想做的香品，他也會孩子氣地在帛書上用紅墨勾上一筆，就算取消了。

此時，月秋白的房門大開著，映秀進去的時候，他剛洗完臉，正坐在椅子上發呆。

「二郎，這是今天的單子，我挑了幾樣，你且看著，我去給你熬些參湯來。」映秀柔聲道。

月秋白點頭，看了幾眼帛書，叫住了正往外走的映秀：「這些料子都準備好了？」

映秀回頭，道：「都備得差不多了，只有玉凝脂尚缺一味冰砂露[19]，賽天仙還少一劑雪蓮烏[20]。」

月秋白聽後，道：「參茶且不忙著去煮，快些將剩下的料子備齊才好。」

映秀一愣，有些疑惑地道：「二郎為何這般急切？」

月秋白有些不自然地笑笑，道：「哦、沒什麼，只是看到這幾個單子，我突然有些靈感上腦了。」

映秀「哦」了一聲，道：「那二郎你先坐著，我去去就來。」

月秋白笑著朝她點點頭，然後輕輕掩上了房門，嘴角的笑越來越淺，眼神微微凝滯地看著門框，半天也不動。

◆

西市，來鳳樓。

沈玉書和秦簡剛剛查獲了一起盜竊案，將幾個毛賊移交給京兆府。

已至正午，二人皆覺得腹中饑餓，便準備去樓裡點些酒菜來吃。

進去之後，沈玉書便看到有張桌子上橫七豎八地擺著杯碟碗筷，酒菜齊全，桌邊有個年輕人正吃得歡，細細看去，那人正是周易。

沈玉書上前拍了拍桌子，道：「好啊，我們去查案，你卻躲在這裡吃獨食？」

周易嘴裡正嚼著糖炒栗子，咧著嘴道：「只不過是件偷竊案，又不是死了人的大案子，我去有何用？」

沈玉書往凳子上一坐，撇撇嘴道：「你就要貧嘴吧。」突然，好像想起了什麼，手托著下巴，一臉好奇地看著周易道，「聽說……你父親給你定了門親事？」

秦簡此時也卸了劍坐了下來，見玉書這一臉八卦的樣子，微微笑了笑，叫來店中夥計，道：「來一壺陳釀竹葉青，再加五個炒菜，來一道魚膾、三個冷盤。」

魚膾是沈玉書最愛吃的菜肴。

周易被人說穿了祕密，臉上頗有些掛不住了，尷尬地辯解道：「妳聽誰瞎說的？沒有的事。」

「真的啊？」沈玉書從他面前的盤子裡拿過幾個栗子，一邊剝，一邊一本正經地道，「就你這點兒破事，宮裡都知道了，我能不知道？」

周易一驚，也不剝栗子了，戰戰兢兢地問：「宮裡？聖上？」

沈玉書忍不住白了他一眼，道：「你可真看得起自己。是豐陽，也不知道她聽誰說你要和孫侍郎的千金定親了，和我哭訴了一整晚。」

周易冷靜下來，點點頭，又「哦」了一聲，一臉不在意。

秦簡在一旁喝著酒，看著熱鬧，時不時地瞥一眼身邊的沈玉書，好不美哉。

「不過我挺好奇的，那孫三娘怎麼樣啊？」沈玉書滿臉好奇地看著周易。

「什麼怎麼樣？」周易裝聽不懂。

「她好看嗎？性格如何？學識怎樣？與你相處得如何？」沈玉書把話說得不能再透了，就怕他避重就輕裝沒事。

周易一臉無奈地看著她，道：「妳當妳審案子呢？她人怎樣我不知道，我就知道她那父親簡直是從錢眼兒裡爬出來的，一開口差點沒把我給嚇死。」

「說說看。」沈玉書來了興致。

周易嘆了一口氣，往嘴裡送了口菜，放下筷子道：「你們知道嗎，我都還沒見著那孫三娘的面呢，那孫侍郎一開口，就跟我阿爺要四萬絹的聘禮，還一臉正直地說自知高攀，不敢多求。我當時要不是礙於禮數，估計已經把他個糟老頭子給踢出門去了。」

「四萬絹？」沈玉書一臉的不敢相信。

「我說的這個數，連妳都不信吧？」周易把玩著扇子，道，「我阿爺雖然朝中位分不低，可說到底也就是個教書的，一整年的官餉硬說也就一千匹絹，還要顧一家上下吃飯花銷，他們倒會喊價，敢情他那女兒是金做的？」

秦簡喝了口酒，笑道：「是挺高的。」

雖然周易父親林風眠並沒有周易說的那麼寒酸，好歹也是國子監的祭酒，掌管了大唐的人才培養和選拔，深得皇帝的信任，每年光賞賜就夠普通人家活半輩子了，但孫家開口就要四萬絹，就是到了宰府門前，也算是獅子大開口了。

「那你們這親，還結嗎？」沈玉書道。

「結什麼結啊？我本就沒想要結親，是我阿爺，也不知道他怎麼想的，非要給我找個娘子，說可以讓我收心讀書。」周易一臉的哀怨。

「你父親也是用心良苦。」沈玉書感嘆了一下，又道，「可不管怎麼說，你都要先要求看一下那個孫三娘啊，你怎麼能連人都沒看呢？」

「妳幹嘛這麼關心孫三娘？」

「好奇嘛！」

「好奇妳自己去孫府看啊，問我做什麼？」

「我跟人家又不認識，怎麼去啊？」

「妳不認識，我認識啊。」

「你認不認識不重要啊，她可是你未過門的娘子啊！」

「沈玉書妳過分了啊！她是我哪門子的娘子了？」

秦簡靜靜地喝著酒，看他們倆鬥嘴鬥得停不下來，也不上前阻止，夾了塊魚肉到沈玉書的碗碟裡，輕輕地說道：「邊吃邊說，菜涼了就不好吃了。」

沈玉書正和周易爭得面紅耳赤，聽見秦簡這麼說，便停了下來，低頭吃了一口魚，朝他笑笑，道：「這家的魚好吃啊。」

周易氣不過，衝著秦簡撒氣：「老秦，你給她夾菜為什麼不給我夾？我也愛吃魚膾！」

秦簡唇角勾笑，卻不理他，又給自己添了一杯酒。

◆

酒足飯飽，他們正準備出門，忽然見到一個男人慢悠悠地走了進來。

酒館裡的食客很快便被這個人吸引了，因為他長得實在難看得很——三角眼、塌鼻子，連嘴巴也是歪的。就是這樣一個人，店裡掌櫃的見了卻歡喜得不得了。因為他穿金戴銀，錦衣華服，光是這些便足夠說明他是個很有身分的人。

有身分、有地位的人，誰還會管你長得醜還是美？這樣的人無論走到哪裡都是別人關注的焦點，畢竟對絕大多數人來說，金錢財富實在太過重要。

三角眼也確實夠豪爽，他一走進店便隨便找了個桌子，屁股還沒坐，夥計就屁顛屁顛地過來奉茶了。他心情愉快極了，隨手就賞給那個夥計一錠銀子，掌櫃的見了，也跑來湊熱鬧，三角眼連看都沒看，左手伸進口袋，又摸出一錠銀子給他。

好酒好菜端上來，他居然連一句廢話也懶得說，直接大快朵頤起來。這似乎已成了他的習慣，因為他手裡的銀子絕對比任何話都要好使得多。渴了，他就拋一錠銀子，立馬就有好酒可以喝；睏了，他也拋一錠銀子，立馬就有好床可以睡，這真是個很簡便的法子。

他的舉動，讓沈玉書忍不住多看了兩眼。

周易看了看那人，又看了看沈玉書，一臉狐疑地問道：「妳莫不是看上他了？」

沈玉書翻給他一個白眼，道：「你以為我像你，正事沒有，一天到晚就想著會嬌娘？」

周易「喊」了一聲，不滿道：「那妳眼巴巴地盯著人家做什麼？」

沈玉書瞪了他一眼，道：「你是不是被那四萬絹給嚇傻了？」說罷，鉤了鉤周易的脖子，低聲道，「你看他的左手。」

「他的左手怎麼了？」周易不解地看看那三角眼，目光一轉卻發現秦簡正盯著他的脖子看，忍不住伸手摸了摸脖子，發現沒什麼怪東西，疑惑地問，「你看我做什麼？」

秦簡掃了沈玉書一眼，收回目光，道：「沒什麼。」

沈玉書的手依然搭在周易肩上，她道：「你看嘛，他付銀子用左手，吃飯用左手，喝酒用左手，就連比劃也要用左手，他那右手難道是個擺設嗎？」

周易想了想，道：「有的人天生就是左撇子，這不算什麼奇怪的事吧。」

沈玉書搖搖頭，道：「但他不是。」

「不是？」

「他的左手使得並不利索，說明他並不是用慣了左手的。」

周易看過去，果然發現三角眼夾菜和添酒的動作很是生硬，並不如一般左撇子的動作流暢，道：「會不會是他的右手受傷了？」

沈玉書又瞄了三角眼一眼，見他的右手包裹得嚴嚴實實，彷彿不能見光。

她正要說話，卻見秦簡臉色難看地咳嗽了一聲，道：「你們是要立在這當石像嗎？」

沈玉書不解地看了他一眼，覺得莫名其妙，卻還是轉身出了門，嘴裡嘀咕道：「可能真是受了傷吧。」

三人離開了來鳳樓，秦簡走在最後，眼睛時不時地往周易的脖子上瞟一眼，面色難看得活像被人欠了錢。

◆

崇仁坊，天香居。

映秀回房裡裁了一張白紙，用細狼毫蘸了墨寫下：「冰砂露、雪蓮烏，速取！」

她將白紙揉捏成一個小紙團，塞進事先準備好的竹筒裡，然後又將竹筒扔進了梳妝鏡後面的一個三彩瓷瓶中。做好這一套流程，才轉身將房門掩上，悄悄走了出去。

一個時辰後，來鳳樓裡，那個三角眼還沒有離去。桌上的酒菜都被撤了下去，他已喝得半醉，便要了些醒酒的果子。

這時，酒樓外又有個中年人走了進來，徑直走向三角眼的桌子。只見他身著華衣，朱簪別頂，眼神裡透著精明幹練，看起來像是個管事的。

三角眼朝他擠擠眼，中年人便已坐了下來，然後遞給三角眼一個細竹筒。

三角眼打開竹筒，看了看裡面的字條，道：「天香居的月二郎派你來的？」

中年男子道：「我是天香居的跑合[21]蕭乾，不知您尊姓大名？」

「莫可度。」三角眼眉毛上下挑了挑，道，「月二郎怎麼沒來？」

蕭乾道：「郎君近日繁忙，便讓我替他來了。」

莫可度若有所思地點點頭，道：「我的規矩你都懂？」

蕭乾笑道：「懂！」說完他便從懷裡摸出一枚綠色的珠子，螢光閃閃，是不可多得的夜明珠。

莫可度笑了。

蕭乾道：「我的規矩你也懂？」

莫可度道：「懂！」說完他先是把竹筒裡的那張字條撕毀，隨後又從懷裡摸出一個紫色的木匣。匣子香氣撲鼻，裡面裝的正是月秋白製作香泥所需要的料子。

蕭乾笑了，道：「莫郎君果真有本事，也不知這些好料子都是從哪裡淘來的？」

莫可度神祕莫測地道：「我的料子都是從大食和波斯那裡購來的，蕭郎君大可放心。」

夜明珠現在已到了莫可度的口袋，紫木匣子也落在了蕭乾的手裡，兩方皆喜笑顏開。

蕭乾查驗了一下手裡的東西，道：「希望莫郎君能守口如瓶，不要把天香居的配方外泄才是。」

莫可度笑道：「那是自然，我莫某人做生意向來講究一個名聲。」

「倘若你食言了又如何？」蕭乾追問。

莫可度道：「倘若我食言，便用燒紅的鋼絲將我的嘴巴縫起來，讓我說不了話。」

蕭乾滿意地笑了，道：「希望莫郎君說話算數。」

他拿著紫木匣子往回走，莫可度卻從背後叫住了他。他轉身時，莫可度又遞給他一個藍色的瓷瓶道：「我和月二郎已是生意上的老朋友了，月二郎慷慨如故，實在難得，這就算我送給他的禮物。你別忘了把它摻進那兩味香料裡，沒了它，香料起不了作用。」

蕭乾接過瓶子，疑惑地問道：「這是？」

「哦，這是大食國生產的特別香料，摻在普通的料子裡，香氣增加百倍，月二郎以前就喜歡用它，不知這次怎麼沒要，許是忘了吧。」

「如此，便多謝了。」蕭乾接過，快步離去。

◆

天香居的樓前，龐大的人流漸漸散去，映秀還站在那裡，眼睛四處張望。

蕭乾氣喘吁吁地趕來，看到映秀正目不轉睛地盯著他，人還離得很遠，就急忙朝映秀招手：「我回來了。」

映秀東張西望，待他走近了，才低聲道：「怎樣？料子帶回來了嗎？」

蕭乾笑著拿出木匣，道：「都在這裡頭了。」

映秀的眼裡像是倒映了一輪明月，她欣喜地道：「這樣最好不過，二郎正在工坊，料子需趕緊送去。」

蕭乾點點頭，道：「我這便去。」

映秀一把搶過他手裡的匣子，笑道：「行了、行了，你先回去歇著吧，二郎那邊就不勞你多費心思了。」說完，她就滿心歡喜地走了。

蕭乾望著她離去的背影，只覺得心頭像是被潑了一瓢冷水，涼颼颼的，心想：『我待妳這般，妳卻總是看不到我的好，那個冷冰冰的月二郎妳就甘願花如此心思，他待妳壓根就無半點男女之情，妳知不知道？』

這個問題，映秀知道，蕭乾也知道，可是愛一個人就是明明知道不可能卻仍然高傲地執著著，並把痛苦當作快樂，這樣的滋味映秀已經嚐過，而此刻的蕭乾也正嚐著。他覺得自己的四肢百骸都苦著，便覺得映秀也定是苦極了。

◆

工坊。

「二郎，你要的香料都已備足，我放在桌上了。」映秀小心翼翼地把東西放好，又忙著打開食盒，道，「我在膳堂煮了些參湯，你累了便喝上半碗，和胃安神。」

月秋白正專心致志地塗抹香泥，只「嗯」了一聲，映秀搖搖頭轉身欲離開，他才回頭道：「對了，妳且再去幫我置辦些酒菜來。」

映秀愣了愣，道：「二郎，你不能飲酒的，你若真是嘴饞了，我去街市上買些香米、脆果和酒糟，裝在甕裡酵上十天半月的，就是一壺上好的米酒，既甘甜清冽又不會醉人，也不傷身。」

月秋白抬頭，眼裡似盛著一捧清泉，乾淨溫柔。他笑道：「映秀，豈是我嘴饞，是今日天香居有客人要來。我平日飲食清淡慣了倒不妨事，只是千萬別怠慢了客人，倒叫別人說我小家子氣。」

映秀眼珠子滴溜溜地轉了幾圈，暗暗嘀咕：『二郎手藝超群確實不假，平日裡慕名而來的人更是絡繹不絕，可他性子淡，素來不愛與人交往，他有交情的朋友尚且都沒幾個，如今怎麼還會主動請人吃飯了？』

這麼想著，她便又偷偷回頭望了他一眼，見他嘴邊還存著笑意，眼底還有她從未見過的情緒，她的心竟一時有些慌了。究竟是什麼人，竟能讓他如此歡喜？

她想得出神，月秋白抬頭看她，她都沒注意到，只聽到他聲音清切地道：「這裡我一個人足夠了，妳去忙吧。」

映秀回過神，點點頭，道：「我這就去。」

「等等！」月秋白站起來，取出一個錢袋塞給她，溫柔地道，「帶上銀子，再買些妳喜歡吃的。」

映秀驀地笑了。她的心就像是春日裡被一縷陽光劃開的冰封的湖面，那藏在冰下的，是一湖對他說不盡的愛。

「二郎真是糊塗，你我難道就一定要分得這麼明瞭嗎？」映秀紅著臉嗔道。

月秋白卻依舊淺淺地笑著，道：「妳節儉慣了，總捨不得給自己添置東西，我就是把妳當親妹妹，才捨不得妳受那份苦。」他說完便又自顧自地低頭幹活了。

◆

映秀出門時，蕭乾正坐在院子裡的石凳上，呆呆地看著院中五顏六色的花，聽到腳步聲，他的目光輕輕一掠，便落在了映秀的身上。

「妳去哪？」他問。

「去買酒菜。」映秀答。

「郎君讓妳去的？」他追問。

「是。」映秀回答，卻並不看他。

「還是我去吧，妳也忙活了大半天，去房裡歇著吧。」他急了。

映秀擺手道：「不用了，這又不是什麼大事。」說完她快步離開，連看也沒看他一眼。

他無奈地笑了笑。果然，只要是月秋白吩咐的，哪怕是讓她上刀山、下火海，她也能歡喜好半天。只是不知怎麼的，看著她這般模樣，他只覺心裡五味雜陳，喉頭湧上一股子酸溜溜的味道，讓他難受極了。

◆

一個時辰後，映秀提著食盒和果籃回來了。宴會廳的門敞開著，她徑直走進去。

「二郎，酒菜備齊了。」她放下酒菜，看到月秋白的對面赫然坐著另外一個人。

那人是個男人，他和月秋白一樣，一身素衣打扮，頭上戴著桃木簪子，長眉，國字臉，生得倒也算俊朗，只是仍舊年輕的臉上竟多了幾分不該有的滄桑和沉重。他們二人坐在一起，有一種道不出的和諧。

見映秀傻站在門口，眼睛滴溜溜地看著裡面，月秋白忍不住嘴角含笑地出聲提醒她：「過來，坐下來一塊兒吃吧。」

映秀眼睛一亮，心裡一百個願意，卻還是咬了咬嘴唇，眼睛盯著別處道：「不了不了，我手裡還有活兒呢，你們吃就好。」

席上那名陌生男子看了眼映秀道：「月兄好福氣。」

月秋白嘴角笑意一僵，道：「你就別打趣了。」

男子對他笑了笑，看著映秀又道：「不知小娘子怎麼稱呼？」

「哦，她叫映秀。」月秋白搶過話頭，招了招手讓映秀過來，指指對面的男子，介紹道，「映秀，這是我昔日的好友易繁，我們曾有過命的交情，還一起住過破房子，為了不餓肚子一起賣字畫討生活，關係好得很。只怪當年揚州一別，竟是五年未見。」他說著，眼底有深深的笑意，生怕映秀不知道對面的是他的好友似的。

映秀嬌羞地點點頭。她從未見過如此活躍的月秋白，於是便順著他的話頭抬頭看了看易繁，輕聲道：「原來是二郎故友，今日相逢也是幸事一件了。」

月秋白笑笑不語，眼睛彎成了月牙。

他一手挽著袖，一手慢條斯理地從食盒裡取出菜品，一一擺好後才意味深長地瞥了眼映秀，眼底有怪罪，卻也帶著寵溺。

易繁卻大笑起來，碎碎念道：「糖心藕片、脆皮竹蕈、紅燜筍尖、清燉雪梨。這菜式可都是依照你的口味做的啊，你倒是認了個好妹妹。」

月秋白無奈地嘆了一口氣，道：「映秀，我特意囑咐過妳的，妳怎麼還……」

映秀不好意思地低著頭，羞赧道：「二郎，平日裡你吃什麼我都習慣了，早上你與我說的……我一去街市就忘了個乾淨。」

易繁倒不介意，豪爽地笑笑，道：「不打緊，我最近也在食素，況且這菜色看著倒覺得很合胃口。」

「你不是向來無肉不歡嗎？怎也吃素了？」月秋白邊給他斟酒，邊不忘揶揄他。他這個易繁兄還真是善解人意，口味也能隨意更改了。

易繁笑笑不說話，接過杯子與他碰了一杯。

怕耽誤他們吃飯，映秀便拿起空食盒往外走，走到門口又不放心地扭頭看看月秋白，道：「二郎記得少飲幾杯。」

易繁意味深長地看她一眼，回頭調侃道：「你這妹妹對你倒是真上心。」

月秋白眼睫動了動，沒接他的茬，夾了片糖心藕片放進嘴裡嚼了嚼，淡淡地道：「你我多年未見，若不是前段日子收到你的書信，我還不知道你就在長安。什麼時候，你我竟生疏成了這樣？來了都不能知會一聲！」

易繁喝了口酒，面有苦澀，道：「不是我不知會你，實在是前幾日事情太多，我須得一件一件處理完才能騰出空來見你。」

月秋白淺淺地笑笑，眼睛盯著桌上的菜，不知在想什麼。

突然，他問：「你找我，是不是有要緊的事情？」

易繁苦笑了一聲，道：「還是被你猜中了。」

月秋白神色淡淡的，輕輕抿了口酒，道：「是為了嫂子的事？」

「是。」易繁沉重地點頭。

「為何事？」月秋白不看易繁，低頭慢條斯理地吃著菜。

「我想代她向你求一份香料，就是不知你可不可以……」易繁突然連喝五杯，不明所以地笑了起來，卻笑得眉頭都皺成了一團。

月秋白眉頭一動，似乎見不得他這般模樣，伸手奪下了他的酒杯，一雙好看的鳳眼緊緊盯著他，似有惱色，道：「以你我的交情，你問我可不可以？」

「你如今是京中的紅人了，我不過還是個賣畫的窮秀才。你忙，我知道，我不想讓你為我的事太過操勞。」易繁苦澀地朝他笑笑，解釋道。

「你要什麼？」月秋白放下他的杯子，坐直了身子。

「我想向你求一盒螺子黛。你嫂子眉毛好看，我想學著給她畫眉。」易繁也平復了情緒，語氣平和不少。

「什麼時候要？」月秋白說著，又給自己夾了片藕片。

易繁沉默了一會兒，一隻手緊緊地握著杯子，沉重地道：「盡快。」

月秋白眼皮一跳，似是察覺了他的不對勁，抬眼細細看了他一眼，道：「你有心事。」

易繁正在給自己斟酒，月秋白說完，他的手一抖，酒都灑在了桌子上。終於，他似是繃不住了，眼角閃動著晶瑩的淚，道：「老白，你知道的，她身體一直不怎麼好。」

月秋白眼皮又是一跳，看著易繁，眼底滿是心疼。他說：「我曉得。」

易繁又喝了一杯酒，濃濃的酒滑過他的喉嚨，卻讓他的眉頭蹙得更緊了。他一臉悲痛地道：「她的眉毛很好看，我答應過她，會一輩子給她畫眉的。可老天就是這麼絕情，偏偏要在這個時候來奪她的命，我的一輩子還很長，她的一輩子卻已只剩不到半個月了。」

月秋白手裡的酒杯應聲落地，好像他的心也跟著墜落了。

「嫂子怎麼了？」他忍不住急聲問。

易繁聲音沉沉地道：「惡疾復發，加上身子虛弱，看了很多郎中，都說沒辦法醫治。」

月秋白看著他，眼底滿是惋惜。他拍拍易繁的肩，安慰道：「一定會有辦法的。」

「若是有辦法，我也不會像今日這樣借酒澆愁了。」易繁說著，一滴豆大的淚珠落在了飯桌上，「只可惜我一生窮酸，未能讓她過上好日子，如今還……」

他已說不下去，只剩無聲抽泣。月秋白在一旁看著，心裡也很不是滋味。

易繁本是個書生，求取功名未成只能靠賣畫為生，卻偏偏在最失意落魄的時候遇到了一生紅顏——江南豪紳孫家千金瑾鱗。兩人一見如故，卻遭到了孫家的反對，實在無法便決定私奔。誰知天有不測風雲，因為長時間風吹日曬，不久後，孫瑾鱗就病倒了，一路上半醫半治總也不見好，這才落下了病根。

月秋白和易繁是同窗舊友，當年科舉之時，二人本有機會奪得一席之位，可誰知在放榜時，卻叫兩個官家子弟頂了他們的位置。心灰意冷之下，月秋白決定封筆，自此放棄科考之路。後來他和易繁相攜到揚州散心，便是在那裡，易繁遇到了一生摯愛，而月秋白卻因為遇到一位老師傅，從此迷戀上了製香，這才有了名盛京師的天香居。

「只是不知這螺子黛做好時，她還在不在。」易繁嘆氣道。

「我不會讓你錯過她的。」月秋白拿著筷子在空碗裡攪了幾下，眼下和心底都寫滿了不平靜，「你給我兩日時間。」

易繁無力地笑笑，道：「我知道月兄已是今非昔比，出自你手的螺子黛也不便宜，我先欠著，過兩日手頭寬裕了便還你。」

「你不必這般客套的。」月秋白沉默了一會兒，本想說不用破費了，但想到易繁高傲的性子，忙改口道，「也罷，只不過銀子我不急用。我知你心繫嫂子，但咱們也多年未見，既然你來了，就先在我這裡暫住兩日，也好讓我盡一盡地主之誼。待後日一早螺子黛做好後，你再離去。」

易繁道：「那就有勞月兄了。」

月秋白嘴角勾起一彎淺淺的弧度，眼底卻是道不盡的辛酸。他看著易繁道：「當年在揚州時，你從不與我這般客套的。」

參

兩人聊到酉時，天色漸漸黑了下來。

易繁喝了差不多一整壺的酒，整個人都暈暈乎乎的，已是半醉，月秋白扶著他回房裡歇息，然後又點了風燈，去了工坊。

映秀忙完了手邊活正往回走，路過易繁的房間，聽到裡頭已有呼嚕聲傳出。她在門外站了一會兒，許是覺得這聲音聽了實在煩心，便扭頭往膳堂走去。

給月秋白熬煮的參茶才剛剛溫熱，映秀往里加了半勺蜂蜜，又煮了半個時辰，之後才熄了爐子裡的火，將參茶盛好，準備給月秋白送過去。

夜已很深了，頭上只有一輪缺了半邊的紅月亮，還有幾分清冷的光暈。當然也還有溫暖的光在這清冷的夜裡亮著，那就是工坊裡的油燈中跳躍著的火苗。

映秀經過院子的時候，聞到了很濃郁的花香。蕭乾屋子後面有一棵高大的李子樹，樹上落著的幾隻老斑鳩正哇哇地叫著，叫得人心煩意亂。

就這麼一會兒，風也變大了些。映秀緊了緊衣服，頂著風，一手提著風燈，一手拿著小銅壺快步走過院子。不知為什麼，她總忍不住想看看假山後面的小水池。可一想到那晚的經歷，她的心裡就越發害怕起來。

可人就是這樣，心裡越是害怕，就越是忍不住想要一看究竟，於是，她果真就朝著假山後面的小水池望了過去。這不看還好，一看還真就讓她看到了兩個影子，一個是她自己的，另一個卻不是那晚她看到的黑貓的了。

映秀心裡一驚，身體忍不住哆嗦了一下。她疑神疑鬼地轉身向後看去，身後是繁密的花叢，花開得正豔，可除了這些，別的什麼也沒有看到。

她不敢再多想，大步流星朝工坊走去，生怕背後突然跑出個什麼怪物將她捉了去似的。約莫走了十步，她突然撞上一個東西，一個不軟不硬還有些溫度的龐然大物。

她定了定神，睜大了眼睛，看清了撞上的是什麼後，才沒尖叫出聲。原來她撞上的是個人，而這人正是蕭乾。

映秀輕輕地「啊」了聲，拍拍胸口，道：「半夜三更的你不去睡覺，跑到院子裡瞎轉悠什麼？嚇死我了！」

蕭乾額頭上布滿汗珠，見來人是她，道：「我怎麼會嚇妳？誰嚇妳我也不會嚇妳的。」

映秀的心情並不舒暢，她質問道：「那天夜裡難道也是你？」

蕭乾眼神飄忽，想了想，疑惑地問道：「夜裡？哪天夜裡？」

「就是前幾天，也差不多這個時候，我路過水池，在裡面看到一張鬼臉，嚇得我連風燈也扔了。那人是不是你？」映秀的語氣並不和善。

蕭乾驚訝地道：「啊？妳也看見了？」

映秀愣了神，不明所以地問：「你……什麼意思？」

蕭乾不說話，突然伸手捣住了映秀的嘴巴，把她拉到了一旁才鬆手。

「你幹什麼？」映秀急得推了他一把。

「映秀，妳有沒有覺得今天的月亮很不正常？竟然紅得像血一樣。風也異常大，可現在明明還未入秋呢。」他說著，還緊了緊身上的衣服。

這話從蕭乾嘴裡說出來本就有幾分詭異，映秀也忍不住抬頭看了看，卻不由得心驚起來，今夜的月亮確實紅得不像話，活像是被人塗抹了一層厚厚的胭脂。

「你有沒有覺得，天香居裡好像藏著什麼怪東西？」蕭乾又道。

「怪東西？」映秀嚇得一哆嗦。

「不錯。妳看到的鬼臉其實我也看到了。方才我其實是正準備熄燈睡覺的，可剛脫下外套，就突然聽到門窗被風吹得哐啷作響，我去關窗戶，妳猜我看到了什麼？」

映秀的聲音卡到了嗓子眼兒，她道：「你到底看到了什麼？」

蕭乾擦了擦額頭的汗珠，陰鬱地道：「一團黑色的影子趴在窗戶上。我還沒看清，就見鬼影子一晃而過，我追出來想看個究竟，誰知道就碰到妳了。」

映秀驚訝地道：「你說有個鬼影子飄到了這裡？」

「是啊，也不知道是什麼鬼東西。」

映秀開始發抖，正迷惑不解，突然背後被人拍了一下，猛回頭看去，發現她的後面站了一個人，正是易繁。

易繁同樣用一種吃驚和錯愕的表情望著他倆，道：「你們怎麼也在這裡？」

映秀驚魂未定，語氣不好地道：「我正想問易郎君同樣的問題呢。」

易繁臉色泛白，有些無奈地說道：「我是被一個東西引出來的，你們也是嗎？」

「什麼東西？」映秀急著問。

易繁嘆了一口氣，認真地道：「一個鬼影子！」

映秀只覺得不可思議，道：「你也看到了鬼影子？」

「不錯。你們也看到了嗎？我今天喝了點酒本睡得很沉，半夜酒醒了，覺得口渴難耐，正想著倒些茶湯來解渴，忽然聽到院子裡有動靜。我覺得奇怪，就披著衣服走出來，誰知竟看到有道黑影從我面前飄過，那影子倒像是個人形，我想追，卻見它轉眼工夫就飛到天香居的頂樓，忽上忽下的，身上還有藍色的亮光，兩隻眼睛似火炬，怪嚇人的。」易繁神情嚴肅地說著。

蕭乾的眼睛裡閃過一絲驚疑，他瞄了一眼易繁，道：「正是如此，和我所見的一模一樣。」

這種添油加醋的話映秀倒是聽過不少，但經過他們這樣描繪，由不得她不信。「難道天香居裡真有精怪不成？」映秀嘀咕著。

「說不准還真是。」易繁點點頭，像是突然想起了什麼，神祕兮兮地說道，「我聽坊間傳言，女皇武后時期，長安城中就曾有一隻花妖，是國色牡丹吸食日月精華所化，喜歡花卉和迷香，頭頂藍色妖火，雙目赤紅，白天隱藏在花叢中，夜裡便出來作祟。據說那花妖還能吸食人的精魄，以人命來養它的妖命。」

蕭乾觀察了一下映秀的神情，也點點頭道：「的確有這個傳說，當時整個長安城人心惶惶，後來有個大戶人家特意請了喇嘛、和尚來作法，引來天火焚燒，可最後似乎並沒有斷根。現在想想竟有些可怕了！」

「怕什麼？」映秀不解。

「妳想啊，咱們天香居滿園花色，異香撲鼻，郎君又是個製作香料的高手，或許真把那花妖給吸引來了呢？」蕭乾道。

映秀倒吸了口涼氣。黑暗裡，她總覺得哪裡有雙眼睛在盯著她看。

她望了眼工坊，見裡面的燈還亮著，於是說道：「我去看看二郎。」

終究，她還是放心不下月秋白，他平日裡連自己都照顧不好，若是真引來了那精怪，該如何是好？

「我們也去。」易縈和蕭乾一前一後地跟了上去。

或許是今晚的風大，工坊的正門被關得嚴嚴實實。映秀貼著門框聽裡面的動靜，裡面很安靜，只有風聲吹出。

「難道二郎睡了？」她碎碎念，敲了敲門見依然無人應答，便轉身看著身後的蕭乾道，「你幫我拿著銅壺和風燈，我進去看看。」說罷，她緩緩地推開門，門並沒有上鎖，稍一用力便打開了。

映秀一進去，便見月秋白伏在案桌上動也不動，想是白日裡製香的工作太累，他便直接睡著了，桌子上的兩支蠟燭都燒得只剩下半截。映秀沒說話，小心翼翼地換上了新的蠟燭。

周圍靜得可怕，連呼吸聲都已聽不見了。

「二郎？」映秀輕輕喊了聲。

月秋白絲毫沒有反應。她又湊近輕輕拍了拍月秋白的後背，突然感到一股陰冷的寒氣傳入指尖。

「二郎身上怎麼這麼涼？」她嘆了一口氣，道，「這麼睡下去明天還不得染上風寒？」她想把月秋白扶到床上去，無奈力量單薄，只好叫蕭乾和易繁過來搭把手。待她將床鋪好，他們已將月秋白扶了過來。她抬頭看了一眼，突然驚叫了一聲，把蕭乾和易繁都嚇了一大跳。

蕭乾緊張地問：「怎麼了？」

映秀顫抖地伸出手，指著月秋白的臉，眼裡滿是恐懼。只見月秋白原本白皙的臉上染著一片殷紅，好看的眉眼都被這紅色染得多了幾分可怖。

蕭乾看後不以為然地道：「嘿，大驚小怪的，我只當是什麼，郎君臉上黏的是紅色的香泥，妳想哪去了？許是他剛剛製作香料時不小心抹到臉上的。」

映秀半信半疑，一邊擔心著月秋白，一邊又跑去膳堂打了些水來，輕手輕腳地用毛巾擦拭月秋白的臉後，確認果真是香泥，這才稍稍放下了心。

月秋白緊緊地閉著眼睛，彷彿睡得很沉。映秀忍不住摸了摸他的臉，卻發現他的臉很冷，不由得又驚呼了一聲。

易繁探頭過來瞧了眼，疑惑地問：「怎麼了，映秀？」

映秀聲音顫抖，一臉惶恐地道：「二郎的臉……就像是塊冰。」她心下害怕，又摸了摸月秋白身上的其他地方，竟也都是冷的。

她的臉色頓時變得煞白，嚇得她連連退後，摀著嘴巴驚嚷道：「二郎他、他……」

蕭乾和易繁也察覺到異常，推了推月秋白的身體，可月秋白就像是根木頭般，一動也不動。易繁顫抖著探了探月秋白的鼻息，嚇得整個身子往後一仰，險些跌坐在地：「怎麼會這樣？」

蕭乾也查看了一番，臉色青灰，仍是不敢相信：「郎君這是……沒、沒氣了！」

「明明今天白天還是好好的，怎麼會好端端的就……」映秀越想越難受，忍不住號啕大哭起來。

易繁明明是個七尺男兒，如今卻無力地一屁股坐在了地上，兩眼無神，顯得極為懊惱，道：「都是我的錯，要不是我來找他製作螺子黛，他也不會操勞致死。我說了讓他別太累的，他怎麼就……」

蕭乾仍有些發懵，看了看床上躺著的月秋白，嘆了一口氣，順勢將哭成淚人的映秀摟在懷中，道：「你們說，會不會真是那花妖搞的鬼，故意將我們三個引開，隨後又闖入工坊內，吸了郎君的魂魄？」

映秀傷心過度，一時有些接受不了，無力地靠在蕭乾懷裡，眼淚撲簌簌地往下落，哭得都哽咽了。

易繁抬起略顯疲憊的眼睛看了看蕭乾，無力地道：「依我看，蕭兄所言非虛，月兄的身上實在太乾淨了，一點傷口也沒有，更沒有中毒的跡象，好像真是被吸掉了魂魄一般。」

映秀已哭成了淚人，根本沒辦法相信眼前看到的一切，更不相信月秋白會死。他甚至還不知道她愛他，不知道她已經偷偷地將餘生都交付給了他。他怎麼能就這麼不明不白地走了呢？匆忙到連她給他準備的參茶都沒有喝。

天色漸漸亮了，整個長安城都籠罩在霧色之中。晨鼓響過，小販的叫賣聲此起彼伏，各處街坊都熱鬧非凡，只除了天香居。

此刻的天香居裡，悲戚的氣氛籠罩著每一個人。

◆

頒政坊，吉祥餛飩鋪子。

這段日子長安城還算太平，周易閒來無事，特意起了個大早，跑了大半個長安城到吉祥餛飩鋪子去吃早餐，身邊甚至還帶了名小廝，做足了公子哥的氣派。

三碗玉尾蝦餛飩讓他過足了嘴癮，他擦擦嘴正欲離去，忽見幾個虎頭虎腦的人走進來，七嘴八舌地討論著什麼，於是便又坐下來側耳細聽。

「你們聽說了沒有？長安城的月二郎昨晚死了！」

「哪個月二郎？」

「月二郎你都不曉得？就是那個天香居的主人月秋白啊。」

「你說的都是真的？」

「那還有假？今個兒兒一早有個人去天香居買香料，卻見外頭掛著木牌，上面寫著暫不會客。後來那人多方打聽才知道原來是月二郎出事了，聽說這件事還驚擾了天聽，光京兆府的衙差都去了三、四撥了。」

「奇怪，這月二郎平日樂善好施，又有一手絕活，也不愛與人交際，怎麼突然死了？」

「世事難料。我還聽說天香居裡竟住著一隻花妖，想必那月二郎就是被花妖吸去了魂！」

「不不不，依我看哪，並不是什麼花妖，倒是太師府裡那個叫瑾心的娘子，天生的媚態。我聽人說，這幾日她可是經常出入天香居，和月二郎走得很近呢。月二郎到底是個男人，即便清心寡欲，奈何過不了美人關，怕是被她勾了魂才是真。」

「你們說的，都不對。我聽說天香居裡藏著一款絕世好香，好像喚作珍珠淚，據說是月二郎用十八個美人的第一滴傷心淚珠，加上上乘的南海珍珠粉末，又有三十六味奇花異香研磨而成。聞其香可感懷思親，潸然落淚，更是能招蜂引蝶，神奇得很。月二郎視之若珍寶，全天下也僅有這一盒。」

「你的意思是有人殺死了月二郎後盜走了珍珠淚？」

「正是、正是。」

幾人說說笑笑，周易聽得清清楚楚。說起這個月秋白，周易也曾經找過他製作香包，手藝當真天下無雙，沒想到這樣一個人才，居然不明不白地死了。

聽他們各執一詞，料想也問不出什麼名堂來，他想著反正自己無事，便打算親自去天香居看個究竟。

誰知他剛要起身，身後跟著的小廝就急急攔住了他，一臉委屈地道：「二郎不是說好了吃個早餐就回去的嗎？主人今日可是要問你功課的。」

「早知道就不帶你出來了。」周易不滿地嘟囔了兩聲，「我只答應你請你吃餛飩，說過要回府嗎？」

小廝被噎住，正想著怎麼把他忽悠回府，一抬頭，見周易已經走得影兒都看不見了，就連原本拴在鋪子門口的馬也不見了。他一著急，只好牽了自己的馬，匆匆跑去尋找周易的下落了。

過了一會兒，周易牽著馬揚揚自得地從一個拐角裡走出來，笑了一下，上了馬，打算直奔崇仁坊。

誰知他才剛走到延壽坊的時候，恰好看到沈玉書和秦簡帶著一隊衙差騎著馬迎面奔來。他當即駕著馬兒甩著袖子朝他們跑過去，隔老遠就嚷嚷道：「你們也是去天香居的？」

沈玉書目光一瞥，看到是周易，有些驚訝這個時間他怎麼會在這裡，問道：「你已聽說了？」

周易嬉皮笑臉地道：「嗯，剛剛在吉祥餛飩鋪聽說了，所以便打算過去。」

◆

半個時辰後，他們便看到了天香居的匾額，那是李忱親筆題寫的，已有些歲月。眾人下了馬，推開了天香居的院門，院子裡的花開得嬌豔無比，花香撲鼻，花瓣上掛著晶瑩的晨露，更顯得花朵嬌豔欲滴。

先一批趕到的衙差領著沈玉書等人穿過院子，走過圓門洞，門後面就是月秋白平時製作香料的工坊，工坊裡的香氣比外面要更濃烈些。

映秀正坐在裡面暗自傷心，見有人進來，哽咽著慢慢抬起頭，腫著兩隻眼睛道：「今日我們店裡不接活兒，小娘子請回吧。」

見她這可憐見的小模樣，沈玉書心下不忍，放緩了聲音輕聲道：「妳誤會了，我不是來買香的，我是來查案的。」

聽到沈玉書的目的，映秀抽泣了兩聲，用袖子草草地擦了擦臉上的淚，帶著哭腔說道：「妳應該就是傳聞中的神探沈小娘子吧？」

沈玉書點點頭，走到她身邊安撫地拍了拍她的背，道：「妳是？」

映秀不知又想起了什麼，忍不住又哭了起來，豆大的淚珠啪嗒啪嗒地往地上掉。過了好一會兒，她才抽噎著道：「我是二郎認的乾妹妹，妳叫我映秀就好了。」

沈玉書疼惜地看了她一眼，輕輕點頭，又抬眼看了看屋子內的陳設，不由得沉思起來。月秋白此刻正躺在床上，臉上還蒙著一方繡著梅花的純色方巾，想來是映秀的私人物品，周易見了，便徑直走了過去。

沈玉書和秦簡走到案桌旁，看見桌上有一攤蠟燭油，此刻已經凝固了；桌子正對面有張椅子，椅面磨得光滑，桌子中央鋪著香泥，泥面粗糙，旁邊橫擺著一把薄薄的美工刀。

沈玉書低頭湊近了那泥盤，觀察了一會兒，抬頭問秦簡：「你看這塊泥盤上的凹陷，應該不是用刀刻的吧？」

秦簡正在觀察屋子裡的布置，被玉書一叫，應聲看去，看了兩眼便搖了搖頭，道：「不是，這應該是人臉。」

「我也覺得。」沈玉書若有所思地點頭，轉眼看向映秀道，「月二郎昨夜也在做香？」

映秀點頭道：「店裡單子多，二郎每日都得做到很晚才睡。」

沈玉書點點頭，摸了摸下巴道：「看這桌上的蠟燭，他昨夜應該連續工作了三個多時辰，這樣高強度的工作一定很累人。他也許正是累乏了，才倒在了泥盤上睡熟了，所以這泥盤上的人臉模樣應該是他碰的，是嗎？」

映秀點頭說是，又把當晚所見情形和盤托出。

「妳挪動了屍體？」

「是的。」映秀已沒有眼淚，一雙紅紅的眼睛乾巴巴地望著月秋白的屍體，「二郎習慣夜裡趕工，故而工坊裡常備蠟燭，有時做工倦怠了他便伏在案桌上睡上一覺。我每天都會按時給二郎熬煮參湯，看到這一幕已是見怪不怪。所以昨晚我進屋子時，二郎仍是這般模樣，我並沒意識到他出事了，還以為他是睡得太熟。直到扶他上床時，我才看到二郎臉上紅白相間的樣子，起初我以為是血，還被嚇了一跳，細細看後，所幸只是紅色的香泥。」

沈玉書掀開方巾看了眼月秋白的臉，他的臉上乾乾淨淨的，連一點香泥也沒有。「妳用水洗去了香泥？」她問。

「是的。二郎素有潔癖，我就自己做主給他洗了臉。他若看到自己面上黏了泥，定會將眉頭皺得緊緊的。他很少皺眉的，他皺眉不好看。」映秀如實回答，臉上帶著苦澀的笑。

沈玉書想了想，道：「也就是說，月秋白在被搬上床之前，沒有任何肉眼能看到的死亡跡象？」

「沒有，我以為，他只是睡得太沉了。他已好幾日沒有好好睡過覺了。」

沈玉書沉吟了一聲，淡淡地道：「除了妳，昨晚還有誰進過這間屋子？」

映秀沒有隱瞞，道：「還有兩人，一位是天香居的跑合蕭乾，還有一位是二郎的故友易繁。」

沈玉書道：「他們現在在哪裡？」

映秀道：「就在外頭，我去喊。」

她話還沒有說完，便見兩個衙差已經領著他們過來了。易繁和蕭乾兩人都神色鬱鬱，臉色像是被潑了一碟醬油那樣難看。

沈玉書看了他們幾眼，便認出了他們的身分。她指著一個青布短裳的中年人，道：「你是蕭乾，天香居的跑合？」

蕭乾愣了愣，沉默地點了點頭。

她便不作聲了，又指著另外一個書生打扮的年輕人道：「你是易繁？」

易繁眼裡閃過一絲驚訝，很快鎮定地道：「正是。」

他們都暗暗打量了一番沈玉書，大概確定了她的身分，便都不語了，只是安靜地看著別處。

沈玉書倒是不見外，隨便找了個椅子坐下，開門見山：「你們在挪動月秋白的屍體時，有沒有發現異常？」

他們想了一會兒，異口同聲：「沒有。」

沈玉書眉毛一挑，目光在他們身上掃了兩眼：「兩個人竟都沒有發現端倪？」

兩人卻都不作聲了。

秦簡看著月秋白的屍體，道：「會不會是月二郎太過勞累，才導致猝死？」

沈玉書偏頭看過去，見他竟也和周易一起檢查起了屍體，微不可察地笑了笑，轉頭看向映秀道：「這桌子你們之前挪動過嗎？」

映秀搖頭道：「未動分毫。」

「那他便不是猝死！」沈玉書堅定地道。

秦簡不解，問：「為何？」

沈玉書若有所思地看了眼桌子，慢慢地說道：「任何一種死法都是有它特定的特徵的。像猝死之症，一般會有兩種表現。

其一，就是死者通常會先發生抽搐，然後口角流涎，死亡之前會痛苦不堪，所以定然會有躁動，桌子上的陳設也必然凌亂不堪。但反觀眼前的桌面，乾淨整潔，器具也擺放有序，顯然看不出有任何異常。

其二，如果是猝死，月二郎就不會安安靜靜地趴在桌子上，而是會倒地而亡。但據映秀陳述，月二郎的死亡似乎並不痛苦，反而平靜怡然，竟像是睡著了。

所以，月二郎的死因，到現在為止還是個謎。」

屋子裡的人全都愣住了，秦簡也一副受教了的表情。

「這個問題其實你該問周易的，論對死人的瞭解，他比我知道的多得多。」沈玉書對秦簡指了指周易。

秦簡卻還是看著她，道：「既不是猝死，那他的死又該如何解釋？」

蕭乾像煞有介事地道：「我早知道這不是人做的，是花妖幹的！」他說著，又把昨天晚上見到鬼影子的事情如實說了一通，說起這件事，易繁也開始變得神神道道的。

沈玉書唇角勾起一道淺淺的弧度，似是很認真地在聽二人的敘述，眼睛卻不停地在他們身上掃來掃去，心中似有疑慮，又似乎只是在來回瞎看而已。

「你們昨晚都看到了鬼影子？」她問。

蕭乾的嘴裡像是塞了鋼珠子，話頭直往外冒，他道：「對！那鬼影子和人長得差不多，頭頂藍火，眼冒紅光，在屋頂上嗚嗚地飛著，忽上忽下的，不是妖怪又是什麼？」

肆

沈玉書像煞有介事地點點頭，又抬頭望向窗外的天空，天空很藍，澄澈得像一汪湖水。精怪？這世上真的有嗎？

「看來這妖怪還頗有些道行，居然還會幻化人形？」她幽幽地道。

蕭乾眼珠子一轉，繼續道：「當然囉。那妖怪可是花魅成精，常化作一個美人，還喜歡迷惑年輕俊朗的男子，嘴裡只要吐出一口香霧就會使其神魂顛倒。」

易繁心情沉重，也道：「月兄昨晚出事實在是讓人猝不及防，鬼影子的出現亦很突然，兩件事情一下子放在一起……實在讓人不得不心生懷疑啊。」

沈玉書瞇著眼睛看了他一眼，眸光一閃。

周易檢查完屍體，正朝他們走過來。

「如何？」她問。

周易搖搖頭，眼裡盡是迷惘：「奇怪，他身上連個針孔也沒有，而且臉上似乎還透著淡淡的粉紅，若不是沒有了鼻息和脈搏，就好像……」

「就好像什麼？」

「就好像只是睡著了一樣。」周易說著，聲音越來越低，透著股無奈。

他看慣了屍體，見多了各種死法，可月秋白的情況連他自己都覺得不可思議。

屋裡人均倒吸了口涼氣，心中各有想法。

「那他有沒有中毒的跡象？」沈玉書瞪圓了眼睛，繼續追問。

周易依舊搖頭，道：「無論是什麼毒藥侵入人體，毒發之後口齒、骨骼以及膚色都會發生變化，可月二郎渾身光潔，面色、唇色都很正常，絕不是中毒之兆。」

「你覺得呢？」沈玉書看向秦簡。

秦簡也無奈搖頭。他向來對江湖奇聞瞭解得多，對暗器毒藥也頗有研究，可在看過月秋白的屍體後，竟也得出了和周易相同的結論。

映秀雙目無神，顫聲道：「沈娘子，會不會是深更半夜的時候，那花妖偷偷進入工坊，恰巧二郎見到，心生恐懼而亡？」

沈玉書對她輕輕搖了搖頭道：「不可能的。」

映秀道：「為何？」

沈玉書沒有接話，而是瞟了瞟秦簡。

秦簡定了定神，似是明白了她的意思，突然拔出身後的長劍。劍光一閃，在場的人除了沈玉書之外皆瞠目結舌，嘴巴張開能塞進兩個饅頭。

周易在一旁直翻白眼，嘴裡嘀嘀咕咕，想想也知道他定是在埋怨秦簡又神神道道了。

蕭乾不知出了什麼事，結結巴巴地道：「沈娘子這又是何意？」

「沒什麼，只是想讓你們明白，當一個人害怕或者恐懼的時候，會是怎樣的情態。我想你們現在應該很清楚了。」她攤攤手，繼續解釋，「人在很恐懼的時候，身體的肌肉會因為過度緊張而發生相應痙攣，比如面部扭曲、張口瞪眼，即便是斷了氣，此種情態依然會表露出來，你們再看看月二郎。」

他們都聽懂了，個個又垂頭喪氣起來。

映秀似心有不甘，又道：「昨天晚上二郎伏案做工，聚精會神的時候便很難發現周圍的響動，若是有個人突然從背後掐住或者用絲綢勒住他的脖子導致他窒息，也同樣不會有傷口啊。」

周易站出來，輕笑一聲，道：「小娘子，妳說的這種事是絕不可能的。

第一，如果被害者在不知情的狀況下被掐住脖子，就勢必會掙扎。被害者越是掙扎，凶犯情急之下就會越用力，這樣一來，被害者死後，脖子上會因為血液淤積而留下暗紅色的掐痕。我大概推測了一下，月二郎的死亡時間大約是在寅時，到現在已有四、五個時辰了，但他的脖子上一點傷痕都沒有。」

他說著，掃了眼周圍人的反應，繼續道，「第二，被人掐住脖子時，被害者因為不能呼吸，往往會不自覺地張口，舌頭也會不自覺地抵住前齒，斷氣時舌尖更會有輕度外露。同時，雙腳也會自然蹬直，哪怕在形成屍僵後，仍然會保持這個姿勢。然而，月二郎死後的狀態不符合我說的任何一點。」說罷，又忍不住調侃了映秀一句，「你們二郎若是被勒死的，妳可能就沒那麼喜歡他了，因為那樣的死態……實在太醜了。」

他這一不分場合的打趣，惹得沈玉書的白眼都快翻出去了，映秀更是氣鼓鼓地把頭別向了別處。

提出的種種假設皆被沈玉書等人推翻，映秀想來想去，似乎只能將二郎的死和鬼怪聯繫到一起了。

沈玉書對月二郎的死因也感到困惑不解，只好出去透透氣，希望能找到一些蛛絲馬跡。

◆

走出工坊時，她不知為何突然感到一陣眩暈，險些跌倒，好在秦簡手疾眼快，上前一把扶住了她，擔憂地問：「妳怎麼了？」

沈玉書擺擺手道：「沒事，許是工坊裡太過悶，又站了許久，有些疲乏吧。」

秦簡不確信地看了她兩眼，確定她沒事，才放心地鬆開手，眼睛看了看別處，似乎漫不經心地道：「就算是想案子也別太勞累，晚上還是要早點睡，早上起來腦子清醒，再想也是一樣的。」

她略感意外地看看他，笑著答了句「好」，便往院子裡走去。

秦簡寸步不離地跟在她身後，一副好像怕她隨時會暈過去的緊張樣，搞得她頗不自在。她猛地回頭，嚇得秦簡一愣。

「你跟著我做什麼？」她笑著問。

秦簡耳朵一紅，一時不知如何應答，慢吞吞地道：「我是妳的護衛。」

沈玉書「噗哧」一聲笑了，抬手輕輕地在他肩膀上拍了拍：「行了，這又不危險，你去替我辦件事吧。」

經她這一拍，秦簡的臉連帶著脖子根都紅了。他愣愣地看了她一眼，聲音啞啞地道：「好。」

映秀端著茶湯過來時，就見他倆湊得很近地在說什麼。聽見身旁有響動，沈玉書才往旁邊退了一步，跟秦簡輕聲說了句「小心些」，又回頭看過來。

映秀果然是個心思靈敏的姑娘，見沈玉書不適，便忙去膳堂端了醒目的茶湯送來。見沈玉書一臉疑惑，她把手裡的杯子朝玉書舉了舉，聲音沙啞地道：「我剛剛看小娘子好像身體有些不適，想著這茶湯可以清神醒目，就去端了些來。」

沈玉書笑著走過來，看著映秀哭得紅腫的雙眼，心裡也不是滋味，抬手輕輕摸了摸她的肩頭，安慰道：「放心吧，真相總會水落石出的，我們不會讓妳家郎君就這樣不明不白地去了。」

映秀眼睛紅得像兔子的眼睛，感激得連連點頭。過了一會兒，她又輕嘆道：「可是我想不通，我們天香居經營了五、六個年頭了，從來都是笑臉迎客，雖說規矩多了點，可大夥兒心裡也都知道原因，有什麼人會和二郎過不去呢？」

沈玉書輕輕搖頭，喝了口茶，道：「月二郎最近有沒有外出？或者……有沒有單獨見過什麼陌生人？」

映秀在心裡想了想，道：「二郎是個香癡，做起香來一向不管不顧的，覺都是能不睡就不睡，出門就更別說了。平日他有需要的東西，都是讓我去採買。這幾日除了易郎君外，他也就只見過太師府的夫人瑾心瑾娘子了。」

沈玉書挑了挑眉，道：「瑾娘子？妳說的是當朝太師新納的那個妾室？」

映秀點了點頭，壓低了聲音道：「是。太師夫人不僅生得美豔，琴棋書畫也是樣樣精通，聽說馬上就要代替正房了呢。」

沈玉書頓了頓，道：「那個易郎君呢，他來天香居也是來購買香料的？」

映秀「嗯」了一聲，道：「正是。他是二郎的好朋友，他家娘子孫瑾鱗害了重病，特意過來請二郎替他做一款螺子黛，好了卻他娘子的一番心願。」

「看來這易郎君也是個有情有義的人。」沈玉書感嘆了一番，又道，「那瑾娘子怕也是來討香的吧？」

映秀眼神閃爍，支支吾吾地道：「不錯，只不過她除了來討要香料，似乎還……」

「似乎還對月二郎有幾分愛慕？就像妳愛慕月二郎一樣？」

映秀的臉一下子憋得通紅，她道：「沈娘子妳……」

「哦，我猜的，確切地說，是妳的眼睛告訴了我答案。女人的直覺向來不會錯的。」

映秀不說話了。她也有這種直覺，似乎比沈玉書還要敏感，否則她也不會吃瑾心的醋。

沈玉書淺淺一笑。

「她經常來天香居嗎？」沈玉書又問。

「來得倒是不勤。」映秀說著，心裡突然冒出一個很可怕的想法，「難道是太師府的下人見她和二郎走得太近，回去在太師面前嚼了舌根，所以太師就……」後面的話她沒敢說下去。因為她曉得，在長安城，太師的勢力極大，朝廷中黨羽眾多，坊間更是有許多耳目混雜，若太師真聽到了閒話，倒也的確有殺人的動機。

「妳倒是個很會聯想的人。她和你家郎君是親近到了何種地步，竟還能驚動太師？」沈玉書打趣道。

映秀皺著眉頭低下頭，支支吾吾地道：「我那日……見到她親了二郎……」

沈玉書意外地睜大了眼睛，想了想，又拍了拍映秀的肩，道：「放心吧，太師的權力再大，也不敢和聖上唱不和的。」

映秀突然明白了。

沈玉書指著天香居的匾額，道：「據我瞭解，皇宮大內近半數的香料出自天香居，聖上更是極為關照妳家郎君，太師權力再大，也不敢公然挑戰聖威。只怕加害妳家郎君的，並非是什麼好人。」

映秀沉默了。

周易不知什麼時候也來了院子，還聽了不少她們的對話。他現在滿腦子糨糊，不解地道：「如果不是太師所為，那凶手殺死月二郎究竟有什麼目的？」

沈玉書不知道，但映秀明白，她下定了決心似的說：「小娘子，其實二郎死後，天香居還丟了一盒香。」

沈玉書和周易的興致立刻被挑了起來。

「那香重要嗎？」沈玉書不由得發問。

映秀重重地點了點頭道：「那香於二郎而言，是可看作性命的。」

沈玉書一愣，卻想不到會是什麼樣的香，竟能比人命還重要，畢竟這世間，無論是金銀釵飾，還是香包暖玉，皆不過身外之物罷了。她理解不了一個愛香之人對香的癡狂，就好像別人也理解不了她對探案的熱愛一樣。

周易似乎想起了什麼，眼睛一亮，把玩著手裡的扇子，道：「妳說的是珍珠淚嗎？」

映秀吃了一驚，道：「你怎麼知道的？」

沈玉書也疑惑地看著他，不由得想，莫不是他的哪一個溫香軟玉，竟是個愛香之人？

「都看著我幹嘛？我可沒偷。」周易努努嘴道，「今個兒早上，我在餛飩鋪子裡見到幾個年輕人，他們說天香居裡藏著一款絕世香料，名曰珍珠淚，是用十八位美人的第一滴傷心淚外加上乘南海珍珠粉研磨而成，是這樣嗎？」

映秀點頭道：「周郎君說得不錯。這款香料花了二郎大把時間，被他視若珍寶，時刻帶在身上，可以說是片刻都不離身的。可二郎遇害後，珍珠淚就不翼而飛了。想來定是被人偷去了。」

聽她叫周易周郎君，沈玉書差點笑出聲來。想來她定是聽慣了他們叫他周易，竟真以為他姓周了。

沈玉書強忍著自己的情緒，道：「妳怎麼知道珍珠淚不見了的？」

映秀嘆了一口氣，道：「小娘子有所不知，因為這珍珠淚奇香無比，所以二郎將香帶在身上時，便總能吸引很多蝴蝶圍繞著他翩翩起舞，終日不散。可你們也看到了，一直到此刻，二郎身上竟連一隻蝴蝶也沒有，所以可以肯定的是，珍珠淚已被人偷走了。」

「原來如此。」周易道，「不過既然珍珠淚能吸引蝴蝶，那凶手豈不是很容易就能發現香料的所藏之處了？」

沈玉書也正想問。

映秀苦澀地笑笑，道：「所以二郎向來很少會客的。他沒什麼朋友，總是一個人在院子裡看著這些花，我有時候看他這樣，都忍不住會心疼。」

「所以知道這個祕密的人也絕不會太多。」沈玉書肯定地道。

映秀毫不避諱地道：「現在至少有四個人知道，我、蕭大哥、太師府的瑾心娘子，還有易郎君。」

「你和蕭乾都是天香居的人，易繁是月二郎的好朋友，你們知道這個祕密倒不稀奇。至於這個瑾心娘子……妳剛剛說那日妳恰巧看到她親了月二郎，也就是說，她也曾親眼見到蝴蝶圍繞著月二郎飛舞？」

映秀點點頭，但好像又怕沈玉書誤會，忙辯解道：「二郎不喜歡她的，是她……偷偷親的。」

「哦？有意思。」沈玉書低聲自語。

案情似乎漸漸明朗了。這不過是一出殺人越貨的老把戲，但人是怎麼死的，珍珠淚又在哪，暫時還無從得知。

周易眼珠子轉了轉，道：「珍珠淚會引來蝴蝶，那凶手豈不是很容易暴露自己？」

沈玉書搖頭道：「既然凶犯能夠得手，自然也曉得這個道理，所以他一定有法子消除這個破綻。」

「想想也對。」

現在她還有很多疑點沒有想透，與其這樣毫無頭緒地待在這裡乾耗時間，還不如四處轉轉，也許能找到什麼線索。

「易繁這兩日住在何處？」她問。

映秀指了指西邊的房子道：「繞過水池，前面正對著的那間就是。」

她點點頭，往映秀指的方向走去，周易跟在後面，好像突然意識到了什麼：「哎、老秦去哪了？」

「他嫌悶，出去蹓躂了。」沈玉書眼睛看著前面，胡謅道。

「那他這算是擅離職守咯！」周易欠揍地道。

「不算。」沈玉書扔給他倆字，抬手推開了易繁的房門，易繁此時已不在屋裡。怪的是，裡面收拾得極其整潔有序，竟像是個女兒家的閨房。

「真是乾淨呢。」沈玉書道。

「是很乾淨。」周易也忍不住感嘆。

隨後沈玉書又去了蕭乾的房裡，屋子裡同樣很乾淨。

她看著映秀，問：「我能去妳的屋子看看嗎？」

映秀猶豫了片刻，道：「當然可以，不過小娘子千萬別笑話我。」

沈玉書不解地看了看她，到了，推門進去，看完後卻拚命地搖頭道：「妳的屋子怎麼能亂成這樣？」

映秀有些難為情地看著沈玉書道：「我都說了讓小娘子別笑話我了。」

沈玉書漸漸收了笑，認真地看著映秀，道：「看來妳平時一定忙得很，忙得連屋子也沒時間收拾了。讓妳心甘情願為他忙活的這個人也只有月二郎吧？」

映秀低著頭沒有說話。

沈玉書的眼神從映秀身上離開，她很快又注意到映秀的梳妝桌旁有個銅盆，裡頭盛著黑色的灰燼。

「在屋子裡燒東西是不是不太好？」沈玉書試探地問。

映秀遮遮掩掩道：「哦，沈娘子有所不知，這些灰燼都是二郎謄錄的香料配方。為了防止他人竊取，每做完一款香料，我就會把配方的單子燒毀。」

沈玉書瞟了幾眼銅盆道：「哦，原來是這樣啊。妳是什麼時候來天香居做活的？」

「五年前，我在一個富貴人家做奴婢，後來二郎看我被人欺負，於心不忍，就花大價錢把我買回來了。」

「妳家中親眷可還在？」

「沒有親眷，只我一人。」

「哦，看來月二郎平時待妳不錯。」

「他待我，如親妹妹一般。」

「可妳喜歡他。」

映秀居然輕輕地點了點頭。她已沒有什麼顧忌，如果喜歡誰偏要埋在心裡，遲早會憋出病來的。

「只可惜落花有意隨流水，流水無心戀落花。」沈玉書不由得感嘆，眼睛又看了看那銅盆，突然道，「蕭乾很喜歡妳？」

映秀驚了一下，驀地望著沈玉書道：「這？」

沈玉書故意逗她：「我還知道，他給妳寫過書信，書信就在妳這火盆裡。」

映秀感到奇怪，問：「妳怎麼曉得？」

沈玉書笑了笑，道：「銅盆裡的灰燼除了香料的配方，還殘留有信封的金錫包角，那正是西市大麻子商鋪中販賣的信紙。這種金錫包角本是信封上的裝飾物，卻極耐高溫，所以書信在火盆裡化作灰燼，而金錫包角卻完好無損。」

周易看了一眼，銅盆中除了黑色的灰燼，似乎還摻雜有閃閃發光的東西。

他想了想，問：「的確是來自大麻子商鋪，但妳怎麼知道信就是蕭乾寫的？」

沈玉書看他一眼，道：「剛剛我問過映秀的身世，她說她孤身一人，世上已無親眷。而且她常在天香居，很少外出，認識的人也沒有幾個，給她寫信的人一定是她熟悉的人。她熟悉的人，一隻手就數過來了。」

映秀只有點頭。

「月秋白只當映秀是妹妹，就算有什麼事情想要和她說，只會當面和她說，絕不會用書信表達的，所以我想寫信的那個人就只有蕭乾。映秀看完卻把信丟進了火盆裡燒掉，想必那信上所寫的應該都是些讓人面紅耳赤的悄悄話吧？」

映秀既沒有承認，也沒有否認。

周易明白了，咂了咂嘴道：「只可惜映秀已心有所屬，否則也不會燒掉信件了。」

他顯赫的出身，讓他無論如何也不明白映秀和蕭乾這種偷偷摸摸的情愫。他一直以為，喜歡，就是大膽地去表達、去爭取、去占有。他不知道這世間其實還有一些活得卑微的人，他們連去爭取的勇氣都沒有，只能將愛藏於心底，當成活下去的動力和閒暇時的獨自歡喜。

到了很久以後周易才明白，其實這也正是他走不進沈玉書心裡的原因。他以為自己活得多灑脫恣肆，卻忘了在愛情裡，更需要的其實是彼此的那份小心翼翼和各自珍視。

◆

正午，豔陽高照，暖風徐徐。

崇仁坊往北的永興坊，有家很不起眼的露天茶棚。

秦簡坐在了茶棚前，點了兩大碗公雨露尖。他前面也有一個大瓷碗，裡面裝的卻是酒，而在茶棚斜對面不遠處，就是赫赫有名的太師府。

沈玉書和周易早就離開了天香居。二人騎著馬並排走著，周易不知道沈玉書要去哪裡，只看著她，疑惑地問：「妳是不是發現了什麼，所以讓老秦去調查線索了？」

沈玉書淡淡地笑了笑，沒有回答他，只是騎著馬一路往北走，周易渾然不知她在耍什麼把戲，只好跟上。

茶棚裡的人很多，秦簡今日穿了一件鴉青色的衣服，上面還有好幾處花了心思的刺繡。沈玉書一眼便看到了他，快步走過去，拉了個凳子坐下來，道：「查得怎麼樣？」

秦簡喝了口酒，緩緩地道：「我剛才去了太師府，買通了府中的下人，打聽到了那個瑾心的來歷，她的祖籍並不是長安，而是揚州。」說著，頓了頓，一臉深不可測地道，「而且，她還有個阿姊，名喚瑾鱗。」

「瑾鱗？你確定是這個名字？」沈玉書突然大驚，「我聽映秀說過，那易繁的妻子好像也叫瑾鱗，孫瑾鱗。」

秦簡點頭，篤定地說：「我確定就是這個名字，這也是我覺得奇怪的地方。」

沈玉書想了想，道：「只怕此事並非巧合。難道太師的這個妾室和易繁的妻子原本是姊妹？」她著實被自己的想法嚇了一跳。

周易大致理了一下線索，道：「若她們是姊妹的話，那瑾心定然認識易繁，兩人一前一後都是來討要香料的，是不是有點太巧了？」

沈玉書皺了皺眉頭，道：「你們還記不記得，映秀說瑾心來到天香居時，她並沒有引見，是瑾心自己去院子裡找到了月秋白，還逗留了許久？這樣看來，似乎求香是假，尋物才是真。」

「尋物？」周易道，「妳是說珍珠淚？」

「不錯。瑾心回去不久，月二郎多年未見的舊友易繁就突然出現在了天香居，而他一來，月二郎就遇了害。這一系列的事情實在是讓人不產生遐想都難。」沈玉書攤了攤手。

「妳懷疑那瑾心和易繁狼狽為奸？」周易這樣問著，心下卻已有了答案，這天下之大，哪可能有那麼多的巧合？

沈玉書沒有點頭也沒有搖頭。

茶已喝乾，他們牽著馬離開了茶棚往回走，在走到崇仁坊時，突然看到一夥人圍在一起，似乎在看什麼熱鬧。

一個大漢正在追趕一個氣喘吁吁的年輕人，看那年輕人賊眉鼠眼的樣子，步伐神態又極慌亂，沈玉書斷定他是個竊賊。

大漢三兩步凌空飛起，抓起面前牛車上的糧袋便狠狠朝年輕人砸去，那人當即摔了個大馬趴，跌得鼻青臉腫。

那人求饒道：「大爺饒了我吧，我下次再也不敢了！」

「還有下次？某平生最恨雞鳴狗盜之輩，下次若再讓某見到，非打斷汝狗腿！」大漢文縐縐地說了一通，一把奪過他懷裡的布包，揚長而去。

長安城是個繁華之都，也是個最藏汙納垢之地，光鮮背後必有骯髒，這種事情屢見不鮮。

那竊賊渾身疼得發緊，正噯噯地亂叫，看熱鬧的人群卻一哄而散，個個對他就差破口大罵了，自然沒有誰願意出手幫忙，所謂可恨之人必有可憐之處。

沈玉書動了幾分惻隱之心，問秦簡：「你帶了銀子嗎？」

「帶了。」秦簡應著，把錢袋遞給了她。

沈玉書接過錢袋，拿出一錠銀子放到竊賊身旁，道：「你去病坊買些跌打的傷藥吧。偷盜來錢再容易，卻不是長久之計。」說罷，她把錢袋還給秦簡，招呼著他們往前走，說是要找個病坊給她母親抓兩服湯藥。

周易不屑地看了眼那竊賊，咬咬牙道：「妳給他錢做什麼？這種人就該讓他吃點苦頭，掙錢的門路千千萬，偏偏要做竊賊，實在讓人不齒！」

「總歸是條人命，他若不明不白地死在那兒了，麻煩的倒是我。」

「妳呀妳，就是心腸太好了。」

周易滿口抱怨，秦簡卻滿心歡喜地把錢袋揣進了懷裡，眸光柔和似水。她竟那麼自然地伸手和他要錢，這說明什麼呢？他想著，不由得臉紅了。

伍

五十步外，正好有家病坊。

三人將馬拴好後，沈玉書進去，問了看店的老郎中幾味藥材的名，見店裡都有，便拿了藥方給他，讓他照著抓。

沒過一會兒，那竊賊竟拖著瘸了的腿也進來了，嘴裡直喊著救命，嚇得那老郎中藥也顧不上抓了，忙跑出來看是誰快沒了命。

他見竊賊渾身是傷，忙詢問道：「你怎麼傷成這個樣子？」

竊賊疼得臉色發白，額頭掛滿了冷汗，已無心回答任何問題：「快、快救救我！」

老郎中見狀，和沈玉書說了聲抱歉，忙吩咐屋裡的小童端來溫水，又送來跌打膏藥。

沈玉書並不趕時間，便讓他先給人治傷，一會兒再給她抓藥也不急。

老郎中連連謝過她，轉頭替竊賊清洗了傷口，拿出膏藥在傷口處貼了上去。

竊賊疼得啊啊大叫，比殺豬還慘。

老郎中起身，去內堂拿來一個藍瓶子，道：「莫要吵嚷，聞上一聞就不那麼疼了。」

竊賊打開藍瓶子，猛吸了三大口，神色果然舒緩了很多。

沈玉書在一旁看著，只覺得神奇，道：「不知老丈剛剛所用究竟是什麼靈丹妙藥，竟有這般奇效？」

老郎中瞇著眼，道：「說奇也不奇，三國時期，神醫華佗發明了一種神藥，叫作麻沸散，用水沖之即服，刀刃劃開傷口也不覺得疼。傳到大唐時，經過先輩改創，麻沸散已被做成藥劑，又加了薄荷香丸，只需吸上幾口，便渾身舒爽，疼痛感也可立刻消除。」

那竊賊仍有些隱疼，道：「老丈讓我再聞幾口，也好將疼痛落個乾淨！」

老郎中卻已將瓶子收回，說什麼也不肯再給他吸食了。他頭頭是道地教訓竊賊：「這東西只能聞上三口，若是吸的量多了，到時便會渾身麻痹，嚴重的甚至會昏死過去，再也醒不過來了。哪能讓你一直吸！」

沈玉書困惑地道：「老丈說這藥只能聞三下？」

老郎中點點頭道：「沒錯！」

「那醒不過來又是什麼意思？」

老郎中大笑道：「小娘子這個問題實在有趣，醒不過來自然就是一命嗚呼了！」

「哦？沒想到救人的藥也有可能是毒藥？」周易也湊起了熱鬧。

老郎中道：「萬事萬物皆有毒理，超出限量自然會致命！」

沈玉書和周易對視了一眼，若有所思，老郎中這句話似乎讓她想通了很多事情。

很快，老郎中便處理完了竊賊的傷口，忙幫沈玉書把藥包好。沈玉書臨走時，還跟他道了聲謝。

周易調侃道：「妳又多管了一件閒事。」

「嗯！閒事。」沈玉書重重地點點頭，嘴角卻笑開了，顯然心情明朗得很。她道：「你什麼時候也跟秦簡學學，說讓拿錢就拿錢，一點廢話都沒有。哪像你，一天天嘮叨得跟個老婆婆似的。」

周易被她揶揄得臉色難看，秦簡卻心情大好，只差和沈玉書一起哼起小調來。

◆

次日清晨。

長安城突然刮起了東風。沈玉書起得很早，一出門就見院子裡亂糟糟的，碧瑤正在低頭灑掃。見沈玉書朝她走來，她放下掃帚和水壺道：「小娘子，羹湯在膳堂裡，我這就去給妳端來。」

沈玉書搖搖頭道：「別端了，我沒胃口，等會兒還要出去，妳且幹妳的活吧。」

碧瑤近前，道：「是天香居那樁案子吧？」

「妳也聽說了？」

「這種事情不出一個時辰就傳開了，我即便不出門也是能聽到一些風聲的。」

沈玉書朝她笑笑，抬頭看看天，澄透如洗，有幾隻紙鳶在天上飛著，五顏六色的，煞是好看。

碧瑤看她盯得出神，也朝天上看看，道：「今天東風正盛，很適合放紙鳶咧。」

沈玉書笑道：「我都好久沒有玩紙鳶了，想來也許久沒去找豐陽了，她定是悶壞了，改天有空我約她一起去玩。」

「紙鳶的確很好玩呢，想讓它上就上，想讓它下便下，只要手裡拽上一根繩子就行。」碧瑤一邊灑掃，一邊笑道，「只可惜小娘子太忙了，尤其是查案子的時候，總是茶飯不思的，哪有時間想這些個玩意。」

沈玉書聽碧瑤說著，突然看著她，腦海裡浮現出一幅奇怪的畫面。

碧瑤看看自己身上，又望望沈玉書，不解地道：「小娘子，妳看什麼呢？」

沈玉書搖頭道：「不是看妳，我是想問妳剛剛說什麼來著？」

「啊？我說妳太忙了，該給自己留些休息的時間。」

「不對、不對，是上一句。」

「上一句？」碧瑤回過神，道，「我說紙鳶很好玩。」

「還不對，是下一句。」

「下一句？」碧瑤被她問懵了，想了想，道，「我說紙鳶只要借助東風，就可以想上就上，想下就下，只要一根繩子就可以了。」

「對了，就是這句！我明白了。」

碧瑤拿著掃帚，傻愣愣地道：「小娘子明白什麼了？」

沈玉書笑笑，答非所問：「沒想到妳這小妮子有時候還挺聰明的嘛。等我回來，賞妳糕點吃。」說罷，她便轉身瀟灑地走了。

◆

天香居，冷寂如秋。

周易站在門前左顧右盼，嘴裡嚼著剛出爐的糖炒栗子，表情很是滿足。

「你怎麼來得這麼早？」沈玉書問。

周易整個身子倚在門欄上，好不風騷地調笑道：「自然是在等妳咯。」

沈玉書朝他翻了個白眼：「你當你是哪家的頭牌啊？」

周易嘿嘿一笑，直了直身子，左右望望：「老秦怎麼沒來？」

沈玉書道：「他去辦事了。」

周易咧著嘴，吐掉栗子殼，意味深長地看著玉書，嘴上埋怨道：「最近你們倆的悄悄話可是越來越多了，什麼事都瞞著我，我是外人嗎？」

沈玉書沒有說話，眼睛裡含著笑，率先進了門。

他們剛走進天香居，就看到映秀正坐在院子裡的石凳上發呆，一動不動，彷彿一座冰雕，兩眼空洞無神。

「妳沒事吧？」沈玉書過去輕輕拍拍她的肩膀。

映秀似是剛看到他們，愣了一下，忙把手裡的東西一收，無力地笑笑道：「沒事，只是想到馬上就要離開天香居了，心裡多少有些不捨。」

「怎麼，妳要走了？」

「是啊，二郎不在了，我留在這裡還有什麼意思？」她眼裡閃過一絲悲切，道，「小娘子這幾日費心勞神，我替九泉之下的二郎謝謝妳了。」

沈玉書嘆了一口氣，道：「這都是我該做的。」說完，她瞥了眼映秀背過去的手，徑直朝出事的那間工坊走去。

工坊內除了月秋白的屍體被搬挪了出來，其他的陳設都沒有動過。她靠近案桌，拿起泥盤聞了聞，只覺得香氣撲鼻，又聞了幾下，突然感到一陣眩暈，要不是周易及時扶住了她，她險些就跌倒了。

「妳怎麼了？」

沈玉書擺擺手，眼裡閃過一絲狡黠，道：「這裡果然有問題。」

周易一臉茫然：「妳在說什麼？」

沈玉書歇了歇神，道：「昨天我從這間工坊出去時，也曾感到一陣暈厥，起初我以為是站立了太久，原來並不是。」

周易道：「那是怎麼回事？」

「我猜是這些香泥有問題。」沈玉書盯著剛進來的映秀，道，「天香居裡可有致人眩暈的泥料？」

映秀堅定地道：「不曾有。」

玉書若有所思地點點頭，周易也拿起泥盤聞了聞，一開始並沒有什麼特別的感覺，可沒過一會兒就感到腳底輕飄飄的，有些站不穩。

「這是怎麼回事？」周易皺了皺眉。

沈玉書卻並不意外，語氣裡帶著篤定：「自然是香泥裡有古怪。」

「妳怎麼知道？」周易不解。

沈玉書眉毛一挑，道：「你還記得昨日我們在藥館裡，那位老丈說過的話嗎？」

周易想了想，驚訝地道：「妳是說……」

「沒錯，就是麻沸散。這塊香泥里加了麻沸散，月二郎伏案工作時距離泥盤很近，而且晚上點了蠟燭，泥盤周圍的氣溫比白天更高，摻雜在香泥裡的麻沸散劇烈揮發，月二郎大量吸食，導致暈睡不醒，所以他才會在死後身體如常，和活人無異。」沈玉書緩緩地道。

周易恍然大悟道：「我想起來了，那個老丈說麻沸散不能吸食過多，否則良藥就會變成毒藥了。」

「不錯。因為麻沸散本身並不是毒藥，所以誤吸過多也不會有中毒的跡象，因此我們才久久都找不到根源。」

周易拍了拍腦門道：「這凶手實在是高。他將過量的麻沸散加入香泥中，用香氣掩蓋住麻沸散的味道，而且他還知道月秋白喜歡晚上做工，到時工坊內就一定會點火燭，於是他利用火燭的溫度加速麻沸散的揮發，這樣做的結果是，既讓他有了不在場的證據，又讓人琢磨不透月二郎的死因，從而只能聯想到是鬼神作案。怪不得，怪不得我們都被他騙了。」

他說罷，取來一塊黑布，又切了一塊香泥，將黑布蓋在香泥上，然後用炭火熏烤。半個時辰後，黑布上就出現了白色的小顆粒，湊近聞了聞，確實是麻沸散的味道。

「實在妙極了。」沈玉書側身望著映秀，道，「天香居的泥料裡怎麼會有麻沸散？」

映秀似乎並不知情，搖頭道：「這款料子一直都是從大食國的客商手裡買來的，他們會加什麼東西我不知道。」

「大食國的客商？那人是誰？」

映秀如實道：「是個叫莫可度的中年男人。他手上囤有大量原料，二郎時常會邀他來交涉，他也算是天香居的老熟人了。」

沈玉書眼睫一動，道：「月二郎最近見過這個莫可度？」

映秀搖搖頭，道：「沒有。二郎近些時日較忙，脫不開身，再加上因為身上帶著珍珠淚，所以很久沒有離開過天香居了。而且天香居又有專門談生意的跑合，所以這次這款泥料就是蕭大哥從莫可度那裡買來的。」

「哦？你說蕭乾？」

「是的。」

「那他人呢？」

「剛剛還在院子裡呢，或許回房了吧。」

然而，沈玉書和周易找遍了天香居的所有房間也沒有發現蕭乾的蹤跡。他屋子的大門半開著，木架上隨意掛著幾件換洗的衣物，其餘地方全都變得雜亂不堪。

周易大驚：「不好，他跑了！」

沈玉書的臉色驀地變得蒼白，她道：「天香居周圍都築有高牆，外面又有駐崗的衙差把守，蕭乾偷偷摸摸地能從哪裡逃竄呢？」

這時映秀突然道：「我知道。」

原來在蕭乾屋子的後面有一棵很大的李子樹，繁密的樹冠斜斜地伸進屋子的窗戶。

沈玉書注意到，李子樹的枝條有折斷的痕跡。她這才明白，天香居的圍牆雖高，蕭乾卻能很輕鬆地從窗戶爬上那棵李子樹，再利用樹枝的彈性從李子樹上蕩到地面。

她親自試了試，居然很輕鬆地爬到了大樹上，還驚飛了幾隻老斑鳩。透過樹冠的縫隙往下看，她看到高牆後面的地上果然落了幾個錯落的腳印。

「他往城東方向去了，而且還沒走遠。」她道。

周易快速爬了上來，道：「不錯，腳印是往城東方向延伸的，而且腳印很新，還未乾透。」

沈玉書怕人跑了，即刻通知京兆府的衙差往城東搜索。

經過嚴密排查，最後在春明門附近的一輛運草車上發現了蕭乾。

◆

天香居的宴會廳。

蕭乾穿著一件破舊的藍裳，背著布包，儼然是個農夫打扮，映秀差點沒認出他來。

他低著頭沉默不語，好像也已無話可說。

映秀難以置信地望著他，正要問些什麼，外面突然有個小廝在叫門。

衙差攔住小廝，那小廝卻道：「是沈娘子讓我來的。」

衙差上下打量了他一眼，道：「沈娘子正在裡頭探案子呢，找你來作甚？」

小廝嘟嘟嘴，道：「官爺不知，沈娘子早上在店裡訂了一只紙鳶，還說這幾日長安城的東風正盛，既然天公作美，那便做只紙鳶來耍耍。我做完了就馬不停蹄地趕來天香居了，這會兒怎倒又不認帳了？」

「誰說我不認帳的？」沈玉書笑著走出來，接過小廝手裡的紙鳶，又道，「小師傅，辛苦了。」說完她遞給小廝三兩銀子。

小廝謝過，領了銀子喜滋滋地離開了天香居。

衙差看著那巨型紙鳶，納悶不已：「沈娘子怎麼突然想起要放紙鳶了？」

沈玉書抬頭看看天，意有所指地道：「難得逢上這麼好的天氣，不放紙鳶豈不可惜？」說罷，她便提著紙鳶回到宴會廳，心情大好。

周易愣了下，瞅了瞅她手裡的東西道：「妳拿的什麼東西？」

沈玉書拿起紙鳶在他眼前晃晃，淺笑著道：「紙鳶，林小郎也沒見過？」

周易又愣了愣，道：「紙鳶我當然見過，但妳手裡這個長得也太奇怪了吧。妳可別是被人坑了，買了個殘次品。」

沈玉書白了他一眼，瞅著手裡的紙鳶笑了。她手裡的紙鳶樣子確實奇怪，卻是她特意吩咐手藝師傅做成這樣的。

周易忍不住從她手裡搶過紙鳶，來回看了看，道：「都這時候了，妳怎麼還有心思玩這個？」

沈玉書睨了他一眼，道：「現在我還沒有心情。」

「那妳什麼時候有心情？」

沈玉書朝他俏皮地眨了眨眼，神祕地道：「到時候你就知道了！」

◆

斜陽，微風。

另一頭，秦簡坐在西市的小酒館裡，喝了三壺酒。當然，他並不是白白跑來一趟卻只是為了喝酒的，他今天來，是為了一件大事。

西市這裡熱鬧非凡，常有外來的絲織駝隊，更是波斯、大食、契丹、日本、流鬼等外族人的聚集地。

秦簡提了酒壺，走進東柳巷子旁的百川胡同。他身後，遠遠地跟著幾個穿了便裝的衙差，衙差和他保持著不遠不近的距離，以備不時之需。

經過多番打聽，秦簡得知易繁就住在這條巷子裡。他住的是一間破舊的小木屋，由於屋子實在太破，秦簡站在屋外都能聞到濃烈的中藥味，還能聽到藥罐子撲通撲通的響動聲。

屋子裡有人正在竊竊私語。

「東西到手了嗎？」說話的是個大煙槍，此刻正在吞雲吐霧。

「到手了。」

秦簡看不到答話人的臉，只看到他一身素衣，透著股風雅氣，聲音也文文弱弱的，估摸著就是易繁了。

大煙槍滿意地笑笑，道：「你做得很好。」

為了防止裡面的人有所察覺，秦簡靈巧地往旁邊一側身子，在窗戶上開了個小孔，屋裡的情形一下便一覽無餘。

屋內有三個人圍坐在桌邊，大煙槍穿著大食長袍，頭上戴著雲擺帽子，而在他的對面坐著一對男女。

女子生得魅惑，此刻卻低眉順眼道：「要真是這樣，我就謝過郎君了。」

「不妨事。」大煙槍鬼森森地道，「這事沒人發現吧？」

秦簡看不出男子的情緒，只聽他淡淡地說道：「你放心吧，我謹之又慎，按你教給我的法子將香盒周圍塗抹了燭淚。珍珠淚的香氣鎖在裡頭，連一隻蝴蝶也招不來的。」

「那就好。」大煙槍咧嘴發笑，從懷裡摸出一個巴掌大小的褐色牛皮囊，又從裡面倒出三粒藥丸，道，「這是我答應給你的神藥，包你妻子藥到病除。」

男子接過藥丸，將珍珠淚的香盒遞與大煙槍。女子顯然比男子機警得多，看了眼大煙槍，隨手奪過了香盒，道：「且慢，需驗驗藥效，我們的交易才能就此達成。」說完，她拿起一粒藥丸，走進後面的房間，片刻後才回來。

男子緊張地問道：「如何？」

「果真是好藥。」女子朝大煙槍微微俯首，道，「實在是怠慢了，還望郎君莫要放在心上。」

「多事之秋，理當如此。」說完，大煙槍掐開香盒上的燭淚，把香盒湊近鼻子聞了聞，道，「這款珍珠淚也是貨真價實，如此我便先告辭了。」

男子起身朝他作了個揖，道：「郎君請便。」

大煙槍上前打開一扇小門，門後冷森森地灌著風，外面沒見到有人，卻只見一柄散著寒光的劍橫在門框上。

屋內三人皆被這突如其來的劍身嚇了一大跳，一臉震驚地看著緩緩從門後走出來的秦簡。在他們還沒有反應過來的時候，秦簡就已上前點了他們的定穴，隨後那幾個著便裝的衙差一擁而上，瞬間便將屋子裡的幾人控制住。

◆

夜色漸濃，點點星光灑落。天香居燈火通明。

沈玉書招了招手指，又朝屋外看了看，然後拿著紙鳶走到院子裡，衙差押著蕭乾也跟了上去。

周易不解地道：「妳當這紙鳶是孔明燈啊，還夜裡放？」

沈玉書嘻嘻一笑，說得神神道道：「這你就不懂了，普通的紙鳶當然要選白天放，可我這個就不一樣了，只有在晚上才能大放異彩。」

「哦？」周易眼巴巴地瞅著那紙鳶，似是要從中看出一朵花，道，「一個紙鳶能有什麼名堂？」

「所以說叫你多讀書嘛！」沈玉書嫌棄地瞪了他一眼，朝遠處張望了一下，似乎在等著什麼。

「再等天就亮了，妳還不放？」周易算是和這紙鳶槓上了。

沈玉書心不在焉地道：「還要等幾個看客。」

「看客？」周易有些困惑，「妳還約了其他人來？」

沈玉書自顧自地笑笑，朝外邊瞥了兩眼，眼睛忽地一亮，道：「你看，他們來了！」

周易回頭，果然見一群人風風火火地走進天香居，除開幾個衙差外，來的有四個人，其中三人在前面走著，身子搖搖晃晃，臉色鐵青。一人在後面不遠不近地跟著，手裡拿著一把鋒利的劍，正是秦簡。

院子裡突然變得熱鬧起來，有香豔的花，有濃烈的酒，更有彷徨失落的人，還有一個即將飛上天的紙鳶。

幾人相對無言。

映秀癡癡地望著眼前這幾個被押解的人，吃驚地道：「易郎君和瑾心娘子怎麼……」

他們低著頭，已不知道說什麼，也不知從何說起。

映秀再傻，此時也把案子的始末想了個七七八八。她來回看了看院子裡的人，突然看著蕭乾，擲地有聲地質問道：「你個沒良心的，為什麼要偷偷逃離天香居？你為什麼要害死二郎！」

蕭乾手腳被綁著，整個人看著都萎靡不振的，被映秀突如其來的質問聲逼得一時語塞，半晌才含糊地說道：「是是是，郎君是我害的，這下妳滿意了吧？」

映秀越想越難過，已哭得泣不成聲，狠狠地瞪著蕭乾，好像她這麼用力地瞪著，她的二郎就能回來似的。她委屈地說：「我就知道你沒安什麼好心，早知道就把你趕出府了，要不是你，二郎怎麼會……」

「妳終於知道我沒安好心了？既然這麼痛恨我，那妳殺了我好了！」蕭乾冷笑一聲，一點沒有要替自己辯解的意思。

「你！我去死好了！」映秀被氣得臉漲得通紅，哭得更收不住了。

沈玉書正忙活著手裡的紙鳶，突然發現這邊竟吵了起來，無奈地上前安撫了一下映秀，道：「妳知道什麼了，吵成這樣？」

「小娘子，妳別說了，我現在什麼都知道了，就是蕭乾殺了二郎。他肯定是怪我燒了他的信，就把不滿報復到了二郎身上。都怪我，是我對不起二郎……」映秀哭得滿臉的眼淚鼻涕，恨不能說她自己就是殺人兇手。

「傻丫頭，月二郎不是他殺的。」沈玉書無奈地笑笑。

「什麼？」映秀抽泣著停了下來，張大了嘴巴看著沈玉書，滿臉的淚水讓她顯得頗具喜感。

蕭乾倒是鎮定，扭頭望著玉書，眼睛裡卻蘊藏著一股熾熱的情緒。

沈玉書也不隱瞞了：「現在大家都已知道，殺死月二郎的麻沸散就藏在香泥中，若蕭乾是兇手，他對香泥中的祕密定是心知肚明的，所以作案之後，必然會搗毀泥盤，這樣一來，真正的殺人工具就會被澈底掩蓋，但事實並非如此。這就說明，泥盤裡添加麻沸散的事他並不知情。」

映秀想了想，覺得有些道理，擦了擦臉上的淚，道：「那誰才是凶手呢？」

沈玉書的指尖慢慢在人群中滑過，突然定住，她道：「凶手這不就來了嗎？」

易繁突然抬起頭，雖感意外，卻還是義正詞嚴地道：「明人不做暗事，珍珠淚的確是我偷的，但我從沒想過要殺死月兄。」

沈玉書忍不住皺了皺眉頭，似乎對他的多話並不喜歡。她道：「我還沒說完呢，整起案子，你和瑾心不過是幫凶，還配不上叫主謀。」說罷，她定定地看著他們身後那個身穿黑色大食長袍的男人，皮笑肉不笑地道，「別來無恙啊，江重天！」

黑衣人身子一僵，嘴裡含著的大煙槍差點掉到地上。

「給你們看樣東西。」就在大家詫異的時候，秦簡突然提起手裡的劍，寒光一閃，竟將大煙槍的右手活生生地切了下來。

眾人皆驚訝地捂住了嘴巴。可奇怪的是，大煙槍居然沒有絲毫痛苦的神色，被砍下來的右手也沒有流一滴血。原來，那被砍下的本就是一隻假手，一隻泛著銀黑色光芒的假手，而那假手的前端則是打磨鋒利的五根鐵爪。

秦簡眼裡帶笑，朝沈玉書炫耀道：「我是不是發現了件好東西？」

沈玉書回以他深深地笑，道：「是呢，改天一定請你吃飯！」

秦簡似乎對她的回答很是滿意，把劍插回了劍鞘中，看著院裡的人，道：「這人我們都見過，還見過兩次。」說罷，他上前撕開了大煙槍戴著的假面。

假面下是一張英俊非凡的臉，雖已人至中年，卻依然風姿不減當年。果然不愧曾是長安城難得一見的美男子。

沈玉書看著江重天笑著道：「江重天，這次怎麼不再給我們來個憑空消失的戲法了？」

聽到沈玉書的話，江重天冷哼一聲，將頭別向一邊，不看沈玉書，口中卻惡狠狠地咒罵道：「呸，卑鄙小人。」

沈玉書聽了絲毫不生氣，秦簡卻目光冷冷地看了他一眼，繼而又看向沈玉書，笑著道：「還好有你提醒，在易繁家裡看到他的第一時間，我就點了他的定穴，並且給他餵了軟筋散，更是將他身上的所有能迷惑人心智的藥粉全都扔了。此刻別說是施展戲法，他就是走路都會腳軟。」

周易看了一眼地上被砍掉的假手，又看了看沈玉書和秦簡，驚訝地道：「他就是午夜魔蘭的同夥，會變戲法的那個鐵爪飛鷹江重天？」

秦簡點頭道：「沒錯。」

沈玉書輕笑道：「是不是很意外，也很驚喜？不過更讓我意外的是，鐵爪飛鷹江重天什麼時候竟做起了大食香料的生意？」

秦簡眼睛一轉，道：「豈止是賣香料這麼簡單，他還改了一個大食國的名字，叫作莫可度，成了月二郎的固定上家。」

「莫可度原來就是江重天？」周易更是驚掉了下巴。

蕭乾一臉的難以置信道：「他不是大食國人？」

沈玉書「噗哧」一聲笑了出來，道：「你看看他這張臉，可是貨真價實的長安人呢！而且還很有名。」

江重天只是冷冷地看著沈玉書，卻連一個字也不願意多說。

此刻蕭乾也想起來江重天究竟是何人。幾年前，在長安城中，他可是個傳奇人物，曾憑著一張俊臉，迷倒了眾多小娘子。後來因一場桃花債，他被一個富家公子哥嫉妒。那公子哥為了報復江重天，買通殺手，竟將他的一隻手臂生生砍了下來。

沈玉書看著蕭乾道：「他不說，你總該說點什麼吧？」

蕭乾沉默了一會兒，道：「我明白了，在我拿走香泥之後，他還給了我另外一樣東西，一定是那東西有鬼！」

「哦？什麼東西？」

蕭乾毫不隱瞞，道：「一個藍瓶子。」

「在哪？」

蕭乾從懷裡摸出來，遞給沈玉書：「就是這個。」

藍瓶子很小，裡面還有半瓶液體，沈玉書打開聞了聞，一點不意外地道：「這是麻沸散！」

「麻沸散？」蕭乾驚駭連連，瞪著江重天，「你居然騙我說那是大食國生產的特別香料？」

「你信了他的話，於是將藍瓶子的液體加了一半在泥盤裡？」

蕭乾點頭道：「我以為那真是什麼昂貴的香料，所以還偷偷私藏了半瓶，打算留作他用，誰承想……」後面的話他沒有說出來，可是在場的人都聽明白了。

周易似乎還有很多不明白的地方，道：「易郎君偷竊珍珠淚做什麼？」

易繁眼中淚花閃閃：「救我娘子。」

「香泥只能用來聞，如何能救人？」周易又問。

秦簡笑了笑，似乎並不想回答他。

沈玉書連翻了好幾個白眼，才道：「你傻啊，拿了價值連城的珍珠淚，什麼救命良方換不來？」

易繁面有愧疚地低下頭，道：「我家娘子害了重病，時日無多，正絕望之際，這個人找到了我，說他手裡有神藥，所有疑難雜症都能治好。我說要多少銀子，哪怕是傾家蕩產也行，他卻說分毫不要，只需要我替他辦件事情就雙手奉送，我就……一時心急答應了。」

「江大俠真是好手段，長安城這麼大，你居然連月秋白的故友也能找得到，實在讓人佩服。」沈玉書盯著江重天蒼白的臉道，「你一個大男人，為何偏偏要偷一盒香，說出去也不嫌臊得慌？」

江重天咬咬牙，仍是不說話。活人若是不說話，簡直比死人還要難纏。

秦簡見狀，只好將自己在西市中的所見所聞如實說了一遍。

「聽說，大食國最近有一件大事，他們的公主馬上就要選駙馬爺了。妳知道的，大食國不同於我們大唐，在那裡，誰坐上駙馬的位置，就相當於擁有了一半的兵權。而這大食國公主偏偏最喜歡蝴蝶，於是便提出了一個刁鑽古怪的難題——誰若是有法子讓蝴蝶每日伴她左右，她就認誰來做駙馬。」

沈玉書聽著覺得不可思議，道：「看來這個問題難倒了不少人。」

「不錯。」

「但獨獨沒有難倒我們的江大俠，因為他根本不是大食國人。天香居裡藏有珍珠淚是長安城中很多人有所耳聞的事情，恰巧這盒香料能吸引蝴蝶，所以他就找到了易繁，藉此奪得珍珠淚，卻白白連累了月秋白一條人命。」沈玉書說著，不由得憤憤。她生平最恨把別人的生命當螻蟻之人。

周易聽得嘖嘖讚嘆道：「果然是局好棋。」

映秀不解地看著站在易繁旁邊的瑾心問道：「可瑾心娘子又為何會捲入其中？」

秦簡道：「瑾心本姓孫，乃是易繁的娘子孫瑾鱗的親妹妹。」說完，他居然拿出一本族譜來，上面白紙黑字寫得清清楚楚，不容瑾心抵賴。

沈玉書點點頭道：「映秀曾說過，珍珠淚就藏在月秋白身上的事鮮有人知，而瑾心那天來天香居時，卻冒冒失失地闖入月秋白的後院，如此做法豈是太師夫人該有的禮數？所以她是故意的。因為她在找東西，找一樣能吸引很多蝴蝶的東西，誰知那東西竟藏在月二郎身上，於是她就把這件事情告訴了易繁，因此第二天，與月秋白斷絕聯繫五年之久的易繁突然來到天香居。我想其中定有貓膩，於是我便懷疑起了瑾心。」

周易恍然大悟道：「怪不得老秦一上午不見蹤跡，原來不是去吃酒，而是被妳派去查探消息了。」

沈玉書和秦簡相視一笑，沒有說話。

周易嘆道：「還好我們阻止及時，否則江重天一旦拿到珍珠淚，就必然會成為大食國的駙馬爺。最重要的是他能掌握一半兵權，這才是最令人心悸的。」

「是啊，身為大唐子民，竟能生出如此不軌之心，真是其心可誅！」沈玉書咬牙切齒地道。

映秀看著沈玉書問道：「那天晚上我們在院子裡看到的鬼影子又怎麼解釋呢？」

沈玉書笑著看向站著的瑾心，道：「這個恐怕只有妳最清楚不過了吧？」

此刻東風仍呼呼刮著，她拿起地上的紙鳶，趁著風勢放飛到半空，夜空下，紙鳶在細線的牽引下收放自如，在天香居的屋頂上嗚嗚盤旋著。

沈玉書上下拉著這細線，道：「怎樣，可像是你們那晚看見的花妖？」

蕭乾眼睛都直了，道：「像極了。」

瑾心看著沈玉書，難以置信地道：「妳怎麼曉得這是紙鳶？又怎麼知道那晚的紙鳶是我放的？」

沈玉書把線繩遞給周易，拍了拍手道：「本來我是想不到這茬兒的，要怪只能怪妳運氣不好。早上我在家中正準備出門，卻看到了頭頂上有紙鳶飛過，瞬間起了心思。而且我向來不信鬼神之說，既然不是妖邪，那麼能在天上飛的除了紙鳶外，別無他物。我又想起那天晚上，易繁正在天香居內，而妳又是他的同夥，所以除了妳，我實在想不到還有誰會做這麼無聊的事情。」

周易一邊扯著紙鳶的線玩兒得興起，一邊笑道：「妙也妙也，易郎君和瑾娘子裡應外合，簡直配合得天衣無縫。只因傳說花妖喜歡香氣，於是你們便試圖利用這個傳說蠱惑人心，將偷香的竊賊轉嫁給花妖，真是一番好心思。」

「這也就能說明易繁為什麼半夜裡會突然起床，因為他料定月秋白已睡熟，所以才偷偷潛入工坊。不過他順利拿走珍珠淚後，並不知道月秋白已經死了。在映秀發現異常後，易繁才知道出了事，為了免責和避嫌，他乾脆將月秋白的死也歸結給花妖，倒是把責任推脫得一乾二淨。」沈玉書目光冷冷地看著易繁，心中對他這等小人行徑甚是不喜。

易繁低著頭，整個人像是被人抽去了靈魂，一言不發。

映秀終於搞明白了月秋白死因的來龍去脈，反倒沒有了先前的激動和憤慨。她紅紅的眼睛眼巴巴地看著對面的易繁，不是痛恨，不是指責，倒更像是痛心。她就這樣定定地看了他許久，才顫抖著道：「你知不知道你這樣做，二郎他會多傷心……」

易繁愣愣地抬起頭，看著映秀這般情態，滿臉的自責，難過得說不出話來。

「聽說你要來，那日，二郎高興壞了，連推了好幾個單子，就為了要見你。那天，他一整天都心神不寧的，還千叮嚀萬囑咐地要我買些好酒好菜，我故意買差了，他竟然還有些生氣了。我想，他估計自己都不知道自己那樣有多傻。

可其實呢，自你們分別後，你很少與他有書信往來，甚至舉家搬遷來長安都不曾知會過他，你來見他，不過是為了你那心尖上的娘子！你可曾想過，我們家二郎曾是你同窗多年的故友？別的不論，你對得住他對你的一番真心嗎？」映秀說著，眼底是滿滿的對那個已故去之人的心疼。

她深吸了一口氣，拿袖子擦了擦臉上的鼻涕眼淚，快步走進月秋白的房間裡。院子裡的人都凝神看著她，生怕這個小丫頭下一瞬就綳不住情緒似的。

半晌，她拿著一遝疊得齊整的信箋和一個香囊出來了。

她苦笑著看了眼手裡的東西，走到易繁面前，把東西遞給他，如釋重負般地說：「這些東西，是我在收拾二郎的遺物時發現的。這些信，是二郎這些年陸續給你寫的，我數了一下，一共九封，位址都是揚州，可惜都被退回來了。我想，他應該一共給你寫了有十封信吧？寫第一封的時候，你還在揚州，收到了信，可你沒告訴他你之後要來長安。他以為你定居在了揚州，便每半年給你寫一封，可想而知，這些信一封也沒寄出去。如今，我代他把這些信交給你，我希望你好好看看，看看你自己到底對不對得起他！」

映秀深吸一口氣，閉了閉眼，才又緩緩地道：「還有這個香囊，我之前見他做這個，覺得好看，就想跟他要個一樣的，可他沒答應我。他說，他做這個，是給一個人的，那個人對他來說是不同的，是他生命裡的一縷光，他想把這唯一的香囊給那個人。我當時不懂，以為他是愛上了哪個女子，還暗暗難過了好幾天。現在我懂了，這個香囊，原來是給你的。如今，我也代他把它交給你，希望你別把它扔了，這東西挺好看的……」

映秀說著，哽咽著轉過身去，抬頭看了看天，一字一頓地道：「他真的，是個很好很好的人！」話音一落，她的淚再也忍不住地落了下來，瘦弱的肩膀一聳一聳的，是悲痛，也是無助。

易繁的頭深深地埋進了雙膝，沈玉書看不見他的臉，也就推測不出他此刻是什麼情緒。可她還是忍不住想嘆氣，所謂世事涼薄，大概就是這樣吧。那月二郎也真是個情深義重的人啊！

周易到底沒有沈玉書這般感性，似乎又發現了什麼不妥，道：「既然紙鳶是瑾心和易繁搞的鬼，蕭乾並不知道這件事，可是依照他昨天的供詞，他居然很配合易繁，這豈不是也很可疑？」

「這是因為他心虛。如果我沒猜錯，他也曾動過殺機，只是他想殺死月秋白的時候，人已經死了，對吧？」她收拾了情緒，定定地望著蕭乾。

映秀一邊哭著，一邊聞聲看向蕭乾。

蕭乾的臉上滾滿汗珠，他冷靜了一會兒，才道：「不錯，我是有過這個念頭，而且這個念頭已經有很久了。」

沈玉書平靜地看著他，道：「為了映秀？」

蕭乾索性也不遮掩了，點了點頭道：「是。」

沈玉書含笑看著他，一字一頓地道：「因為映秀中意月二郎，而月二郎偏偏又對映秀無意，所以你便憤憤不平？」

蕭乾擦了擦額頭上的汗，苦笑道：「沈娘子果然觀察細微，真是讓我大開了眼界。妳說得一點都沒錯，但真正讓我動了殺機的並不是這個，而是我看到了不該看到的一幕。」

他說著，眼睛轉向瑾心，道：「就是那天，她來天香居取香，我恰好在院子的花叢裡休息，無意中看到她居然和郎君在院子裡卿卿我我，一點也不避嫌，我一時氣急，便想趁著夜色取了郎君的性命，也算是給映秀一個交代了。

我不想讓她白白地錯付一顆真心，那月秋白根本不值得她喜歡。哪知道我進去工坊時竟發現他已死了，我膽戰心驚地從工坊裡出來，又恰巧碰到了易繁和映秀，以為他們發現了端倪，便依著易繁的話無中生有地編造出了花妖的故事，其實我根本就不知道什麼是花妖，我只是怕他們懷疑、懷疑是我殺了人。」

「果然是這樣。」沈玉書眼皮動了動，看向瑾心，道，「瑾娘子似乎很喜歡月二郎？」

瑾心嘆了一口氣，面不改色心不跳地道：「是，我喜歡他，喜歡了整整十年了。」她這句話說得很是霸道，彷彿是在宣示主權一般。

沈玉書想了想，點頭道：「也對，你和易郎君的妻子是親姊妹，而易繁和月二郎十年前都曾去過揚州，易郎君就是那時候結識瑾鱗的，所以我猜妳和月二郎本也是舊相識。」

瑾心點頭承認：「是，我見到他的第一眼，就喜歡上他了，可他一直都是一副性情寡淡的樣子，似乎對誰也沒有感覺。」瑾心哀怨道，「那時我阿姊隨易繁來長安，卻惹惱了父親和母親，阿姊便和他們斷絕了關係。後來我得知阿姊患了重病，父母親也不再管她，可我和阿姊自小關係就好，實在於心不忍，於是便偷偷來到長安探望，這才得知易繁竟每天靠賣畫勉強度日，憤恨之餘又心生憐憫。

那時剛好逢上太師府納妾，凡是報名的女子無論是否被選中，都可以得到五兩銀子，為了得到銀錢給阿姊治病，我便去報了名，沒想到竟被太師看中，稀裡糊塗就做了太師的妾室。可是，在太師府我過得並不舒心。後來，我發現月秋白居然也在長安，並且已是大有名氣，便偷偷去看他，去了幾次也沒見到，直到那天我闖進他的院子。」

沈玉書聽後，也跟著嘆了一口氣，道：「這世間大錯，十有八九都是這個『情』字在作怪，江重天恰恰就是利用了你們這一點。」她說著，眼神變得堅定起來，語氣裡卻帶著幾分沉痛，「可你們不知道，這件事一旦讓他得逞了，釀成的後果對你們、我們，甚至於整個大唐而言，都將是一件天大的禍事！我不明白，一個國家的興亡衰敗，於你們而言，就這麼無關緊要嗎？」

周圍一下沒了聲音，他們像是被沈玉書戳了痛處，個個低著頭，像是犯了十惡不赦的大罪。唯有江重天仍是面不改色，瞪大了眼睛在發呆。

◆

案子總算是塵埃落定，江重天偽裝大食國商人，偷竊香料，祕密殺人，圖謀不軌，依大唐例律，遊街示眾後株連九族。可笑的是，江重天的家族後代都已死絕，只剩下他孤家寡人一個。他一個人，竟在萬人唾罵中站得筆直。

江重天遊街那天，沈玉書正好在一間茶樓裡喝茶，坐在二樓的雅間，將江重天的狼狽盡收眼底。秦簡那天也在，這次不是他硬要跟來，而是沈玉書特意叫他一起來的。

約他來的前一夜，沈玉書徹夜難眠，因為月秋白案件的刺激，因為映秀的那份對感情的執著，她突然不想再躲了。她想賭一把，她也想做個平常人。

所以，今天秦簡一走進來，還未入座，她就開門見山地說：「秦簡，你喜歡過一個人嗎？」

秦簡顯然被她問住了，一向冷靜自持的他一臉錯愕，過了好半天，才認真地點頭答：「嗯。」

「我想了很久，最後，我還是想和你認真地談談我自己，談談我的父親。」她看著他，神情是從沒有過的認真。

秦簡又被她嚇了一跳。終於，他彎了彎嘴角，也認真地看著她道：「好。」

沈玉書朝他輕淺一笑，放下手裡的茶杯，雙手托腮，定定地看著他：「人人都說，羨慕我身為罪臣之女，卻仍有幸得到聖上榮寵，享萬貫榮華；羨慕我能像個男兒一樣活得頂天立地、逍遙快活。我想，你應該也是這麼看我的吧？可其實……這些，都不是真的我。」

秦簡搖了搖頭，卻不知該如何接她的話。

她說著，似有些動情，不好意思地笑了笑，又道：「其實，我小時候特別不聽話，像周易那樣，我不愛讀書，不愛聽大人的話，調皮搗蛋的事做了不少。那時，我還有一個兄長。想必你也知道了，我父親，也就是曾經的大理寺少卿，哪怕他現在名聲並不好，可在我心裡，他一直都是一個受萬人敬仰的好官。因為他常與我說，『為官之道，即為天地立心，為生民立命，為往聖繼絕學，為萬世開太平』。我信他的信仰，便也信他所做的一切。」

秦簡坐在她的正對面，許是怕她難過，便無聲地拍了拍她的手，眼底是四月春風般的溫柔。沈玉書不知道，他在她不知道的時候，早早便見過她，他把她與自己的第一次見面藏在心底，無論是誰都無法看到。

「所以他和兄長走後，我就承了他的信仰。其實，我真的很普通，並沒什麼大志向，我也想跟別家的千金一樣，在閨閣裡繡繡花、逗逗鳥，逢年過節相約去逛逛燈會、打打馬球，指不定一個看對眼，還能找著個如意郎君。

可我不能，我不能讓父親的信仰就這樣隨著別人的唾罵，就此埋進地底。父親說，我們沈家世代忠良，我便不能讓他們輕看了我們沈家。所以，以至於你見到的這個我，因為蹚過了太多生死，既沒有別家千金的溫柔體貼，也沒有她們的小鳥依人，我……太不完美了，甚至還背負著太多太多讓人承受不起的負擔，這些，你應該都知道了吧？」

「可這些，都不重要。」秦簡聲音低沉，堅定地看著她。

「不重要嗎？」沈玉書不確信地問自己。

「於我而言，不重要。」秦簡一字一頓地答。他看著她的眼睛，認真地道：「妳只是還沒發現自己的好。」

沈玉書被他看得一時有點五迷三道，緩了緩神，猶豫地道：「我剛剛說的這些……」

「我藏在心裡，和誰也不說。」秦簡飛快地接過她的話，語氣異常堅定，像是在承諾什麼重大的決定般。

樓下傳來了嘈雜的叫罵聲，江重天正在被圍觀的百姓盡情地唾罵著，這汙穢又充滿了憤怒的聲音，毫不掩飾地衝進了二樓的雅間。可雅間內的二人卻渾然不覺，他們看著彼此，眼裡心裡便好像都只有彼此。

「我能信你嗎？」許久，沈玉書問。

「妳不需要讓自己相信我，妳只要知道，無論什麼時候，我都會一直站在妳身後。等到妳相信我的那天，我會牽起妳的手，和妳一起去完成妳的信仰。」秦簡看著面前瘦小卻堅定的女子，也滿腔堅定。

◆

遠離長安城的一個林間小築裡，一個女子正忙前忙後地擺弄著屋內的擺設。屋子不像是新搭的，看起來有些陳舊，卻多少可以遮風擋雨。

身子瘦小的女子正抱著一堆書籍，吃力地往書架高處搬著，腳下踩的凳子吱吱呀呀地響著，她竟也不怕摔下去。

這時，一個素衣男子在門外叩了叩門，頭上不加雕飾的木簪顯得他更加素雅。

女子把最後幾本書放了上去，嘴裡喊著：「誰啊？」

門外男子張了張嘴，低著頭，卻沒有應她的話。

這男子，叫易繁，是個賣字畫的窮書生。而門內那個瘦小的女子，叫映秀，剛從長安最繁華的地界搬過來，一雙杏眼很是靈動，卻不愛說話。

映秀沒聽見有人應話，就以為自己聽差了，繼續忙活著手上的活。直到易繁輕輕推開竹門，悄無聲息地走了進來，她才被嚇得差點從椅子上掉下來。

不過，慌張也是暫時的，待她看清了他的樣子，便鎮定如常地回過頭繼續忙活自己的，彷彿並未看到他。

易繁把手上的水果放在小桌上，輕聲道：「我去看他了。」

映秀的背微微一僵，她拿起抹布用力地擦起了書架，好像那書架子上蒙了一寸厚的灰。

「我看到妳還在墓旁種了許多花。他那麼愛花，睡在那裡，應該會開心的。」易繁又道。

映秀停下了手上的動作，從椅子上下來，卻依然不看易繁，只淡淡地道：「人都去了，還能怎麼開心？」

易繁面部表情一僵，整張臉又垮了下來。

映秀沒管他，自顧自地進了膳堂，端了幾盤菜出來，又放了兩副碗筷，坐下來安靜地吃起來。那另一副空出來的碗筷，比她自己用的要新很多，也貴一些，顯然是留給月秋白的。

易繁嘆了一口氣，終於還是悄悄地走了。他終究還是沒臉面對月秋白，哪怕他明知道那個人並不在這裡。

假如時光倒流，讓他重新回到當日，在他明知道會害死月秋白的前提下，讓他在月秋白與瑾鱗之間做選擇，他還是會毫不猶豫地選擇瑾鱗。

所以，終究是他對不起月秋白。

而映秀，也不知道是沒注意到他走，還是壓根就不關心他走沒走，自始至終都低著頭。

待她快吃完時，又跑進膳堂，端了碗參湯出來，放在對面空碗筷的旁邊，輕聲道：「二郎趁熱喝了吧，冷了就不好了。」

只是這次，對面無人應答。

不過，即便如此，生活依舊如常。

月秋白雖然不在了，可他在過去的五年裡，一點一點地活在了映秀的心裡，隨著時間的流逝，他一天一天地融進了她的骨血，在這無人問津的林間小築裡，陪著她過完每一個沒有期待的明天。

於映秀而言，他的月二郎，從未曾離去。

——未完待續

19 冰砂露：指珍珠粉。
20 雪蓮烏：雪蓮的根莖，狀如何首烏。
21 跑合：指談合生意的人。

高寶書版集團
gobooks.com.tw

DN 260
長安驚雲（上）

作　　者　風　吟
責任編輯　高如玫
封面設計　麈千煙
內頁排版　賴姵均
企　　劃　方慧娟

發 行 人　朱凱蕾
出　　版　英屬維京群島商高寶國際有限公司台灣分公司
　　　　　Global Group Holdings, Ltd.
地　　址　台北市內湖區洲子街88號3樓
網　　址　gobooks.com.tw
電　　話　(02) 27992788
電　　郵　readers@gobooks.com.tw（讀者服務部）
傳　　真　出版部　(02) 27990909　行銷部 (02) 27993088
郵政劃撥　19394552
戶　　名　英屬維京群島商高寶國際有限公司台灣分公司
發　　行　英屬維京群島商高寶國際有限公司台灣分公司
初版日期　2021年 6 月

原書名：長安驚雲
本書為悅讀紀正式授權英屬維京群島商高寶國際有限公司台灣分公司獨家出版發行。
本作品中文繁體版通過文化部核准，核准字號文化部部版臺陸字第109078號。

國家圖書館出版品預行編目(CIP)資料

長安驚雲（上）/ 風吟著. -- 初版. -- 臺北市：
高寶國際出版；高寶國際發行, 2021.06
　面；　公分. --（戲非戲；DN260）

ISBN 978-986-506-096-1（上冊：平裝）
ISBN 978-986-506-098-5（全套：平裝）

857.7　　110004467